U0455735

CHONGWENGUAN

读古人书　友天下士

百余年前，崇文书局于武昌正觉寺开馆刻书，成晚清四大书局之一。所刻经籍，镌工精雅，数量众多，流布甚广，影响巨大。为赓续前贤，昌明国学，弘扬文化，本社现致力于传统典籍的出版。既专事文献整理，效力学术，亦重文化普及，面向大众。或经学，或史论，或诸子，或诗词，各成系列，统一标识，名之为"崇文馆"。

崇文馆

中国古典诗词校注评丛书

汉乐府全集【汇校汇注汇评】

曹胜高　岳洋峰　辑注

长江出版传媒　崇文书局

中国古典诗词校注评丛书
编撰委员会

序　言

　　秦汉时出现了管理乐官、整理音乐的官署，叫乐府。1977 年出土的秦错金甬钟，钟柄上刻有"乐府"二字，可见秦朝已经有了乐府这个机构。这也就说明汉代乐府是继承秦制而来的。汉初惠帝时已有乐府令，武帝扩大了乐府的建制与职能。西汉末哀帝登基(前 7)后，下诏罢乐府官，一定程度上摧毁了乐府制度。到东汉，黄门鼓吹署为天子宴乐群臣提供歌诗，实际起到了西汉乐府机关的作用。东汉的乐府诗也主要是由黄门鼓吹署搜集、演唱，并由此得以保存。

　　乐府的任务主要有三个：一是管理乐工。据《汉书·百官公卿表》记载，武帝时，乐府由汉初的一令一丞改为一令三丞，负责招募、培训、组织乐工。至成帝时，乐府的人员多达 800 余人，成为一个规模庞大的音乐机构。二是采集民歌。这一方面继承了先秦时期民歌采集制度，通过搜集民歌"观风俗，知薄厚"；另一方面也在于汉代音乐人才缺乏，雅乐已经失传，只能采集民歌来丰富乐府的曲目。三是协律作歌。除了将民歌整理出来供朝廷演奏使用，有时也将帝王、贵族和文士创作的诗篇制曲配乐，组织乐工演唱，服务于朝廷的祭祀、朝会、燕享等需要。

　　汉代乐府机关是采集民歌并进行演唱。《汉书·艺文志》说："自孝武立乐府而采歌谣，于是有赵、代之讴，秦、楚之风，皆感于哀乐，缘事而发，亦可以观风俗，知薄厚云。"并收录了三百一十四篇歌诗，如吴、楚、汝南歌诗十五篇，雁门讴、雁门、云中、陇西歌诗九篇等，此外还有邯郸、河间、齐郑、淮南、左冯翊、京兆尹、河东蒲、洛阳、河南、周、南郡等地的歌诗。这说明汉乐府所搜集整理的民歌地域之广，又说明当时把这些可以演唱的民歌叫作歌诗，而这些歌诗都是有旋律，有曲调，可以歌唱的。因此，后代将这些汉代的民歌称之为汉乐府。

可惜的是，这些收集整理的歌诗，大部分已经散佚了。到了南朝时期，沈约在编著《宋书·乐志》时，辑录了大量的汉乐府民歌。此后，徐陵的《玉台新咏》、王僧虔的《技录》、智匠的《古今乐录》以及唐代吴兢的《乐府古题要解》、南宋郑樵的《通志·乐略》等都收录了一些汉乐府民歌。收集最完备的是北宋郭茂倩的《乐府诗集》，其中汉乐府主要保存在"郊庙歌辞""相和歌辞""鼓吹曲辞""杂歌谣辞"中。《乐府诗集》还另有八大类乐府诗歌，多收录唐五代及以前的各类乐府诗。

汉乐府诗歌的内容非常广泛，多数是被称为"感于哀乐，缘事而发"的作品。这里所说的"事"，包括故事、政事、职事、民事，如刘兰芝和焦仲卿的故事、秦罗敷抵制太守调戏的故事，如郊庙祭祀、朝会用乐，如歌颂雁门太守忠于职守，如描写从军老人回乡，如孤儿行贾、男女相恋等，各个阶层日常发生的这些事情，都成为了乐府诗歌的题材。这里所说的"哀乐"，正是反映了各阶层的欢乐、痛苦、哀怨和愤怒的情感。

有些乐府诗叙述的是平民百姓悲惨的生活景象。《平陵东》写强盗和官府勾结劫持善良的义公，要他卖牛犊来交罚款。《妇病行》则写一个平民家庭妻死儿幼、丈夫和孤儿饥寒交迫的悲惨生活。《孤儿行》写一个孤儿受兄嫂虐待，不仅要外出贩卖东西，还要在家做饭、养马、挑水、养蚕、种瓜，头上生虮虱，满脸皆尘土，手足满是裂痕，冬无夹袄，夏无单衣，过着牛马不如的生活，但还不敢跟兄嫂说一声苦，只能暗中落泪，感叹生不如死。另如《艳歌行》写"兄弟两三人，流宕在他县"，受尽屈辱，终年劳作，却衣不蔽体，深深地感到"远行不如归"。《东门行》叙述了一个市民不甘忍食无米、穿无衣的生活,铤而走险,不顾妻子的劝告,走上了反抗的道路。

还有乐府诗写了战争、徭役给人民带来的痛苦。如《战城南》用乌鸟招魂的方式写了战争的惨烈以及将士的悲壮,气氛凝重;《十五从军征》则叙述了一个十五从军、八十退役的老兵无家可归的悲惨景象。有些乐府诗写了富豪们的奢侈生活。如《相逢行》写一个官宦家庭,黄金为门,白玉为堂,堂上置酒,名倡演唱,两妇织绵,小妇调瑟等富贵优游的生活。《长安有狭邪行》则写兄长二人是官吏,弟弟在京城卖官鬻爵,骄横跋扈。

男女爱情一直是民歌中最具有青春气息和生命活力的题材。汉乐府也不例外。其中既有写相亲相爱的海誓山盟,如《上邪》:"上邪!我欲与君相知,长命不绝衰。山无陵,江水为竭,冬雷震震,夏雨雪,天地合,乃敢与君绝!"列举了五种极为罕见的自然现象,来表现自己对爱情坚贞不移;又有写男女相思与哀愁的,如《客从远方来》;还有写失恋痛苦的,如《有所思》;还有写遭到遗弃而毅然决绝的,如《白头吟》;还有写男女离婚后相逢情景的,如《上山采蘼芜》。这些作品从各个侧面反映了爱情生活,与我们今天的爱情大致类似,只不过表达的方式有所不同罢了。

本书所收汉代乐府诗,以《史记》《汉书》《后汉书》等史书中的相关记载为主,依据郭茂倩《乐府诗集》的分类标准,参照逯钦立《先秦汉魏晋南北朝诗》中的顺序进行排列。其中第八卷《杂歌谣辞》,据清杜文澜《古谣谚》以及今人逯钦立《先秦汉魏晋南北朝诗》进行整理,并参照相关史书及类书进行了辑补工作。

本书亦参考曲滢生编注的《汉代乐府笺注》,彭黎明、彭勃主编的《全乐府》,赵光勇主编的《汉魏六朝乐府观止》等今人研究成果。因篇幅有限,不再一一进行说明,谨在此表示由衷的感谢。本书在乐府诗的注释和主旨方面,衷集众说,而断以己意。不妥之处,敬请各位方家指正。

凡　例

一、本书按北宋郭茂倩《乐府诗集》所分的乐府类别进行汇注，每一类别中的作品总体按照时间先后顺序进行排列。

二、《郊祀歌》与《安世房中歌》的排列顺序以《乐府诗集》为准。

三、一般每首（条）设有题解、注释、汇评，体例统一。

四、注释部分对不同版本异文进行适当注释。

五、题解部分对乐府篇目名称和来源进行解说，并概括出了每首（条）的主旨。

六、汇评部分所录均为清代及清以前的诗家评论，列出作者朝代、书名、卷次等相关信息。

七、第八卷《杂歌谣辞》依次录入歌、谣、语，并对各部分进行辑补，所辑补的《莋都夷歌诗三章》暂归入杂歌类，以便参考。

目　录

卷四　相和歌辞

卷七　杂曲歌辞

卷八　杂歌谣辞

16

卷一 |

郊祀歌

《礼记·乐记》："王者功成作乐，治定制礼。是以五帝殊时，不相沿乐，三王异世，不相袭礼。"王者作乐，主要用来彰明天命之所由，以彰其功，以隆其业。汉《郊祀歌》共十九首，成于武帝时。《汉书·礼乐志》："至武帝定郊祀之礼，祠太一于甘泉，就乾位也；祭后土于汾阴，泽中方丘也。乃立乐府，采诗夜诵，有赵、代、秦、楚之讴。以李延年为协律都尉，多举司马相如等数十人造为诗赋，略论律吕，以合八音之调，作十九章之歌。"《乐府诗集·郊庙歌辞》："郊乐者，《易》所谓'先王以作乐崇德，殷荐上帝'。"

郊祀歌非出自一人之手，且非一人所制。据《史记》《汉书》记载，知其中有汉武帝、李延年、司马相如等人之作。十九章的歌词可能是许多文人共同参与创作的。其创作的时间不一，创作者也没有明确记载。司马相如可能曾参加过早期一些诗篇的创作。

练时日

练时日①，侯②有望，爇膋萧③，延四方④。九重⑤开，灵之斿⑥，垂惠恩，鸿祜休⑦。灵之车，结玄云，驾飞龙，羽旄纷。灵之下，若风马，左仓⑧龙，右白虎。灵之来，神哉沛⑨，先以雨，般裔裔⑩。灵之至，庆阴阴⑪，相放怫⑫，震澹心⑬。灵已坐，五音饬⑭，虞⑮至旦，承灵亿⑯。牲茧栗⑰，粢盛香，尊桂酒，宾八乡。灵安留，吟青黄，遍观此，眺瑶堂。众嫭⑱并，绰奇丽，颜如荼，兆逐靡⑲。被华文，厕雾縠⑳，曳阿锡㉑，佩珠玉。侠嘉夜㉒，茝㉓兰芳，澹容与㉔，献嘉觞㉕。（《汉书·礼乐志》。《乐府诗集》卷一。《文选补遗》卷三四。《广文选》卷一一。《古诗纪》卷一五。《先秦汉魏晋南北朝诗·汉诗》卷四。以下简称《汉诗》。）

【题解】

《练时日》，言择吉日吉时以祭祀天地。

汉武帝之后，冬至郊天、夏至祀地的礼制渐趋定型。天子郊祀天地之时，祭歌具有正时日、应阴阳、迎神灵等作用。

本诗既铺陈了郊祀前的准备活动，选择时日、准备祭品、出发祭祀，又从神灵之"斿""车"言神灵降临，又以其"下""来""至""坐""留"等动作言其行迹，是为迎神曲。

【注释】

①练时日：选择时辰和日期。练：《汉书·礼乐志》颜师古注："练，选也。"时日：时辰和日期。《礼记·曲礼上》："卜筮者，先圣王之所以使民信时日、敬鬼神、畏法令也。"

②侯：《古诗纪》作"候"。

③爇（ruò）：《说文解字》："爇，烧也。"膋（liáo）萧：《汉书·礼乐志》注引李奇曰："膋，肠间脂也。萧，香蒿也。爇膋萧：燃烧脂油香蒿，使香味弥漫。

④四方：四方之神。《礼记·曲礼下》郑玄注："祭四方，谓祭五官之神于四郊也。句芒在东，祝融、后土在南，蓐收在西，玄冥在北。"

⑤九重：九重天，古人认为天有九层。《楚辞·天问》："圜则九重，孰营度之？"

⑥灵：神灵。斿（liú）：同"旒"，指旌旗下方垂缀的装饰物品。

⑦鸿：大。祜（hù）：福。《诗经·周颂·载见》："永言保之，思皇多祜。"休：美善，吉庆。《尚书·太甲中》："实万世无疆之休。"

⑧仓：《文选补遗》《广文选》《古诗纪》作"苍"。

⑨沛：快速的样子。

⑩般：通"班"，散开，分布。裔裔：飞流的样子。司马相如《上林赋》："淫淫裔裔，缘陵流泽，云布雨施。"

⑪庆阴阴：《汉书·礼乐志》颜师古注："言垂阴覆盖于下。"形容神灵所降之福覆盖于下。

⑫放佛：同"仿佛"。

⑬震澹心：震动人心。

⑭饬：整饬。

⑮虞：通"娱"，欢乐。《管子·七臣七主》："故主虞而安。"

⑯亿:《说文解字》:"亿,安也。"《左传·昭公二十一年》:"心亿则乐。"

⑰苙栗:泛指用来祭祀的物品。栗:《古诗纪》作"粟",误。

⑱嫭(hù):美丽的女子。扬雄《反离骚》:"知众嫭之嫉妒兮,何必扬累之蛾眉?"

⑲兆:指兆民,百姓。兆逐靡:指百姓竞相追逐观赏,互相依靡。

⑳厕:错杂在一起。雾縠(hú):薄雾一样绉纱类的丝织品。宋玉《神女赋》:"动雾縠以徐步兮,拂墀声之珊珊。"

㉑阿:细缯。锡:通"緆",细麻布。

㉒侠嘉夜:《汉书·礼乐志》颜师古注:"侠,与挟同。嘉夜,芳草也。"一说"良夜",王先谦《汉书补注》:"嘉夜犹言良夜。"

㉓茝(zhǐ):香草名,即白芷。屈原《九歌·湘夫人》:"沅有茝兮澧有兰,思公子兮未敢言。"

㉔澹:平静,安定。容与:舒闲自适貌。

㉕献嘉觞(shāng):指为神灵献上美酒。

【汇评】

元·刘履:"愚按汉郊庙乐歌,至武帝定郊祀礼,专立乐府。命司马相如等造歌词,如《练时日》以下至《天马》《齐房》《白麟》《赤雁》凡十九章,而五郊迭奏之,可谓盛矣。然究其词旨,不过直赞其美而已。求其所谓优游反复,有能感动人者,殆阙然也。"(《风雅翼》卷一〇)

明·梅鼎祚:"今按其首《练时日》曰:'灵之来,灵之至',迎神也。"(《古乐苑》卷一)

清·陆世仪:"汉郊庙歌如《练时日》《天马》《华烨烨》之类,创为三言,长短参差,则音节烦促,非所谓希声矣。辞句幽僻险怪,则如梵呗巫觋,非所谓肃雍大雅矣。乃后世反以为高古,转相仿效,至今不改,辞人之无识如此。"(《思辨录辑要》卷三五)

帝 临

帝临中坛①,四方承宇,绳绳②意变,备得其所。清和六合③,制数以五④。海内安宁,兴文匽⑤武。后土富媪⑥,昭明三光⑦。穆穆⑧优游,嘉服上黄⑨。(《汉书·礼乐志》。《乐府诗集》卷一。《文选补遗》卷三四。《广文选》卷一一。《古诗纪》卷一五。《汉诗》卷四。)

【题解】
《帝临》,写五方之帝、后土降临祭坛,神人相合,四方安宁,一片升平。

【注释】
①帝:天帝。中坛:为举行郊祀之礼而设的高台。

②绳绳(mǐn mǐn):通"黾黾"。谨慎戒惧的样子。《管子·宙合》:"故君子绳绳乎慎其所先。"

③清:清和。和:协和。六合:指天地四方。《吕氏春秋·审分览》:"神通乎六合,德耀乎海外。"

④制数以五:汉置五方帝。《史记·封禅书》:"二年,东击项籍而还入关,问:'故秦时上帝祠何帝也?'对曰:'四帝,有白、青、黄、赤帝之祠。'高祖曰:'吾闻天有五帝,而有四,何也?'莫知其说。于是高祖曰:'吾知之矣,乃待我而具五也。'乃立黑帝祠,命曰北畤。"又载:"于是作渭阳五帝庙,同宇,帝一殿,面各五门,各如其帝色。"汉人认为天有五方,各有其帝:东青帝、南赤帝、西白帝、北黑帝、中黄帝。

⑤匽:《广文选》作"偃"。

⑥后土:司土之神,是为地祇。《国语·鲁语上》:"共工氏之伯九有也,其子曰后土,能平九土,故祀以为社。"富媪(ǎo):此处指地神。

⑦三光:指日、月、星。《白虎通义·封公侯》:"天有三光,日、月、星。"

⑧穆穆:《尔雅·释训》:"穆穆,敬也。"端庄恭敬的样子。

⑨嘉服上黄:以黄色作为祭服。

青 阳①

青阳②开动,根荄以遂③,膏润并爱,跂行毕逮④。霆声发荣,壧⑤处顷听,枯槁复产,乃成厥命。众庶熙熙,施及夭胎⑥,群生啿啿⑦,惟春之祺⑧。(《汉书·礼乐志》。《乐府诗集》卷一。《文选补遗》卷三四。《广文选》卷一一。《古诗纪》卷一五。《汉诗》卷四。)

【题解】

《青阳》,春季郊天乐歌,祭主为青帝。

《史记·乐书》:"汉家常以正月上辛祠太一甘泉……。春歌《青阳》,夏歌《朱明》,秋歌《西皞》,冬歌《玄冥》。"

诗写春天万物复苏,欣欣向荣,诗作在对神灵表示歌颂的同时,也寄予着人们的深切期望,希望春神能够保佑群生。

【注释】

①《青阳》《朱明》《西颢》《玄冥》四篇,《汉书·礼乐志》中题目后空一格均有"邹子乐"三个字。关于"邹子"的争论,一说战国时人邹衍,一说西汉时人邹阳。关于"邹子乐",一说谓所奏乐名。

②青阳:指春季。

③荄(gāi):草根。遂:成长,养育。《论衡·气寿》:"天地生物,物有不遂。"

④跂行:有足而行。逮:及,达到。

⑤壖(yán)：指岩洞。

⑥夭胎：指生而尚幼或孕而未生者。《逸周书·文传解》："无杀夭胎，无伐不成材，无堕四时，如此者十年，有十年之积者王。"

⑦噡噡(dàn dàn)：丰厚的样子。

⑧祺：吉，福。

朱　明

　　朱明①盛长，旉与②万物，桐生茂豫，靡有所诎③。敷④华就实，既阜既昌，登成甫田⑤，百鬼迪尝⑥。广大建祀，肃雍⑦不忘，神若宥⑧之，传世无疆。（《汉书·礼乐志》。《乐府诗集》卷一。《文选补遗》卷三四。《广文选》卷一一。《古诗纪》卷一五。《汉诗》卷四。）

【题解】

《朱明》，夏天郊天乐歌，祭主为赤帝。

诗写夏季作物繁茂的情形，期望神灵保佑汉家天下永久昌盛。

【注释】

①朱明：指夏季。

②旉：古"敷"字。旉与：开舒。

③诎(qū)：穷尽，匮乏。

④敷：传，布。《诗经·小雅·小旻》："旻天疾威，敷于下土。"

⑤甫田：大田。《诗经·齐风·甫田》："无田甫田，维莠骄骄。无思远人，劳心忉忉。"

⑥百鬼：指众神灵。迪：进，进用。

⑦肃雍：庄重和谐的样子。《诗经·召南·何彼襛矣》："曷不肃雍，王姬之车。"

⑧宥：通"祐"，福佑，保佑。

西　颢

西颢沆砀^①，秋气肃杀，含秀垂颖^②，续旧不废。奸伪不萌，妖孽伏息，隅辟越远^③，四貉^④咸服。既畏兹威，惟慕纯德，附而不骄，正心翊翊^⑤。（《汉书·礼乐志》。《乐府诗集》卷一。《文选补遗》卷三四。《广文选》卷一一。《古诗纪》卷一五。《汉诗》卷四。）

【题解】

《西颢》，秋天祭祀乐歌，祭主为白帝。

诗写秋季肃杀，万物止息，祈祷白帝惩治奸宄，保佑四夷安宁，天下太平。

【注释】

①西颢：指秋季。《汉书·礼乐志》韦昭注："西方，少昊也。"又《吕氏春秋·有始览》："西方曰颢天。"高诱注："西方八月建西，金之中也，金色白，故曰颢天。"沆砀（hàng dàng）：白气弥漫的样子。

②秀：《尔雅·释草》："不荣而实者谓之秀。"颖：《小尔雅·广物》："禾穗谓之颖。"

③隅：边远的地方。《尚书·益稷》："帝光天之下，至于海隅苍生，万邦黎献，共惟帝臣，惟帝时举。"越远：指边远之地。

④四貉（mò）：貉，同"貊"。四貉，即四夷，四方少数民族的总称。

⑤翊翊（yì yì）：恭敬严肃的样子。

【汇评】

清·何焯："《西颢》：'含秀垂颖，续旧不废。'续犹嗣续也，不曰'登新'，而曰'续旧'，善言天地生物之心矣。"（《义门读书记》卷一六）

玄 冥

玄冥陵阴^①，蛰虫盖藏，草木零落，抵冬降霜。易^②乱除邪，革正异俗，兆民^③反本，抱素怀朴^④。条^⑤理信义，望礼^⑥五岳。籍敛^⑦之时，掩收嘉谷。（《汉书·礼乐志》。《乐府诗集》卷一。《文选补遗》卷三四。《广文选》卷一一。《古诗纪》卷一五。《汉诗》卷四。）

【题解】

《玄冥》，冬季郊天乐歌，祭主为黑帝。

诗作言冬藏之道，期望黑帝能够闭藏万物，纳赋以时，使民休息。

【注释】

①玄冥：指冬季。《礼记·月令》："（孟冬、仲冬、季冬之月）其帝颛顼，其神玄冥。"《楚辞·远游》："就颛顼而陈词兮，考玄冥于空桑。"王逸注："玄冥，太阴之神。"陵阴：指寒冷。

②易：改变，变革。

③兆民：百姓。《吕氏春秋·孟春纪》："行庆施惠，下及兆民。"

④素、朴：事物自然、质朴的状态。《庄子·马蹄》："同乎无知，其德不离；同乎无欲，是谓素朴。素朴而民性得矣。"

⑤条：分，畅。

⑥望礼：望祭。

⑦籍敛：征敛赋税。《荀子·王制》："好用其籍敛矣，而忘其本务，如是者灭亡。"

【汇评】

明·陈耀文："'玄冥陵阴，蛰虫盖藏。'《淮南子》：'冬为权'，权者，所以权万物也，权正不失万物乃藏。"（《天中记》卷五）

清·何焯："《元冥》：'易乱除邪，革正异俗，兆民反本，抱素怀朴。'《书》

所谓'朔易'者,其义如此。"(《义门读书记》卷一六)

惟泰元

《汉书·礼乐志》:"建始元年,丞相匡衡奏罢'鸾路龙鳞',更定时曰'涓选休成'。"

惟泰元①尊,媪神蕃釐②,经纬天地,作成四时。精建日月,星辰度理,阴阳五行,周而复始。云风雷电,降甘露雨,百姓蕃滋,咸循厥绪。继统共勤③,顺皇之德,鸾路④龙鳞,罔不肹饰⑤。嘉笾⑥列陈,庶几宴享,灭除凶灾,烈腾八荒。钟鼓竽笙,云舞翔翔⑦,招摇灵旗⑧,九夷宾将⑨。(《汉书·礼乐志》。《乐府诗集》卷一。《文选补遗》卷三四。《广文选》卷一一。《古诗纪》卷一五。《汉诗》卷四。)

【题解】

《惟泰元》,祭祀最高神泰一的乐歌。

《史记·孝武本纪》:"亳人薄诱忌奏祠泰一方,曰:'天神贵者泰一,泰一佐曰五帝。古者天子以春秋祭泰一东南郊,用太牢具,七日,为坛开八通之鬼道。'于是天子令太祝立其祠长安东南郊,常奉祠如忌方。"

诗中通过对最高神泰一的礼赞,祈求其保佑天下风调雨顺,四海宾服。

【注释】

①泰元:即"泰一""太一"。

②媪神:指地神。蕃釐(xī):多福,多祥。《汉书·文帝纪》颜师古注:"釐,本字作'禧',假借用耳,同音'僖'。"

③共:《乐府诗集》作"恭"。勤:《文选补遗》作"动"。

④鸾路:即"鸾辂""鸾路"。《礼记·月令》郑玄注:"鸾路,有虞氏之车。有鸾和之节,而饰之以青,取其名耳。"

⑤肸(xī):振。肸饰:振整而饰。

⑥笾(biān):指盛放祭祀品的礼器。

⑦翔翔:安舒的样子。

⑧招摇:古星名,《甘石星经》:"招摇星在梗河北,主边兵。"灵旗:《汉书·礼乐志》颜师古注:"画招摇于旗以征伐,故曰灵旗。"

⑨将:从。

【汇评】

明·梅鼎祚:"《泰元》三章,统颂天地。"(《古乐苑》卷一)

清·黄中松:"《惟泰元》章曰:'惟泰元尊,媪神蕃釐。'此皆归功天地之词也。今经文言天而不言地,言天者止一句,而于文武之所以成王业者,至六句之多。祀天地而归功于祖考,何以见天地之明?况而今日必宜祭之乎?"(《诗疑辨证》卷六)

天　地

《汉书·礼乐志》:"丞相匡衡奏罢'黼绣周张',更定时曰'肃若旧典'。"

天地并况①,惟予有慕,爰熙紫坛②,思求厥路。恭承禋祀,缊豫为纷,黼绣周张③,承神至尊。千童罗舞成八溢④,合好效⑤欢虞泰一。九歌毕奏斐然殊,鸣琴竽瑟会轩朱。璆磬⑥金鼓,灵其有喜,百官济济⑦,各敬厥⑧事。盛牲实俎进闻膏⑨,神奄留,临须摇。长丽前掞⑩光耀明,寒暑不忒况皇章⑪。展诗应律鋗⑫玉鸣,函宫吐角激徵清。发梁扬羽申以商⑬,造兹新音永久⑭长。声气远条凤鸟翔⑮,神夕奄虞盖孔⑯享。(《汉书·礼乐志》。《乐府诗集》卷一。《文选补遗》卷三四。《广文选》卷一一。《古诗纪》卷一五。《汉诗》卷四。)

【题解】

《天地》,合祀天地的乐歌。

诗作描写千童起舞,百官各敬厥事,铺陈牺牲用品井井有条,祭祀用乐不绝于耳,场面热烈,是为郊祀天地大合乐的场景。

【注释】

①况:通"贶",赐予。

②熙:兴起,兴盛。紫坛:《汉旧仪》:"祭天紫坛幄帐。"《汉书·礼乐志》颜师古注:"紫坛,坛紫色也,思求降神之路也。"又据王逸《楚辞章句·九歌·湘君》:"紫贝为室坛。"

③黼(fǔ):古代礼服上绣的黑白色相间的斧形花纹。《周礼·考工记·画缋》:"白与黑谓之黼。"周张:周遍张设,王先谦《汉书补注》:"周张,谓周遍张设于坛上。"

④溢:通"佾",古代乐舞的行列。

⑤效:《初学记》作"交"。

⑥璆(qiú)磬:玉磬。"璆"同"球",《尔雅·释器》:"璆,玉也。"磬:《文选补遗》作"馨",注云:"古磬字"。

⑦济济:威仪堂堂的样子。

⑧厥:其,他们的。《乐府诗集》作"其"。

⑨盛牲实俎进闻膏:《汉书·礼乐志》颜师古注:"言以牲实俎,以萧焫脂,则其芬馨达于神所。"意为盛献上牲牲祭品,点燃香料,使神灵可以享用。

⑩掞(yàn):通"焰",照耀。

⑪忒:差。皇章:明君。

⑫锏(xuān):鸣玉声。《广文选》《古诗纪》作"琄"。

⑬发梁:歌声绕梁。申:重。此句"羽""商"和上一句"宫""角""徵"合为五声,言五声齐备。

⑭久:《文选补遗》作"欠",误。

⑮条:达。鸡:古"翔"字。

⑯孔:甚,很。

日出入

日出入安穷①？时世不与人同。故春非我春，夏非我夏，秋非我秋，冬非我冬。泊如四海之池，遍观是耶谓何？吾知所乐，独乐六龙，六龙之调，使我心若②。訾③黄其何不徕下！（《汉书·礼乐志》。《乐府诗集》卷一。《文选补遗》卷三四。《广文选》卷一一。《古诗纪》卷一五。《汉诗》卷四。）

【题解】

《日出入》，是为迎日神之乐。

诗作中通过对太阳朝升暮落的描写，来表达对时间流逝的叹惋。

【注释】

①安穷：哪里有穷尽。《汉书·礼乐志》注引晋灼曰："日月无穷，而人命有终，世长而寿短。"

②本句据《汉书·礼乐志》注引应劭曰："《易》曰：'时乘六龙以御天。'武帝愿乘六龙，仙而升天，曰：'吾所乐独乘六龙然，御六龙得其调，使我心若。'"

③訾(zǐ)：通"咨"，嗟叹之词。《吕氏春秋·权勋》："子反叱曰：'訾！退，酒也。'"

【汇评】

明·梅鼎祚："而《日出入》言人命不能安。固武帝愿乘黄之徕下，如黄帝之升而仙也，其后或纪瑞应，或祝神釐。"（《古乐苑》卷一）

天　马

太一况①，天马下。沾赤汗，沫流赭②。志俶傥③，精权奇，

14

籟④浮云,晻上驰⑤。体容与,迣⑥万里,今安匹,龙为友。

　　天马徕⑦,从西极⑧,涉流沙⑨,九夷服。天马徕,出泉水,虎脊两⑩,化若鬼⑪。天马徕,历无草⑫,径千里,循东道。天马徕,执徐⑬时,将摇举,谁与期? 天马徕,开远门,竦予⑭身,逝⑮昆仑。天马徕,龙之媒,游阊阖⑯,观玉台⑰。(《汉书·礼乐志》。《乐府诗集》卷一。《文选补遗》卷三四。《广文选》卷一一。《古诗纪》卷一五。《艺文类聚》卷九三。《文选》卷一四。《白孔六帖》卷一八。《太平御览》卷三八。《汉诗》卷四。《白孔六帖》以下简称《白帖》。)

【题解】

《天马》,一曰《天马歌》,颂赞天赐神马之歌。

元狩三年(前120),于南阳新野渥洼水旁所见的一群野马,中有奇者,与凡马异,来饮渥洼之水,作其一。太初四年(前101),诛宛王获宛马,作其二。

两首天马之歌,描写天马矫健有力,语言铿锵简练,表达获得天马的喜悦之情。

【注释】

①况:《艺文类聚》《太平御览》作"貺"。

②沫:《文选》注作"染"。赭(zhě):红褐色。

③俶傥(tì tǎng):卓异不凡。

④籟(niè):通"蹑",践踏。

⑤晻:古同"暗"。晻上驰:晻然而上驰。

⑥迣(zhì):逾越。《古诗纪》云:"即'逝'字。"

⑦徕:《艺文类聚》《文选》注、《白帖》《太平御览》作"来"。又《白帖》此字下有"兮"字。

⑧从:《白帖》作"自"。西极:西方极远之处。

⑨流沙:新疆天山一带的沙漠地区。

⑩虎脊两:《汉书·礼乐志》颜师古注引应劭曰:"马毛色如虎脊(者)有

15

两也。"

⑪化若鬼:《汉书·礼乐志》颜师古注:"言其变化若鬼神。"

⑫草:《古诗纪》《广文选》作"皂"。《古诗纪》:"皂即草。"

⑬执徐:《汉书·礼乐志》颜师古注引应劭曰:"太岁在辰曰'执徐'。言得天马时岁在辰也。"

⑭予:《太平御览》或作"子"。

⑮逝:《太平御览》作"游"。

⑯阊阖(chāng hé):《汉书·礼乐志》引应劭注曰:"阊阖,天门。"

⑰玉台:《汉书·礼乐志》引应劭注曰:"玉台,上帝之所居。"

【汇评】

清·何焯:"《天马》以下十章,《天马之歌》杂以析酲之语,庐于郊祀,其如乐何?"(《义门读书记》卷一六)

天　门

天门开,诛荡荡①,穆并骑,以临飨。光夜烛,德信著②,灵寝鸿,长生豫③。大④朱涂广,夷石为堂,饰玉梢⑤以舞歌,体招摇若永望。星留俞⑥,塞陨光⑦,照紫幄,珠熉⑧黄。幡比翅回集⑨,贰双飞常羊⑩。月穆穆以金波,日华耀以宣明,假清风轧忽,激长至重觞。神裴回⑪若留放,殣冀亲以肆章⑫。函蒙⑬祉福常若期,寂漻⑭上天知厥时。泛泛滇滇从高斿,殷勤此路胪⑮所求。佻⑯正嘉吉弘以昌,休嘉砰隐⑰溢四方。专精厉意逝九阕⑱,纷云六幕⑲浮大海。(《汉书·礼乐志》。《乐府诗集》卷一。《文选补遗》卷三四。《广文选》卷一一。《古诗纪》卷一五。《汉诗》卷四。)

【题解】

《天门》,祀众神乐歌。

逯钦立《先秦汉魏晋南北朝诗》言:"此歌楚体,各句殆均有兮字,经孟坚删削,故至此耳。"

诗作从天门打开写起,众神降临,悦享祭物,应允祭祀者的请求,使祭祀者可以进入天门之中,神人终享安乐。

【注释】

①訣(dié)荡荡:开阔清明的样子。

②光夜烛,德信著:《汉书·礼乐志》颜师古注:"神光夜照,应诚而来,是德信著明。"

③灵寝鸿,长生豫:"寝"与"鸿"中间有"平而"二字,王先谦《汉书补注》:"八字不成句义,'平而'二字当衍。颜注亦未为平字释义,衍文明矣。"

④大:一作"太"。

⑤玉梢(shāo):指饰玉的竹竿,为舞者所持。

⑥俞:答。星留俞:众星留神,答我飨荐。

⑦塞陨光:指光芒充塞于四面。

⑧熉(yún):黄色。

⑨幡比翅回集:《汉书·礼乐志》引文颖曰:"舞者骨腾肉飞,如鸟之回翅而双集也。"

⑩常羊:同"徜徉",逍遥自在的样子。

⑪裵回:犹"徘徊",来回走动,往返回旋。

⑫殚冀亲以肆章:《汉书·礼乐志》颜师古注:"言神灵裵回,留而不去,故我得觊见,冀以亲附而陈诚意,遂章明矣。"

⑬函:包。蒙:被。

⑭寂漻:同"寂寥",形容天高远的样子。

⑮胪:陈。

⑯佻(tiāo):通"肇",始,开始。

⑰嘉:庆。砰隐:同"驿隐",形容声音宏大响亮。

⑱九阂(hé):指九重天,天空极高之处。《论衡·道虚》:"吾与汗漫期于九阂,吾不可以久驻。"

⑲六幕:《汉书·礼乐志》颜师古注:"六幕,犹言六合也。"

明·陈耀文:"'天门开,诀荡荡'注天体坚清之状也。《神异经》:'西北大荒中有金阙,高千丈,上有明月珠,径三丈,光照千里,中有金阶,两阙名天门。'"(《天中记》卷一)

景　星

景星①显见,信星②彪列,象载③昭庭,日亲以察。参侔④开阖,爰推本纪,汾脽出鼎⑤,皇祐⑥元始。五音六律,依韦飨昭⑦,杂变并会⑧,雅声远姚⑨。空桑⑩琴瑟结信成,四兴迭代八风⑪生。殷殷⑫钟石羽籥鸣,河龙供鲤醇牺牲。百末⑬旨酒布兰生,泰尊柘浆析朝酲⑭。微感心攸通修名,周流常羊思所并⑮。穰穰⑯复正直往宁,冯蠵⑰切和疏写平。上天布施后土成,穰穰丰年四时荣。(《汉书·礼乐志》。《乐府诗集》卷一。《文选补遗》卷三四。《广文选》卷一一。《古诗纪》卷一五。《太平御览》卷八六一。《汉诗》卷四。)

【题解】

《景星》,一曰《宝鼎歌》。

本篇为歌颂祥瑞之事,列入祭歌。《汉书·武帝纪》:"(元鼎五年)六月,得宝鼎后土祠旁……作《宝鼎之歌》。"

诗写祥瑞众现,天下祥和,国家政治清明,百姓生活安康幸福。

【注释】

①景:大。景星:大星,祥瑞之星。《今本竹书纪年》:"有景云之瑞,赤方气与青方气相连,赤方中有两星,青方中有一星,凡三星,皆黄色,以天清明时见于摄提,名曰'景星'。"

②信:《史记·孝武本纪》:"信星昭见,皇帝敬拜泰祝之飨。"司马贞

《索隐》："信星,镇星也。信属土,土曰'镇星'。"

③象:悬象。载:载事。

④侔:与……相等,相齐。《韩非子·五蠹》:"超五帝侔三王者,必此法也。"

⑤脽(shuí):小土山。《文选补遗》《广文选》《古诗纪》作"睢",误。汾脽出鼎:汉武帝元鼎五年(前112),得宝鼎于汾阴。相传此宝鼎为周天子鼎。

⑥祜:《乐府诗集》作"祐"。

⑦依韦:互相协和而不背离。飨:《汉书·礼乐志》颜师古注:"读曰'响'。"飨昭:声响昭明。

⑧杂变并会:杂变之乐协调一致。

⑨姚:通"遥",远。《荀子·荣辱》:"其功盛姚远矣。"

⑩空桑:《汉书·礼乐志》颜师古注:"空桑,地名,出善木,可为琴瑟也。"

⑪四兴:《汉书·礼乐志》引应劭曰:"四时。"引臣瓒曰:"舞者四悬代奏。"迭:《文选补遗》作"递"。八风:《说文解字·风部》:"东方曰明庶风,东南曰清明风,南方曰景风,西南曰凉风,西方曰阊阖风,西北曰不周风,北方曰广莫风,东北曰融风。"《汉书·礼乐志》颜师古注:"八方之风,谓东北曰条风,东方曰明庶风,东南曰清明风,南方曰景风,西南曰凉风,西方曰阊阖风,西北曰不周风,北方曰光莫风。"

⑫殷殷:盛大的样子。

⑬末:《太平御览》作"味"。

⑭柘:古同"蔗"。柘浆:甘柘的浆汁。析:解。朝酲(chéng):早晨酒醒之后仍困惫如病。

⑮思所并:思虑与神道相合。

⑯穰穰(rǎng rǎng):盛,众多。

⑰冯(píng):指冯夷,黄河之神。《庄子·大宗师》:"冯夷得之,以游大川。"蠵(xī):一种大龟。《汉书·礼乐志》颜师古注:"言冯夷命灵蠵,使切厉谐和,水神令之疏导川潦,写散平均无灾也。"

【汇评】

清·何焯:"《景星》:'空桑琴瑟结信成',空桑琴瑟见《周礼·大司乐》:

19

'夏至祀地祇所奏也。'"（《义门读书记》卷一六）

齐 房

齐房产草，九茎①连叶，宫童效异，披图案谍②。玄气③之精，回复此都④，蔓蔓⑤日茂，芝成灵华。（《汉书·礼乐志》。《乐府诗集》卷一。《文选补遗》卷三四。《广文选》卷一一。《古诗纪》卷一五。《汉诗》卷四。）

【题解】

《齐房》，赞美灵芝生于甘泉宫的乐歌。

《汉书·礼乐志》载："元封二年芝生甘泉齐房作。"据《汉书·武帝纪》载："（元封二年）六月，诏曰：'甘泉宫内中产芝，九茎连叶。上帝博临，不异下房，赐朕弘休。其赦天下，赐云阳都百户牛酒。'作《芝房之歌》。"

本篇作于汉武帝元封二年（前109），诗作描写灵芝瑞应生长繁茂的景象。

【注释】

①九：形容多。九茎：形容灵芝多且生长茂盛。

②披图：展阅图籍。案谍：考验谍谱。

③玄气：自然之气。

④回复：回旋反复。此都：《汉书·礼乐志》颜师古注："云阳之都，谓甘泉也。"

⑤蔓蔓：长久，长远。屈原《九章·悲回风》："藐蔓蔓之不可量兮，缥绵绵之不可纡。"

【汇评】

南宋·王应麟："汉旧仪，芝有九茎，金色绿叶，朱实夜有光，乃作《芝房之歌》。《西京赋》：'濯灵芝于朱柯。'"（《玉海》卷一九七）

后 皇

后皇^①嘉坛,立玄黄^②服。物发冀州,兆蒙^③祉福。沇沇四塞^④,遐狄^⑤合处。经营万亿,咸遂厥宇^⑥。(《汉书·礼乐志》。《乐府诗集》卷一。《文选补遗》卷三四。《广文选》卷一一。《古诗纪》卷一五。《汉诗》卷四。)

【题解】

《后皇》,祀后土之歌。

据《史记·孝武本纪》:"其明年冬,天子郊雍,议曰:'今上帝朕亲郊,而后土毋祀,则礼不答也。'有司与太史公、祠官宽舒等议:'天地牲角茧栗。今陛下亲祀后土,后土宜于泽中圜丘为五坛,坛一黄犊太牢具,已祠尽瘗,而从祠衣上黄。'于是天子遂东,始立后土祠汾阴脽丘,如宽舒等议。"

诗写兆民都可以蒙受地之福祉,尤其是远方的少数民族也可以获得安宁。

【注释】

①后皇:指后土。屈原《九章·橘颂》:"后皇嘉树,橘徕服兮。"

②玄黄:指黑色与黄色。《周易·坤》:"夫玄黄者,天地之杂也,天玄而地黄。"

③兆蒙:兆民。

④沇沇(yǎn yǎn):指流行的样子。四塞(sài):指四方屏藩之国。《礼记·明堂位》郑玄注:"四塞,谓夷服、镇服、蕃服,在四方为之蔽塞也。"

⑤遐狄:指远方的少数民族。

⑥宇:房屋,居处。《诗经·大雅·绵》:"爰及姜女,聿来胥宇。"

华烨烨

华烨烨①,固灵根。神之斿,过天门,车千乘,敦昆仑②。神之出,排玉房,周流杂,拔兰堂。神之行,旌容容③,骑沓沓④,般纵纵⑤。神之徕,泛翊翊⑥,甘露降,庆云集。神之揄⑦,临坛宇,九疑宾⑧,夔龙舞⑨。神安坐,翔吉时,共翊翊,合所思。神嘉虞,申贰觞⑩,福滂洋⑪,迈延长。沛施祐,汾之阿,扬金光,横泰河⑫,莽若云,增阳波。遍胪驩,腾天歌⑬。(《汉书·礼乐志》。《乐府诗集》卷一。《文选补遗》卷三四。《广文选》卷一一。《古诗纪》卷一五。《汉诗》卷四。)

【题解】

《华烨烨》,合祭众神的乐歌。

据《汉书·郊祀志》:"甘泉泰畤紫坛,八觚宣通象八方。五帝坛周环其下,又有群神之坛。以《尚书》裡六宗、望山川、遍群神之义。"

本篇通过描写众神仪仗光辉灿烂,对其周游、出行、降临、安坐以及神灵欢畅的享用祭品进行铺写,表达了对神灵的由衷赞美。

【注释】

①烨烨(yè yè):一作"煜煜""燡燡",明亮的样子。

②仑:《文选补遗》作"崘"。

③容容:飞扬飘动的样子。

④沓沓:疾行的样子。

⑤纵纵:众多的样子。《文选补遗》《广文选》《古诗纪》作"从从"。

⑥翊翊:飞的样子。

⑦揄:《乐府诗集》作"榆"。

⑧九疑:即九嶷山,舜所葬之地。宾:以舜为宾客。

⑨夔龙舞:《汉书·礼乐志》引如淳曰:"夔典乐,龙管纳言,皆随舜而来,舞以乐神。"

⑩贰觞:指再献酒。

⑪滂洋:丰厚而广大。

⑫横:充满。泰河:大河。

⑬遍胪驩,腾天歌:歌呼欢腾,上陈于天。驩,同"欢"。

【汇评】

北周·庾信撰,清·吴兆宜注:"汉《礼乐志》:'《华煜煜》十五'九疑宾',如淳曰:'九疑舜所葬,言以舜为宾客也。'"(《庾开府集笺注》卷三)

五　神

五神相①,包四邻,土地广,扬浮云。抏②嘉坛,椒兰房,璧玉精,垂华光。益亿年,美始兴,交于神,若有承。广宣延,咸毕觞,灵舆位,偃蹇骧③。卉汨胪④,析奚⑤遗?淫渌泽⑥,汪然归⑦。(《汉书·礼乐志》。《乐府诗集》卷一。《文选补遗》卷三四。《广文选》卷一一。《古诗纪》卷一五。《汉诗》卷四。)

【题解】

《五神》,祭祀五方之神的乐歌。

诗作从祭祀之初写起,祝愿神灵欢愉,降赐福禄。

【注释】

①五神:东方五帝所配之神。《汉书·礼乐志》注引如淳曰:"五帝为太一相也。"《淮南子·天文训》:"东方,木也,其帝太皞,其佐句芒,执规而治春。其神为岁星,其兽苍龙,其音角,其日甲乙。南方,火也,其帝炎帝,其佐朱明,执衡而治夏。其神为荧惑,其兽朱鸟,其音徵,其日丙丁。中央,土也,其帝黄帝,其佐后土,执绳而制四方。其神为镇星,其兽黄龙,其音宫,

其日戊己。西方,金也,其帝少昊,其佐蓐收,执矩而治秋。其神为太白,其兽白虎,其音商,其日庚辛。北方,水也,其帝颛顼,其佐玄冥,执权而治冬。其神为辰星,其兽玄武,其音羽,其日壬癸。”

②扢(gǔ):擦拭。

③偃蹇:高耸的样子。骧:举,上举。班固《西都赋》:“列棼橑以布翼,荷栋桴而高骧。”

④卉汩:急速的样子。胪:陈列,列。扬雄《太玄·棿》:“秉圭戴璧,胪凑群辟。”

⑤奚:疑问代词,何。

⑥渌泽:泽名。

⑦湦(wǎng)然归:指渌泽流水如归。

朝陇首

朝陇首①,览西垠②,雷电寮,获白麟③。爰五止④,显黄德⑤,图匈虐,熏鬻䃾⑥。辟流离,抑不详,宾百僚⑦,山河饗。掩回辕,鬗⑧长驰,腾雨师,洒路陂⑨。流星陨,感惟风,籋归云,抚怀心⑩。(《汉书·礼乐志》。《乐府诗集》卷一。《文选补遗》卷三四。《广文选》卷一一。《古诗纪》卷一五。《汉诗》卷四。)

【题解】

《朝陇首》,一曰《白麟歌》。

《汉书·礼乐志》载:“元狩元年,行幸雍,获白麟作。”《汉书·武帝纪》:“元狩元年冬十月,行幸雍,祠五畤。获白麟,作《白麟之歌》。”为汉武帝获白麟而作。

诗作写获白麟之地点、情形,赞美白麟及由此带来的福瑞,洋溢着喜悦之情。

①朝陇首：朝于陇首。

②垠（yín）：指边际，引申为尽头。

③白麟：亦作"白驎"，即白色的麒麟。《汉书·武帝纪》颜师古注："麟，麇身，牛尾，马足，黄色，圆蹄，一角，角端有肉。"古代以麟为祥瑞。

④爰：句首发语词。五止：白麟足有五蹄。

⑤黄德：土德。

⑥熏鬻（yù）：匈奴本号。殛，一曰"穷"，一曰"诛"。

⑦百僚：此处指百官。

⑧髳（mán）：指长的样子。

⑨陂：《古诗纪》作"披"。

⑩怀心：怀柔之心。

【汇评】

清·何文焕："自为前篇《朝陇首》'览西垠'之章，不应又于下篇赘出之也。余观《乐府》原题云汉武帝郊祀之歌十九章，《朝陇首》十七注：'元狩元年，行幸雍，获白麟作。'"（《历代诗话》卷二二）

象载瑜

象载瑜①，白集西②，食甘露，饮荣泉③。赤雁④集，六纷员⑤，殊翁杂⑥，五采文。神所见，施祉福，登蓬莱⑦，结无极⑧。（《汉书·礼乐志》。《乐府诗集》卷一。《文选补遗》卷三四。《广文选》卷一一。《古诗纪》卷一五。《汉诗》卷四。）

【题解】

《象载瑜》，一曰《赤雁歌》。

《汉书·礼乐志》载："太始三年，行幸东海，获赤雁作。"《汉书·武帝纪》载太始三年（前94）："行幸东海，获赤雁，作《朱雁之歌》。"

诗作写祥瑞之物象车,继而描写赤雁聚集为神灵所见,最后降福祉于天下的情景,神灵最后登蓬莱之山,结无极之化。

【注释】

①象载:瑞应之车,指象车。瑜:美貌,美好。

②白集西:象车色白,出于西方。

③荣泉:光华之泉。

④赤雁:瑞鸟,赤色之雁。

⑤六:指所获赤雁之数。纷员:指众多的样子。

⑥翁:《汉书·礼乐志》引孟康曰:"雁颈也。"殊翁杂:雁颈五采殊异。

⑦蓬莱:传说中的海中仙山名。《史记·封禅书》:"自威、宣、燕昭使人入海求蓬莱、方丈、瀛洲三神山者,其传在渤海中,去人不远。"

⑧无极:无边际,无终点。

【汇评】

南宋·洪迈:"汉郊祀歌《象载瑜》章云:'象载瑜,白集西。'颜师古曰:'象载,象,舆也,山出象舆,瑞应车也。'《赤蛟》章云:'象舆辖,即此也。'而《景星》章云:'象载昭庭。'师古曰:'象谓悬象也,悬象秘事,昭显于庭也。'二字同出一处,而自为两说。按乐章词意,正指瑞应,车言昭列于庭下耳。三刘汉释之说,亦得之而谓'白集西为'西雍之麟',此则不然。盖歌诗凡十九章,皆书其名于后。"(《容斋随笔·三笔》卷一)

明·方以智:"郊祀歌《象载瑜》'白集西,食甘露,饮荣泉',先俞山,即西隃。则知汉时读'西'为'迁',故毛晃收入先韵音'迁'。余谓当音'先',如洗在荠韵,又在铣韵也。《说文》有'栖'字迁移也,可证'西'之'先'音,凡夫竟欲改余'粮栖亩'为'栖畞',则不必耳。"(《通雅》卷一二)

清·何文焕:"汉乐府《象载瑜》'白集西,食甘露,饮荣泉',《文选》注:'西施'作'先施'。《史记》:'先俞山'即'西隃'也。"(《历代诗话》卷二二)

赤 蛟

赤蛟绥①,黄华盖,露夜零,昼晻薆②。百君礼,六龙位,勺椒浆,灵已醉。灵既享,锡③吉祥,芒芒④极,降嘉觞。灵殷殷,烂扬光,延寿命,永未央⑤。杳冥冥⑥,塞六合⑦,泽汪濊⑧,辑万国。灵禋禋⑨,象舆辚⑩,票然逝,旗逶蛇⑪。礼乐成,灵将归,托玄德⑫,长无衰。(《汉书·礼乐志》。《乐府诗集》卷一。《文选补遗》卷三四。《广文选》卷一一。《古诗纪》卷一五。《汉诗》卷四。)

【题解】

《赤蛟》,送神曲。

诗作铺陈祭祀的隆重场景,写神灵怡醉椒浆之美。乃言礼乐成章之后,恭送神灵安然回归。

【注释】

①赤蛟:《汉书·礼乐志》颜师古注:"赤蛟貌黄华盖,言其上有黄气,状若盖也。"绥:上车时挽手所用的绳索,绳子的颜色为赤,因此用赤蛟形容之。

②晻薆(ǎn ǎi):指昏暗不明的样子。

③锡:通"赐",赐予。《国语·晋语七》:"公锡魏绛女乐一八,歌钟一肆。"

④芒芒:广远的样子。

⑤未央:未尽。《诗经·小雅·庭燎》:"夜如何其?夜未央。"

⑥冥冥:指昏暗的样子。《庄子·天地》:"视乎冥冥,听乎无声。"

⑦六合:指上下和四方,泛指天地或宇宙。

⑧汪濊(huì):深广的样子。《史记·司马相如列传》:"威武纷纭,湛恩汪濊。"

⑨禋禋(sī sī):不安的样子。

⑩象舆轙(yǐ)：指象车整装待发。

⑪逶蛇(wēiyí)：同"逶迤"，弯曲延伸的样子。

⑫玄德：至高至上的德行。

【汇评】

明·梅鼎祚："《赤蛟》曰：'礼乐成，灵将归。'则送神之曲也。后代郊祀乐府多仿之，大都本《骚》《九歌》《招魂》，故其词幽深峻绝。"（《古乐苑》卷一）

郊祀灵芝歌

班　固

因灵①寝兮产灵芝，象三德兮瑞应②图。延寿命兮光此都，配上帝兮象太微③，参日月兮扬光辉。（《乐府诗集》卷一。《初学记》卷一五。《太平御览》卷五七〇。《汉诗》卷四。）

【题解】

《郊祀灵芝歌》，一曰《汉颂论功歌诗》，又称《灵芝歌》，班固作。

《后汉书·明帝纪》："十七年……甘露仍降，树枝内附，芝草生殿前，神雀五色翔集京师。"班固作此诗，《乐府诗集》列入汉郊祀歌。

诗以灵芝瑞应，歌颂汉德广元、汉祚绵长。

【注释】

①灵：一作"露"。

②三德、瑞应：古人认为帝王修德，时代清平，天就会降下祥瑞以应之。《论衡·书虚》："天祐至德，故五帝三王招致瑞应。"

③太微：古代星官名，三垣之一。位于北斗之南，轸、翼之北，大角之西，轩辕之东。诸星以五帝座为中心，作屏藩状。《楚辞·远游》："召丰隆使先导兮，问大微之所居。"

安世房中歌

《安世房中歌》，又称《房中祠乐》《安世乐》，用为汉享祖之乐。《汉书·礼乐志》曰："汉《房中祠乐》，高祖唐山夫人所作。凡乐，乐其所生，礼不忘其本。高祖乐楚声，故《房中乐》，楚声也。孝惠二年，使乐府令夏侯宽备其箫管，更名《安世乐》。"曹魏时期又改为《正始之乐》《享神歌》。

《安世房中歌》，《文选补遗》《广文选》《古诗纪》均署名唐山夫人所作。《汉书》亦谓此篇属唐山夫人作乐，然乐与辞并非一事。

房中歌尤重孝道。汉初贵黄老，而夫人独以儒学制歌于焚书坑儒、解冠溲溺之际，虽云其体宜尔，盖亦难能可贵。厥后五帝之尊崇儒术，自夫人开其端也。

一

大孝备矣，休德昭清。高张四县①，乐充宫庭。芬树羽林②，云景杳冥③。金支秀华④，庶旄翠旌⑤。

【题解】

备飨之乐。通过对所用乐器、仪仗的描写，渲染祭祀之前的庄严场景。

【注释】

①县：通"悬"。四县：乐之四县，天子宫县。

②芬：通"纷"。指盛、多。树：立。羽林：指仪仗队伍。

③云景杳冥：形容仪仗队伍众多，如云日之杳冥。

④金支秀华：乐器上的装饰，以黄金为支，其首敷散，若草木之秀华也。

⑤庶：众。旄：牦牛尾，常用作旗杆等物的装饰。旌：杆头缀有牦牛尾，下有彩色羽毛为装饰的旗子。

二

　　《七始》《华始》①，肃②倡和声。神来晏娭③，庶几是听。粥粥④音送，细⑤齐人情。忽乘青玄⑥，熙事⑦备成。清思眑眑⑧，经纬冥冥⑨。

【题解】

点出所奏之乐，祭祀歌曲之声绵长，神灵亦安然而听。

【注释】

①《汉书·礼乐志》注引孟康曰："七始，天地四时，人之始。华始，万物英华之始也，以为乐名，如六英也。"

②肃：敬。

③娭(xī)：同"嬉"，嬉戏。

④粥粥(yù yù)：敬慎谦恭的样子。

⑤细：微。

⑥青玄：指青天，碧空。

⑦熙事：指吉祥之事。

⑧眑眑(yǎo yǎo)：幽静的样子。

⑨经纬：指经纬天地。冥冥：指高远。

三

　　我定历数，人告其心。救身齐戒①，施教申申②。乃立祖庙，敬明尊亲。大矣孝熙，四极爰轃④。

《汉书·礼乐志》此篇与下篇连缀为一首。今从《乐府诗集》。

描写祭祀之前进行斋戒，整饬衣冠，表达对神灵的尊崇。

【注释】

①敕身：也作"饬身"，整饬自己，正己。齐戒：斋戒。

②申申：衣冠整齐的样子。《汉书·石奋传》："子孙胜冠者在侧，申申如也。

③辌（zhēn）：同"臻"，至，到。

四

王侯秉德，其邻翼翼①。其邻翼翼②，显明昭式。清明鬯③矣，皇帝孝德。竟全大功，抚安四极。

【题解】

写王侯将相助祭，言其德及四邻，天下太平。

【注释】

①翼翼：恭敬的样子。

②其邻翼翼：此句系《汉书》脱误，今据王先谦《汉书补注》引吴仁杰之语增补。

③鬯（chàng）：通"畅"，通畅。

五

海内有奸，纷乱东北①。诏抚成师②，武臣承德。行乐交逆，《箫》《勺》群慝③。肃为济哉，盖定燕国④。

写武臣入位,赞美汉朝之德泽及北方,匈奴服从。

【注释】

①海内有奸,纷乱东北:指匈奴之乱。

②成师:各置部级校,师出以律。

③《箫》:舜时之乐。《勺》:周时之乐。慝(tè):恶,邪恶。《孟子·尽心下》:"庶民兴,斯无邪慝矣。"

④肃为济哉,盖定燕国:指匈奴服从,燕国安静无寇难。

六

大海荡荡①水所归,高贤愉愉②民所怀。大山崔③,百卉殖。民何贵?贵有德。

【题解】

歌颂先祖重视民本之德,百姓归附。

【注释】

①荡荡:广大的样子。

②愉愉:和悦的样子。

③崔:高峻。

七

安其所,乐终产①。乐终产,世继绪。飞龙秋,游上天。高贤愉,乐民人。

34

【题解】

歌颂先祖有用贤之道,百姓乐其终产。

【注释】

①乐终产:乐终其生。

八

丰草葽①,女罗施。善②何如,谁能回③。大莫大,成教德;长莫长,被无极。

【题解】

诗言教化百姓向德向善。

【注释】

①葽(yāo):草茂盛的样子。

②善:至德之善。

③回:乱,干乱。

九

雷震震,电耀耀。明德乡①,治本约②。治本约,泽弘大。加被宠,咸相保。德施大,世曼③寿。

【题解】

歌颂先祖恩泽四海。

【注释】

①乡:方。明德乡:明示德义之方。

②治本约:治政本之约。

③曼:延。

十

　　都荔遂芳,宎窊桂华①。孝奏天仪,若日月光。乘玄四龙,回驰北行。羽旄殷盛,芬哉芒芒。孝道随世,我署②文章。《桂华》③

【题解】
歌颂先祖重孝道。

【注释】
①宎窊(yǎo wā):指凸凹。桂华:《文选补遗》无此二字。

②署:分部,表。

③《桂华》与下篇末尾《美若》:应是此二诗之章名,原书后附,遂以冠后。

十一

　　冯冯翼翼①,承天之则。吾易久远,烛明四极。慈惠所爱,美若②休德。杳杳冥冥,克绰③永福。《美若》

【题解】
希望先祖保佑汉世。

【注释】
①冯冯(píng píng)翼翼:指盛多、众多的样子。

②若:顺。

③绰:宽,缓。指延长之意。

十二

砪砪即即①,师象山则②。乌呼孝哉,案抚戎国。蛮夷竭欢,象来致福③。兼临④是爱,终无兵革。

【题解】

歌颂先祖征服四夷,兼爱天下。

【注释】

①砪砪(ái ái):堆积的样子。即即:充实的样子。

②师:众。则:法。此句指积食之多类如山。

③象:泛指通译官。此句指蛮夷派遣通译官来致福贡。

④兼临:指处在上位的人对处在下位的人无限包容。

十三

嘉荐芳矣①,告灵飨②矣。告灵既飨,德音孔臧③。惟德之臧,建侯④之常。承⑤保天休,令问⑥不忘。

【题解】

告飨先祖,铭记先祖之德。

【注释】

①嘉荐芳矣:《仪礼·士冠礼》:"甘醴惟厚,嘉荐令芳。"嘉:善。嘉荐:脯醢之类的祭品。芳:芳香。

②飨:指鬼神享用祭品。

③孔:甚,很。臧:善,好。《诗经·鄘风·载驰》:"视尔不臧,我思不远。"

④建侯:封建诸侯。

⑤承:据《古诗纪》,一作"永"。

⑥令:善。问:名。

十四

皇皇鸿明①,荡侯休德②。嘉承天和,伊③乐厥福。在乐不荒,惟民之则。

【题解】

歌颂汉德,惠及下民。

【注释】

①鸿明:兴盛昌明。

②侯:《汉书·礼乐志》颜师古注引服虔曰:"侯,惟也。"休:据《古诗纪》,一作"嘉"。荡侯休德:指天下荡平,惟帝之美德。

③伊:是。

十五

浚①则师德,下民咸殖②。令问在旧③,孔容翼翼。

【题解】

歌颂众德,生育群黎,仪容恭敬。

【注释】

①浚:深。

②殖:生。

③旧:久。

十六

孔容之常,承帝①之明。下民之乐,子孙保光。承顺温良,受帝之光。嘉荐令芳,寿考不忘②。

【题解】

祝祷先祖保佑子孙后代。

【注释】

①帝:指天。

②不忘:长久。

十七

承帝明德,师象山则①。云施称民②,永受厥福。承容之常,承帝之明。下民安乐,受福无疆③。(《汉书·礼乐志》。《乐府诗集》卷八。《文选补遗》卷三四。《广文选》卷一一。《古诗纪》卷一二。《汉诗》卷四。)

【题解】

祝祷汉祚绵长。

【注释】

①师象山则:众象山而为法,不骞不崩。

②云施称民:称物平施,其泽如云。

③疆:极限,止境。

【汇评】

唐·司马贞:"按:《礼乐志》有《安世房中歌》,皆谓祭时室中堂上歌先祖功德也。"(《史记索隐》卷九)

北宋·陈旸:"《安世房中歌》有十七章存焉,然其大致在悦声色,无复箴戒之意,与《周南·关雎》:'乐得淑女,友以琴瑟钟鼓者异矣。'后世歌诗,得失非特乎此。故闻《画一》之歌,则知朝政之一矣。闻《高髻》之歌则知时俗之荡矣,闻《嚼复嚼》则知人事之乐生矣,闻《何其获》则知人情之苦役矣,然则后之为君可不审哉。"(《乐书》卷一六二)

明·陆时雍:"《房中歌》不沿《雅》《颂》,典则靡丽,相杂而成,以之视《封禅颂》,则庄;视《郊祀歌》,则轨矣。"(《古诗镜》卷三三)

明·王夫之:"读古人诗,有生新者,不可作生新想;刻炼者,亦不容以刻炼求之。彼自有其必然尔。东方虬,虫技也,岂足语此? 白乐天、梅圣俞一欲删人须眉,多见其不知量也。"(《古诗评选》卷一)

清·顾炎武:"《安世房中歌》十七章,《郊祀歌》十九章,皆郊庙之正乐。如《三百篇》之《颂》,其他诸诗,所谓赵、代、秦、楚之讴,如列国之《风》。"(《日知录》卷五)

清·沈德潜:"唐山夫人乐府更在李延年、司马相如之先,特为拈出。"(《清诗别裁集》卷二八)

卷三｜

鼓吹曲辞

鼓吹曲辞，一曰《短箫铙歌》。《西京杂记》："汉大驾祠甘泉、汾阴，备千乘万骑，有黄门前后部鼓吹。"崔豹《古今注》："汉乐有黄门鼓吹，天子所以宴乐群臣也。短箫铙歌，鼓吹之一章尔，亦以赐有功诸侯。铙歌用于燕乐，以彰功臣。"《古今乐录》："又有《务成》《玄云》《黄爵》《钓竿》，亦汉曲也。其辞亡。或云：'汉铙歌二十一无《钓竿》，《拥离》亦曰《翁离》。'"知汉铙歌十八篇，另有亡佚歌辞四篇，即《务成》《玄云》《黄爵》《钓竿》。今仅录十八首汉铙歌古辞。

《铙歌》，乃军中之乐，大抵非一人之作，亦非一时之歌，不用于庙堂，不出于应制，随感而发，无所依傍，感情真挚，格调流宕。

朱鹭曲

朱鹭①，鱼以乌②。(路訾邪)③，鹭何食？食茄④下。不之食，不以吐，将以问诛⑤者。(《宋书·乐志》。《乐府诗集》卷一六。《古诗纪》卷一五。《汉诗》卷四。)

【题解】

《朱鹭曲》，赞颂仪仗建鼓上所树朱鹭之羽。

《诗经·陈风·宛丘》："坎其击鼓，宛丘之下。亡冬亡夏，值其鹭羽。"周以鹭鸟之羽以为翿，立之而舞，以之事神。汉之仪仗，路车先导，树以朱鹭，建鼓有声。

诗作言仪仗之威，以戒路人。

【注释】

①朱鹭：又称"朱鹮"，属鹮科动物，以鱼、蟹、虾等为食。

②鱼以乌：曹道衡《乐府诗选》认为："同'鱼已歍(wū)'，指鹭鸟吃鱼已吃又想吐。"

③路訾邪：《乐府诗集》注曰："表声字，当与曲辞有别。"

④茄：当是古"荷"字，指荷茎。

⑤诛:疑误。《宋书·乐志》注:"一作'谏'。"

【汇评】

元·左克明:"此盖因饰鼓,以鹭而名曲焉。魏缪袭改'朱鹭'为'楚之平'。吴韦昭改为'炎精'缺言,汉室衰,孙坚奋迅猛志,念在匡救王迹也。晋傅玄改为'灵之祥',言宣皇帝之佐魏,犹虞舜之事尧也,既有石瑞之征,又能用武以诛孟度之逆命也。宋何承天《朱鹭》篇曰:'朱鹭扬和鸾,翠盖耀金华。'但称路车之美,与汉曲异。"(《古乐府》卷二)

明·杨慎:"古乐府《朱鹭曲》'朱鹭,鱼以乌。鹭何食?食茄下。''乌'古与'雅'同,叶音作'雅',盖古字乌鸦也,雅也,本一字也。雅与下相叶,始得其音,鱼以雅者,言朱鹭之威仪,鱼鱼雅雅也。韩文《元和圣德诗》'鱼鱼雅雅'之语本此。'茄',古'荷'字。"(《丹铅余录》卷二一)

明·王世贞:"'朱鹭,鱼以乌。'鱼也,乌也,俱鹭之仪貌也。乌转为鸦,鸦转为雅。食茄下,茄,荷也,当作'荷'。"(《弇州四部稿》卷一五六)

清·姚炳:"乐府'朱鹭,鱼以乌',统言乌也。"(《诗识名解》卷一)

思悲翁曲

思悲翁①,唐②思,夺我美人侵以遇③。悲翁也,但我思。蓬首④狗,逐狡兔,食交君⑤。枭⑥子五,枭母六,拉沓⑦高飞莫安宿。(《宋书·乐志》。《乐府诗集》卷一六。《古诗纪》卷一五。《汉诗》卷四。)

【题解】

诗作以四方征战的悲惨遭遇来衬托将士的艰辛与付出。

【注释】

①翁:泛指老年男子。《史记·魏其武安侯列传》:"与长孺共一老秃翁,何为首鼠两端。"

②唐：徒然，白白地。一作草名，蔓生，俗称菟丝。

③夺我美人：即美人夺我。侵：《说文解字·人部》："渐进也。"以：因为。遇：相遇。

④蓬首：头发乱如飞蓬。蓬，据《乐府诗集》，一作"蕞"。逯钦立《先秦汉魏晋南北朝诗》案："'蕞'字当是'蓬'之异文。"

⑤食交君：郑文《汉诗研究》认为："'君'是'麇（jūn）'的省写。《毛传》：'交交，小貌。'可见交有小义，也可见'交君'即小麇。"

⑥枭：郑文《汉诗研究》认为："'枭'与'骁'通，有健勇的意思。"

⑦拉沓：象声词。

【汇评】

元·左克明："此汉古辞，魏改为《战荥阳》，言曹公也。吴改为《汉之季》，言孙坚悼叹汉之微痛，董卓之乱，兴兵奋击，功盖海内也。晋曰《宣受命》，言宣皇帝御诸葛亮，养威重运神兵，亮震怖死也。宋何承天以为《思悲公》篇。"（《古乐府》卷二）

明·杨慎："《汉铙歌》十八曲，自《朱鹭》至《石留》，《古今乐录》谓其声辞相杂，不复可分是也。近世有好奇者，拟之，韵取不协，字用难训，亦好古之弊矣。"（《丹铅馀录》卷三）

明·冯惟讷："又《朱鹭》《雉子斑》《艾如张》《思悲翁》《上之回》等，只二三句可解，岂非岁久文字舛讹而然耶？"（《古诗纪》卷一五五）

明·张萱："如《思悲翁》一篇，有夺翁美人，'枭子五，枭母六'之句，以理推之，必无五子而六母也，大意以枭为不顺之鸟，言母携其子舍己，从人而去，力不能取，故发于音声，而悲怨之。今究其义，则似是言五子与母并其数为六也。"（《疑耀》卷三）

艾如张曲

艾而张罗①，（夷於何）②。行成之，四时和。山出黄雀亦有罗，雀以高飞奈雀何？为此倚欲，谁肯礭室③。（《宋书·乐志》。

《乐府诗集》卷一六。《古诗纪》卷一五。《汉诗》卷四。）

【题解】

《乐府诗集》："古词曰：'艾而张罗。'又曰：'雀以高飞奈雀何?'"又引《穀梁传》曰："'艾兰以为防，置旃以为辕门'，谓因搜狩以习武事也。兰，香草也，言艾草以为田之大防是也。"明冯惟讷《古诗纪》："艾与刈同，芟草也。"知"艾如张"意为"刈而张罗"。

诗作描写张罗而待黄雀，奈何黄雀高飞。用为将士安营扎寨，艾草为防。

【注释】

①艾(yì)：通"刈"，割。引申为收割，收获。张罗：张开捕鸟的网。

②夷於何：表声字。

③礦(méng)：当作"磣"，即古"坠"字。礦室：郑文《汉诗研究》认为："蒙受矢石之患。"

【汇评】

元·左克明："声相传，训诂不可复解，但俱失古题本意。"（《古乐府》卷二）

清·何文焕："吴旦生曰：'艾与刈同，《说文》：'芟草'也，'如'读为'而'，犹《春秋》'星陨如雨也'，故古辞'艾而张罗'其意盖谓刈而张罗也。按《穀梁传》：'艾兰以为防，置旃以为辕门。'谓因搜狩以习武，芟草以为田之大防是也。若云'张机蓬艾侧'，是以艾为蓬艾，恐失本意。"（《历代诗话》卷二三）

上之回曲

上之回，所中益①。夏将至，行将北。以承甘泉宫，寒暑德②。游石关③，望诸国，月支臣④，匈奴服。令从百官疾驱驰，千秋万岁乐无极。（《宋书·乐志》。《乐府诗集》卷一六。《文选补遗》卷

46

三四。《广文选》卷一二。《古诗纪》卷一五。《汉诗》卷四。)

【题解】

《汉书·武帝纪》:"天汉二年春,行幸东海还,幸回中。"《乐府诗集》引吴兢《乐府解题》曰:"汉武通回中道,后数出游幸焉。"引沈建《广题》曰:"汉曲皆美当时之事。"又曰:"按石关,宫阙名,近甘泉宫。相如《上林赋》云'蹴石关,历封峦'是也。"诗作写汉武帝巡守盛状,作此曲以赞颂之。

逯钦立《先秦汉魏晋南北朝诗》言:"《上之回》者,言上幸回中。'所中'即'行在所',又见《雉子班》,盖当时习语,'所中益'言行在所仪从之盛,末二句则赞美之辞。"

诗作写帝王出游之时的盛况,表现出赞美之情。

【注释】

①上:指汉武帝。回:回中道。《汉书·武帝纪》注:"应劭曰:'回中在安定高平,有险阻。萧关在其北,通治至长安也。'孟康曰:'回中在北地,有山险,武帝故宫。'如淳曰:'《三辅黄图》云回中宫在汧也。'师古曰:'回中在安定,北通萧关,应说是也。'"所:行在所。益:《说文解字·皿部》:"益,饶也。"本句言汉武帝经回中道巡幸之事。

②德:一作"得"。

③石关:宫阙名,指石关宫,与甘泉宫相近。

④月支:古代西北民族名称,也称"月氏",其族先居住在今甘肃省敦煌市与青海祁连之间,汉文帝时期,遭匈奴攻击,西迁至塞种故地(今新疆伊犁河上游一带),称"大月氏"。其余不能迁者,入祁连山区,称"小月氏"。臣:名词作动词,臣服。

【汇评】

明·冯惟讷:"《汉书·武帝纪》曰:'元封四年冬十月,行幸雍,祠五畤。通回中道,遂北出萧关。'回中地在安定。沈建《乐府广题》曰:'汉曲皆美当时之事,按,石关,宫阙名,近甘泉宫,相如《上林赋》云'蹴石关历封峦是也。'"(《古诗纪》卷一五)

翁离曲

拥离趾^①中,可筑室^②,何用葺^③之蕙用兰。拥离趾中。
(《宋书·乐志》。《乐府诗集》卷一六。《古诗纪》卷一五。《汉诗》卷四。)

【题解】
《翁离曲》,一作《拥离》。汉魏时期用为收藏死卒之时所用的乐歌。

【注释】
①拥离:闻一多《乐府诗笺》引《释名·释姿容》:"拥,翁也,翁抚之也。"又言:"洲渚之状为之拥离。……翁龙拥离一语之转,沚状谓之拥离,亦犹障状谓之翁龙也。"又逯钦立《先秦汉魏晋南北朝诗》:"汉时习语,所以状五采之貌。《郊祀歌》:'殊翁杂,五采文'是其证。翁离,亦当作"翁杂"。翁杂:形容五采殊异。趾:闻一多《乐府诗笺》:"读为'沚'。《天问》:'黑水玄趾。'"一作"沚"。《尔雅·释水》:"水中可居者曰洲,小洲曰陼,小陼曰沚。"又《汉书·食货志》引作"止","趾"皆可作"止"。

②筑室:闻一多《乐府诗笺》:"《九歌·湘夫人》:'筑室兮水中,葺之兮荷盖。'此诗二句与彼酷似,疑亦祀神乐章。"

③葺(qì):修整房屋。本句意为安葬士卒的墓室。

【汇评】
元·左克明:"一作《雍离》,一作《拥离》。魏改曰《旧邦》,言曹公胜袁绍于官渡,还谯收藏死亡士卒也。"(《古乐府》卷二)

战城南曲

战城南,死郭^①北,野死不葬乌可食。为^②我谓乌:"且为客豪^③,野死谅不葬,腐肉安能去子逃?"水深激激^④,蒲苇冥冥⑤。枭骑战斗死,驽马徘徊鸣。

梁筑室,何以南? 梁何北⑥？禾黍而⑦获君何食? 愿为忠臣安可得? 思子良臣,良臣诚可思。朝行出攻,暮不夜⑧归。

(《宋书·乐志》。《乐府诗集》卷一六。《文选补遗》卷三四。《广文选》卷一二。《古诗纪》卷一五。《汉诗》卷四。)

【题解】

《战城南曲》,作于西汉时期。前章写戍卒悼念阵亡者,后章写思归不得。·

【注释】

①郭:外城。

②为:据《文选补遗》,此处无"为"字。

③豪:即"謣",同"号",指大声哀号。

④激激:形容水清澈的样子。

⑤冥冥:幽暗的样子。

⑥梁何北:据《文选补遗》《广文选》《古诗纪》,此三字作"何以北"。此句两个"梁"字有二解,一解:两个"梁"字均为表声字,无义;二解:前一个"梁"字意为"桥梁",后一个"梁"字为衍字,当删。

⑦而:《广文选》《古诗纪》作"不"。

⑧暮不夜:《文选补遗》作"暮夜不"。

【汇评】

南宋·陈仁子:"愚曰为此诗者,将以激人之忠悦,以犯难也。李白遂引以为兵凶器,非本意也。"(《文选补遗》卷三四)

元·左克明:"其词大略言'战城南,死郭北',野死不葬为乌鸟所食,愿为忠臣,朝出攻战而暮不得归也。

明·彭大翼:"《战城南》,《前汉志·乐府》有《悲翁战城南》曲。"(《山堂肆考》卷一六一)

明·王夫之:"铙歌杂鼓吹,谱字多不可读,唯此首略可通解。所咏虽悲壮,而声情缭绕,自不如吴均一派装长髯大面腔也。丈夫虽死,亦闲闲

尔,何至桢面张奉?"(《古诗评选》卷一)

巫山高曲

巫山①高,高以大;淮水②深,难以逝③。我欲东归,害梁④
不为?我集无高⑤,曳水何(梁)⑥。汤汤回回⑦。临水远望,泣
下沾衣。远道之人心思归,谓之何⑧!(《宋书·乐志》。《乐府诗集》
卷一六。《广文选》卷一二。《古诗纪》卷一五。《汉诗》卷四。)

【题解】

《巫山高曲》,《乐府解题》:"古词言,江淮水深,无梁可度,临水远望,思
归而已。"

诗篇为征夫思乡而作,表达欲归而不能的无奈。

【注释】

①巫山:山名,即巫峡,有十二峰,其下有神女庙,在今重庆巫山县东
南面。

②淮水:即淮河,发源地在河南桐柏山,流经安徽、江苏。

③逝:指水流。此处引申为渡过。

④害:逯钦立认为,"害者,曷之借字。"梁:曹道衡《乐府诗选》认为此字
无义。

⑤我集无高:"集高"即"济篙"。

⑥曳:划船用的桨。梁:当是"深"之讹字。

⑦汤汤(shāng shāng):指水势浩大的样子。《诗经·卫风·氓》:"淇水
汤汤,渐车帷裳。"回回:水流回旋的样子。

⑧谓之何:有什么办法呢?

【汇评】

南宋·郑樵:"古辞'巫山高,高以大,淮水深,难以逝',大略言江淮深,

无梁以渡,临水远望,思归而已。后之作者皆涉阳台云雨之说,非旧意也。"
(《通志》卷四九)

明·梅鼎祚:"《乐府解题》曰:古辞言'江淮水深,无梁可度,临水远望,
思归而已。'又有演《巫山高》,不详所起。"(《古乐苑》卷八)

明·彭大翼:"《巫山高》,鼓吹曲名。言江淮水深,无梁可渡,临水遥
望,巫山之高而已。又《乐府》有《蜀道难》词,言铜梁玉垒之阻,亦喻人处世
之难也。"(《山堂肆考》卷一六〇)

上陵曲

上陵何美美①,下津②风以寒。问客③从何来,言从水中
央。桂树为君船,青丝为君笮④,木兰为君棹⑤,黄金错⑥其间。
沧海之雀赤,翅鸿白雁随⑦。山林乍开乍合,曾不知日月明。
醴泉⑧之水,光泽何蔚蔚⑨。芝为车,龙为马,览遨游,四海
外。甘露⑩初二年,芝生铜池中,仙人下来饮,延寿千万岁。(《宋
书·乐志》。《乐府诗集》卷一六。《广文选》卷一二。《古诗纪》卷一五。《汉
诗》卷四。)

【题解】

《上陵曲》,作于汉宣帝甘露二年(前152),灵芝祥瑞出现,仙客下凡饮
酒并赐福之事。

《古今乐录》曰:"汉章帝元和中,有宗庙食举六曲,加《重来》《上陵》二
曲,为《上陵》食举。"

诗作写迎神、送神之事,以军乐奏之。

【注释】

①上陵:逯钦立言:"《古今乐录》所疑非也,此题'上陵'与本文'山林',
殆皆'上林'之误。"美美:闻一多《乐府诗笺》中认为:"'美'疑读为'枚',《鲁

颂・閟宫》'实实枚枚',《释文》引《韩诗》曰:'枚枚,闲暇无人之貌',一作微微,《文选・南都赋》'清庙肃以微微',李注:'微微,幽静貌。'"

②下津:下到水边。

③客:指仙客。

④笮(zuó):竹索。

⑤棹(zhào):船桨。《后汉书・皇甫嵩传》:"是犹逆坂走丸,迎风纵棹。"

⑥错:涂饰。

⑦随:当作"堕"。

⑧醴泉:甘泉。

⑨蔚蔚:茂盛的样子。

⑩甘露:指西汉汉宣帝的年号(前53—前50)。

【汇评】

明・冯惟讷:"按古辞大略言神仙事,不知与《食举曲》同否。"(《古诗纪》卷一五)

将进酒曲

将①进酒,乘大白②。辨加哉③,诗审搏④。放故歌,心所作。同阴气⑤,诗悉索⑥。使禹良工,观者苦⑦。(《宋书・乐志》。《乐府诗集》卷一六。《古诗纪》卷一五。《汉诗》卷四。)

【题解】

《乐府诗集》引古辞曰:"'将进酒,乘大白。'大略以饮酒放歌为言。"

秦汉饮酒礼,一用于将士凯旋,二用于校阅之后的宴饮。诗作描写宴饮之时,尽情饮酒放歌的场面。

【注释】

①将(qiāng):请,愿。《诗经・郑风・将仲子》:"将仲子兮,无逾

我墙。"

②乘大白:逯钦立《先秦汉魏晋南北朝诗》言:"指引满举白之意。"

③辨:通"辩",辩驳。辨加哉:辩驳交加。

④诗:此处有"持"的意思。审:工审。诗审搏:所持辩驳之言辞,工审广博。

⑤阴气:阴声律吕。

⑥诗悉索:指歌舞表演由盛转衰。

⑦禹、观:闻一多《乐府诗笺》"禹"为"尔"义,"观"为"歌"义。当是。苦:疑为"若"字之误。若,顺。

【汇评】

元·左克明:"古词曰:'将进酒,乘太白',大略以饮酒放歌为言。"(《古乐府》卷二)

君马黄歌

君马黄,臣马苍①,二马②同逐臣马良。易之有騩蔡有赭③,美人归以南,驾车驰马。美人伤我心!佳人归以北,驾车驰马。佳人安终极!(《宋书·乐志》。《乐府诗集》卷一六。《文选补遗》卷三四。《广文选》卷一二。《古诗纪》卷一五。《汉诗》卷四。)

【题解】

《君马黄歌》,言车马之盛。

【注释】

①君马、臣马:王汝弼《乐府散论》认为"皆指田猎时所乘的马"。当是。

②二马:《宋书·乐志》作"三",当是誊写之误,今从《乐府诗集》。

③易:古燕地,在北方。騩(guī):黑色的马。蔡:古蔡地,在南方。赭(zhě):红褐色的马。

明·何楷："又汉乐府云：'君马黄，臣马苍'，独言两骖者，骖在服外，易于出入也。"（《诗经世本古义》卷一七）

清·王琦："按本辞云：'君马黄，臣马苍，二马同逐臣马良。'借言我马之良，喻我所效于友者较胜。古者君臣之称通乎上下故也。其曰：'美人归以南，驾车驰马，美人伤我心，佳人归以北，驾车驰马，佳人安终极'者，美人、佳人亦称其友，驾车驰马，南北就上马之同，逐言其分驰而去，以喻交之不终，而一则曰'伤我心'，一则曰'安终极'，虽怨之不忍，明言之则尤有不出恶声之意焉。（《李太白集注》卷六注引）

芳树曲

芳树日月①，君乱如于风，芳树不上无心。温而鹄，三而为行②。临兰池③，心中怀我怅。心不可匡④，目不可顾，妒人之子愁杀人。君有它⑤心，乐不可禁。王将何似，如孙如鱼⑥乎？悲矣。（《宋书·乐志》。《乐府诗集》卷一六。《古诗纪》卷一五。《汉诗》卷四。）

【题解】

《芳树曲》，诗作用芳树的高洁来比喻作者的心性纯如，当对方有二心之时，也能坦然面对。

【注释】

①月：按逯钦立《先秦汉魏晋南北朝诗》言："当作'夕'。"

②温、鹄：郑文《汉诗研究》认为："'温'者，和柔之意，'鹄'者，直立之行，'三'者，数之极也。"当是。

③兰池：池名，亦或宫名，当在长安附近。

④匡：闻一多《乐府诗笺》："匡疑当为匪字之误也。《说文》：'匪，古文

藏字。'《小雅·隰桑》:'中心藏之。'"当是。

⑤它:《乐府诗集》作"他"。

⑥如孙如鱼:闻一多《乐府诗笺》:"孙读为苏,一作荃。'如苏如鱼'者,谓彼妒人之香饵,王则如鱼,将受其欺也。"陈直《〈汉铙歌十八曲〉新解》:"闻说是也。但荃亦可解作鱼筌,不必泥于香饵,大意是比妒人之子如钓师,比王鱼之在筌。"陈说当是。

有所思曲

有所思,乃在大海南。何用问遗①君?双珠玳瑁簪②,用玉绍缭之。闻君有它③心,拉杂摧烧之!摧烧之,当风扬其灰。从今以往,勿复相思!相思与君绝。鸡鸣狗吠,兄嫂当知之。妃呼豨④!秋风肃肃晨风飔⑤,东方须臾高⑥知之。(《宋书·乐志》。《乐府诗集》卷一六。《广文选》卷一二。《古诗纪》卷一五。《汉诗》卷四。)

【题解】

《乐府解题》引《古今乐录》言:"汉太乐食举第七曲亦用之,不知与此同否。"

清庄述祖《汉铙歌句解》言:"短箫铙歌之为军乐,特其声耳;其辞不必皆序战阵之事。"

诗作写恋爱中的女子,在得知所爱的男子变心之后的反应。

【注释】

①遗(wèi):赠。

②玳瑁簪:玳瑁甲壳所作的首饰。

③它:《乐府诗集》作"他"。

④妃呼豨(xī):均表声字。

⑤颸(sī):迅疾之风。

⑥高:同"皓",明亮。

【汇评】

明·彭大翼:"《有所思》,鼓吹曲名。言离别之思也。唐卢仝有此词。"(《山堂肆考》卷一六一)

明·冯惟讷:"按《古今乐录》曰:'汉大乐食举第七曲亦用之,不知与此同否。"(《古诗纪》卷一五)

明·陆时雍:"铙歌矫劲如短剑强弓,'秋风肃肃晨风颸,东方须臾高知之',似质誓语意。"(《古诗镜》卷一)

清·沈德潜:"怨而怒矣。然怒之切,正望之深。末段余情无尽。"(《古诗源》卷三)

清·陈本礼:"妃呼豨,人皆作声词读;细观上下语气,有此一转,便通身灵豁,岂可漫然作声词读耶!"(《汉诗统笺》)

雉子班曲

雉子①,班②如此。之于雉梁③。无以吾翁孺④,雉子。

知得雉子高飞⑤止,黄鹄⑥飞,之以千里,王可思。

雄来飞从雌,视子趋一雉。雉子,车大驾马滕⑦,被王送行所中⑧。

尧羊⑨飞从王孙行。(《宋书·乐志》。《乐府诗集》卷一六。《古诗纪》卷一五。《汉诗》卷四。)

【题解】

诗作以成雉的口吻来告诫雉子,最后雉子被捕,成雉不舍而跟随之。

【注释】

①雉子:鸟名,即野鸡,此处指小野鸡。

②班:同"斑",雉子羽毛斑斓。

③之:同"至"。于:《乐府诗集》作"干",误。梁:曹道衡《乐府诗选》认为:"同'梁',雉子飞到可以觅食之处。"

④无:同"毋",不要。吾:同"俉",接近。翁孺:指人类。

⑤飞:《乐府诗集》作"蜚",下同。

⑥黄鹄:鸟名,即天鹅。

⑦大驾:《汉官仪》:"天子法驾三十六乘,大驾八十一乘,皆备千乘万骑而出也。"滕:同"腾",奔跑。车大驾马滕:曹道衡《乐府诗选》认为:"猎者把幼雉捉住驾上车,马已迅跑起来。"

⑧王:曹道衡《乐府诗选》认为:"当作'生'。"行所中:行所在。

⑨尧羊:或作"翱翔"。

圣人出曲

圣人出,阴阳和。美人①出,游九河。佳人来,骓②离哉何。驾六飞龙四时和。君之臣明护不道③,美人哉,宜天子。兔甘星筮乐甫始④,美人子,含四海。(《宋书·乐志》。《乐府诗集》卷一六。《广文选》卷一二。《古诗纪》卷一五。《汉诗》卷四。)

【题解】

诗作用"圣人""美人""佳人"来赞美帝后,或用为皇帝大婚之乐。

【注释】

①美人:与下文佳人对举,以喻贤臣。

②骓(fēi):马。

③明:闻一多《乐府诗笺》:"明,当为'萌',古与'民'通,即君之臣民。"当是。护不道:诛灭不道。

④兔甘星筮:郑文《汉诗研究》:"《韵会》:'卫大夫兔余。'《史记·天官书》:'齐有甘公。'兔、甘二姓占侯卜筮之学。"甫:大。乐甫始:广大众多。

上邪曲

　　上邪①,我欲与君相知②,长命③无绝衰。山无陵④,江水为竭,冬雷震震夏雨雪⑤,天地合,乃敢与君绝。(《宋书·乐志》。《乐府诗集》卷一六。《广文选》卷一二。《古诗纪》卷一五。《汉诗》卷四。)

【题解】

诗作写女子对恋人立下的海誓山盟。

【注释】

①上:指天。邪:同"耶"。据《古诗纪》,一作"雅"。

②相知:相亲近。

③长命:此处指代两个人的爱情。

④陵:峰。

⑤震震:指打雷声。雨(yù):名词动用,下。

【汇评】

清·沈德潜:"'山无陵'下共五事,重叠言之,而不见其排,何笔力之横也。"(《古诗源》卷三)

临高台曲

　　临高台以轩①,下有清水清且寒。江有香草目以兰,黄鹄高飞离哉翻。关②弓射鹄,令我主寿万年。收中吾③。(《宋书·乐志》。《乐府诗集》卷一六。《广文选》卷一二。《古诗纪》卷一五。《汉诗》卷四。)

诗作用于祝福之辞。

【注释】

①轩:高。

②关:通"弯",拉满弓。《孟子·告子下》:"越人关弓而射之。"

③收中吾:句意不详,或是曲调尾声。吾:《广文选》作"吉"。

【汇评】

明·冯惟讷:"篇末'收中吾'三字,其义未详,疑曲调之余声,如《乐录》所谓'羊无夷伊那何'之类。"(《古诗纪》卷一五)

又:"铙歌辞曰:'临高台以轩'可以当之,又'江有香草目以兰,黄鹄高飞离哉翻'绝工美,可为七言宗也。"(《古诗纪》卷一四七)

远如期曲

远如期①,益如寿。处天左侧②,大乐万岁,与天无极。

雅乐陈,佳哉纷。单于自归,动如惊心。虞心大佳,万人还来,谒者引,乡殿陈,累世未尝闻之③。增寿万年亦诚哉!
(《宋书·乐志》。《乐府诗集》卷一六。《广文选》卷一二。《古诗纪》卷一五。《汉诗》卷四。)

【题解】

《远如期曲》,一曰《远期》。《乐府诗集》:"《宋书·乐志》有《晚芝曲》,沈约言旧史云'诂不可解',疑是汉《远期曲》也。《古今乐录》曰:'汉太乐食举曲有《远期》,至魏省之。'"

逯钦立《先秦汉魏晋南北朝诗》言:"此曲盖美宣帝时单于来朝之作。"

诗作用为朝会之乐。

【注释】

①远如期:即远期。陈直《〈汉铙歌十八曲〉新解》:"匈奴远道如期来

朝。"当是。又《汉书·宣帝纪》载:"匈奴单于乡风慕义,举国同心,奉珍朝贺,自古未之有也。单于非正朔所加,王者所客也,礼仪宜如诸侯王,称臣昧死再拜,位次诸侯王下。诏曰:'盖闻五帝三王,礼所不施,不及以政。今匈奴单于称北藩臣,朝正月,朕之不逮,德不能弘覆。其以客礼待之,位在诸侯王上。'"

②处天左侧:陈直《〈汉铙歌十八曲〉新解》:"即指匈奴方位而言。"当是。

③本句之事见于《汉书·匈奴传》:"单于朝甘泉,礼毕。宿长平,上登长平诏单于勿谒。其左右当户之群臣,皆得列观。及诸蛮夷君长侯王数万咸迎于渭桥下,夹道陈、上登渭桥,咸称万岁。"

石留曲

石留凉阳凉石①,水流为沙锡以微②。河为香向始黐③,冷将风阳北逝④。肯无敢与于杨⑤,心邪怀兰志⑥。金安薄北方⑦,开留离兰⑧。(《宋书·乐志》。《乐府诗集》卷一六。《古诗纪》卷一五。《汉诗》卷四。)

【题解】

《石留曲》,一作《石流》。逯钦立《先秦汉魏晋南北朝诗》:"盖上言石沙之销毁,下言时光之迅速。"

【注释】

①石留:亦为石流,石上流水。凉阳凉:徐仁甫《古诗别解》卷四《汉鼓吹铙歌十八曲别解》:"阳者,重迭词中表声之字,犹《杂曲·婕蝶行》'摇头鼓翼何轩何奴'之'奴',亦迭词中表声字。"当是。阳字无义,起强调语气的作用。此句言水流于石上,水是多么的清凉啊!

②沙:《说文解字·水部》:"沙,水散石也。"锡:通"緆",细麻布。此句言水中沙细且微。

③河:指一般的水名。《经典释文》:"北人名水皆曰河。"香:芳。谿(xī):同"溪"。《古诗纪》作"溪"。此句言水流之芳。

④冷将风:指冷风。阳北逝:逯钦立《先秦汉魏晋南北朝诗》:"冬日行北陆,故曰阳北逝。"当是。

⑤肯无:肯否。杨:杨树。《诗经·陈风·东门之杨》:"东门之杨,其叶牂牂。"《乐府诗集》《古诗纪》均作"扬",当误。

⑥邪:语气词。怀兰:兰,香草。王逸《九思·悯上》:"怀兰英兮把琼若,待天明兮立踯躅。"自注:"言怀兰把若,无所施之,欲待明君,未知其时,故屏营踯躅。"此句言心怀如兰之志。

⑦安:何。薄:迫近。

⑧开留离兰:陈本礼《汉诗统笺》:"四字声词。"当是。

【汇评】

元·左克明:"古辞不可读。"(《古乐府》卷二)

清·庄述祖:"有其声,而其辞失传。"(《汉铙歌句解》)

清·陈沆:"声辞久淆,不可复诂。"(《诗比兴笺》卷一)

清·陈祚明:"都不可解。后之拟者,以水流去而石留不动,比臣节。"(《采菽堂古诗选》卷一)

相和歌辞

相和歌辞,主要由相和六引、相和曲、吟叹曲、四弦曲、平调曲、清调曲、瑟调曲、楚调曲、大曲九个部分组成。《宋书·乐志》:"相和,汉旧歌也。丝竹更相和,执节者歌。"

《乐府诗集》:"其后晋荀勖又采旧辞施用于世,谓之清商三调歌诗,即沈约所谓'因弦管金石造歌以被之'者也。……《晋书·乐志》曰:'凡乐章古辞存者,并汉世街陌讴谣,《江南可采莲》《乌生十五子》《白头吟》之属。'其后渐被于弦管,即相和诸曲是也。"

在清商三调平调曲、清调曲、瑟调曲和相和歌的关系方面,清商三调仍应属于相和歌,而不是与相和歌并行的乐府大类名。

箜篌引

公无渡河,公竟渡河,堕河而死①,将奈公②何。(《乐府诗集》卷二六题解。《初学记》卷一六。《白帖》卷一八。《文选补遗》卷三四。《广文选》卷一二。《古诗纪》卷一六。《汉诗》卷九。)

【题解】

《箜篌引》,见于《乐府诗集》引崔豹《古今注》:"《箜篌引》者,朝鲜津卒霍里子高妻丽玉所作也。子高晨起刺船,有一白首狂夫,被发提壶,乱流而渡,其妻随而止之,不及,遂堕河而死。于是援箜篌而歌曰:'公无渡河,公竟渡河,堕河而死,将奈公何!'声甚凄怆,曲终亦投河而死。子高还,以语丽玉。丽玉伤之,乃引箜篌而写其声,闻者莫不堕泪饮泣。丽玉以其曲传邻女丽容,名曰《箜篌引》。"《古今乐录》:"张永《技录》相和有四引,一曰箜篌,二曰商引,三曰徵引,四曰羽引。箜篌引歌瑟调,……古有六引,其宫引、角引二曲阙,宋为箜篌引有辞,三引有歌声,而辞不传。梁具五引,有歌有辞。凡相和,其器有笙、笛、节歌、琴、瑟、琵琶、筝七种。"

《先秦汉魏晋南北朝诗》言:"《宋书·乐志·巾舞歌诗》有《公莫舞》一篇,沈约谓《琴操》有《公莫渡河》曲,其声所从来已久。《乐录》非之曰:'今三调中自有《公无渡河》，其声哀切，首入瑟调，不容以瑟调杂于舞曲云。'据此，《公无渡河》曲兼为瑟调曲。"

诗作劝诫身处险境者，对方却执意不听，终涉危险境地。

【注释】

①堕：《文选补遗》作"坠"。《初学记》"堕"上有"公"字。堕河而：《白帖》作"公堕河"。

②公：《初学记》《乐府诗集》题解均无"公"字，当补。

【汇评】

明·陆时雍："是哭是歌，招魂欲起，寥落四语，意自怆人。"(《古诗镜》卷一)

江　南

江南可采莲，莲叶何田田①。鱼戏莲叶间，鱼戏莲叶东，鱼戏莲叶西，鱼戏莲叶南，鱼戏莲叶北。(《宋书·乐志》。《乐府诗集》卷二六。《文选补遗》卷三四。《古诗纪》卷一六。《汉诗》卷九。)

【题解】

《江南》，《乐府诗集》引《乐府解题》曰："江南古辞，盖美芳晨丽景，嬉游得时。"

诗作描写人们在采莲时节的欢快、愉悦。

【注释】

①莲：一作"荷"，下同。田田：荷叶茂盛的样子。

【汇评】

元·左克明："《江南曲》古辞云：'江南可采莲，莲叶何田田'，义云鱼戏莲叶东、西、南、北，盖美其芳晨丽景，嬉游得时也。若梁简文'桂楫晚应旋唯歌游戏'，又有《采菱曲》等疑出于此。"(《古乐府》卷四)

清·冯班："云有古诗全不押韵者，古《采莲曲》是也。按云：'江南可采

莲,莲叶何田田。鱼戏莲叶间,''田''莲'是韵间字,古韵通。'何''言',全无韵也。"(《钝吟杂录》卷五)

东光乎

东光乎①,仓梧②何不乎。仓梧多腐粟,无益诸军粮。诸军游荡子,早行多悲伤。(《宋书·乐志》。《乐府诗集》卷二七。《古乐府》卷四。《广文选》卷一二。《古诗纪》卷一六。《汉诗》卷九。)

【题解】

《乐府诗集》引《古今乐录》曰:"张永《元嘉技录》云:'《东光》,旧但有弦无音,宋时造其声歌。'"

《先秦汉魏晋南北朝诗》言:"《技录》云云,似此曲西晋前尚无歌辞,宋时始造新诗,应再考。"

诗作言从军苍梧。

【注释】

①东光:余冠英《乐府诗选》认为:"东方明。"乎:《古乐府》作"平"。逯钦立《先秦汉魏晋南北朝诗》曰:"乎,疑误,当作'平'。下同。

②仓:亦作"苍"。仓梧:即苍梧,今广西梧州。具体事件为汉武帝元鼎五年(前112)之时,派军进攻苍梧。

薤 露

薤上露①。何易晞②。露晞明朝更复落③,人死一去④何时归。(《乐府诗集》卷二七。《古今注》中。《后汉书·周举传》注。《文选》卷二八《挽歌诗》注。《初学记》卷一四。《太平御览》卷五五二。《合璧事类》卷六八。《草堂诗笺》卷二四《故秘诗》注。《古诗纪》卷一六。《汉诗》卷九。）

【题解】

《薤露》，一作《泰山吟行》。

诗作用"露"比喻生命的短暂与脆弱，用为王公贵族送葬的挽歌。

【注释】

①薤（xiè）：一种多年生草本植物，俗称藠（jiào）头，鳞茎可食用。露：《初学记》《文选注》《古今注》"露"字上有"朝"字。《文选》注"露"字上有"零"字。

②晞（xī）：晒干。

③露晞：《太平御览》无此二字。落：《初学记》作"结"，《太平御览》或作"露"，《古今注》作"滋"。

④一去：《太平御览》："或无'一去'二字。"

【汇评】

元·左克明："亦曰《泰山吟行》丧歌，旧曲本出于田横门人，歌以葬横。一章言人命奄忽如薤上露易晞；二章言人精魂归于蒿里。至汉武帝时，李延年分为二曲，《薤露》送王公贵人，《蒿里》送士大夫庶人挽柩者，歌之亦为《挽柩歌》。"（《古乐府》卷四）

蒿　里

蒿里谁家地，聚敛魂魄①无贤愚。鬼伯②一何相催促，人命不得少踟蹰③。（《乐府诗集》卷二七。《古今注》下。《文选》卷二八《挽歌诗》注。《初学记》卷一四。《太平御览》卷五五二。《合璧事类》卷六八。《草堂诗笺》卷二四《故秘诗》注。《古诗纪》卷一六。《汉诗》卷九。）

【题解】

《蒿里》，一作《蒿里曲》。

诗作言人生短暂,世事难料,在死亡面前人人平等。用为士大夫和庶人送葬的挽歌。

【注释】

①魂:《太平御览》《草堂诗笺》作"精"。魄:《太平御览》作"魂"。

②鬼伯:鬼中之长,指阎王。

③踟蹰:即"踟躇",徘徊不前。

【汇评】

明·陆时雍:"二首长歌曼声,甚于泣涕情至,语故自伤。"(《古诗镜》卷一)

鸡 鸣

鸡鸣高树巅,狗吠深宫①中。荡子何所之,天下方太平。刑法非有贷②,柔协正乱名③。黄金为君门,璧玉为轩阑④堂。上有双樽酒,作使邯郸倡。刘王碧青甓,后出郭门王⑤。舍后有方池,池中双鸳鸯。鸳鸯七十二,罗⑥列自成行。鸣声何啾啾⑦,闻我殿东箱⑧。兄弟四五人,皆为侍中郎。五日一时来,观者满路傍。黄金络马头,颖颖何煌煌⑨。桃生⑩露井上,李树生桃傍。虫来啮桃根⑪,李树代桃僵⑫。树木身相代,兄弟还相忘。(《宋书·乐志》。《乐府诗集》卷二八。《文选补遗》卷三四。《广文选》卷一二。《古诗纪》卷一六。《汉诗》卷九。)

【题解】

《乐府诗集》引《乐府解题》曰:"古词云:'鸡鸣高树巅,狗吠深宫中。'初言'天下方太平,荡子何所之',次言'黄金为门,白玉为堂,置酒作倡乐为乐',终言'桃伤而李仆',喻兄弟当相为表里。兄弟三人近侍,荣耀道路,与《相逢狭路间行》同。"

诗先写太平盛况,接着写荡子的显贵与奢华,最后写贵族之间互相倾轧的结局,是对汉代豪门贵族真实状况的反映。

【注释】

①宫:一作"巷"。

②贷:宽恕。

③柔协:安抚和顺之人。正乱名:曹道衡《乐府诗选》认为:"纠正败乱名教的人。"

④阑:《古诗纪》无"阑"字。

⑤刘王、郭门王:清张玉毂《古诗赏析》:"大约是当时制甓之家。"曹道衡《乐府诗选》认为:"疑是。"青甓(pì):青砖。逯钦立《先秦汉魏晋南北朝诗》言:"今本殆以上句倡字而脱去名倡二字。并倒碧玉为玉碧也。"

⑥罗:《文选补遗》作"难",误。

⑦啾啾(jiū jiū):象声词。

⑧箱:《乐府诗集》作"厢",古通。

⑨颍颍(jiǒng jiǒng):明亮的样子。王逸《九思·哀岁》:"神光兮颍颍,鬼火兮荧荧。"煌煌:光辉的样子,引申为光彩鲜明的样子。宋玉《高唐赋》:"玄木冬荣,煌煌荧荧。"

⑩桃生:一作"种桃"。

⑪啮(niè):咬。《太平御览》作"食"。桃根:《太平御览》作"桃桃"。

⑫僵:枯死。

【汇评】

明·陆时雍:"附《鸡鸣》:'桃生露井上,李树生桃傍。虫来啮桃根,李树代桃僵。树木身相代,兄弟还相忘。''李代桃僵'难解,然不妨古意。"

(《古诗镜》卷一)

乌 生

乌生八九子,端坐①秦氏桂树间。啮②!我秦氏家有游遨③荡子,工用睢阳强④,苏合弹⑤,左手持强弹,两丸出入乌东西。喈! 我一丸即发中乌身,乌死魂魄飞扬上天。阿母生乌子时,乃在南山严石间。喈! 我人民安知乌子处,蹊径窈窕⑥安从通? 白鹿乃在上林西苑中,射工尚复得白鹿脯⑦。喈! 我黄鹄摩天极高飞,后宫尚复得烹煮之;鲤鱼乃在洛水深渊中,钓钩尚得鲤鱼口。喈! 我人民生各各有寿命,死生何须复道前后。(《宋书·乐志》。《乐府诗集》卷二八。《文选补遗》卷三四。《古诗纪》卷一六。《汉诗》卷九。)

【题解】

《乌生》,一曰《乌生八九子》。在《乐府诗集》中属于《相和歌辞·相和曲》。

《乐府诗集》引《乐府解题》:"言乌母生子,本在南山岩石间,而来为秦氏弹丸所杀。白鹿在苑中,人可得以为脯。黄鹄摩天,鲤在深渊,人可得而烹煮之,则寿命各有定分,死生何叹前后也。"

诗作借乌鸦的悲惨遭遇,衬托社会中被压迫、被残害者的悲惨命运,意味深长。

【注释】

①端坐:此处指安然栖息。

②喈(jiē):表示感叹。

③游遨:四处游荡。

④工:善于。睢(suī)阳:地名,在今河南商丘,古代属宋国。强:指弓。睢阳强:曹道衡《乐府诗选》认为:"春秋时期宋景公曾命人制作射程很远的弓。"此处当是代指睢阳之地所制作的弓。

⑤苏合:西域苏合国出产的香料。苏合弹:用苏合香和泥,制作成的弹丸。

⑥窈窕:幽深的样子。

⑦脯:肉脯,此处指白鹿肉。

平陵东

平陵①东,松柏桐,不知何人劫义公②。劫义公,在高堂③下,交钱百万两走马④。两走马,亦诚难,顾见追吏心中恻。心中恻,血出漉⑤,归告我家卖黄犊⑥。(《宋书·乐志》。《乐府诗集》卷二八。《古诗纪》卷一六。《汉诗》卷九。)

【题解】

《古今注》:"《平陵东》,汉翟义门人所作也。"

《乐府诗集》引《乐府解题》:"义,丞相方进之少子,字文仲,为东郡太守。以王莽方篡汉,举兵诛之,不克,见害。门人作歌以怨之也。"一说本诗误传为汉代翟义门客所作。

诗作言贪官污吏对百姓的残害以及对财物的无情掠夺。

【注释】

①平陵:指汉昭帝刘弗陵之墓,在长安西北。

②义公:指对好人的称呼,一说姓义的男子。

③高堂:指官府。

④交钱百万两走马:余冠英《乐府诗选》认为:"是贿赂和赎金。走马:善走的马。"曹道衡《乐府诗选》认为:"交钱百万和快马两匹。"马国强《乐府诗语"两走马"新解》认为:"所谓'两走马',应是汉时口语词,以'走马'隐走人之意,犹今人所说的两拉倒,各走各的。下文蝉联云:'两走马,亦诚难',是说交钱百万才算拉倒,条件太苛刻了。"似通。

⑤漉(lù):指血从体内渗出。

⑥黄犊:指黄毛小牛。《韩非子·内储说上》:"南门之外有黄犊食苗道左者。"

陌上桑

　　日出东南隅①，照我秦氏楼。秦氏有好女，自名为罗敷。罗敷善②蚕桑，采桑城南隅。青丝为笼③系，桂枝为笼钩。头上倭堕髻④，耳中明月珠。缃绮⑤为下裙，紫绮为上襦⑥。行者见罗敷，下担捋髭须⑦。少年见罗敷，脱帽著帩头⑧。耕者忘其犁，锄者忘其锄。来归相怒怨，但坐⑨观罗敷。

　　使君从南来，五马⑩立踟蹰。使君遣吏往，问是谁家姝⑪？秦氏有好女，自名为罗敷。罗敷年几何？二十尚不足，十五颇有余。使君谢⑫罗敷："宁可共载不？"罗敷前置辞："使君一何愚！使君自有妇，罗敷自有夫。东方千余骑⑬，夫婿居上头。何用⑭识夫婿，白马从骊驹⑮。青丝系马尾，黄金络马头。腰中鹿卢剑⑯，可直⑰千万余。十五府小史⑱，二十朝大夫⑲。三十侍中郎⑳，四十专城居㉑。为人洁白皙，鬑鬑颇㉒有须。盈盈㉓公府步，冉冉㉔府中趋。坐中数千人，皆言夫婿殊㉕"。（《宋书·乐志》。《玉台新咏》卷一。《乐府诗集》卷二八。《古诗纪》卷一六。《汉诗》卷九。）

【题解】

　　《陌上桑》，《宋书·乐志》作《艳歌罗敷行》。《玉台新咏》一作《日出东南隅行》。

　　《乐府诗集》引《古今乐录》："《陌上桑》歌瑟调。古辞《艳歌罗敷行》《日出东南隅篇》。"引《古今注》："《陌上桑》者，出秦氏女子。秦氏，邯郸人有女名罗敷，为邑人千乘王仁妻。王仁后为赵王家令。罗敷出采桑于陌上，赵王登台见而悦之，因置酒欲夺焉。罗敷巧弹筝，乃作《陌上桑》之歌以自明，赵王乃止。"

诗作写采桑女罗敷面对太守无礼要求时的机智反应。

【注释】

①隅：指方位。

②善：擅于。

③笼：竹编盛物器具。

④倭堕髻：美好的发髻。一说东汉梁冀妻所创的"堕马髻"。

⑤缃：浅黄色。绮：一种丝织品。

⑥上襦：短上衣。

⑦髭（zī）须：胡须。

⑧帽：《玉台新咏》作"巾"。帩（qiào）头：指古代男子束发的头巾。

⑨坐：由于。

⑩五马：清吴兆宜《玉台新咏笺注》引《遁斋闲览》："汉朝臣出使为太守，增一马，故为五马。"阎步克《乐府诗〈陌上桑〉中的"使君"与"五马"：兼论两汉南北朝车驾等级制的若干问题》认为："'五马'未必指'一车之马'，也可以理解为'一队之马'；汉代存在大量低级使者，他们的车队构成多种多样；把'五马'车队之主看成一位低级使者，大致没有矛盾与反证，可能更符合原诗情境与历史背景。"

⑪姝：美丽的女子。

⑫谢：问。

⑬骑：骑马的人。

⑭何用：怎样。

⑮骊（lí）驹：黑色的壮马。

⑯鹿卢剑：相传是历代秦王的宝剑，是王权的象征。

⑰直：通"值"，价值。

⑱府小史：掌管文书的小官。史：《玉台新咏》作"吏"。

⑲朝大夫：朝廷的中等官员。

⑳侍中郎：皇帝左右的近臣。

㉑专城居：指一城之主，即一郡太守。

㉒鬑鬑(lián lián)：曹道衡《乐府诗选》认为："鬓发疏而长。"颇：稍稍。

㉓盈盈：从容的样子。

㉔冉冉：缓慢的样子。

㉕殊：出众。

【汇评】

北宋·阮阅："《日出东南隅行》古词曰：'日出东南隅，照我秦氏楼。'旧说邯郸女子姓秦名罗敷，为邑人千乘王仁妻。仁为赵王家令。罗敷出采桑陌上，赵王登楼见而悦之，置酒，欲夺焉。罗敷弹筝，作《陌上桑》以自明不从。今其词乃罗敷采桑陌上，为使君所邀，罗敷盛夸其夫为侍中郎以拒之。论者病其不同。大抵诗人感咏，随所命意，不必尽当其事，所谓不以辞害意也。且'发乎情，止乎礼义。'古诗之风也。"（《诗话总龟》卷七）

明·陆时雍："《陌上桑》：'青丝为笼系，桂枝为笼钩。头上倭堕髻，耳中明月珠。缃绮为下裙，紫绮为上襦。'此辞家陋习。"（《古诗镜》卷一）

清·沈德潜："铺陈秾至，与辛延年《羽林郎》一副笔墨。此乐府体别与古诗者在此。"（《古诗源》卷三）

王子乔

王子乔，参①驾白鹿云中遨。参驾白鹿云中遨，下游来，王子乔。参驾白鹿上至云，戏游遨。上建②逋阴广里践近高。结仙宫，过谒三台，东游四海五岳，上过蓬莱紫云台。三王五帝不足令，令我圣朝应太平。养民若子事父明，当究天禄永康宁。玉女罗坐吹笛箫。嗟行圣人游八极③，鸣吐衔福翔殿侧④。圣主享万年。悲今皇帝延寿命。（《乐府诗集》卷二九。《广文选》卷一二。《古诗纪》卷一六。《汉诗》卷九。）

【题解】

刘向《列仙传》："王子乔者，周灵王太子晋也，好吹笙作凤鸣。游伊、洛之间，道人浮丘公接以上嵩高山。三十余年后，求之于山上，见桓良曰：'告我家，七月七日待我于缑氏山头。'至时，果乘白鹤驻山头，望之不得到，举手谢时人，数日而去。为立祠于缑氏山下及嵩高之首焉。"

《乐府诗集》引《古今乐录》："张永《元嘉技录》有吟叹四曲：一曰《大雅吟》，二曰《王明君》，三曰《楚妃叹》，四曰《王子乔》。《大雅吟》《王明君》《楚妃叹》，并石崇辞。《王子乔》，古辞。《王明君》一曲，今有歌。《大雅吟》《楚妃叹》二曲，今无能歌者。古有八曲，其《小雅吟》《蜀琴头》《楚王吟》《东武吟》四曲阙。"

诗作赞美仙人王子乔清俊飘逸、超然风神，表达了作者对民生疾苦的深切同情。

【注释】

①参：通"骖"，配有副马的车。

②上建：向上之势。

③八极：八方极远的地方。

④吐：发出。衔福：含福。翔殿侧：瑞鸟在殿中飞翔。

长歌行 三首

其一

青青园中葵①，朝露待②日晞。阳春布德泽，万物生光辉③。常恐秋节至，焜黄华叶④衰。百川东到海，何时复西归。少壮不努力，老大徒⑤伤悲。（《乐府诗集》卷三〇。《文选》卷二七。《艺文类聚》卷四二。《古诗纪》卷一六。《汉诗》卷九。）

【题解】

《乐府诗集》引《乐府解题》："古辞云'青青园中葵，朝露待日晞'，言芳华不久,当努力为乐,无至老大乃伤悲也。"《古今注》:"长歌、短歌,言人寿命长短,各有定分,不可妄求。"

诗作以园中之葵起兴,劝导人们珍惜光阴,及时努力,以免老年时徒增哀叹。

【注释】

①葵:菜名,又名冬葵,可以作为药材。

②待:《文选》李善注作"行"。

③物:一作"里"。辉:《文选》注作"晖"。

④焜(kūn)黄:指叶子枯黄。叶:《文选》注作"蕊"。

⑤徒:《文选》注作"乃"。

【汇评】

南朝梁·萧统编,唐李善、吕延济、刘良、张铣等注:"(刘)良曰:'当早崇树事业,无贻后时之叹。'"(《文选》六臣注卷二七)

明·王夫之:"欲以警人,故音亦危迫。乃当其急敛,抑且推荡,迫中之促,无可及也。"(《古诗评选》卷一)

清·沈德潜:"'阳春'十字,正大光明。谢康乐'皇心美阳泽,万象咸光昭'庶几相类。"(《古诗源》卷三)

其二

仙人骑白鹿,发短耳何长。导我上太华①,揽芝获赤幢②。来到主人门,奉药一玉箱。主人服此药,身体日康强。发白复更③黑,延年寿命长。(《乐府诗集》卷三〇。《广文选》卷一二。《古诗纪》卷一六。《汉诗》卷九。)

【注释】

①太华:太华山,即华山。

②赤幢(chuáng):芝草的一种,红色,状如车盖。

③复:《乐府诗集》《广文选》无此字。更:一作"还"。

其三

岩岩①山上亭,皎皎②云间星。远望使心思,游子恋所生。驱车出北门,遥观洛阳城。凯风吹长棘③,夭夭④枝叶倾。黄鸟飞相追,咬咬⑤弄音声。伫立望西河⑥,泣下沾罗缨⑦。(《乐府诗集》卷三〇。《广文选》卷一二。《古诗纪》卷一六。《汉诗》卷九。)

【题解】

《古诗纪》将本诗分为二首。

严羽《沧浪诗话》:"'苕苕山上亭'以下,其义不同,当别为一首也。"逯钦立《先秦汉魏晋南北朝诗》:"乐府古辞,多杂他人诗歌,今仍从乐府作一首。"

诗作先描绘神仙之游,欲求仙药延寿;后写现实的无奈,风吹河冷,有惜生之嗟。

【注释】

①岩岩(tiáo tiáo):高耸的样子。

②皎皎:明亮的样子。

③凯风:南风。长棘(jí):酸枣树。

④夭夭:美丽而且茂盛的样子。

⑤咬咬:象声词,指鸟的鸣叫声。

⑥西河:据《吕氏春秋·观表》,吴起为魏国守西河,当为今陕西省韩城市一带。

⑦罗缨:丝制的冠带。

豫章行

白杨初生时,乃在豫章①山。上叶摩②青云,下根通黄泉。

凉秋八九月,山客持斧斤。我心③何皎皎,梯落叶渐倾④。根株已断绝,颠倒严石间。大匠持斧绳,锯墨齐两端。一驱四五里,枝叶自相捐。弃捐勿复道⑤,会为舟船燔⑥。身在洛阳宫,根在豫章山。多谢枝与叶,何时复相连。吾生百年事⑦,自与浮云⑧俱。何意万人巧,使我离根株。(《乐府诗集》卷三四。《古诗纪》卷一六。《汉诗》卷九。)

【题解】

《乐府诗集》引《古今乐录》:"《豫章行》,王僧虔云《荀录》所载《古白杨》一篇,今不传。"

诗作以伐树为兴,有大厦将倾,众人齐推之隐喻。

【注释】

①豫章:汉郡地名,治南昌地区,汉高祖所置。

②摩:触,接触。

③四库本《乐府诗集》作"心"。今据补。

④四库本《乐府诗集》作"叶渐倾"。今据补。

⑤此句四库本《乐府诗集》作"弃捐句复道"。"句"当为"勿"之误字,今改。

⑥燔(fán):指焚烧。

⑦四库本《乐府诗集》作"事"。今据补。

⑧四库本《乐府诗集》作"与浮云"。今据补。

董逃行 二首

其一

承乐世①,董逃②,游四郭③,董逃。蒙天恩④,董逃,带金紫⑤，董逃。行谢恩⑥，董逃，整车骑⑦，董逃。垂⑧欲发，董逃，与中⑨辞，董逃。出西门，董逃，瞻宫殿，董逃。望京城，董逃，日夜绝，董逃，心摧伤，董逃。(《宋书·乐志》。《乐府诗集》卷三四。《广文选》卷一二。《古诗纪》卷一六。《汉诗》卷九。)

【题解】

《后汉书·五行志》："灵帝中平中，京都歌曰……案'董'谓董卓也。言欲跋扈，纵有残暴，终归逃窜，至于灭族也。"《古今注》："《董逃歌》，后汉游童所作也。终有董卓作乱，卒以逃亡。后人习之为歌章，乐府奏之以为警诫焉。"

诗作言董卓作乱，终以逃亡。

【注释】

①承乐世：恭承乐世。

②董逃：当是乐曲中的衬音，无实义。后有董卓之乱，暗喻董卓必败而逃亡。

③四郭：城墙的四周，泛指京城的各个地方。

④天恩：天子之恩。

⑤带金紫：佩带金印紫绶。

⑥谢：辞。谢恩：辞天子之恩。

⑦整车骑(jì)：整治车驾。

⑧垂：快要。

⑨中：指城中。引申为城中之人。

【汇评】

明·彭大翼："《董逃歌》，乐府有《董逃歌》，东汉游童所作也。后有董卓作乱，卒以逃亡，后人习之以为歌章，乐府奏之，以为焖戒。"(《山堂肆考》卷一六〇)

清·朱乾："玩其词，缠绵悱恻，必非游童所作。惓惓去国际，其亦有不得已而托焉者乎？然则董逃盖非纯乎仙家者流，惜不可考矣。"(《乐府正义》卷六)

其二

　　吾欲上谒从高山，山头危险大难言。遥望五岳端，黄金为阙，班璘①。但见芝草叶落纷纷。（一解）

　　百鸟集，来如烟。山兽纷纶②，麟、辟邪，其端鹍鸡③声鸣。但见山兽援戏相拘攀。（二解）

　　小复前行玉堂，未心怀流还。传教出门来："门外人何求？"所言："欲从圣道求一得命延。"（三解）

　　教敕凡吏受言，采取神药若水④端。白兔长跪捣药虾蟆丸。奉上陛下一玉柈⑤，服此药可得即⑥仙。（四解）

　　服尔神药，莫不欢喜。陛下长生老寿，四面肃肃稽首，天神拥护左右，陛下长与天相保守。（五解）（《宋书·乐志》。《乐府诗集》卷三四。《广文选》卷一二。《古诗纪》卷一六。《汉诗》卷九。）

　　年命冉冉我遒⑦，零落下归山丘。（《文选》卷二二《宿东园》注引《古董桃行》。《汉诗》卷九、一〇。）

【注释】

①班璘：亦作"班瞵"，形容灿烂多彩的样子。

②纷纶：多而杂乱的样子。

③鹍（kūn）鸡：鸟名，似鹤。也作"昆鸡"。

④水：《乐府诗集》作"木"。

⑤柈（pán）：同"盘"。玉柈：玉盘。

⑥即：《乐府诗集》作"神"。

⑦冉冉：年岁渐渐增加的样子。屈原《离骚》："老冉冉其将至兮，恐修名之不立。"遒（qiú）：迫，迫近。此句《乐府诗集》未收，据《文选》注、《先秦汉魏晋南北朝诗》辑补。

【汇评】

明·陆时雍："言之翩翩，宛乎身履目击。韵甚老门外人何求所言，此

折腰句。'丈夫何在？西击胡。'亦此语致。"（《古诗镜》卷一）

相逢行

　　相逢狭路间，道隘①不容车。如何两少年②，挟毂③问君家。君家诚易知，易知复难忘。黄金为君门，白玉为君堂。堂上置樽酒，使作④邯郸倡。中庭生桂树，华灯何煌煌。兄弟两三人，中子为侍郎。五日一来归，道上自生光。黄金络马头，观者满路⑤傍。入门时左顾，但见双鸳鸯。鸳鸯七十二，罗列自成行。音声何噰噰⑥，鹤鸣东西厢。大妇织罗绮⑦，中妇织流黄⑧。小妇无所作⑨，挟瑟上高堂。丈人⑨且安坐，调丝未遽央⑩。（《玉台新咏》卷一。《乐府诗集》卷三四。《广文选》卷一二。《古诗纪》卷一六。《汉诗》卷九。）

【题解】

　　《相逢行》，一曰《相逢狭路间行》，亦曰《长安有狭斜行》，《玉台新咏》一作《相逢狭路间》。

　　《乐府诗集》引《乐府解题》："古词文意与《鸡鸣曲》同。"

　　诗作铺陈主人公富贵安乐之事，展现了汉人理想的家庭生活。

【注释】

　　①隘(ài)：指狭窄。

　　②如何两少年：《乐府诗集》作"不知何年少"。

　　③挟：《乐府诗集》作"夹"。毂(gǔ)：车轮中心的圆木，外沿与车辐相接，中有插轴的圆孔。挟毂：同"夹车"。

　　④使作：《乐府诗集》作"作使"。

　　⑤满路：《乐府诗集》作"盈道"。

　　⑥噰噰(yōng yōng)：指鸟和鸣的样子。也作"雝雝"。

⑦罗绮:《乐府诗集》作"绮罗"。

⑧流黄:淡黄色的绢织品。

⑨丈人:指对公姥的称呼。

⑩调丝:调弦。未遽(jù)央:未能急迫完结。《乐府诗集》作"方未央"。

【汇评】

明·陆时雍:"梗概仅存。"(《古诗镜》卷一)

明·王夫之:"乐府为序体自有四妙:一点染,二脱卸,三开放,四含藏。于此求之,皆已具足。"(《古诗评选》卷一)

长安有狭斜行

长安有狭斜,狭斜不容车。适逢两少年,夹毂问君家。君家新市傍,易知复难忘。大子二千石,中子孝廉郎①。小子无官职,衣冠仕洛阳②。三子俱入室,室中自生光。大妇织绮纻③,中妇织流黄。小妇无所为,挟琴上高堂。丈夫且徐徐④,调弦讵⑤未央。(《乐府诗集》卷三五。《古诗纪》卷一六。《汉诗》卷九。)

【题解】

诗作描写当时社会上豪门贵族的生活,有赞颂之意。

【注释】

①孝廉郎:即孝廉,指被举荐的人。

②小子无官职,衣冠仕洛阳:余冠英《乐府诗选》认为:"现在尚无官职,但预祝他将来一定到洛阳去做官。"当是。

③纻(zhù):同"苎",苎麻纤维织成的布。

④徐徐:步伐缓慢的样子。

⑤讵(jù):亦作"遽"。

【汇评】

明·陆时雍:"瑰丽语,语欲称。"(《古诗镜》卷二一)

善哉行

来日大难,口燥唇干。今日相乐,皆当喜欢。(一解)
经历名山,芝草翻翻①。仙人王乔②,奉药一丸。(二解)
自惜袖短,内手知寒。惭无灵辄,以救赵宣③。(三解)
月落参④横,北斗阑干⑤。亲友⑥在门,饥不及餐。(四解)
欢日尚少,戚日苦多。何以⑦忘忧,弹筝酒歌。(五解)
淮南八公⑧,要道不烦。参驾六龙,游戏云端。(六解)

(《宋书·乐志》。《乐府诗集》卷三六。《广文选》卷一二。《古诗纪》卷一六。《汉诗》卷九。)

【题解】

《善哉行》,《艺文类聚》作魏陈思王曹植诗。

《乐府诗集》引《乐府解题》:"古辞云:'来日大难,口燥唇干。'言人命不可保,当见亲友,且永长年术,与王乔八公游焉。"《古诗纪》:"此篇《宋书·乐志》亦作《古辞》,或以此为子建诗,按子建《拟善哉行》'为日苦短'云当'来日大难',则此菲子建作矣。"

诗作铺陈神仙的生活场景,体现出对长生不老的向往。

【注释】

①翻翻:随风摇摆。

②王乔:即仙人王子乔。

③赵宣,即赵盾。灵辄,是赵盾从前在翳桑之地所救的一位饿馁之人。此句典出《左传·宣公二年》,秋九月,晋侯欲杀赵盾,赵盾被灵辄所救。

④落:《乐府诗集》作"没"。参(shēn):星宿名。

⑤阑干:指横斜的样子。

⑥友:《乐府诗集》作"交"。

⑦何以：《乐府诗集》作"以何"。

⑧淮南八公：指西汉淮南王刘安的八个门客,分别是苏飞、目尚、左吴、田由、雷被、毛被、伍被、晋昌,世称"八公"。他们崇尚道教,精于炼丹。

【汇评】

明·陆时雍："是忧生语。寿命无凭,神仙怳忽,亲知为乐,聊以自娱。六解云云,深羡之而不得。意何促促,语何奄奄。"(《古诗镜》卷一)

明·彭大翼："《善哉行》,乐府名,言人生适意行乐之事也。"(《山堂肆考》卷一六一)

明·王夫之："出入超忽,乃自有其静好。"(《古诗评选》卷一)

折杨柳行

默默施行违,厥罚随事来。末喜杀龙逢,桀放于鸣条①。(一解)

祖伊言不用,纣头悬白旄②。指鹿用为马,胡亥以丧躯③。(二解)

夫差临命绝,乃云负子胥。戎王纳女乐,以亡其由余④。璧马祸及虢,二国俱全墟⑤。(三解)

三夫成市虎,慈母投杼趋⑥。卞和之刖足,接予归草庐⑦。(四解)

(《宋书·乐志》。《乐府诗集》卷三七。《广文选》卷一二。《古诗纪》卷一六。《汉诗》卷九。)

【题解】

《折杨柳行》,《广文选》作《折杨柳》。

诗作以历史人物作鉴戒,言兴亡之思。

【注释】

①末喜:即"妹嬉",夏桀的王后。龙逢:即关龙逢,因阻止建造酒池而

被末喜杀害。鸣条：地名，今山西运城夏县西。夏桀在鸣条与商军作战，以大败告终。

②祖伊：商纣王臣子。商纣王不听祖伊之言，头颅被周武王所斩，悬大白之旗。

③本句为赵高指鹿为马的典故，说明秦二世胡亥信从邪臣之说，以致秦朝覆灭的结局。

④本句指秦穆公将美女组成的女乐队献给西戎王，西戎王沉迷于其中而导致灭亡的故事。

⑤本句为晋献公献白璧和良马给虞国国君，要借道攻打虢国，最后虞国与虢国都灭亡的事情。

⑥本句典出《战国策·魏策》和《战国策·秦策》，分别讲了三人言市有虎，皆以为真，以及曾参母亲投杼而奔的故事，形容谣言可畏。

⑦卞和之刖足：指卞和献璧玉而被砍去左右脚的故事。接予：当为"接子"，曹姓，为战国时稷下学宫最有影响的学者之一。

西门行

出西门，步念之①，今日不作乐，当待何时？逮为乐②，逮为乐，当及时。何能愁怫郁③，当复待来兹。酿美酒，炙肥牛，请呼心所欢，可用解忧愁。人生不满百，常怀千岁忧。昼短苦夜长，何不秉烛游。游行去去如云除④，弊车羸马为自储⑤。（《宋书·乐志》。《乐府诗集》卷三七。《广文选》卷一二。《古诗纪》卷一六。《汉诗》卷九。）

【题解】

《乐府诗集》引《古今乐录》："王僧虔《技录》：'《西门行》歌古西门一篇，今不传。'"《乐府解题》："古辞云'出西门，步念之'。始言醇酒肥牛，及时为乐，次言'人生不满百，常怀千岁忧，昼短苦夜长，何不秉烛游'。终言贪财惜费,为后世所嗤。又有《顺东西门行》,为三、七言,亦伤时顾阴,有类于此。"

诗作言人生苦短,需及时行乐。

【注释】

①步念之:一边走一边思索。

②逮为乐:及时行乐。

③怫郁(fú yù):指心情不舒畅的样子。

④去去:越走越远。除:消散。

⑤弊车:破弊的车。羸马:瘦马。储:备。

【汇评】

明·陆时雍:"淋漓击节,游行去去如云除,弊车羸马为自储,意致骚骚勃发。"(《古诗镜》卷一)

明·王夫之:"意亦可一言,而竟往复郑重,乃以曲感人心。诗乐之用,正在于斯。苏子瞻自诧《燕子楼》词以十三字了盼盼一事,乃刑名体尔。故唐、宋以下,有法吏而无诗人。古人幸有遗风,胡不向浊水中照面也?"(《古诗评选》卷一)

东门行

出东门,不顾归。来入门,怅欲悲。盎①中无斗米储,还视架上无悬衣。拔剑东门去,舍中儿母②牵衣啼。它家但愿富贵,贱妾与君共哺糜③。上用仓浪天④故,下当用此黄口儿⑤。今非⑥,咄⑦!行!吾去为迟,白发时下难久居。(《乐府诗集》卷三七。《古诗纪》卷一六。《汉诗》卷九。)

【题解】

《乐府诗集》引《乐府解题》:"古词云:'出东门,不顾归。入门怅欲悲。'

言士有贫不安其居者,拔剑将去,妻子牵衣留之,愿共哺糜,不求富贵。且曰'今时清,不可为非'也。"

诗作以对话表现妻子对生活艰难的哀怨,以及丈夫对困苦生活状况的愤怒之情。

【注释】

①盎(àng):一种口小腹大的容器。

②母:《古诗纪》一作"女"。

③哺:吃。糜:粥。

④用:因为,由于。仓浪天:指青天。

⑤黄口儿:幼儿。

⑥非:不是这样。

⑦咄(duō):叹词,表示呵叱。

【汇评】

明·陆时雍:"激忿提剑发竖,白发时下难久居,一语痛愤欲绝。"(《古诗镜》卷一)

明·王夫之:"曲写泛澜,自不伤雅。"(《古诗评选》卷一)

饮马长城窟行

青青河畔草,绵绵①思远道。远道不可思,宿昔②梦见之。梦见在我傍,忽觉在他乡。他乡各异县,辗转不相见。枯桑知天风,海水知天寒。入门各自媚③,谁肯相为言。客从远方来,遗我双鲤鱼④。呼儿烹鲤鱼⑤,中有尺素书⑥。长跪读素书,书中竟何如。上言加餐食,下言长相忆。(《文选》卷二七。《乐府诗集》卷三八。《汉诗》卷七。)

【题解】

《饮马长城窟行》,一曰《饮马行》,最早见于南朝梁萧统《文选》。

《乐府诗集》引《乐府解题》:"古词,伤良人游荡不归,或云蔡邕之辞。"

诗作写妻子思念行役的丈夫,假想丈夫托人寄来书信,抒发了对丈夫归来的期盼。

【注释】

①绵绵:连绵不断的样子。

②宿昔:昨夜。

③媚:谄媚,逢迎。

④遗(wèi):给予。双鲤鱼:此处指信函。

⑤烹鲤鱼:喻指打开信函。

⑥尺素:古人书写用的长一尺左右的白色生绢。书:书信。

【汇评】

明·陆时雍:"起二语托兴自然,'枯桑知天风,海水知天寒',取喻既佳,痛语自别。张华'巢居知风寒,穴处识阴雨'则索然无味矣。'长跪读素书,书中竟何如,上有加餐食,下有长相忆'此为故人代宽,或以自遗,或以自诱,此诗人之善托也。"(《古诗镜》卷三)

明·王夫之:"纵横使韵,无曲不圆。即此一端,已足衿带千古。或兴或比,一远一近,谓止而流,谓流而止。神龙之兴云雾,以人情准之,徒有浩叹而已。神理略从《东山》来,而以《东山》为鹄,关弓向之,则其差千里。此以天遇,非以意中者。熟吟'入门各自媚'一荡,或徼幸得之。"(《古诗评选》卷一)

妇病行

妇病连年累岁,传呼丈人①前一言。当言未及得言,不知泪下一何翩翩②。"属累君两三孤子,莫我儿饥且寒,有过慎莫笞笞③,行当折摇④,思⑤复念之。"

乱⑥曰:抱时无衣,襦复无里。闭门塞牗⑦舍,孤儿到市,道逢亲交,泣坐不能起。从乞求与孤儿买饵⑧,对交啼泣泪不可止。"我欲不伤悲不能已。"探怀中钱持授⑨,交入门⑩,见孤儿⑪啼索其母抱,徘徊空舍中,行复尔耳,弃置勿复道!(《乐府诗集》卷三八。《古诗纪》卷一六。《汉诗》卷九。)

【题解】

诗作写病妇在临终之时,反复叮咛自己的丈夫要好好照顾孩子。乱辞写病妇死后,丈夫和孩子的处境并没有改善。

【注释】

①丈人:指丈夫。

②翩翩:形容泪流不止的样子。

③笪(qiè)笞:用鞭子抽打。

④折摇:即"折夭"。

⑤思:语助词,无义。

⑥乱:指乐曲的末章。

⑦牖(yǒu):窗户。

⑧饵:食物。

⑨探:掏。持授:交给。

⑩交入门:指回家。

⑪儿:《古诗纪》无此字。

【汇评】

明·陆时雍:"情事酸楚满抱,此情此语,易当得秒,更自简洁,故自西汉标格。"(《古诗镜》卷一)

孤儿行

孤儿生,孤子遇生①,命独当苦!父母在时,乘坚车,驾驷马。父母已去,兄嫂令我行贾②。南到九江③,东到齐与鲁。腊月来归,不敢自言苦。头多虮虱,面目多尘。大兄言办饭,大嫂言视马。上高堂,行取④殿下堂,孤儿泪下如雨。使我朝行汲⑤,暮得水来归。手为错⑥,足下无菲⑦。怆怆⑧履霜,中多蒺藜⑨。拔断蒺藜,肠肉中怆欲悲。泪下渫渫⑩,清涕累累⑪。冬无複襦,夏无单衣。居生不乐,不如早去,下从地下黄泉。春气动,草萌芽。三月蚕桑,六月收瓜。将⑫是瓜车,来到还家。瓜车反覆⑬,助我者少,啗⑭瓜者多。愿还我蒂⑮,兄与嫂严,独且急归。当兴校计⑯。

乱曰:里中一何谇谇⑰,愿欲寄尺书,将与地下父母,兄嫂难与久居。(《乐府诗集》卷三八。《古诗纪》卷一六。《汉诗》卷九。)

【题解】

《孤儿行》,一曰《孤子生行》《放歌行》。

《乐府诗集》:"古辞言孤儿为兄嫂所苦,难与久居也。"

诗作以"父母在时"与"父母已去"来比较孤儿前后两种命运的不同,充满了哀伤与叹惋之情。

【注释】

①遇生:古人迷信出生时遭遇的命运。

②行贾:经商。

③九江:汉代九江郡,在今安徽省中部地区。

④取:通"趋",快步急走。

⑤行汲:去井边打水。

⑥错:形容皮肤皲裂。

⑦菲:通"屝"(fèi),指草鞋。《古诗纪》一作"扉"。

⑧怆怆(chuàng chuàng):忧愁的样子。

⑨蒺藜:草本植物,有刺。

⑩渫渫(xiè xiè):泪流不止的样子。

⑪累累:连续不断的样子。

⑫将:推车。

⑬反覆:指翻车。

⑭啗(dàn):吃。

⑮蒂:瓜蒂。

⑯兴:《古诗纪》作"与"。兴校计:提出计较。

⑰诪诪(náo náo):指喧闹的声音。

【汇评】

明·陆时雍:"是孤儿语,读之觉啼泪万行。"(《古诗镜》卷一)

清·沈德潜:"极琐碎,极古奥。断续无端,起落无迹。泪痕血点,结撰而成。乐府中有此一种笔墨。"(《古诗源》卷三)

雁门太守行

孝和帝①在时,洛阳令王君②,本自益州广汉人。少行宦③,学通五经④论。(一解)

明知法令,历代衣冠。从温⑤补洛阳令。化行致贤,拥护百姓。子养万民。(二解)

外行猛政,内怀慈仁。文武备具,料⑥民富贫。移恶子姓,篇著里端⑦。(三解)

伤杀人,比伍⑧同罪对门,禁镏⑨矛八尺,捕轻薄少年,加答决罪,诣马市⑩论。(四解)

无妄发赋⑪,念在理冤⑫。敕⑬吏正狱,不得苟烦。财用钱三十,买绳礼⑭竿。(五解)

贤哉贤哉,我县王君。臣吏衣冠,奉事皇帝。功曹主簿⑮,皆得其人⑯。(六解)

临部居职,不敢行恩⑰。清身苦体,夙夜劳勤。化有能名,远近所闻。(七解)

天年不遂,早就奄昏⑱。为君作祠,安阳亭⑲西。欲令后代,莫不称传。(八解)

《宋书·乐志》。《乐府诗集》卷三九。《古诗纪》卷一六。《汉诗》卷九。)

【题解】

《雁门太守行》,《后汉书·王涣传》注作《古乐府歌》。

《乐府诗集》引《古今乐录》曰:"王僧虔《技录》云:'《雁门太守行》歌古洛阳令一篇。'"《乐府解题》曰:"按古歌词,历述涣本末,与传合。而曰《雁门太守行》,所未详。"《先秦汉魏晋南北朝诗》言:"歌中'民'作'人','世'作'代','治'作'化',皆系唐人避讳。"

诗作写东汉洛阳令王涣勤政爱民,体恤百姓。后用于百姓祭祀王涣时所用的乐歌。

【注释】

①孝和帝:指东汉和帝刘肇,是东汉的第四位皇帝。

②王君:指王涣。《后汉书·王涣传》:"王涣,字稚子,广汉郪人也。父顺,安定太守。涣少好侠,尚气力,晚改节敦儒学,习书读律,略通大义。后举茂才,除温令。讨击奸猾,境内清夷,商人露宿于道。其有放牛者,辄云,以属稚子,终无侵犯。在温三年,迁兖州刺史。绳正部郡,威风大行。后坐考妖言不实论,岁余征拜侍御史。永元十五年,还为洛阳令。政平讼理,发摘奸伏,京师称叹,以为有神算。元兴元年病卒。百姓咨嗟,男女老壮相与致奠醊,以千数。及丧西归,经弘农,民庶皆设槃案于路,吏问其故,咸言平常持米到洛,为卒司所抄,恒亡其半。自王君在事,不见侵枉,故来报恩。其政化怀物如此。民思其德,为立祠安阳亭西。每食辄弦歌而荐之。永嘉二年,邓太后诏嘉其节义,而以子石为郎中。延熹中,桓帝事黄老道,悉毁诸旁祀,唯存卓茂与涣祠焉。"

③行宦:年少时出去做官。

④五经:指《易》《书》《诗》《礼》《春秋》。

⑤温:指河南温县。

⑥料:查核,计算。

⑦移:移文,一种官府文书。移恶子姓,篇著里端:曹道衡《乐府诗选》:"王涣将洛阳城中作恶者姓名列为五篇,揭示于里巷口。"

⑧比伍:指邻里。

⑨镏:《乐府诗集》作"鍪"。禁镏:禁止民间私藏武器。

⑩马市:指洛阳马市。

⑪无妄:不轻易。发赋:征发赋税。

⑫念:清理。冤:冤狱。

⑬敕:戒饬。

⑭礼:同"理",治理。《古诗纪》一作"理"。

⑮功曹主簿:县官以下的官职。

⑯皆得其人:形容用人得当。

⑰行恩:私自施恩。

⑱早就奄昏:指去世。

⑲安阳亭:洛阳郊区的地名。

艳歌何尝行

飞来双白鹄①,乃从西北来②。十十五五③,罗列成行。(一解)

妻卒④被病,行不能相随。五里一返顾,六里一徘徊。(二解)

吾欲衔汝去,口噤⑤不能开;吾欲负汝去,毛羽何摧颓⑥。(三解)

乐哉新相知,忧来生别离,踟蹰顾群侣,泪下不自知。(四解)

念与君离别，气结⑦不能言，各各⑧重自爱，道远归还难。妾当守空房，闭门下重关⑨。若生当相见，亡者会重泉。今日乐相乐，延年万岁期⑩。

（《宋书·乐志》。《乐府诗集》卷三九。《风雅翼补遗》下。《文选补遗》卷三四作《飞鹄行》。《古诗纪》卷一六。《汉诗》卷九。）

【题解】

《艳歌何尝行》，一曰《飞鹄行》，《宋书》中作《大曲》。

《乐府诗集》《乐府解题》："古辞云：'飞来双白鹄，乃从西北来。'言雌病雄不能负之而去，'五里一反顾，六里一徘徊'。虽遇新相知，终伤生别离也。又有古辞云'何尝快独无忧'，不复为后人所拟。"

逯钦立《先秦汉魏晋南北朝诗》言："此诗《古诗纪》分为两篇，'念与君离别'以下另为一首，不著解数。不曰'右一曲为晋乐所奏'，仅于题下标曰：'二首'。篇后附《广文选》歌辞，不免自乱其例，今据《宋书》及《玉台新咏》所载，以次列奏曲本辞。"

诗作以鸿鹄离别起兴，言夫妻离别相思之苦。

【注释】

①鹄：一作"鹤"。

②来：《古诗纪》作"方"。

③十十五五：一作"十五十五"，当是。

④妻：指雌鹄。卒：突然。

⑤噤：张不开。

⑥毛羽何摧颓：指羽毛受损而无法背负雌鹄。

⑦气结：气塞。

⑧各各：各自。

⑨关：指门闩。

⑩曹道衡《乐府诗选》认为："此句疑入乐时所加，与全诗无甚关系。"当是。

明·陆时雍："徘徊悽恻,孤儿嫠妇,放臣索友,殆难为读。"(《古诗镜》卷一)

艳歌行二首

其一

翩翩堂前燕,冬藏夏来见。兄弟两三人,流宕①在他县。故衣谁为②补,新衣谁当绽③。赖得贤主人,览④取为我绽。夫婿⑤从门来,斜柯西北眄⑥。语卿⑦且勿眄,水清石自见。石见何累累⑧,远行不如归。(《玉台新咏》卷一。《乐府诗集》卷三九。《广文选》卷一二。《古诗纪》卷一六。《汉诗》卷九。)

【题解】

《乐府诗集》引《古今乐录》曰:"《艳歌行》非一,有直云'艳歌',即《艳歌行》是也。若《罗敷》《何尝》《双鸿》《福钟》等行,亦皆'艳歌'。"《乐府解题》曰:"古辞云'翩翩堂前燕,冬藏夏来见'。言燕尚冬藏夏来,兄弟反流宕他县。主妇为绽衣服,其夫见而疑之也。"

诗作言夫妻之间误会之后,妻子的自证之词。

【注释】

①流宕:指流荡。他县:异乡。

②为:《乐府诗集》作"当"。

③绽(zhàn):缝补,缝纫。

④览:同"揽",拿着。

⑤夫婿:指主妇的丈夫。

⑥柯:《古诗纪》作"倚"。斜柯:斜靠着身子。眄(miǎn):观看。

⑦语卿:对你说。

⑧累累:形容石头在水中累积的样子。

其二

　　南山石嵬嵬①,松柏何离离②。上枝拂青云,中心十数围。洛阳发中梁③,松树窃自悲。斧锯截是松,松树东西摧。持作四轮车,载至洛阳宫。观者莫不叹,问是何山材。谁能刻镂此? 公输与鲁班④。被之用丹漆,熏用苏合香。本自南山松,今为宫殿梁。(《乐府诗集》卷三九。《古诗纪》卷一六。)

【题解】

诗作言伐树而为宫殿,与《豫章行》言伐树之词可对读。

【注释】

①嵬嵬(wéi wéi):高耸的样子。

②离离:繁茂的样子。

③发:兴建。中梁:房屋的正梁,据下文,当指宫殿的正梁。

④公输与鲁班:黄节《汉魏乐府风笺》认为:"公输子鲁班,鲁巧人也,或以为鲁昭公子。"

【汇评】

明·陆时雍:"水清石自见,浅浅托喻,人情大抵可见。"(《古诗镜》卷一)

明·王夫之:"古人于尔许事,闲远委蛇如此,乃以登之管弦,遂无赧色。攫骨戟髯,以道大端者,野人哉!"(《古诗评选》卷一)

白头吟

　　皑①如山上雪,皎②若云间月。闻君有两意,故来相决绝。

今日斗酒会,明旦沟水头。蹀躞御沟③上,沟水东西流。凄凄复凄凄,嫁娶不须啼。愿得一心人,白头不相离。竹竿何袅袅④,鱼尾何蓰蓰⑤。男儿重意气,何用钱刀⑥为!《玉台新咏》卷一。《乐府诗集》卷四一。《古诗纪》卷一二。《汉诗》卷九。)

【题解】

《西京杂记》:"司马相如将聘茂陵人女为妾,卓文君作《白头吟》以自绝,相如乃止。"《乐府解题》:"古辞云'皑如山上雪,皎若云间月。'又云:'愿得一心人,白头不相离。'始言良人有两意,故来与之相决绝。次言别于沟水之上,叙其本情。终言男儿重意气,何用于钱刀。"

诗作为女子闻男子变心的决绝之意及自况之辞。

【注释】

①皑:洁白的样子。

②皎:明亮的样子。

③蹀躞(xiè dié):犹"蹀躞",指小步行走的样子。御沟:宫禁的河沟。

④袅袅:形容竹竿细长颤动的样子。

⑤蓰蓰(zǒng zǒng):《乐府诗集》作"簁簁"(shāi shāi)。古同"筛筛",指鱼甩尾声。

⑥钱刀:刀形钱币。

【汇评】

明·陆时雍:"文君骄怨。《白头吟》意气悍然,决裂殆尽。'愿得一心人,白头不相离',此身已久属长卿,顾安所得,而誓不离耶?鱼不受饵,竿长何为?男儿重意气,何用钱刀为!似诮长卿富易妻也。"(《古诗镜》卷二)

明·王夫之:"亦雅亦宕,乐府绝唱。捎着当日说,一倍恼人。《谷风》叙有无之求,《氓》蚩数'复关'之约,正自村妇鼻涕长一尺语。必谓汉人乐府不及《三百篇》,亦纸窗下眼孔耳。屡兴不厌,天才欲比文园之赋心。"(《古诗评选》卷一)

怨诗行

天德悠且长,人命一何促。百年未几时,奄①若风吹烛。嘉宾难再遇,人命不可续。齐度②游四方,各系太山录③。人间乐未央,忽然归东岳④。当须荡中情,游心恣所欲。(《乐府诗集》卷四一。《广文选》卷一二。《古诗纪》卷一六。《汉诗》卷九。)

【题解】

《琴操》:"卞和得玉璞以献楚怀王,王使乐正子治之,曰:'非玉。'刖其右足。平王立,复献之,又以为欺,刖其左足。平王死,子立,复献之,乃抱玉而哭,继之以血,荆山为之崩。王使剖之,果有宝。乃封和为陵阳侯。辞不受而作怨歌焉。"是为怨歌行之由来。

诗作写人生苦短,当及时行乐。

【注释】

①奄(yǎn):忽然。

②齐:同样。度:仪态美好。

③太山:即泰山,相传泰山之神掌管生死之权。太山录:掌管生死的名录。

④东岳:泰山,此处引申为死亡。

怨歌行

班婕妤

新裂齐纨素①,鲜洁如霜雪。裁为合欢扇,团团似明月。出入君怀袖,动摇微风发。常恐秋节至,凉飙②夺炎热。弃捐箧笥③中,恩情中道绝。(《文选》卷二七。《乐府诗集》卷四二。《古诗纪》卷一二。《汉诗》卷二。)

【题解】

诗作用扇子的命运来比喻女子的命运。扇子既有有用之时,又有毫无作用以至于被丢弃在箧笥之中时,象征女子的命运由盛转衰。

南朝梁钟嵘《诗品》:"《团扇》短章,辞旨清捷,怨深文绮,得匹妇之致。"

【注释】

①纨(wán)素:洁白精细的细绢。

②凉飚(biāo):亦作"凉飙",指秋风。

③箧笥(qiè sì):盛东西的方形竹器。

【汇评】

南宋·严羽:"班婕妤《怨歌行》,《文选》直作班姬之名,《乐府》以为颜延年作。"(《沧浪诗话》)

明·陆时雍:"言之悁悁,读之黯黯。情检语素,绝去矜饰,所称'雅音',可想见其为人矣。"(《古诗镜》卷二)

明·王夫之:"说到'常恐'便止,但堪作今人半首古诗耳;晓人不当如是,而必待之月斜人散哉? 汉人有高过《国风》者,此类是也。"(《古诗评选》卷一)

满歌行

其一

为乐未几时,遭时崄巇①,逢此百罹②。零丁荼毒③,愁苦难支为。遥望极辰,天晓月移。忧来填心,谁当我知。戚戚多思虑,耿耿殊不宁。祸福无形,惟念古人,逊位躬耕。遂我所愿，以自宁。自鄙栖栖④，守此末荣⑤。莫秋烈风⑥，昔蹈沧海，心不能安。揽衣瞻夜，北斗阑干。星汉照我，去自无他⑦。奉事二亲，劳心可言。穷达天为，智者不愁，多为少忧。安贫乐道，师彼庄周。遗名⑧者贵，子遐⑨同游。往者二贤，名垂千秋。饮酒歌舞，乐复何须。照视日月，日月驰驱。轥轲⑩人间。何有何无。贪财惜费，此一何愚。凿石见火，居代几何？为当欢乐，心得所喜。安神养性，得保遐⑪期。（《乐府诗集》卷四三。《广文选》卷一二。《古诗纪》卷一六。《汉诗》卷九。）

其二

为乐未几时，遭世嶮巇。逢此百离，零丁荼毒，愁懑难支。遥望辰极，天晓月移。忧来填心，谁当我知。（一解）

戚戚多思虑，耿耿不宁。祸福无刑，唯念古人，逊位躬耕。遂我所愿，以兹自宁。自鄙山栖，守此一荣。（二解）

莫秋烈风起，西蹈沧海。心不能安，揽衣起瞻夜，北斗阑干。星汉照我，去去自无他。奉事二亲，劳心可言。（三解）

穷达天所为，智者不愁。多为少忧，安贫乐正道，师彼庄周。遗名者贵，子熙同巇。往者二贤，名垂千秋。（四解）

饮酒歌舞，不乐何须。善哉照观日月，日月驰驱，轥轲世间。何有何无，贪财惜费，此何一愚。命如凿石见火，居世竟能几时。但当欢乐自娱，尽心极所熙怡。安善养君德性，百年保此期颐。（五解）

（《宋书·乐志》。《乐府诗集》卷四三。《古诗纪》卷一六。《汉诗》卷九。）

【题解】

《满歌行》为大曲，大曲是有乐器演奏的大型舞曲。其完整形式由"艳""曲""趋"或"乱"三部分构成。但有的只用"曲"，如《东门行》《雁门太守行》

等；有的只用“艳—曲”，如《步出夏门行》；有的只用“曲—趋”，如《满歌行》《擢歌行》；有的只用“曲—乱”，如《白头吟》。

《乐府诗集》引《乐府解题》：“古辞云：‘为乐未几时，遭时崄巇。’其始言逢此百罹，零丁荼毒。古人逊位躬耕，遂我所愿。次言穷达天命，智者不忧。庄周遗名，名垂千载。终言命如凿石见火，宜自娱以颐养，保此百年也。”

《先秦汉魏晋南北朝诗》言：“《古诗纪》此曲先载本辞，后著奏曲，今依乐府移置。”诗作通过对自己满腹愁思的抒发，表达了对安贫乐道的生活的向往之情。

【注释】

①崄巇（xiǎn xī）：比喻艰难，险恶。

②罹：忧患，苦难。百罹：诸多的苦难。

③荼毒：苦难和灾难。

④栖栖（xī xī）：孤寂零落的样子。

⑤末荣：末梢的荣华。

⑥莫：同“暮”。烈风：秋风强劲。

⑦去自无他：指并无顾虑的离去。

⑧遗名：轻视功名。

⑨子遐：所指不详。

⑩轗轲（kǎn kē）：同“坎坷”，不得志，不顺利。

⑪遐：远。

【汇评】

明·陆时雍：“苕巢飘风，不如卑栖；陟阬登山，不如履地。此则嵇康可以守身，灵运可以永誉。‘暮愁烈风，昔蹈沧海，心不能安。揽衣瞻夜，北斗阑干。星汉照我。’有此几回惊顾。”（《古诗镜》卷一）

舞曲歌辞

舞曲歌辞是汉代舞蹈时所用的歌辞。汉代舞蹈主要有雅舞、铎舞、巾舞、散乐、俳歌舞、鞞舞歌等。雅舞多是模仿周代的"先王乐舞"而形成的舞蹈。散乐是带有杂技表演性质的舞蹈。鞞舞是执鞞鼓而舞。由于舞曲歌辞是配合舞蹈而歌,歌唱在表演时散见于舞蹈进程之中,故现存的歌辞有些并不连贯。

后汉武德舞歌诗

东平王苍

　　於穆世庙①,肃雍②显清。俊乂翼翼③,秉文之成④。越序上帝⑤,骏奔来宁⑥。建立三雍⑦,封禅泰山。章明图谶⑧,放唐之文⑨。休矣惟德,罔射⑩协同。本支⑪百世,永保厥功。
(《东观汉记》卷五。《乐府诗集》卷五二。《古诗纪》卷一三。《汉诗》卷五。)

【题解】

《后汉武德舞歌诗》,一曰《世祖庙登歌》。

《汉书·礼乐志》:"《武德舞》者,高祖四年作,以象天下乐己行武以除乱也。《文始舞》者,曰本舜《招舞》也,高祖六年更名曰《文始》,以示不相袭也。《五行舞》者,本周舞也,秦始皇二十六年更名曰《五行》也。《四时舞》者,孝文所作,以示天下之安和也。盖乐己所自作,明有制也;乐先王之乐,明有法也。孝景采《武德舞》以为《昭德》,以尊大宗庙。至孝宣,采《昭德舞》为《盛德》,以尊世宗庙。诸帝庙皆常奏《文始》《四时》《五行舞》云。高祖六年又作《昭容乐》《礼容乐》。《昭容》者,犹古之《昭夏》也,主出《武德舞》。《礼容》者,主出《文始》《五行舞》。舞人无乐者,将至至尊之前不敢以乐也;出用乐者,言舞不失节,能以乐终也。大氐皆因秦旧事焉。"

《东观汉记》:"明帝永平三年八月,公卿奏世祖庙舞名。东平王苍议,以为汉制,宗庙各奏其乐,不皆相袭,以明功德。光武皇帝拨乱中兴,武力盛大,庙乐舞宜曰《大武》之舞,其《文始》《五行》之舞如故,勿进《武德舞》。诏曰:'如骠骑将军议,进《武德》之舞如故。'"

东平王刘苍(? －83),东汉光武帝刘秀之子。建武十五年(39),封东平公,十七年(41)进封为东平王。在位四十五年,卒,谥宪王。《隋书·经籍志》载刘苍有文集五卷。

诗作颂汉德,行文严谨有序,庄严肃穆。

【注释】

①於(wū):感叹词,表示赞美之意。穆:庄严。世庙:世祖庙,指东汉光武帝刘秀之庙。

②肃雍:形容祭祀时的乐声整齐,气氛和谐。

③俊义(yì):也作"俊艾",指才德出众的人。翼翼:恭谨的样子。

④文:指礼节仪式。秉文之成:秉承汉家礼仪所成。

⑤越序上帝:指光武帝刘秀超越帝序,成为东汉帝王。

⑥骏奔:快速奔走。来宁:本指女子归宁,此处引申为奔走相告。

⑦三雍:指辟雍、明堂、灵台,合称"三雍",又称"三雍宫",是帝王举行祭祀、典礼的场所。《后汉书·儒林传上》:"中元元年,初建三雍。明帝即位,亲行其礼。"

⑧图谶:指符命占验之书。

⑨放唐:唐尧,名放勋。放唐之文:唐尧流传于后世的文书。

⑩罔:同"无"。罔射:据《诗经·周颂·清庙》"骏奔走在庙,不显不承,无射于人斯",当作"无射",不厌。

⑪本支:也作"本枝"。朱熹《诗集传》:"本,宗子也,支,庶子也。"指同一家族的子孙后代。

铎舞歌①

圣人制礼乐篇

昔皇文武②(邪)③,弥弥舍④(善),谁(吾)时(吾),行(许帝)道,衔(来)治路。(万邪治路万邪)赫赫(意)黄运⑤,(道吾治路万邪),善道明(邪)金⑥(邪),(善道明邪金邪帝邪)。(近帝武武邪邪),圣皇八音⑦,(偶邪尊来)。(圣皇八音),(及来)义(邪)同(邪)。(乌及来义邪),善草供国⑧,(吾咄等邪乌)。(近帝邪武邪),(近帝武邪武邪)。应节合用⑨,(武邪尊邪);(应节合用),(酒期义邪同邪)。(酒期义邪),善草国(吾咄等邪乌)。(近帝邪武邪),(近帝武武邪邪)。下音足木⑩,上为鼓(义邪),应众⑪(义邪),乐(邪邪)延否,已(邪乌已)礼祥⑫,(咄等邪乌),素女有绝其圣⑬(乌乌武邪)。(《宋书·乐志》。《乐府诗集》卷五四。《古诗纪》卷一六。《汉诗》卷九。)

【题解】

《乐府诗集》引《古今乐录》:"铎,舞者所持也。本铎制法度以号令天下,故取以为名。今谓汉世诸舞,鞞巾二舞是汉事,铎拂二舞以象时。古《铎舞曲》有《圣人制礼乐》一篇,声辞杂写,不复可辨,相传如此。"《旧唐书·乐志》:"《铎舞》,汉曲也。"

此曲空格据《宋书·乐志》、逯钦立《先秦汉魏晋南北朝诗》补,声字叠词以小字别之,有改动。逯钦立言:"此曲声辞相杂,不易诠释。然若较以傅玄拟作,则尚有可解者。"

【注释】

①铎(duó):乐器名,形状如大铃,振舌发声。铎舞:指手持铎进行舞蹈。

②文武:文指周文王,武指周武王。

③武、邪、吾、许、帝、来、治、路、万、意、道、善、金、近、武、尊、咄、等、乌、酒、期、义、草、国、已等括弧中字均为表声字,无实义。

④弥弥舍:叶桂桐认为:"当为汉魏六朝之习用语,意为渐渐。在《铎舞歌》中为声辞,无意。与下舍字相连,近于《宋书·乐志》所录《艾如张曲》中的历舍。"考之史书,当是。

⑤赫赫:显盛之意。赫赫黄运,可理解为文王、武王之功业显赫。

⑥善道：正道。明金：据傅玄拟作《云门篇》，当为"振铎鸣金"之意。

⑦八音：《周礼·春官·大师》云："皆播之以八音，金、石、土、革、丝、木、匏、竹。"

⑧善草：奇花异草，此处指珍贵之礼。供国：贡献给天子。

⑨应节合用：《列子·汤问》："则舞应节，千变万化，惟意所适。"当为应合节拍之意。

⑩足：叶桂桐认为："足字疑当为柷字之误，足与柷音近。古代八音中以柷敔为木。"当是。下音足木：与下文"上为鼓"相照应，为乐器节奏相应。

⑪应众：与众人相和。

⑫礼祥：礼备。

⑬素女：相传为女神，擅长鼓瑟。《通典·乐四》："黄帝使素女鼓瑟，哀不自胜，乃破为二十五弦，具二均声。"有绝其圣：叶桂桐认为："意谓圣人制作的礼乐将长久流传，永远不会断绝。"此意当是。

【汇评】

清·王坦："沈约《宋书·乐志》载：'古曲颇备，惟铎舞曲《圣人制礼乐篇》有声无词。'"（《琴旨》卷下）

清·何琇："古铎舞曲《圣人制礼乐篇》，郭茂倩《乐府诗集》所载不可句读，考《宋书·乐志》载此篇原每句空一字，郭氏连而一之耳。"（《樵香小记》卷上）

清·顾炎武："以今论之，九麻一韵，亦大抵本西音。故汉时有《圣人制礼乐篇》全以邪字为韵，正如《梵书》所谓'真言'，而乌孙公主嫁昆弥始有琵琶之制。《世说》王丞相之语胡人曰：'兰暗兰暗'。"（《唐韵正》卷四）

巾舞歌诗

吾不见公莫①时（吾）②，（何婴）公（来婴）姥时（吾）。［哺声］③

何为茂④时，为（来婴）当思（吾）。

明月之上（转起）⑤（吾），（何婴）土（来婴）（转去）（吾）。［哺声］

何为土⑥(转南)(来婴),当去(吾)。

城上羊下食草⑦(吾),(何婴)下来(吾)食草(吾)。[哺声]

汝(何)三年针缩⑧,(何来婴)吾亦老(吾)。

平(平)门淫涕⑨下(吾),(何婴)(何来婴)涕下(吾)。[哺声]

昔结(吾)马客⑩(来婴),吾当行⑪(吾)。

度四州⑫,洛⑬四海(吾),(何婴)海⑭(何来婴)海(何来婴)四海(吾)。[哺声]

熇西马头香⑮(来婴),(吾)洛道⑯(吾)。

洛五丈⑰,度汲水⑱(吾)。(噫邪)。[哺]

谁当求儿?母何!(意零邪)钱健步⑲,[哺]谁当吾求儿?母何(吾)![哺声]

三针一发⑳交时还㉑?弩心㉒!(意何零),意弩心,遥(来婴)弩心。[哺声]

复相头巾㉓。(意何零),(何邪)相[哺]头巾,相(吾来婴)头巾。母何(何吾)!

复来推排(意何零),相[哺]推,相(来婴)推非㉔。母何(吾)!

复车轮(意何零),(子以邪),相[哺]转轮㉕,(吾来婴)(转)。母何(吾)!

使君去时㉖。(意何零),(子以邪)!

使君去时,使(来婴)去时。母何(吾)!

思君去时㉗。(意何零),(子以邪)!

思君去时,思(来婴)吾去时。母何(何吾吾)!(《宋书·乐志》。《乐府诗集》卷五四。《古诗纪》卷一六。《汉诗》卷九。)

【题解】

《乐府诗集·巾舞歌诗解题》引《唐书·乐志》曰:"《公莫舞》,晋宋谓之《巾舞》。其说云:'汉高祖与项籍会鸿门,项庄舞剑,将杀高祖,项伯亦舞,以袖隔之，且语庄云：'公莫。'古人相呼曰公，言公莫害汉王也。汉人德之，故舞用巾以像项伯衣袖之遗式。'《宋书·乐志》曰：'按《琴操》有《公莫渡河》，然则其声所从来已久。俗云项伯，非也。'《古今乐录》曰：'《巾舞》，古有歌辞，讹异不可解。'"

《先秦汉魏晋南北朝诗》："此曲当是西汉人形容寡妇之舞诗，其辞与后人咏陶婴之《黄鹄曲》极相类似也。"

诗作言公姥与孩子别离时的悲伤。

【注释】

①公莫：据下文可知，当为"公姥"，相当于"母"的角色。

②圆括号中均为衬字，起补充正字语意缺漏的作用，下同。

③方括号中的"哺声"与"哺"均为后人增入的书面说明性文字，下同。

④茂：白平认为："据下文意，疑当作'暮'。"徐振贵认为："茂即'卯'字。《晋书·乐志》：'二月卯，卯，茂也，阳气升而孳茂。'《公莫巾舞歌行》诗'何为茂时'，亦即'何为卯时'。卯，十二时辰之一，指清早五时至七时。意谓母亲是在每天此时为婴儿喂奶。因为此时婴儿容易饥饿。"下文有"明月"，按照推断时间当是在夜里，茂解作"卯"，徐说当是。

⑤上：《乐府诗集》作"土"。本句"明月"与上文"思"结合来看，当是表示思念故土之意。转起：与下文"转去""转南"当为歌舞提示用字。

⑥土：杨公骥校为"士"，表示士去意坚决。当是。

⑦城上羊下食草：据逯钦立《先秦汉魏晋南北朝诗》，引南朝宋鲍照《赠故人马子乔》"踯躅城上羊，攀隅食玄草"之句，以证其意，当是。亦可理解为互文手法：驱羊于城上，驱羊于城下，使羊食草。

⑧针缩：白平认为："当作'征戍'。"并未详释理由。赵逵夫认为："针缩即'征戍'之记音。针古作'鍼'。'鍼''征'同为章纽字。'缩''戍'二字古韵皆在幽部，均可以对转。"姚小鸥认为："'今鼓吹铙歌词《艾如张曲》中的'针'与'震'相通为证，将'针'解为'震'。"针当为"震"意，震缩上与"三年"相连，下与"吾亦老"相系，可以推测大致意思是，如此三年之久，公姥年事已高。

⑨平：白平认为："平当作'凭'，平门即'凭门'，意为倚门而立，望子归

来。"淫涕:过度哀哭,与屈原《哀郢》"望长楸而太息兮,涕淫淫其若霰"中"涕淫淫"义同。

⑩马客:骑马之人。

⑪当行(háng):本行。据上,当与骑马相关。

⑫度:通"渡",过。四州:指东西南北极远的州郡。

⑬洛:徐振贵认为:"'罗'的假借字。罗,广布也。《史记·五帝纪》:'旁罗日月星辰。'《公莫巾舞歌行》中'洛四海',即'罗四海',极言诗中之母,为婴儿哺乳,走遍各地。"结合上文"度"字,可以看出,"洛"字表示动作的发生,当有"略"字之义,"略"即"过",叶说与逯说当是。

⑭海:白平认为:"'海'疑当作'四'。"《乐府诗集》此句为"四海",白说当是。

⑮熇(kào)西:《说文解字·火部》:"火热也。从火高声。《诗》曰:'多将熇熇。'"杨公骥认为:"秦汉时为鄗县,秦时属邯郸郡,西汉时属常山郡。……巾舞歌辞中既然使用着鄗西(熇西)这一旧地名,便可证明它是西汉时代创制的歌舞,其下限当不晚于公元25年。"香:徐振贵认为:"'香'即'想'的假借字。'熇西马头香来洛',表面难解。其实,熇,太阳炽烈。西,西下,即日落西山。马头,言其乘坐马车而来。母亲坐在车上,在马头后面,想到即将见到儿子,故而'想来乐'。'香来洛'即'想来乐'"。似通。

⑯洛道:所经过的道路。

⑰五丈:白平认为:"五丈,五丈河,在河南开封县北。《五代史》:'周显德四年,诏疏汴水北入五丈河,由是齐鲁舟楫皆达于大梁',《九城志》:五丈河即禹贡之菏泽。从都北历陈留及郸。其广五丈,旧名五丈河。"赵逵夫认为:"五丈盖俗指瓠子口,乃河决口之地。淇水在黄河以东,距顿丘、淮阳皆不远。"其依据为《汉书·武帝纪》苏林注:"甄城以南,淮阳以北为瓠子河,广百步,深五丈。"徐振贵认为:"五丈即'无障',道路直达且无障碍,而且能在渡口汲水饮用,自然能够顺利见到儿子,故而'想来乐'"。

⑱汲水:杨公骥认为:"应是渡'济水'。'汲'与'济'音相近,故致误或假借。这里所说的济水,是古冀州的济水,它与周代鲁国境内称为四渎之一的济水(应作泲水)不是一条河。"白平认为:"即'淇水',在今河南省北

111

部,古为黄河支流,流至今汲漕县东北淇门镇南入黄河。东汉建安中,曹操于淇口作堰,遏使东北流,注入白沟(今卫河南),以通运,此后遂成为卫河支流。"赵逵夫认为:"淇水原脚本误作'汲水'。汉在淇水以南黄河北岸设有汲县。汲县、淇水相去不是很远,'汲''淇'又为近纽双声,故得误。"赵说从音韵学的角度来判定"汲""淇"为近纽双声,容易出现讹误现象,以赵说为是。

⑲钱健步:逯钦立在《先秦汉魏晋南北朝诗》按语:"钱即'遣'之借字,《三国志》有'遣健步'语。"杨公骥认为:"所谓'健步',就是轻捷有力的快步,如俗语:'健步如飞。'"赵逵夫认为:"健步即急足,指以行路快而承担送信等差事之人。遣即派遣。"徐振贵先生认为:"'钱'即'骞'的假借字。骞,亏也。钱健步即'骞蹇步',指母亲年迈体衰,步履蹒跚。"姚小鸥认为:健有强劲意。"钱"为"践"借字。"踏、蹈,皆汉人习用舞蹈术语。"

⑳三针一发:逯钦立《先秦汉魏晋南北朝诗》:"三针,针乃箭字之误。"杨公骥认为:"可能是一种急促的步法,以表示悲伤与急躁。其祥不可考。"白平认为:"三针,疑当作'上征'。李白《丁都护歌》:'云阳上征去,两岸饶商贾,''上征'为'赴'。"赵逵夫认为:"'三箭一发'义亦难通,且于上下文无法连接。按:'针'乃'正'字之误,指正卒。"姚小鸥认为:"'针'为'振'借字。今按'三针一发'不见于其他文献。'针'当是'针缩'之省。'发',《说文》:'射发也。'《段注》:'……引申为凡作起之称。'在这里当是指一种纵跃的动作,即所谓'纵体而迅赴'(张衡《西京赋》语)。由于作'针缩'的动作时身体的重心有所下降,故有此称。简言之,'三针〔振〕一发'是重复三次'针〔振〕缩'的动作,然后向前作一个纵跃的舞步。在《公莫舞》中,它是用来表示母亲悲伤与急躁的一连串的舞蹈动作的组合的一个组成部分。"

㉑交时还:白平认为:"交疑当作'几'。"姚小鸥先生认为:"'交'在《巾舞歌辞》中仅出现一次。它是古代舞蹈中一个较为特殊的双人舞蹈舞容。《说文》:'交,交胫也。'《段注》:'交胫谓之交,引申之为凡交之称。'《释名·释船》:'所用斥旁岸曰交,一人前一人还相交错也。'是'交'本意为人之两腿相交,引申为凡一般意义上的'交错'。战国末期已用于描写舞蹈形象。"结合上句之意,白说当是。

㉒弩心:杨公骥认为:"即挺胸(弩、努古今字),挺胸仰首。这是以仰首长叹动作表现悲痛。"赵逵夫认为:"弩心、相、复相是动词或动词性词组,又与歌辞不相连接,则是舞蹈术语可以肯定。"

㉓相头巾:杨公骥先生认为:"所谓'相头巾''头巾',意思是使用头巾。案:秦汉时,士大夫和贵族戴冠,庶人(平民)戴头巾。"白平先生认为:"相,义为视、看。"叶桂桐认为:"'相'当为一种乐器名。《礼·乐记》:'治乱以相。'注云:'相即拊也,亦以节乐。以韦为表,装之以糠。糠,一名相,因以名焉。'"姚小鸥认为:"'相'字的位置总是在'头巾'之前,因为'头巾'是《公莫舞》中特有的重要舞蹈动作,舞者蹈节而舞,需要拊'相'者拊击出特定的节奏,所以必须特别予以标明。""相""复相"为一连串出现,修饰后面的名词"头巾",杨说、姚说当是。

㉔推非:杨公骥认为:"汉代常用语,意为互相挤来挤去,或进进退退互相推移。这是表演儿子启程离家时,母子一面以'头巾'拭泪,一面进进退退拉来推去难舍难分的情景的。"白平认为:"推拥,摇撼。《汉书。朱买臣传》:'相推排陈列中庭拜谒。'《后汉书·方术列传》:'更人推排,终不摇动。'《宋书·少帝纪》:'推排梓宫。'前一解中的'相头巾'即可能有以巾试泪,或见巾思亲的意思,这一解中的'推排'可能与下解中的'转轮'义近。"杨说、白说当是。"非"字当为"排"字之误。

㉕复车轮、转轮:白平认为:"复,疑当作'腹'。车,依辅句,当作'转'。'复车轮'与'肠中车轮转'意同。"赵逵夫亦同,当是。形容悲苦之情。

㉖使君去时:赵逵夫认为:"君当为'吾'字之误。由下面的呼唤语可知此系儿之唱词'思吾去时',校作'吾'。"当是。

㉗思君去时:同上,当作"思吾去时"。

淮南王篇

淮南王①,自尊言②,百尺高楼与天连。后园凿井银作床③,金瓶素绠汲寒浆④。汲寒浆,饮少年,少年窈窕何能贤。

扬声悲歌音绝天。我欲度河河无梁⑤，愿化双黄鹄，还故乡。还故乡，入故里，徘徊故乡，苦身不已。繁舞寄声无不泰⑥，徘徊桑梓⑦游天外。（《宋书·乐志》。《晋书·乐志》。《乐府诗集》卷五四。《文选补遗》卷三四。《广文选》卷一二。《古诗纪》卷一六。《汉诗》卷九。）

【题解】

《乐府诗集》引《古今注》曰："《淮南王》，淮南小山之所作也。淮南王服食求仙，遍礼方士，遂与八公相携俱去，莫知所往。小山之徒，思恋不已，乃作《淮南王曲》焉。"并引《乐府解题》曰："古词云：'淮南王，自言尊。'实言安仙去。"

诗作言淮南王服药升仙而去。

【注释】

①淮南王：指淮南王刘安。《汉武帝故事》："淮南王安好神仙，招方术之士，能为云雨。百姓传云：'淮南王得天子，寿无极。'帝心恶之，使觇王，云：'能致仙人，与共游处，变化无常，又能隐形飞行，服气不食。'帝闻而喜，欲受其道，王不肯传。帝怒，将诛焉。王知之，出令与群臣，因不知所之。"

②尊：地位高。言：语助词，无实义。

③床：井上的围栏。

④素绠（gěng）：汲水桶上的绳索。汲：打水。寒浆：清凉的水。

⑤度：通"渡"，过。《乐府诗集》作"渡"。梁：桥。

⑥繁舞：盛舞。寄声：用舞曲表达心意。《晋书》《文选补遗》作"奇歌"。泰：安，宁。

⑦桑梓：桑树和梓树是住宅边常种的树，因此以桑梓比喻家乡。

俳歌辞

俳①不言不语，呼俳噞②所。俳适③一起，狼率④不止。生拔牛角,摩⑤断肤耳。马无悬蹄,牛无上齿。骆驼无角,奋迅两耳。(《南齐书·乐志》。《乐府诗集》卷五六。《古诗纪》卷一六。《汉诗》卷九。)

【题解】

《俳歌辞》,一曰《侏儒导》,自古有之,盖倡优戏也。

《古今乐录》:"梁三朝乐第十六,设俳技,技儿以青布囊盛竹箧,贮两踒子,负束写地歌舞。小儿二人,提沓踒子头,读俳云:见俳不语言,俳涩所俳作一起。四坐敬止。马无悬蹄,牛无上齿。骆驼无角,奋迅两耳。半拆荇博,四角恭跱。"

诗作描绘杂技表演场面,用为杂技表演的解说词。

【注释】

①俳:指演杂戏的艺人。

②噏(xī):通"吸",与"呼"相应。

③适(kuò):迅疾。《玉篇·辵部》:"适,疾也。"

④狼率:疑指动作之快。

⑤摩:蹭,擦。

卷六 |

琴曲歌辞

《乐府诗集》："琴者，先王所以修身、理性、禁邪、防淫者也，是故君子无故不去其身。"引《唐书·乐志》曰："琴，禁也。夏至之音，阴气初动，禁物之淫心也。"引《世本》曰："琴，神农所造。"引《广雅》曰："伏羲造琴，长七尺二寸，而有五弦。"引扬雄《琴清英》曰："舜弹五弦之琴而天下化。"

古琴曲不必有辞，盖以声写心，意在言外也。自后人揣古人之意，别制伪辞，丽与古离矣。今所传上古圣贤之作，多不足信。其后人出以咏叹者，又非琴之本曲。其中最为著名的《琴操》诸曲，东汉蔡邕撰集，除《鹿鸣》等五歌诗为《诗经》之诗作外，其他多是两汉琴家拟作。

将归操

狄之水①兮风扬波，船楫颠倒更相加，归来归来胡为斯。
(《琴操》上。朱文公校《昌黎先生集》注。《汉诗》卷一一。)

【题解】

《将归操》，一曰《陬操》。

《琴操》："《将归操》者，孔子所作也。"《史记·孔子世家》曰："孔子既不得用于卫，将西见赵简子，至于河，而闻窦鸣犊、舜华之死，临河叹曰：'美哉水，洋洋乎，丘之不济此，命也夫。'子贡趋而进曰：'何谓也？'孔子曰：'窦鸣犊、舜华，晋国之贤大夫也。赵简子未得志之时，须此两人而后从政，及其已得志，杀之乃从政。丘闻之也，刳胎杀夭则麒麟不至郊，竭泽涸渔则蛟龙不合阴阳，覆巢毁卵则凤皇不翔。何则？君子讳伤其类也。夫鸟兽之于不义也，尚知辟之，况乎丘哉！'乃还，息乎陬乡，作为《陬操》以哀之。"

今本《孔丛子·陬操》之末章所载四言歌辞："翱翔于卫，复我旧居。从我所好，其乐只且。"实乃汉人整理。

琴曲言孔子前往赵国做官，听闻赵简子杀害他的贤臣窦鸣犊后，决定返回家乡。

【注释】

①狄水：水名，在临济（今山东省高青县）境内。郦道元《水经注·河水》："临济，故狄也。是济所经，得其通称也。"

【汇评】

元·于钦："按：临济，故狄也，是济所经。得其通称详此，则是济水自荥泽之下，潜流至此。四渎津口而复出，河又东分一支与之合流，以过临济而为狄水然，此皆齐地，在今济、郓之间。《史记》以为孔子自卫将西见赵简子，则其道不当出此，此又不可晓者，今姑阙之，以俟深于地理者考焉。钦按，汉陈留郡平丘县有临济亭，故狄也。盖济水出陶丘北，南渎被孟豬北渎，注'巨野亭'，临此渎故曰'临济'。"（《齐乘》卷二）

明·方以智："'斯'合韵，音莎。如《楚辞》之'些'，此知些、梭、斯、靯、为一音也。"（《通雅》卷四）

陬　操

周道衰微，礼乐陵迟①。文武既坠，吾将焉归。周游天下，靡邦可依。凤鸟不识，珍宝枭鸱②。眷然顾之，惨然心悲。巾车③命驾，将适唐都。黄河洋洋，攸攸之鱼。临津不济，还辕息鄹。伤予道穷，哀彼无辜。翱翔于卫，复我旧庐。从我所好，其乐只且。（《孔丛子·记问》。《乐府诗集》卷五八。《古诗纪》卷四。《汉诗》卷一一。）

【题解】

《陬操》，有弦无辞，《乐府诗集》作《将归操》，《诗纪前集》作《息鄹操》，孔子所作。

《孔子家语》称孔子"临河不济，还息于鄹，作《陬操》"，亦无歌辞。逯钦立《先秦汉魏晋南北朝诗》曰："杨慎《风雅逸篇》杂凑四言六句，目为陬操，非是。"当为汉人整理。

【注释】

①陵迟:同"凌迟",衰落,衰败。《后汉书·杨震传》:"政事日堕,大化陵迟。"

②枭鸱:即"鸱枭",猛禽名,俗称猫头鹰。相传为食母鸟的恶鸟。

③巾车:有帷幕的车子。《孔丛子·记问》:"巾车命驾,将适唐都。"

【汇评】

明·梅鼎祚:"朱熹云:'《孔丛子》纪孔子,事多失实,非东汉人之书。'"(《古乐苑》卷三〇)

猗兰操

习习①谷风,以阴以雨。之子于归,远送于野。何彼苍天,不得其所。逍遥九州,无有定处。世②人暗蔽,不知贤者。年纪迈逝,一身将老。(《琴操》上。《艺文类聚》卷八一。《太平御览》卷九八三。《乐府诗集》卷五八。朱文公校《昌黎先生集》注。《古诗纪》卷四。《汉诗》卷一一。)

【题解】

《猗兰操》,一曰《幽兰操》。

《乐府诗集》引《古今乐录》曰:"孔子自卫反鲁,见香兰而作此歌。"引《琴操》:"《猗兰操》者,夫孔子所作。孔子历聘诸侯,诸侯莫能任。自卫反鲁,隐谷之中,见香兰独茂,喟然叹曰:'兰当为王者香,今乃独茂,与众草为伍。'乃止车,援琴鼓之,……自伤不逢时,托辞于香兰云。"引《琴集》:"《幽兰操》,孔子所作也。"实汉人整理。

琴曲用谷风、阴雨来衬托自己的感伤之情,虽有万般喟叹,却依然向往兰草高洁的志趣。

①习习:微风和煦的样子。

②世:《乐府诗集》作"时",注云:"一作世。"

【汇评】

明·陆时雍:"有黯色而无愠情,抑何言之蕴蕴。"(《古诗镜》卷三八)

龟山操

　　予欲望鲁兮,龟山①蔽之,手无斧柯②,奈龟山何。(《琴操》上。朱文公校《昌黎先生集》注。《古诗纪》卷四。《汉诗》卷一一。)

【题解】

　　《龟山操》,题为孔子作。《太平御览》卷五七八引《大周正乐》有序无辞。

　　逯钦立《先秦汉魏晋南北朝诗》:"《龟山操》者,孔子所作也。齐人馈女乐,季桓子受之。鲁君闭门不听朝,当此之时,季氏专政,上僭天子,下畔大夫,贤圣斥逐,谗邪满朝。孔子欲谏不得,退而望鲁,鲁有龟山蔽之,譬季氏于龟山,托势位于斧柯。季氏专政犹龟山之蔽鲁也,伤政道之陵迟,闵百姓不得其所,欲诛季氏而力不能,于是援琴而歌云。"实汉人整理。

　　琴曲言季氏专政,朝野大乱,孔子伤正道之不行而作。

【注释】

①龟山:山名,在今山东省新泰市谷里镇南。

②斧柯:比喻权柄。

【汇评】

明·陆时雍:"非当年之语。"(《古诗镜》卷三〇)

越裳操

於戏嗟嗟①，非旦之力②，乃文王之德③。(《琴操》上。《乐府诗集》卷五七。朱文公校《昌黎先生集》注。《古诗纪》卷四。《汉诗》卷一一。)

【题解】

《越裳操》，《古诗纪》：“《琴操》作《越尝操》。”在《乐府诗集》中属于《琴曲歌辞》。《琴操》：“《越裳操》者，周公之所作也。”《乐府诗集》引《古今乐录》：“越裳献白雉，周公作歌，遂传之为《越裳操》。”

《后汉书·南蛮传》：“交阯之南有越裳国。周公居摄六年，制礼作乐，天下和平，越裳以三象重译而献白雉，曰：‘道路悠远，山川岨深，音使不通，故重译而朝。’成王以归周公。公曰：‘德不加焉，则君子不飨其质；政不施焉，则君子不臣其人。吾何以获此赐也！’其使请曰：‘吾受命吾国之黄耇。’曰：‘久矣，天之无烈风雷雨，意者中国有圣人乎？有则何往朝之。’周公乃归之于王，称先王之神致，以荐于宗庙。周德既衰，于是稍绝。”实汉人整理。

琴曲言周公允恭克让，归德于文王。

【注释】

①嗟嗟：叹词，表示赞美。

②本句句末《古诗纪》卷四有“也”字。

③本句句末《古诗纪》卷四有“也”字。

【汇评】

北宋·陈旸：“《越裳操》者，因越裳献雉而作也。”(《乐书》卷一二八)

拘幽操

殷道溷溷①,浸浊烦兮。朱紫相合,不别分兮。迷乱声色,信谗言兮。炎炎之虐,使我愆兮。幽闭牢阱②,由其言兮。无辜桎梏③,谁所宣兮。进我四人,忧勤勤④兮。得此珍玩且解大患兮,仓皇迨命遗后昆兮。作此象变兆在昌兮,钦承祖命天不丧兮。遂临下土在圣明兮,讨暴除乱诛逆王兮。(《琴操》上。《太平御览》卷五七一引《古今乐录》。《续古文苑》卷四。《古诗纪》卷四。朱文公校《昌黎先生集》注。《汉诗》卷一一。)

【题解】

《拘幽操》,一曰《文王哀羑里》。《乐府诗集》中仅著录前六句。

《琴操》:"《拘幽操》者,文王拘于羑里而作也。文王备修道德,百姓亲附。……文王在羑里,演《易》八卦以为六十四,作郁厄之辞曰:'困于石,据于蒺藜。'乃申愤而作歌云。"实汉人整理。

琴曲言文王拘于羑里的愤懑之情。

【注释】

①溷溷(hùn hùn):形容污浊的样子。

②闭:《太平御览》作"閟"。阱:《太平御览》作"狱"。

③桎梏(zhì gù):指束缚犯人手脚所用的两种刑具。《吕氏春秋·仲春纪》:"命有司,省囹圄,去桎梏。"

④忧勤勤:《乐府诗集》作"忧动动"。《太平御览》作"皆忧勤"。

履霜操

履朝霜兮采①晨寒,考不明其心兮听②谗言。孤恩别离③

兮摧肺肝,何辜皇天兮遭斯愆④。痛殁不同兮恩有偏,谁说⑤顾兮知我冤。(《琴操》上。《世说新语·言语篇》注。《文选》卷一八《长笛赋》注。《初学记》卷二。《白帖》卷六。《太平御览》卷一四。《乐府诗集》卷五七。朱文公校《昌黎先生集》注引古乐府解题。《古诗纪》卷四。《汉诗》卷一一。)

【题解】

《履霜操》,《琴操》曰:"《履霜操》者,尹吉甫之子伯奇所作也。伯奇无罪,为后母谗而见逐,乃集芰荷以为衣,采楟花以为食。晨朝履霜,自伤见放,于是援琴鼓之而作此操。曲终,投河而死。"实汉人托之。

琴曲为伯奇自伤被放之辞。

【注释】

①采:刘师培《琴操补释》:"采字疑误。"

②听:《昌黎先生集》注作"信"。

③别离:《昌黎先生集》注作"离别"。

④愆:罪过,过失。《尚书·冏命》:"中夜以兴,思免厥愆。"

⑤谁说:《古诗纪》作"谁能流"。

【汇评】

明·陆时雍:"有怨无诽。"(《古诗镜》卷三〇)

雉朝飞操

雉①朝飞鸣相和,雌雄群游于山阿②。我独何命兮未有家。时将暮兮可奈何。嗟嗟暮兮可奈何。(《琴操》上。《乐府诗集》卷五七。朱文公校《昌黎先生集·雉朝飞操》注引《古今注》。《古诗纪》卷四。《汉诗》卷一一。)

《雉朝飞操》,汉乐府题名,一曰《雉朝雊操》,齐独沐子所作,《琴操》序首作"沐犊子",当是。《古今注》作"牧犊子",非也。

《乐府诗集》引《古今注》:"《雉朝飞》者,犊沐子所作也。齐宣王时,处士泯宣,年五十无妻。出薪于野,见雉雄雌相随而飞,意动心悲,乃仰天叹大圣在上,恩及草木鸟兽,而我独不获。因援琴而歌,以明自伤。其声中绝。魏武帝时,宫人有卢女者,七岁入汉宫,学鼓琴,特异于馀妓,善为新声,能传此曲。"

逯钦立《先秦汉魏晋南北朝诗》:"又据《昌黎集注》,原本《古今注》并载此歌辞,可见此操此歌即后汉末年之新声。查扬雄《琴清英》曰:'《雉朝飞操》者,卫女傅母之所作也。'卫侯女嫁于齐太子,至中道,闻太子死。问傅母曰:'何知?'傅母曰:'且往当丧。'丧毕不肯归,终之以死焉。傅母悔之,取女所自操琴,于冢上鼓之,忽有二雉俱出墓中,傅母抚雌雉曰:'女果为雉耶?'言未毕,俱飞而起,忽然不见。傅母悲痛,援琴作,故曰《雉朝飞》。据此西汉末已有《雉朝飞操》,但其本事与《琴操》异,且无此歌也。"

琴曲言作者对自己能够安身立命的企盼和哀呼。

【注释】

①雉:野鸡。

②阿(ē):王逸《楚辞章句·九歌·山鬼》:"阿,曲隅也。"弯曲,曲折。

别鹤操

将乖①比翼兮隔天端,山川悠远兮路漫漫,揽衣不寐兮食②忘餐。(《北堂书钞》卷一〇九。《艺文类聚》卷九六。《白帖》卷六、二九。朱文公校《昌黎先生集·别鹤操》注。崔豹《古今注》。《乐府诗集》卷五八引《古今注》。《古诗纪》卷四。《汉诗》卷一一。)

《别鹤操》,《乐府诗集》引《古今注》:"《别鹤操》,商陵牧子所作也。娶妻五年而无子,父兄将为之改娶。妻闻之,中夜起,倚户而悲啸。牧子闻之,怆然而悲,乃援琴而歌。后人因为乐章焉。"

琴曲言夫妻离别的幽怨之情。

【注释】

①乖:《广雅》:"乖,背也。"分离。

②食:《古诗纪》一作"辰"。

【汇评】

明·陆时雍:"《别鹤操》《雄朝飞》莽莽数语,自足感伤,援琴写恨,只合如此。"(《古诗镜》卷三〇)

列女引

忠谏行兮正不邪,众妾夸兮继嗣多。(《琴操》上。《汉诗》卷一一。)

【题解】

《列女引》,汉乐府题名,楚庄王妃樊姬之所作。《乐府诗集》中有《列女操》,唐孟郊所作,并引《琴集》曰:"楚樊姬作《列女引》。"

琴曲赞美楚庄王妃樊姬之德。

贞女引

菁菁①茂木,隐独荣兮。变化垂枝,合秀②英兮。修身养行,建令③名兮。厥道不移④,善恶并兮。屈躬就浊⑤,世彻清兮。怀忠见疑,何贪生兮。(《琴操》上。《后汉书·卢植传》注。《乐府诗集》卷五八作《处女吟》。《古诗纪》卷四。《汉诗》卷一一。)

【题解】

《贞女引》,《琴操》:"《处女吟》,鲁处女所作也。"《古今乐录》:"鲁处女见女贞木而作歌,亦谓之《女贞木歌》。"

《列女传·鲁漆室女》载:"漆室女者,鲁漆室邑之女也,过时未适人。当穆公时,君老,太子幼,女倚柱而啸,旁人闻之,莫不为之惨者。其邻人妇从之游,谓曰:'何啸之悲也? 子欲嫁耶? 吾为子求偶。'漆室女曰:'嗟乎!始吾以子为有知,今无识也。吾岂为不嫁不乐而悲哉! 吾忧鲁君老,太子幼。'邻妇笑曰:'此乃鲁大夫之忧,妇人何与焉!'漆室女曰:'不然,非子所知也。昔晋客舍吾家,系马园中,马佚驰走,践吾葵,使我终岁不食葵。邻人女奔,随人亡,其家倩吾兄行追之。逢霖水出,溺流而死,令吾终身无兄。吾闻河润九里,渐洳三百步。今鲁君老悖,太子少愚,愚伪日起。夫鲁国有患者,君臣父子皆被其辱,祸及众庶,妇人独安所避乎! 吾甚忧之。子乃曰妇人无与者,何哉!'邻妇谢曰:'子之所虑,非妾所及'。三年,鲁果乱,齐楚攻之,鲁连有寇,男子战斗,妇人转输,不得休息。君子曰:'远矣,漆室女之思也!'诗云:'知我者,谓我心忧,不知我者,谓我何求',此之谓也。颂曰:'漆室之女,计虑甚妙,维鲁且乱,倚柱而啸,君老嗣幼,愚悖奸生,鲁果扰乱,齐伐其城。'"

琴曲言鲁处女舍生取义,终保全人格操守的至高境界。

【注释】

①菁菁(jīng jīng):形容草木茂盛。

②合:含。秀:形容植物茂盛。

③令:美好。

④移:《乐府诗集》《古诗纪》注:"一作积"。

⑤屈躬就浊:指屈形体,顺从心意。

128

辟历引

疾雨盈河，辟历下臻①。洪水浩浩滔厥天。鉴趟②隆愧，隐隐阗阗，国将亡兮丧厥年。（《琴操》上。《北堂书钞》卷一五二。《事类赋·雷赋》注。《古诗纪》卷四。《汉诗》卷一一。）

【题解】

《辟历引》，《古诗纪》作《霹雳》，楚商梁子所作也。

《琴操》："《辟历引》者，楚商梁子所作也。商梁子出游九皋之泽，览渐水之台，张置罘，周于荆山，临曲池而渔。疾风陨雹，雷电奄冥，天火四起，辟历下臻，玄鹤翔其前，白虎吟其后，瞿然而惊，谓其仆曰：'今日出游，岂非常之行耶？何其灾变之甚也？'其仆曰：'孤虚设张，八宿相望，荧惑于角，五星失行，此国之大变也，君其返国矣！'于是商梁子归其室，乃援琴而歌叹，韵声激发，象辟历之声，故曰《辟历引》。"

琴曲以辟历之声象五星失行，大国将有巨变。

【注释】

①辟历：《古诗纪》作"霹雳"，雷电交加的现象。臻：至，到。
②鉴：一作"铿"。趟（làng）：形容水声。

箕山操

登彼箕山①兮，瞻望天下。山川丽崎，万物还普②。日月运照，靡不记睹。游放其间，何所却虑。叹彼唐尧，独自愁苦。劳心九州，忧勤后土。谓余钦明，传禅易祖。我乐如何，盖不盼顾。河水流兮缘高山，甘瓜施兮弃绵蛮③。（《琴操下》。

《太平御览》卷五七一引《古今乐录》。《汉诗》卷一一。）

【题解】

《箕山操》，汉乐府题名，《古诗纪》作《引声歌》，许由作所。

《琴操》："《箕山操》者，许由作也。许由者，古之贞固之士也。尧时为布衣，夏则巢居，冬则穴处，饥则仍山而食，渴则仍河而饮，无杯器，常以手捧水而饮之。人见其无器，以一瓢遗之。由操饮毕，以瓢挂树，风吹树动，历历有声。由以为烦扰，遂取损之。以清节闻于尧，尧大其志，乃遣使以符玺禅为天子。于是许由喟然叹曰：'匹夫结志，固如盘石。采山饮河，所以养性，非以求禄位也；放发优游，所以安己不惧，非以贪天下也。'使者还，以状报尧。尧知由不可动，亦已矣。于是许由以使者言为不善，乃临河洗耳。樊坚见由方洗耳，问之：'耳有何垢乎？'由曰：'无垢，闻恶语耳。'坚曰：'何等语者？'由曰：'尧聘吾为天子。'坚曰：'尊位何为恶之？'由曰：'吾志在青云，何乃劣劣为九州伍长乎？'于是樊坚方且饮牛，闻其言而去，耻饮于下流。于是许由名布四海。尧既殂落，乃作《箕山之歌》。"

琴曲记许由不受帝尧之聘，隐居箕山之事。

【注释】

①箕山：相传帝尧时隐士巢父居山不出，年老以树为巢，寝其上，帝尧以天下让之，不受。又让许由，许由亦不受，隐居箕山。后因以"箕山之志"为隐居全节之称，"箕山之志"也称"箕山之操"。

②还普：指周遍。

③弃绵蛮：刘师培《琴操补释》："'弃绵蛮'三字不可通，乃'叶绵蛮'之讹。"

文王受命

翼翼翱翔①，彼鸢②皇兮。衔书来游，以命③昌兮。瞻天案图，殷将亡兮。苍苍昊④天，始有萌兮。神连精合，谋于房⑤

兮。与我之业⑥,望羊来⑦兮。(《琴操》上。《乐府诗集》卷五七及《古诗纪》卷四作《文王操》。《艺文类聚》卷一二、《太平御览》卷八四所引均无末句。《汉诗》卷一一。)

【题解】

《文王受命》,汉乐府题名,《乐府诗集》《诗纪前集》作《文王操》,传为周文王所作。属于《琴曲歌辞》。

《琴操》:"受命者,谓文王受天命而王。文王以纣时为岐侯,躬修道德,执行仁义,百姓亲附。是时纣为无道,刳胎斩涉,废坏三仁,天统易运,诸侯瓦解,皆归文王。其后有凤凰衔书于文王之郊。文王以殷帝无道,虐乱天下,皇命已移,不得复久,乃作《凤凰之歌》。"

琴曲言文王受天命而王,躬修道德,执行仁义。

【注释】

①翱翔:《艺文类聚》《太平御览》作"翔翔"。

②彼:《太平御览》无此字。鸾:原注:"一作凤。"《乐府诗集》《古诗纪》作"凤"。

③命:《乐府诗集》作"会"。《古诗纪》同,并注:"一作命。"

④昊:《太平御览》作"皓"。《乐府诗集》作"之"。《古诗纪》同,注云:"一作昊。"

⑤神连精合,谋于房:《太平御览》作"五神连精合谋房。"《乐府诗集》《古诗纪》同。《古诗纪》注:"一作'精连神合谋于房'。"

⑥与:《乐府诗集》《古诗纪》作"兴"。业:受命之业。

⑦羊来:《古诗纪》作"来羊"。

思亲操

陟彼历山兮崔嵬①,有鸟翔兮高飞。瞻彼鸠兮徘徊,河水洋洋兮清冷。深谷鸟鸣兮嘤嘤②,设置张罝③兮思我父母力耕。日与月兮往如驰，父母远兮吾将[4]安归。（《琴操》下。《类聚》卷九二、《太平御览》卷九二一并引《琴操》，有序无辞。《乐府诗集》卷五七。《古诗纪》卷四。《汉诗》卷一一。）

【题解】

《思亲操》，汉乐府题名，传为舜作。在《乐府诗集》中属于《琴曲歌辞》。

《琴操》："舜耕历山，思慕父母。见鸠与母，俱飞鸣，相哺食，益以感思。"《乐府诗集》引《古今乐录》曰："舜游历山，见乌飞，思亲而作此歌。"谢庄《琴论》曰："舜作《思亲操》，孝之至也。"

琴曲言游子思亲。

【注释】

①崔嵬：高耸的样子。屈原《九章·涉江》："带长铗陆离兮，冠切云之崔嵬。"

②嘤嘤：形容鸟的鸣叫声。《乐府诗集》作"莺莺"。

③罝（jū）：捕兔的网。泛指捕鸟兽的网。《乐府诗集》作"罥"。罥（juàn）：指捕取鸟兽的网。

④将：《乐府诗集》作"当"。

【汇评】

北宋陈旸："舜之《思亲操》，为孝思而作也。"（《乐书》卷一一九）

仪凤歌

凤皇翔兮于紫庭[1]，余何德兮以感灵。赖先人兮恩泽臻，于胥乐兮民以宁。凤皇来兮百兽晨[2]。（《琴操》下。《艺文类聚》卷九九。《白帖》卷二九。《初学记》卷三〇。《太平御览》卷九一五。《宋书》卷二七《符瑞志》。《竹书纪年》下。《乐府诗集》卷五七。《古诗纪》卷四。《汉诗》卷一一。）

【题解】

《仪凤歌》,一曰《凤皇来仪》,《乐府诗集》《古诗纪》作《神凤操》,题周成王作。

《琴操》:"成王即位,用周召毕荣之属,天下大治,殊方绝域,莫不蒙化,是以越裳献雉,重译来贡,太平之瑞,同时而应,麒麟游苑囿,凤凰来舞于庭,颂声并作,金然大同。于是成王乃援琴而鼓之。"《乐府诗集》引《古今乐录》:"周成王时,凤皇翔舞,成王作此歌。"

逯钦立《先秦汉魏晋南北朝诗》:"'凤皇来分百兽晨'句,当是另一章起句,与上四句不是一篇。又案,《尚书·摘洛戒》乃两汉纬书,后汉何休曾为之作注,《琴操》袭用之,证其必出后汉。"

琴曲言成王所治之世的安乐情景。

【注释】

①紫庭:此处指帝王宫廷。

②晨:孙贻让《札迻》:"'晨'当作'震','震'与'振'通,谓'振奋而舞也'。"《乐府诗集》无此句,今据补。

【汇评】

明·彭大翼:"周成王时,凤皇翔舞,乃作此歌,言德化之感也。"(《山堂肆考》卷一六〇)

明·陆时雍:"雅似德音。"(《古诗镜》卷三〇)

龙蛇歌

有龙矫矫①,遭天谴怒。卷排角甲②,来遁③于下。志愿不得,与蛇同伍。龙蛇俱行,周遍山墅④。龙遭饥饿,蛇割腓股⑤。龙得升天,安厥房产。蛇独抑摧,沈⑥滞泥土。仰天怨望,绸缪悲苦。非乐龙伍,怅⑦不盻顾。(《琴操》下。《玉烛宝典》卷二引《琴操》。《古诗纪》卷二。《汉诗》卷一一。)

《龙蛇歌》,一曰《士失志操》,传为介子推所作。

《琴操》:"晋文公重耳,与子绥俱亡,子绥割其腕股,以救重耳。重耳复国,舅犯、赵衰,俱蒙厚赏,子绥独无所得。绥甚怨恨,乃作龙蛇之歌以感之,遂遁入山。……文公惊悟,即遣求得于绵山之下。使者奉节迎之,终不肯出。文公令燔山求之,火荧自出。子绥遂抱木而烧死。文公哀之,流涕归,令民五月五日,不得举发火。"

逯钦立《先秦汉魏晋南北朝诗》:"介之推《龙蛇歌》共有六种,分别见于《吕览》《史记》《说苑》《新序》《淮南子》注及《琴操》等。《吕览》《史记》《说苑》为一系,皆言五蛇从龙,此自先秦传流者。《新序》《淮南子》注、《琴操》为一系,只言蛇龙相从,此则流行两汉之新篇。"

琴曲言有功之士不得封赏之悲苦。

【注释】

①矫矫:形容威武的样子。

②角甲:指龙角、龙甲。

③遁:隐遁,《玉烛宝典》作"道"。

④周遍:《琴操》作"身辨",当误。墅:疑当作"野"。

⑤此二句从《玉烛宝典》引补。

⑥沈:同"沉"。

⑦惔(dàn):怨恨。

【汇评】

明·彭大翼:"晋介子推从文公出亡后反国,赏独不及,乃作《龙蛇之歌》,而隐于绵上山,文公求之不得。一曰《士失志操》。"(《山堂肆考》卷一六〇)

龙蛇歌 三首

有龙矫矫,将失其所。有蛇从之,周流天下。龙既入深渊,得其安所。蛇脂尽乾,独不得甘雨。^①(《新序·节士》。《乐府诗集》卷五七。《古诗纪》卷二。《汉诗》卷一一。)

有龙矫矫,而失其所。有蛇从之,而唊其口。龙既升云,蛇独泥处。^②(《淮南子·说山训》许慎注。《汉诗》卷一一。)

有龙矫矫,遭天谴怒。三蛇从之,一蛇割股。二蛇入国,厚蒙爵土。馀有一蛇,弃于草莽。^③(《乐府诗集》卷五七。《诗纪前集》卷二。《汉诗》卷一一。)

【注释】

①本篇据《新序·节士》载:"晋文公返国,酌士大夫酒,召舅犯而将之,召艾陵而相之,授田百万。介子推无爵。齿而就位。觞三行,介子推奉觞而起曰……遂去而之介山之上。文公使人求之,不得。以谓焚其山宜出,及焚其山,遂不出而焚死。"

②本篇据《淮南子·说山训》注曰:"介子,介推也。从晋公子重耳出奔翟,遭难绝粮,介子推割肌唊之。文公复国,赏从亡者,子推独不及。故歌曰云云,龙以喻文公,蛇以自喻也,于是文公觉悟,求介子不得,而号泣之。"

③本篇据《乐府诗集》引《琴集》:"《士失志操》,介子推所作也,一曰《龙蛇歌》。"

芑梁妻歌

乐莫乐兮新相知,悲莫悲兮生别离^①,哀感皇天城为坠^②。(《琴操》上。《水经·沭水注》。《太平御览》卷一九二。《古诗纪》卷四。《汉诗》卷一一。)

【题解】

《芑梁妻歌》,汉乐府题名,齐邑芑梁殖之妻所作。齐侯袭莒、杞梁死之事,见《左传·左襄二十三年》。《礼记·檀弓》《韩诗外传》只载杞梁妻哭夫之事,并无哭城与城崩之说。《列女传》《说苑》始称杞梁死,其妻向城哭而城崩。

《琴操》:"庄公袭莒,殖战而死,妻叹曰:"上则无父,中则无夫,下则无子,外无所依,内无所倚,将何以立?吾节岂能更二哉?亦死而已矣!"于是乃援琴而鼓之。"

逯钦立《先秦汉魏晋南北朝诗》:"知歌辞之作,必在前汉以后也。又崔豹《古今注》谓《杞梁妻歌》乃杞梁妻妹明月所作,与此当不同。"

琴曲言亡夫之悲。

【注释】

①语出屈原《九歌·少司命》。

②指杞梁妻哭声感动上天,而城墙崩塌之事。

信立退怨歌

悠悠沂水经荆山兮[1],精气郁泱[2]谷严中兮。中有神宝灼明[3]明兮,穴山采玉难为功兮。於何献之楚先王兮,遇王暗昧信谗言兮。断截两足离余身兮,俯仰嗟叹心摧伤兮。紫之乱朱粉墨同兮,空山歔欷[4]涕龙钟兮,天鉴孔明竟以彰兮。沂水潆沌[5]流于汶兮,进宝得刑足[6]离分兮。去封立信守休芸兮,断者不续岂不冤[7]兮。(《琴操》下。《艺文类聚》卷八三。《古诗纪》卷四。《汉诗》卷一一。)

【题解】

《信立退怨歌》,传为卞和所作。

《琴操》:"卞和者,楚野民,得玉璞以献怀王。怀王使乐正子占之,言非玉,以为欺谩,斩其一足。怀王死,子平王立。和复抱其璞而献之。平王复以为欺,斩其一足。平王死,子立为荆王。和复欲献之,恐复见害,乃抱其玉,而哭荆山之中,昼夜不止,泣尽,继之以血。荆王遣问之,于是和随使献王。王使剖之,中果有玉,乃封和为陵阳侯。和辞不就而去。作《退怨之歌》。"

琴曲言忠臣被国君所疑而导致命运悲惨。

【注释】

①悠悠:《文选》注作"攸攸"。沂水:当在古楚国境内。兮:《古诗纪》无此字,下同。

②泱:原作"浃",据《艺文类聚》改。《初学记》作"决"。《古诗纪》作"洽"。中:疑作"严"。

③明:一作"燎"。

④歔欷(xū xī):指伤心的哭泣。

⑤沌:一作"滂"。

⑥刑:《古诗纪》作"刖"。刑足:指卞和献宝被断足之事。

⑦冤:《艺文类聚》《乐府诗集》《古诗纪》作"怨"。

归耕操

歔欷归耕来日①,安所耕历山盘兮,以晏父母我心博兮②。
(《琴操》下。《古诗纪》卷四。《文选》卷五《思玄赋》注引起首二句。《汉诗》卷一一。)

【题解】

《归耕操》,一曰《曾子归耕》。传为曾子所作。

《琴操》:"曾子事孔子十有余年,晨觉眷然,念二亲年衰,养之不备,于是援琴而鼓之。"

琴曲言曾子归耕以奉养父母双亲。

【注释】

①歔欷(xū xī):感叹词。日:《文选》注作"兮",当是。

②《琴操》无此句,今据补。博:此字当误。

引声歌

　　天地之道,近在胸臆。呼噏精神^①,以养九德^②。渴不求饮,饥不索食。避世守道,志洁如玉。卿相之位,难可直当。严严之石,幽而清凉。枕块寝处,乐在其央。寒凉固回^③,可以久长。(《琴操》下。《古诗纪》卷二。《文选》卷三八《荐谯元彦表》注引。《太平御览》五百七十一引《古今乐录》。《汉诗》卷一一。)

【题解】

《引声歌》,汉乐府题名,一曰《庄周独处吟》,传为庄周所作。

《琴操》:"是时齐王好为兵事,习好干戈,庄周儒士,不合于时。自以不用,行欲避乱,自隐于山岳。后有达庄于王,遣使赍金百镒,聘以相位,周不就,使者曰:'金至宝,相尊官,何辞之为?'周曰:'君不见夫郊祀之牛,衣之以朱彩,食之以禾粟,非不乐也。及其用时,鼎镬在前,刀俎列后。当此之时,虽欲还就孤犊,宁可得乎? 周所以饥不求食、渴不求饮者,但欲全身远害耳。'于是重谢使者,不得已而去,复引声歌曰……"

琴歌言隐居守道,以保全身。

【注释】

①呼噏(xī):呼吸。精神:指精气。

②九德:九种美好的品德,具体内容不一。《尚书·皋陶谟》:"皋陶曰:'宽而栗、柔而立、愿而恭、乱而敬、扰而毅、直而温、简而廉、刚而塞、强而义,彰厥有常,吉哉!'"《左传·昭公二十八年》:"心能制义曰度,德正应和曰莫,照临四方曰明,勤施无私曰类,教诲不倦曰长,赏庆刑威曰君,慈和遍服曰顺,择善而从之曰比,经纬天地曰文。九德不愆,作事无悔。"《逸周书·常训》:"九德:忠、信、敬、刚、柔、和、固、贞、顺。"

③固回:周回。

霍将军歌

　　四夷既获①,诸夏康兮。国家安宁,乐无央兮。载戢干戈,弓矢藏兮。麒麟来臻,凤皇翔兮。与天相保,永无疆兮。亲亲百年,各延长兮。(《琴操》下。《乐府诗集》卷六〇。《广文选》卷一四。《古诗纪》卷一二。《汉诗》卷一一。)

【题解】

　　《霍将军歌》,《乐府诗集》《对床夜语》《广文选》中作《琴歌》,霍去病所作。

　　《琴操》:"去病为讨寇校尉,为人少言,勇而有气,使击匈奴,斩首二千。复六出,斩首千余万级,益封万五千户、侯禄、大将军等。于是志得意欢,乃援琴而歌之。"《乐府诗集》引《古今乐录》:"霍将军去病益封万五千户,秩禄与大将军等,于是志得意欢而作歌。"

　　琴歌言霍去病大胜匈奴,国家安宁。

【注释】

　　①四夷:指对古代统治者对四方少数民族的蔑称。即指东夷、西戎、南蛮、北狄。《孟子·梁惠王上》:"欲辟土地,朝秦楚,莅中国,而抚四夷也。"获:取,得。

【汇评】

　　北宋·李昉:"又《霍将军歌》者,霍去病之所作也。去病为讨寇校尉,为人少言,勇而有气,使击匈奴斩首二千,后六出,斩首十余万级,益封万五千户侯,禄与大将军等,于是志得意欢,乃援琴而歌之。"(《太平御览》卷五七八)

　　南宋·潘自牧:"霍去病之所作也。去病击匈奴,益封万五千户,志得意欢,援琴而鼓之。"(《记纂渊海》卷七八)

怨旷思惟歌

秋木萋萋，其叶萎黄①。有鸟处山，集于苞桑②。养育毛羽，形③容生光。既得升云，获侍④帷房。离宫绝旷，身体摧藏⑤。志念抑沉⑥，不得颉颃⑦。虽得喂食⑧，心有徊徨。我独伊何，改往变常。翩翩之燕，远集西羌⑨。高山峨峨⑩，河水泱泱⑪。父兮母兮，道里悠长⑫。呜呼哀哉，忧心恻伤。（《琴操》下。《艺文类聚》卷三〇。《乐府诗集》卷五九。《广文选》卷九。《古诗纪》卷一二。《汉诗》卷一一。）

【题解】

《怨旷思惟歌》，《乐府诗集》中作《昭君怨》，《古诗纪》中作《怨诗》，传为西汉王嫱所作。

《琴操》："昭君年十七时，颜色皎洁，闻于国中。襄见昭君端正闲丽，未尝窥看门户，以其有异于人，求之皆不与。献于孝元帝。以地远，既不幸纳，叨备后宫。积五六年，昭君心有怨旷，伪不饰其形容。元帝每历后宫，疏略不过其处。后单于遣使者朝贺，元帝陈设倡乐，乃令后宫妆出。昭君怨恚日久，不得侍列，乃更修饰，善妆盛服，形容光晖而出。俱列坐，元帝谓使者曰：'单于何所愿乐？'对曰：'珍奇怪物，皆悉自备。唯妇人丑陋，不如中国。'帝乃问后宫，欲以一女赐单于，谁能行者起。于是昭君喟然越席而前曰：'妾幸得备在后宫，粗丑卑陋，不合陛下之心，诚愿得行。'时单于使者在旁，帝大惊，悔之不得复止。良久，太息曰：'朕已误矣！'遂以与之。昭君至匈奴，单于大悦，以为汉与我厚，纵酒作乐。遣使者报汉，送白璧一双，骏马十匹，胡地珠宝之类。昭君恨帝始不见遇，心思不乐，心念乡土，乃作《怨旷思惟歌》。"

逯钦立《先秦汉魏晋南北朝诗》："《书钞》引此谓出《汉书》，恐误。又昭君本入匈奴,而歌辞则谓远集西羌,地理不合,后汉外患在羌,作者遂率笔及之也。"

琴歌言昭君怨汉帝不遇之悲。

【注释】

①萎黄:发黄枯槁。

②苞桑:丛生的桑树,也作"包桑"。《诗经·唐风·鸨羽》:"肃肃鸨行,集于苞桑。"

③形:《古诗纪》:一作"仪"。

④获侍:《乐府诗集》《广文选》《古诗纪》作"上游"。

⑤摧藏:摧伤,挫伤。

⑥抑沉:抑郁。

⑦颉颃(xié háng):指鸟上下自由飞翔。

⑧喂食:养,喂养。

⑨西羌:居住在西部的羌族。

⑩峨峨:形容高峻的样子。

⑪泱泱:水深广的样子。《诗经·小雅·瞻彼洛矣》:"瞻彼洛矣,维水泱泱。"

⑫道里悠长:指道路漫长。

【汇评】

明·彭大翼:"又元帝王昭君初适匈奴,在路愁怨,遂于马上弹琵琶,以寄恨至今,传之以为《昭君怨》。"(《山堂肆考》卷一六二)

获麟歌

唐虞世兮①麟凤游,今非其时来②何求,麟兮麟兮我心忧。

(《琴操补遗》。《艺文类聚》卷一〇。《绎史》卷八六。《孔丛子·记问》。《太平御览》卷八八九引《孔丛子·刑论》。《古诗纪》卷一。《汉诗》卷一一。)

《获麟歌》,《琴操补遗》:"鲁哀公十四年西狩,薪者获麟,击之,伤其左足。将以示孔子。孔子道与相逢见,俯而泣,抱麟曰:'尔孰为来哉,孰为来哉?'反袂拭面,乃歌曰……。仰视其人,龙颜日月。夫子奉麟之口,须臾吐三卷图,一为赤伏,刘季兴为王;二为周灭,夫子将终;三为汉制,造作孝经。夫子还,谓子夏曰:'新主将起,其如得麟者?'"

逯钦立《先秦汉魏晋南北朝诗》:"《孔丛子》《论语摘衰圣》皆载此歌,知为汉人假托。《琴操》既沿用之,故附之于此。……此篇原无题目,附在《琴操》卷后,今据《诗纪》题为《获麟歌》。"今从之。

琴歌言孔子为获麟之事而心忧。

【注释】

①世兮:《论语谶·摘衰圣》作"之世"。

②来:《孔丛子》作"吾"。

失　题①

俟罪②斯国,志愿得兮。(《文选》卷六○《吊屈原》文注引《琴操》。《太平御览》卷七六一《伍子胥歌》。《汉诗》卷一一。)

庶此太康,皆为力兮。(《文选》卷二六《张子房诗》注。《汉诗》卷一一。)

【题解】

此两篇为伍子胥所作。

逯钦立《先秦汉魏晋南北朝诗》曰:"伍员奔吴,过溧阳濑溪,见一女击漂于水中,旁有壶浆,乃就乞饮,饮毕,谓女子曰:'掩夫人壶口'。女子知其意,自投濑溪而死。"

【注释】

①《琴操》未收,今据《文选注》《先秦汉魏晋南北朝诗》补。

②俟罪：获罪。

饭牛歌

　　南山矸①，白石烂，生不逢尧与舜禅，短而单衣裁至骭②，长夜漫漫何时旦③。（《琴操补遗》。《艺文类聚》卷九四。《古诗纪》卷一。《汉诗》卷一一。）

【题解】

　　《饭牛歌》，一作《南山歌》，宁戚所作。《琴操补遗》："宁戚饭牛车下，叩角而商歌。……齐桓公闻之，举以为相。"

　　逯钦立《先秦汉魏晋南北朝诗》："《淮南子》注及《三齐略记》《琴操》等始出七言《饭牛歌》，可知皆汉人伪托，各歌大同小异。"今依之，并附录如下。

　　琴歌言不遇明主而愁苦的心情。

【注释】

　　①矸（gān）：山石白净的样子。

　　②骭（gàn）：胫，小腿的位置。

　　③旦：天亮。

【汇评】

　　明·陆时雍："《饭牛歌》《戾庌歌》俱情事语，道之若故，闻歌知人，千载以下，犹识其为豪杰之士。"（《古诗镜》卷三〇）

　　明·姚福："《饭牛歌》《获麟歌》皆七言，七言之作，其来尚矣。万章问百里奚自鬻于秦，孟子曰'好事者为之也'，然《戾庌歌》独非好事者为之乎？刘垣之皆取之，以补选诗之逸，当有可议。"（《青溪暇笔》卷下）

饭牛歌

南山矸,白石烂,生不逢尧与舜禅,短布单衣适至骬,从昏饭牛薄①夜半,长夜漫漫何时旦。(《史记·邹阳传》应劭注。《北堂书钞》卷一〇六。《文选》卷一八《啸赋》注并引应劭注。《古诗纪》卷一。《汉诗》卷一一。)

沧浪之水白石粲,中有鲤鱼长尺半。弊布单衣裁至骬,清朝饭牛至夜半。黄犊②上坂且休息,吾将舍汝相齐国。(《北堂书钞》卷一〇六引《三齐略记》。《艺文类聚》卷四三。《古诗纪》卷一。《汉诗》卷一一。)

出东门兮厉石斑③,上有松柏青且兰。粗布衣兮缊缕④,时不遇兮尧舜主。牛兮努力食细草,大臣在尔侧,吾当与尔适楚国。(《淮南子·道应训》许慎注。《文选》卷一八《啸赋》注引《淮南子》。《古诗纪》卷一。《汉诗》卷一一。)

南石粲,白石烂,短褐单衣长至骬,生不逢尧与舜禅,终日饲牛至夜半,长夜漫漫何时旦。(《太平御览》卷五七二引《淮南子》。《汉诗》卷一一。)

【注释】
①薄:迫,近。
②黄犊:指小牛。
③厉石:磨刀之石。斑:带有纹理或条纹。
④缊缕(yùn lǚ):鄙陋的衣物。

失　题①

鸰彼鸣鹣②,在严山之啥③。(《风雅逸篇》卷五引《类要》。《琴操补遗》。《北堂书钞》卷一〇六。《汉诗》卷一一。）

【题解】

逯钦立《先秦汉魏晋南北朝诗》："孔子游于隅山，见取薪而哭。长梓上有孤鹓，乃承而歌之云云。此叙及左列歌辞出于《类要》，《诗纪》据之编入前集卷一。检《北堂书钞》所录《琴操》逸文，与此叙文相合，仅'隅山'作'隝山'而已，可见《类要》所载即《琴操》无疑也，今据两者合为一篇。"

【注释】

①《琴操》未收，今据《琴操补遗》《先秦汉魏晋南北朝诗》补。

②鹓（yuān）：凤凰类的鸟。鹣（jiān）：传说中的鸟名。

③唫（jìn）：通"崟"，高险的山岩。

神人畅

清庙①穆兮承予宗，百僚②肃兮于寝堂。醮祷③进福求年丰，有响在坐，敕④予为害在玄中。钦哉昊⑤天德不隆，承命任禹写中⑥宫。（《乐府诗集》卷五七。《风雅逸篇》卷一引《琴操》。《古诗纪》卷四。《汉诗》卷一一。）

【题解】

《神人畅》，尧帝所作。《乐府诗集》引《古今乐录》："尧郊天地，祭神座上有响，诲尧曰：'水方至为害，命子救之。'尧乃作歌。"

逯钦立《先秦汉魏晋南北朝诗》："桓谭《新论》曰：'尧畅经逸不存。'则此歌辞之不出前汉人手可知。"今附录之，以备核查。

琴曲言尧作歌，祈愿上天造福万民。

【注释】

①清庙：帝王宗庙。

②百僚：指百官。

③醊（zhuì）祷：指祭祀时进行的祝祷。

④敕：诚。

⑤昊：《乐府诗集》作"皓"。上天，广大的天。《诗经·小雅·巷伯》："有北不受，投畀有昊。"

⑥中：《乐府诗集》云："一作东"。

【汇评】

南朝宋·谢庄："《神人畅》，尧帝所作。尧弹琴感神人现，故制此弄也。"（《琴论》）

清·秦蕙田："尧之《神人畅》，为和乐而作也。"（《五礼通考》卷七六）

清·王坦："且其所谓《神人畅》诸操，亦必非当时圣人之所作也。"（《琴旨》）

南风操

反彼三山兮商岳嵯峨①，天降五老兮迎我来歌。有②黄龙兮自出于河，负书图兮委蛇③。罗沙案图观谶兮闵天嗟嗟，击石拊韶兮沦幽洞微，鸟兽跄跄④兮凤凰来仪，凯风自南兮喟其增叹⑤。（《乐府诗集》卷五七作《南风歌》。《古诗纪》卷四。《汉诗》卷一一。）

【题解】

《南风操》，汉乐府题名，一曰《南风歌》，《琴操》《古诗纪》《古今乐录》认为舜所作。

《史记·乐书》："故舜弹五弦之琴，歌《南风》之诗而天下治；纣为《朝歌》北鄙之音，身死国亡。舜之道何弘也？纣之道何隘也？夫《南风》之诗者生长之音也，舜乐好之，乐与天地同，意得万国之欢心，故天下治也。"

琴曲言舜帝欲求天下大治，希望神灵能够福佑万民。

【注释】

①嵯峨：高峻的样子。

②有：《乐府诗集》：一作"青"。

③委蛇：曲折前进，斜行。《史记·苏秦列传》："嫂委蛇蒲服，以面掩地而谢。"

④跄跄（qiāng qiāng）：起舞的样子。《尚书·益稷》："笙镛以间，鸟兽跄跄。"

⑤叹：疑误，当作"悲"。悲痛。

箕子操

嗟嗟，纣为无道杀比干。嗟重复嗟独奈何！漆身为厉，被发以佯^①狂，今奈宗庙何！天乎天哉！欲负石自投河，嗟复嗟，奈社稷何！（《乐府诗集》卷五七。《古诗纪》卷四。《汉诗》卷一一。）

【题解】

《箕子操》，一曰《箕子吟》，箕子所作。

《史记·宋微子世家》："纣始为象箸，箕子叹曰：'彼为象箸，必为玉杯；为杯，则必思送方珍怪之物而御之矣，舆马宫室之渐自此始，不可振也。'纣为淫泆，箕子谏，不听，人或曰：'可以去矣。'箕子曰：'为人臣谏不听而去，是彰君之恶而自说于民，吾不忍为也。'乃被发佯狂而为奴。遂隐而鼓琴以自悲，故传之曰《箕子操》。"

《乐府诗集》引《古今乐录》："纣时，箕子佯狂，痛宗庙之为墟，乃作此歌，后传以为操。"

琴曲言天下无道，箕子以身殉道，以全节操。

【注释】

①佯：假装。

克商操

上告皇天兮可以行乎。(《乐府诗集》卷五七。《古诗纪》卷四。《汉诗》卷一一。)

【题解】

《克商操》,一曰《武王伐纣》,传为周武王所作。在《乐府诗集》中属于《琴曲歌辞》。

《乐府诗集》引《古今乐录》曰:"武王伐纣而作此歌。"

琴曲言武王克商之事。

水仙操

翳洞渭兮流澌濩[①],舟楫逝兮仙不还。移形素兮蓬莱山,歆钦[②]伤宫仙石还。(《古诗纪》卷四。《汉诗》卷一一。)

【题解】

《水仙操》,传为伯牙所作。

《琴操》:"伯牙学琴于成连先生,先生曰:'吾能传曲,而不能移情。吾师有方子春者,善于琴,能作人之情,今在东海上。子能与我同事之乎?'伯牙曰:'夫子有命,敢不敬从。'乃相与至海上,见子春受业焉。乃与伯牙俱往,至蓬莱山,留伯牙曰:'子居习之,吾将迎之。'刺船而去。旬时,伯牙延望无人,但闻海水洞涌,山林杳冥,怆然叹曰:'先生移我情矣!'乃援琴而歌,作《水仙之操》。"

逯钦立《先秦汉魏晋南北朝诗》:'各书所引《琴操》仅载伯牙学琴事,不言有歌辞。《乐府诗集》辑录古今琴曲亦不及此操,知《琴苑要录》此辞乃后

148

人依托也。"

琴曲言伯牙学琴之事。

【注释】

①翳(yì):掩。澌濩(sī huò):指水流声。

②欤钦(wū qīn):指悲叹之声。

【汇评】

南宋·曾慥:"《水仙操》伯牙学琴于成连,成连先生云:'吾师方子春在东海中能移人情。'乃与伯牙俱往,至蓬莱山,留伯牙曰:'吾将迎师刺舡而去。'旬日不返,伯牙但闻水声湲洞,山林杳冥,群鸟悲号。叹曰:'先生将移我情。'援琴而歌,顿悟妙旨,成连刺船迎之,伯牙遂妙天下。(《类说》卷五一)

清·王士禛:"予尝喜古《水仙操》,叙事绝妙而琴曲有声无意,义欲以此补之。"(《居易录》卷二四)

伯姬引

嘉名洁兮行弥章,托节鼓兮令躬丧。欤钦何辜遇斯殃,嗟嗟奈何罹斯殃。(《古诗纪》卷四。《汉诗》卷一一。)

【题解】

《伯姬引》,汉乐府题名,传为伯姬保母所作。

《琴操》:"伯姬者,鲁女也,为宋共公夫人。共公薨,守礼固节。鲁襄公三十年,宋灾,伯姬存焉。有司请出,伯姬曰:'不可。吾闻之,妇人夜出,不见傅母不下堂。傅至矣,母未至也。'逮乎火而死。其母悼伯姬之遇灾,故作此引。"

逯钦立《先秦汉魏晋南北朝诗》:"此歌系后人依托。"

琴曲言伯姬保母因伯姬保为存名节而亡的哀叹。

思归引

涓涓^①泉水,流及于淇^②兮。有怀于卫,靡日不思。执节不移兮行不隳^③,砅轲^④何辜兮离厥菑^⑤,嗟乎何辜兮离厥菑。(《古诗纪》卷四。《风雅逸篇》卷二引淇、思、随、菑四韵。《汉诗》卷一一。)

【题解】

《思归引》,汉乐府题名,传为卫女所作。

《琴操》:"卫侯有贤女,邵王闻其贤而请聘之,未至而王薨。太子曰:'吾闻齐桓公得卫姬而霸。今卫女贤,欲留。'大夫曰:'不可。若女贤,必不我听;若听,必不贤。不可取也。'太子遂留之,果不听。拘于深宫,思归不得,心悲忧伤,遂援琴而作歌,曰:'涓涓泉水,流反于淇兮。有怀于卫,靡日不思。执节不移兮,行不诡随。坎坷何辜兮离厥。'曲终,缢而死。"

逯钦立《先秦汉魏晋南北朝诗》:"古曲有弦无歌,乃作乐辞云云。又《琴操》此引亦有序无歌,据此本篇显系后人依托。"今附录之,以备核查。

琴曲言卫女思归而不得。

【注释】

①涓涓:细水慢流的样子。

②淇:指淇水,东流入卫。

③隳(huī):毁,毁坏。

④砅(jīn)轲:《风雅逸篇》作"坎坷"。

⑤菑:《风雅逸篇》作"茨"。

【汇评】

南朝梁·任昉:"卫女作《思归引》《箜篌引》则朝鲜津卒霍里子高妻丽玉所作也,品秩先后,叙而推之,谓之《引》。"(《文章缘起》)

南宋·郑樵:"《思归引》亦曰《离拘操》。"(《通志》卷四九)

琴 引

酒坐俱勿往，听吾琴之所言。舒长袖似舞兮乃褕袂何曼，奏章而却逢兮愿瞻心之所欢。借连娟之寒态兮假厄酒酌五般，泣喻而妖兮纳其声声丽颜。长噏兮叹曰骑，美人旖旎①纷噏。枻霜罗衣兮羽旄②，夜褒圭玉珠参差。妙丽兮被云髾③肖，登高台兮望青挨，常羊唉还何厌兮归来④。（《古诗纪》卷四。《汉诗》卷一一。）

【题解】

《琴引》，汉乐府题名，秦时屠门高所作。

《琴操》："秦时采天下美女以充后宫，幽愁怨旷，咸致灾异。屠门高为之作琴引以谏焉。"

逯钦立《先秦汉魏晋南北朝诗》："与《琴苑要录》所言旨意不同，而此歌亦非谏辞，知必为《琴操》以后伪作也。"今附录之，以备核查。

琴曲言美酒佳人之乐。

【注释】

①旖旎(yǐ nǐ)：形容女子美丽的样子。

②枻(yì)：船舷。疑误。旄：逯钦立《先秦汉魏晋南北朝诗》："当是'麾'之讹字"。

③髾(shāo)：古代妇女衣服上形如燕尾的装饰。《汉书·司马相如传上》："扮扮袢袢，扬袂戌削，蜚襳垂髾。"

④《古诗纪》："字讹不可读，俟再考正。"故不注释。

【汇评】

明·董斯张："《琴引》，秦时倡屠门高所作也。秦为无道，奢淫不制，征天下美女以充后宫。乃纵酒离宫作戏，倡优宫女侍者千余人。屠门高见宫

女幼妙宠丽,于是援琴作歌,曲未及终,琴折柱摧,弦音不鸣,舍琴而更援他琴以续之。"(《广博物志》卷二四)

岐山操

狄戎侵兮土地迁移①,邦邑兮适于岐②。烝民③不忧兮谁者知,嗟嗟奈何④予命遭斯。(《琴操》上。《古诗纪》卷四。《汉诗》卷一一。)

【题解】

《岐山操》,汉乐府题名,传为周太王古公亶父之所作。

《琴操》:"太王居豳,狄人攻之,仁恩恻隐,不忍流洫,选练珍宝犬马皮币束帛与之。狄侵不止。问其所欲,得土地也。太王曰:'土地者,所以养万民也。吾将委国而去矣,二三子亦何患无君?'遂杖策而出,踰乎梁而邑乎岐山。自伤德劣,不能化夷狄,为之所侵,喟然叹息,援琴而鼓之。"

逯钦立《先秦汉魏晋南北朝诗》:"《乐府诗集》五十七载韩愈《岐山操》而不著此歌。题注又引《琴操》曰:《岐山操》,周公为太王作也。是知唐宋之间此操尚有弦无辞。其序语与《琴苑要录》亦不同。《琴苑》此歌必为后世依托无疑。……查此序文与《乐府》所引《琴操》不同,而全袭《大周正乐》之文。《大周正乐》乃唐时乐录,不能以之代《琴操》,至于歌辞乃沿用《琴苑要录》。据此今本《琴操》乃后世辑缀而成,已非书之原貌,不得据之谓《岐山操》为后汉前之作。"今附录之,以备核查。

琴曲言周太王为不能感化夷狄而自伤。

【注释】

①迁移:《琴操》作"移迁"。

②适:往。岐:《古诗纪》下有"山"字。

③烝民:众民,百姓,亦作"蒸民"。《诗经·大雅·烝民》:"天生烝民,有物有则。"

④兮:《古诗纪》下有"兮"字。

大风起

刘　邦

大风起兮云飞扬,威加海内兮归故乡,安得猛士兮守四方。(《乐府诗集》卷五八。《史记》卷八。《汉书》卷一。《艺文类聚》卷四三。《太平御览》卷八。《古谣谚》卷四。《汉诗》卷一。)

【题解】

《大风起》,汉乐府题名,一曰《大风歌》,汉高祖刘邦所作。在《乐府诗集》中属于《琴曲歌辞》。

《汉书·礼乐志》:"初,高祖既定天下,过沛,与故人父老相乐,醉酒欢食,作《风起》之诗,令沛中僮儿百二十人,习而歌之。"

琴曲言得猛士守国家之豪情。

【汇评】

南宋·叶适:"高祖《大风歌》尚为谈者所夸,与答臧宫诏相去何如哉?若会聚观之,自当有益于学者。"(《习学记言》卷二四)

明·彭大翼:"汉高祖过沛,召父老饮酒,酒酣,击筑而歌曰:'大风起兮云飞扬,威加海内兮归故乡,安得猛士兮守四方。'文中子曰:'《大风》安不忘危,其王伯之用心乎。'"(《山堂肆考》卷三三)

明·王夫之:"神韵所不待论。三句三意,不须承转;一比一赋,脱然自致,绝不入文士映带,岂亦非天授也哉!"(《古诗评选》卷一)

清·王士禛:"汉高帝《大风歌》、项王《垓下歌》亦入琴曲,今琴家遂有《大风起》。"(《居易录》卷七)

八公操

刘 安

煌煌上天,照下土兮。知我好道,公来下兮。公将与余,生毛羽兮。超腾青云,蹈梁甫^①兮。观见瑶光^②,过北斗兮。驰乘风云,使玉女兮。含精吐气,嚼芝草兮。悠悠将将,天相保兮。(《搜神记》卷一。《乐府诗集》卷五八。《古诗纪》卷一一。《古谣谚》卷六六。《汉诗》卷一。)

【题解】

《八公操》,一曰《淮南操》《八公琴歌》,在《乐府诗集》中属于《琴曲歌辞》。八公,指淮南王刘安的门客,苏非、李尚、左吴、田由、雷被、毛被、伍被、晋昌八人,称为"八公"。他们奉刘安之命,和诸儒大山、小山相与论说,著《淮南子》一书。

《乐府诗集》引《古今乐录》:"淮南王好道,正月上辛,八公来降,王作此歌。"

琴曲言八公赞淮南王修道之精。

【注释】

①梁甫:又名"梁父",指泰山下的小山,古时死人丛葬的地方。

②瑶光:北斗七星的第七星名,是祥瑞的象征。《淮南子·本经训》:"瑶光者,资粮万物者也。"

胡笳十八拍

蔡 琰

【题解】

《胡笳十八拍》,汉乐府题名,相传为蔡琰所作,在《乐府诗集》中属于

《琴曲歌辞》。

唐刘商《胡笳曲序》："蔡文姬善琴,能为《离鸾别鹤之操》。胡虏犯中原,为胡人所掠,入番为王后,王甚重之。武帝与邕有旧,敕大将军赎以归汉。胡人思慕文姬,乃卷芦叶为吹笳,奏哀怨之音。后董生以琴写胡笳声为十八拍,今之《胡笳弄》是也。"后人认为《胡笳十八拍》或为蔡琰所作,或为刘商所作,争论不一。今附录之,以备核查。

一拍

我生之初尚无为,我生之后汉祚衰。天不仁兮降乱离,地不仁兮使我逢此时。干戈日寻兮道路危,民卒流亡兮共哀悲。烟尘蔽野兮胡虏盛^①,志意乖兮节义亏。对殊俗兮非我宜,遭忍辱兮当告谁。笳一会^②兮琴一拍,心愤怨兮无人知。

【注释】

①胡虏盛:指匈奴气焰嚣张。

②一会:一段。

二拍

戎羯^①逼我兮为室家,将我行兮向天涯。云山万重兮归路遐,疾风千里兮扬尘沙。人多暴猛兮如虺蛇^②,控弦^③被甲兮为骄奢。两拍张悬兮弦欲绝,志摧心折兮自悲嗟。

【注释】

①戎羯(róng jié):古戎族与羯族,此处当是偏义词,语意偏向羯,蔡文姬被南匈奴左贤王所虏。

②虺(huǐ)蛇:毒蛇。

③控弦:指拉弓。

三拍

越①汉国兮入胡城,亡家②失身兮不如无生。毡裘③为裳兮骨肉震惊,羯羶为味兮枉遏④我情。鞞鼓⑤喧兮从夜达明,胡风浩浩兮暗塞营。伤今感昔兮三拍成,衔悲畜恨兮何时平。

【注释】

①越:指离开。

②亡家:丧家。

③毡裘:动物的皮毛所制。

④遏:阻。

⑤鞞(pí)鼓:军中所用的乐鼓。

四拍

无日无夜兮不思我乡土,禀气合生①兮莫过我最苦。天灾国乱兮人无主,唯我薄命兮没戎虏。殊俗心异兮身难处,嗜欲不同兮谁可与语。寻思涉历兮多艰阻,四拍成兮益凄楚。

【注释】

①禀气合生:即"禀气含生"。《论衡·命义》:"人禀气而生,含气而长。"

五拍

雁南征兮欲寄边声①,雁北归兮为得汉青。雁飞高兮邈难寻,空断肠兮思愔愔②。攒眉③向月兮抚雅琴,五拍泠泠④兮意弥深。

六拍

冰霜凛凛兮身苦寒,饥对肉酪兮不能餐。夜间陇水兮声呜咽,朝见长城兮路杳漫。追思往日兮行李①难,六拍悲来兮欲罢弹。

七拍

日暮风悲兮边声四起,不知愁心兮说向谁是。原野萧条兮烽戍①万里,俗贱老弱兮少壮为美。逐有水草兮安家葺垒,牛羊满地兮聚如蜂蚁。草尽水竭兮羊马皆徙,七拍流恨兮恶②居于此。

八拍

为天有眼兮何不见我独漂流,为神有灵兮何事处我天南海北头?我不负天兮天何配我殊匹①?我不负神兮神何殛②

我越荒州？制兹八拍兮拟排忧,何知曲成兮心转愁。

【注释】
①殊匹:指文姬在匈奴的配偶左贤王。
②殪:杀。

九拍

天无涯兮地无边,我心愁兮亦复然。人生倏忽①兮如白驹之过隙,然不得欢乐兮当我之盛年。怨兮欲问天,天苍苍兮上无缘。举头仰望兮空云烟,九拍怀情兮谁与传。

【注释】
①倏(shū)忽:一转眼。

十拍

城头烽火不曾灭,疆场征战何时歇。杀气朝朝冲塞门①,胡风夜夜吹边月。故乡隔兮音生绝,哭无声兮气将咽。一生辛苦兮缘别离,十拍悲深兮泪成血。

【注释】
①塞门:指边关。

十一拍

我非食生而恶死,不能捐身兮心有以①。生仍冀得兮归桑梓,死当埋骨兮长已矣。日居月诸②兮在戎垒,胡人宠我兮有二子。鞠之育之兮不羞耻,愍之念之兮生长边鄙。十有一拍兮因兹起,哀响缠绵兮彻心髓。

十二拍

东风应律①兮暖气多,知是汉家天子兮布阳和。羌胡蹈舞兮共讴歌,两国交欢兮罢兵戈。忽遇汉使兮称近诏,遗千金兮赎妾身。喜得生还兮逢圣君,嗟别稚子兮会无因。十有二拍兮哀乐均,去住两情兮难具陈。

十三拍

不谓①残生兮却得旋归,抚抱胡儿兮注下沾衣。汉使迎我兮四牡骓骓②,胡儿号兮谁得知?与我生死兮逢此时,愁为子兮日无光辉,焉得羽翼兮将汝归。一步一远兮足难移,魂消影绝兮恩爱遗。十有三拍兮弦急调悲,肝肠搅刺兮人莫我知。

十四拍

身归国兮儿莫之随,心悬悬兮长如饥。四时万物兮有盛衰,唯我愁苦兮不暂移。山高地阔兮见汝无期,更深夜阑兮梦汝来斯。梦中执手兮一喜一悲,觉后痛吾心兮无休歇时。十有四拍兮涕泪交垂,河水东流兮心是思。

十五拍

十五拍兮节调促,气填胸兮谁识曲?处穹庐兮偶殊俗。愿得归来兮天从欲,再还汉国兮欢心足。心有怀兮愁转深,日月无私兮曾不照临。子母分离兮意难怪,同天隔越兮如商参,生死不相知兮何处寻。

十六拍

十六拍兮思茫茫,我与儿兮各一方。日东月西兮徒相望,不得相随兮空断肠。对萱草①兮忧不忘,弹鸣琴兮情何伤。今别子兮归故乡,旧怨平兮新怨长。泣血仰头兮诉苍苍,胡为生兮独罹此殃。

【注释】

①萱草:宿根草本植物,亦称"忘忧草"。

十七拍

十七拍兮心鼻酸,关山阻修兮行路难。去时怀土兮心无绪,来时别儿兮思漫漫。塞上黄蒿兮枝枯叶干,沙场白骨兮刀痕箭瘢。风霜凛凛①兮春夏寒,人马饥豗②兮筋力单。岂知重得兮入长安,叹息欲绝兮泪阑干。

【注释】

①凛凛(lǐn lǐn):寒冷的样子。

②瘏(hū):同"㾾",病。此处指马疲病不堪。

十八拍

胡笳本自出胡中,缘①琴翻出音律同。十八拍兮曲虽终,响有余兮思无穷。是知丝竹微妙兮均造化之功,哀乐各随人心兮有变则通。胡与汉兮异域殊风,天与地隔兮子西母东。苦我怨气兮浩于长空,六合虽广兮受之应不容。(《乐府诗集》卷五九。《文选补遗》卷三四。《古诗纪》卷一四。)

【注释】
①缘:因。

【汇评】

宋·姜夔:"'我生之初尚无为,我生之后汉祚衰',此两句琰所作胡笳曲辞。琰,中郎之女,因董卓之乱为胡所掠,在胡中生二子,曹公赎琰归至洛阳,见胡雏而念其子,作《胡笳十八拍》。琴家传之'祚'字,刘释作'祀',此易晓,右旁先点,后乙为'祀',先乙后点为'祚'。山谷云:'琰自书十八章,极可观,不谓流落,仅余两句亦似斯人身世,即以予观之,与皇象后一帖一手伪作耳。"(《绛帖平》卷一)

宋·董更:"如蔡琰《胡笳十八拍》,虽清壮顿挫,时有闺房之态,又云:'君谟《渴墨帖》仿佛似晋宋间人书,乃因仓卒忘其善书名天下,故能工耳。'又题《庙堂碑》云:'又知蔡君谟真,行简札,能入永兴之室也。"(《书录》卷中)

明·王世贞:"《胡笳十八拍》,软语似出闺襜,而中杂唐调,非文姬笔也,与《木兰》颇类。"(《弇州四部稿》卷一四五)

明·陆时雍:"《十八拍》矢音成响,凭胸撼写,语自高岸。'羯膻为味兮枉遏我情',诗谓虽无嘉毂式食,庶几想当,不尔此语苍然入雅。'烟尘蔽野兮胡虏盛,志意乖兮节义亏'想其解弦读史,几为反顾平生。'控弦被甲兮为骄奢'胡人射猎相夸,'骄奢'二字最有生色。'嗜欲不同兮谁可与语'本

161

情隐隐。'逗之倏忽兮如白驹之过隙,然不得欢乐兮当我生之盛年',此语吐露转剧。'日暮风悲兮边声四起,不知愁心兮说向谁是',自是无聊。'我非贪生而恶死不能捐身兮,有以生仍冀得兮还桑梓,死当埋骨兮长已矣',斯言乃转调也。'塞上黄蒿兮枝枯叶干,沙场白骨兮刀痕箭瘢',所谓去骚得汉,语最高古。'杀气朝朝冲塞门,胡风夜夜吹边月',复似初唐声调。称说虏俗甚恶之,甚贱之,其于两儿抑何眷眷天下,岂有无父之子? 文姬何自苦也。"(《古诗镜》卷三)

应劭引《琴歌》三首

百里奚,五羊皮,忆别时,烹伏雌①,炊扊扅②,今日富贵忘我为。

百里奚,初娶我时五羊皮,临当别时烹乳鸡,今适富贵忘我为。

百里奚,百里奚,母已死,葬南溪,坟以瓦,覆以柴,舂黄藜,搤伏鸡,西入秦,五羖皮,今日富贵捐我为。(《汉书·邹阳传注》引应劭《风俗通》。《风俗通义·佚文》。《北堂书钞》卷一二八。《乐府诗集》卷六〇。《事类赋》卷一一。《太平御览》卷五七二。《群书通要》乙二。《古诗纪》卷四。《古谣谚》卷四七。《先秦诗》卷二。)

【题解】

应劭所引《琴歌》三首,传为秦百里奚之妻作。在《乐府诗集》中属于《琴曲歌辞》。

《风俗通义·佚文》:"百里奚为秦相,堂上作乐,所赁浣妇,自言知音,呼之,搏髀援琴,抚弦而歌者三。其一曰……。其二曰……。其三曰……。问之,乃其故妻,还为夫妇也。"

【注释】

①伏雌:指母鸡。

②扊扅(yǎn yí)：本指门闩。意为百里奚入秦远游时，妻子以扊扅烹鸡为之饯行。指百里奚妻子曾经与其过着贫寒的日子。

琴歌 二首

司马相如

凤兮凤兮归故乡，遨游四海求其皇①。时未通遇无所将，何悟今夕兮升斯堂。有艳淑女在此方，室迩人遐毒②我肠。

皇兮皇兮③从我栖，得托字尾④永为妃。交情通体心和谐，中夜相从知者谁。双翼俱起翻高飞，无感我思使余悲。

（《玉台新咏》卷九。《乐府诗集》卷六〇。《古诗纪》卷一二。《汉诗》卷一。）

【题解】

《琴歌》二首，西汉司马相如所作。

《乐府诗集》引《琴集》："'司马相如客临邛，富人卓王孙有女文君新寡，窃于壁间见之。相如以琴心挑之，为《琴歌》二章。'按，《汉书》：相如饮卓氏弄琴，文君窃从户窥，心悦而好之。乃夜亡奔相如，相如与驰归成都，后俱如临邛是也。"

【注释】

①皇：即"凰"。凤凰之名，雄为凤，雌为凰。

②毒：苦。《乐府诗集》下有"何缘交颈为鸳鸯，胡颉颃兮共翱翔"句。

③皇兮皇兮：《乐府诗集》作"凤兮凤兮"。

④字尾：同"孳尾"，指凤凰繁衍生息之意。

【汇评】

明·陆时雍："纵情肆语，绝无检柙。"（《古诗镜》卷三一）

卷七 |

杂曲歌辞

杂曲歌辞，是经过乐府机构整理的民间曲调的歌辞的总称。形式上与五言古诗相接近，内容上多是言志抒情之作。

《宋书·乐志》："古者天子听政，使公卿大夫献诗，耆艾修之，而后王斟酌焉。秦、汉阙采诗之官，哥咏多因前代，与时事既不相应，且无以垂示后昆。汉武帝虽颇造新哥，然不以光扬祖考、崇述正德为先，但多咏祭祀见事及其祥瑞而已。商周《雅颂》之体阙焉。"

《乐府诗集》："汉、魏之世，歌咏杂兴，而诗之流乃有八名：曰行，曰引，曰歌，曰谣，曰吟，曰咏，曰怨，曰叹，皆诗人六义之馀也。至其协声律，播金石，而总谓之曲。"又曰："杂曲者，历代有之，或心志之所存，或情思之所感，或宴游欢乐之所发，或忧愁愤怨之所兴，或叙离别悲伤之怀，或言征战行役之苦，或缘于佛老，或出自夷虏。兼收备载，故总谓之杂曲。自秦、汉已来，数千百岁，文人才士，作者非一。"知乐府杂曲作者众多，乃诗人"六艺"之余声。

汉代的杂曲歌辞，风格跟相和歌辞相同，因其歌辞未被中央乐府机构采习或年代久远等原因，后世不详它们属于何调，故被列为杂曲。

蛱蝶行

蛱蝶之①遨游东园，奈何卒逢②三月养子燕，接我苜蓿③间。持④之我入紫深宫中⑤，行缠之，传樏栌⑥间。雀⑦来燕，燕子见衔哺来，摇头鼓翼，何轩奴⑧轩。（《乐府诗集》卷六一。《古诗纪》卷一七。《初学记》卷三〇。《锦绣万花谷》后四〇引园、燕、间三韵。《汉诗》卷一〇。）

【题解】

蛱蝶行，汉乐府题名，在《乐府诗集》中属于《杂曲歌辞》。

歌辞以蝴蝶被燕子吞食的遭遇，来指代现实中劳动人民的不幸。

①蛱(jiá)蝶:蝴蝶的一种。一作"蜨蝶"。蛱蝶之:《初学记》《锦绣万花谷》作"蝶游蝶"。

②卒逢:《初学记》《锦绣万花谷》作"未还"。

③苜蓿(mù xù):一种牧草,多年生草本植物。

④持:《古诗纪》作"披"。

⑤我:《初学记》作"戏"。逯钦立《先秦汉魏晋南北朝诗》:"'持之我入紫深宫中句'有倒误,当作'持之我入此深宫中',或作'持之我深入紫宫中'。"

⑥传:《乐府诗集》作"傅"。欂(bó)栌:指斗拱,柱顶上承托栋梁的方木。《淮南子·本经训》:"标林欂栌,以相支持。"

⑦雀:《乐府诗集》注曰:"疑误"。

⑧奴:《乐府诗集》注曰:"疑衍"。

驱车上东门行

驱车上东门,遥望郭北墓。白杨何萧萧①,松柏夹广路。下有陈②死人,杳杳③即长暮。潜寐黄泉下,千载永不寤。浩浩阴阳移,年命如朝露。人生忽如寄,寿无金石固。万岁更相送,圣贤莫能度。服食求神仙,多为药所误。不如饮美酒,被④服纨与素。(《文选》卷二九。《乐府诗集》卷六一。《艺文类聚》卷四一。《古诗纪》卷二〇。《风雅翼》卷一。)

【题解】

《驱车上东门行》,汉乐府题名,《古诗十九首》第十三首。在《乐府诗集》中属于《杂曲歌辞》。当是东汉时期作品。

歌辞言墓地的凄凉景象,引发出"人生忽如寄,寿无金石固"的深切感触。作者的态度看似是享乐主义，却比较直观地反映出自己内心的凄凉与功业的无望，同时也是对东汉黑暗社会的鞭挞。

【注释】

①萧萧：象声词，指草木摇落的样子。

②陈：久。

③杳杳：幽暗的样子。

④被：同"披"，穿。

【汇评】

明·陆时雍："汉人诗多含情不露。"(《古诗镜》卷二)

梁甫吟

步出齐城①门，遥望荡阴②里。里中③有三墓，累累正④相似。问是谁家墓⑤，田疆、古冶子⑥。力能排南山，文能绝地纪⑦。一朝被谗言，二桃杀三士⑧。谁能为此谋⑨，国相⑩齐晏子。(《草堂诗笺》卷一。《文选补遗》卷三四。《西溪丛话》上。《广文选》卷一三。《古诗纪》卷一四。《汉诗》卷一〇。)

【题解】

《梁甫吟》，汉乐府题名，关于此篇名称：王僧虔《技录》作《梁甫吟行》；《艺文类聚》《沧浪诗话》作《梁父吟》；《古文苑》作《古梁父吟》；《古诗纪》作《诸葛亮梁甫吟》。关于作者：《琴操》《琴说》曰："曾子撰。"《艺文类聚》《乐府诗集》均题蜀诸葛亮作；《古文苑》不题诸葛亮名字。

梁甫，山名，在泰山下。《乐府诗集》引《琴操》曰："曾子耕太山之下，天雨雪冻，旬月不得归，思其父母，作《梁山歌》……。按：梁甫，山名，在泰山下。《梁甫吟》，盖言人死葬此山，亦葬歌也。"

本篇在《乐府诗集》中本属于《相和歌辞》。逯钦立《先秦汉魏晋南北朝诗》:"《梁甫吟》不始于孔明,而此辞亦与孔明无关,将其归入《杂曲歌辞》,今附入汉杂曲歌辞中。"今亦附录之,以备核查。

【注释】

①齐城:指临淄,在今山东淄博临淄城北。

②遥:一作"追"。荡阴:一作"阴阳"。

③中:一作"内"。

④正:一作"皆"。

⑤问是:《太平御览》《太平寰宇记》《草堂诗笺》作"借问"。墓:《草堂诗笺》作"冢"。

⑥疆:一作"田疆",当是。今据改。作"开"。古冶:《沧浪诗话》作"固野"。子:《草堂诗笺》《西溪丛话》作"氏"。《古诗纪》云:"一作氏"。

⑦文:《西溪丛话》作"又",当是。纪:《古诗纪》云:"一作理。"

⑧二桃杀三士:本故事最早见于《晏子春秋》。

⑨谋:《西溪丛话》作"诔",误。

⑩国相:《西溪丛话》作"相国",误。

【汇评】

清·顾炎武:"诸葛孔明《梁父吟》云:'问是谁家墓,田疆、古冶子。'又云:'谁能为此谋,国相齐晏子。'用二子字,古人但取文理明当而已,初不避重字也。今本或改作'田疆、古冶氏',失之矣。(《日知录》卷二一)

清·何焯:"诸葛亮传好为《梁父吟》,蔡中郎《琴颂》云:'《梁父》悲吟,周公《越裳》'武乡之志,其有取于此乎?今所传之词,盖非其作。"(《义门读书记》卷二七)

又言:"《梁父吟》成恨有余。"(《义门读书记》卷五七)

清·王士禛:"《郡国志》临淄县东有阴阳里,即诸葛武侯《梁甫吟》云:'步出齐城门,遥望阴阳里'云云,今《乐府》作'荡阴',非是。"(《居易录》卷二八)

悲　歌

悲歌可以当①泣,远望可以当归。思念故乡,郁郁累累②。欲归家无人,欲渡河无船,心思不能言,肠中车轮转。(《乐府诗集》卷六二。《文选补遗》卷三六。《广文选》卷一二。《古诗纪》卷一七。《风雅翼》卷一〇。《汉诗》卷一〇。)

【题解】

悲歌,汉乐府题名,在《乐府诗集》中属于《杂曲歌辞》。

诗作主题是游子思乡而发出的悲切吟歌,游子无限的思念家乡却不得归的主要原因是"欲归家无人,欲渡河无船"。言游子无船返回家乡以及前途无路可寻的悲哀。

【注释】

①当(dàng):当作。

②郁郁累累:此处指故乡的树木繁盛连绵的样子。

【汇评】

明·陆时雍:"'悲歌可以当泣,远望可以当归',情至处,无复余情。此汉人苦构,骚人任意撼写,无此造作,然二语实奇而奥。"(《古诗镜》卷一)

明·王夫之:"突拔忧壮,而无霸气。以曹孟德乐府衡之,正闰自分,况后人哉! 总无所述,唯完题二字。"(《古诗评选》卷一)

清·何文焕:"《艺苑卮言》曰:'古乐府'悲歌可以当泣,远望可以当归',二语妙绝。'"(《历代诗话》卷二四)

羽林郎

辛延年

昔有霍家奴①,姓冯名子都。依倚将军势,调笑酒家胡。

胡姬年十五,春日独当垆。长裙②连理带,广袖合欢襦。头上蓝田玉,耳后大秦珠。两鬟何窈窕,一世良所无。一鬟五百万,两鬟千万余。不意金吾子③,娉婷过我庐。银鞍何昱爚④,翠盖空踟蹰。就我求清酒,丝绳提玉壶。就我求珍肴,金盘脍鲤鱼。贻我青铜镜,结我红罗裾。不惜红罗裂,何论轻贱躯。男儿爱后妇,女子重前夫。人生有新故,贵贱不相逾。多谢金吾子,私爱徒区区⑤。(《玉台新咏》卷一。《乐府诗集》卷六三。《古诗纪》卷一四。《汉诗》卷七。)

【题解】

羽林郎,汉乐府题名,东汉辛延年所作,在《乐府诗集》中属于《杂曲歌辞》。

《汉书·百官公卿表》:"羽林掌送从,次期门,武帝太初元年初置,名曰建章营骑,后更名羽林骑。又取从军死事之子孙养羽林,官教以五兵,号曰羽林孤儿。羽林有令丞。宣帝令中郎将、骑都尉监羽林,秩比二千石。仆射,秦官,自侍中、尚书、博士、郎皆有。古者重武官,有主射以督课之,军屯吏、驺、宰、永巷宫人皆有,取其领事之号。"

歌辞言霍家之奴调戏卖酒胡姬的故事,人物形象一正一反,胡姬的美丽机智与霍家奴的荒淫无耻形成了鲜明的对比,表达了对淳朴人民的赞美以及对无耻官吏的讽刺。

【注释】

①奴:《乐府诗集》作"姝",误,今据改。

②裙:指衣服的前襟。

③金吾子:古代对金吾官员的泛称,用来表示尊敬。

④昱:《乐府诗集》:"一作煜。"爚(yuè):耀眼的样子。

⑤区区:指真诚、恳切的样子。

【汇评】

明·彭大翼:"乐府有《羽林郎》词,按汉武帝置羽林骑,又取从军死事

之子孙,养羽林官,教以五兵,号'羽林孤儿',羽林之名始此。"(《山堂肆考》卷一六〇)

明·王夫之:"由前之漫澜,不知章末之归宿,是以激昂人意,更深于七札。杜陵《丽人行》亦规模于此,而以捎打已早,反俾人逢迎,凤而意浅。文笔之差,系于忍力也。如是不忍则不力,不力亦莫能忍也。"(《古诗评选》卷一)

清·顾炎武:"古诗'昔有霍家奴,姓冯名子都',而晋灼引汉语以为'冯毁',则子都亦字也。"(《日知录》卷一三)

前缓声歌

　　水中之马必有陆地之船,但有意气,不能自前。心非木石,荆根株数,得覆盖①天,当复思。东流之水必有西上之鱼,不在大小,但有朝于复来。长笛续短笛,欲今②皇帝陛下三千万。(《乐府诗集》卷六五。《广文选》卷一二。《古诗纪》卷一七。《汉诗》卷一〇。)

【题解】
《前缓声歌》,汉乐府题名,在《乐府诗集》中属于《杂曲歌辞》。
歌辞言祈祝皇帝长寿康宁之事。
【注释】
①覆盖:遮盖。
②今:《先秦汉魏晋南北朝诗》:"当作'令'"。
【汇评】
明·陆时雍:"'水中之马必有陆地之船'语奇而幻,水中马陆地船,世所不有,情所不无,自是兴情特甚。"(《古诗镜》卷一)

董娇娆

宋子侯

　　洛阳城东路,桃李生路旁。花花自相对,叶叶自相当。春风东北起,花叶正低昂。不知谁家子,提笼行采桑。纤手折其枝,花落何飘飏①。请谢②彼姝子:"何为见损伤?""高秋八九月,白露变为霜。终年会飘堕,安得久馨香?""秋时自零落,春月复芬芳。何时③盛年去,欢爱④永相忘。"吾欲竟此曲,此曲愁人肠。归来酌美酒,挟瑟上高堂。(《玉台新咏》卷一。《乐府诗集》卷七三。《古诗纪》卷一四。《汉诗》卷七。)

【题解】

　　《董娇娆》,始见于《玉台新咏》。

　　歌辞以桃李之花来比喻人,秋季花朵零落来比喻女子色衰爱弛,对女子的悲惨命运表示出深刻的同情。

【注释】

①飘飏:即"飘扬",飘飞的样子。

②谢:指道歉,认错。

③何时:《艺文类聚》卷八八作"何如"。

④爱:《艺文类聚》作"好"。

【汇评】

　　南宋·王楙:"观宋子侯《董娇娆》诗曰:'洛阳城东路,桃李生路旁。花花自相对,叶叶自相当。'而曹植《艳歌曲》曰:'出自蓟北门,遥望湖池桑。枝枝自相值,叶叶自相当。'但易'枝值'二字而已,意则一也。"(《野客丛书》卷二九)

　　南宋·郭知达:"后汉宋子侯《董》诗,言采桑事也。"(《九家集注杜诗》

卷九）

明·陆时雍："附宋子侯《董娇娆》：'洛阳城东路，桃李生路傍。花花自相对，叶叶自相当。'此是汉人艳语。"（《古诗镜》卷一）

明·王夫之："敛者固敛，纵者莫非敛势。知敛、纵者，乃可与言乐理。"（《古诗评选》卷一）

古诗为焦仲卿妻作 并序

汉末建安中，庐江①府小吏焦仲卿妻刘氏，为仲卿母所遣，自誓不嫁。其家逼之，乃投水而死。仲卿闻之，亦自缢於庭树。时人②伤之，为诗云尔。

孔雀东南飞，五里一徘徊。

"十三能织素③，十四学裁衣。十五弹箜篌，十六诵诗书。十七为君妇，心中常苦悲。君既为府吏，守节情不移。贱妾留空房，相见常日稀。鸡鸣入机织，夜夜不得息。三日断五疋，大人④故嫌迟。非为织作迟，君家妇难为。妾不堪驱使，徒留无所施。便可白公姥，及时相遣归。"

府吏得闻之，堂上启⑤阿母："儿已薄禄相，幸复得此妇。结发同枕席，黄泉共为友。共事⑥二三年，始尔未为久。女行无偏斜，何意致不厚⑦？"

阿母谓府吏："何乃太区区⑧。此妇无礼节，举动自专由。吾意久怀忿，汝岂得自由。东家有贤女，自名秦罗敷。可怜⑨体无比，阿母为汝求。便可速遣之，遣去慎莫留。"

府吏长跪告⑩："伏惟启阿母。今若遣此妇，终老不复取。"

阿母得闻之，槌牀便大怒："小子无所畏，何敢助妇语。

吾已失恩义,会不相从许。"

府吏默无声,再拜还入户。举言谓新妇,哽咽不能语。"我自不驱卿,逼迫有阿母。卿但暂还家,吾今且报⑪府。不久当归还,还必相迎取。以此下心意,慎勿违吾语。"

新妇谓府吏:"勿复重纷纭。往昔初阳岁,谢家⑫来贵门。奉事循公姥,进止敢自专。昼夜勤作息,伶俜萦苦辛。谓言无罪过,供养卒大恩。仍更被驱遣,何言复来还。妾有绣腰襦,葳蕤自生光⑬。红罗复斗帐,四角垂香囊。箱帘六七十,绿碧青丝绳。物物各自异,种种在其中。人贱物亦鄙,不足迎后人。留待作遣施⑭,于今无会因。时时为安慰,久久莫相忘。"

鸡鸣外欲曙,新妇起严妆。着我绣袷裙,事事四五通⑮。足下蹑丝履,头上玳瑁光。腰若流纨素,耳着明月珰。指如削葱根,口如含朱丹。纤纤作细步,精妙世无双。

上堂谢阿母,母听去不止。"昔作女儿时,生小出野里。本自无教训,兼愧贵家子。受母钱帛多,不堪母驱使。今日还家去,念母劳家里。"却与小姑别,泪落连珠子。"新妇初来时,小姑如我长。勤心养公姥,好自相扶将⑯。初七及下九⑰,嬉戏莫相忘。"出门登车去,涕落百余行。

府吏马在前,新妇车在后。隐隐何甸甸⑱,俱会大道口。下马入车中,低头共耳语:"誓不相隔卿。且暂还家去,吾今且赴府。不久当还归,誓天不相负。"

新妇谓府吏:"感君区区怀。君既若见录,不久望君来。君当作磐石,妾当作蒲苇。蒲苇纫如丝,磐石无转移。我有亲父兄,性行暴如雷。恐不任我意,逆以煎我怀。"举手长劳劳⑲,二情同依依。

入门上家堂，进退无颜仪。阿母大拊掌："不图子自归。十三教汝织，十四能裁衣。十五弹箜篌，十六知礼仪。十七遣汝嫁，谓言无誓违。汝今无⑳罪过，不迎而自归。"兰芝惭阿母："儿实无罪过。"阿母大悲摧。

还家十余日，县令遣媒来。云有第三郎，窈窕世无双。年始十八九，便言㉑多令才。

阿母谓阿女："汝可去应之。"

阿女衔泪答："兰芝初还时，府吏见丁宁㉒，结誓不别离。今日违情义，恐此事非奇。自可断来信，徐徐更谓之。"

阿母白媒人："贫贱有此女，始适还家门。不堪吏人妇，岂合令郎君。幸可广问讯，不得便相许。"

媒人去数日，寻遣丞请还。说有兰家女，承籍有宦官。云有第五郎，娇逸未有婚。遣丞为媒人，主簿通语言。直说太守家，有此令郎君。既欲结大义，故遣来贵门。

阿母谢媒人："女子先有誓，老姥岂敢言。"

阿兄得闻之，怅然心中烦。举言谓阿妹："作计何不量。先嫁得府吏，后嫁得郎君。否泰如天地，足以荣汝身。不嫁义郎体，其往欲何云。"

兰芝仰头答："理实如兄言。谢家事夫婿，中道还兄门。处分适兄意，那得自任专。虽与府吏要，渠会永无缘。登即相许和，便可作婚姻。"

媒人下床去，诺诺复尔尔。还部白府君："下官奉使命，言谈大有缘。"府君得闻之，心中大欢喜。视历复开书，便利此月内。六合㉓正相应，良吉三十日。"今已二十七，卿可去成婚。"交语速装束，络绎㉔如浮云。青雀白鹄舫，四角龙子幡。婀娜随风转，金车玉作轮。踯躅青骢马，流苏金镂鞍。

赍钱三百万,皆用青丝穿。杂彩三百匹,交用㉕市鲑珍。从人四五百,郁郁登郡门。

阿母谓阿女:"适得府君书,明日来迎汝。何不作衣裳,莫令事不举。"

阿女默无声,手巾掩口啼,泪落便如泻。移我琉璃榻,出置前窗下。左手持刀尺,右手执绫罗。朝成绣夹裙,晚成单罗衫。晻晻日欲暝,愁思出门啼。

府吏闻此变,因求假暂归。未至二三里,摧藏马悲哀。新妇识马声,蹑履相逢迎。怅然遥相望,知是故人来。举手拍马鞍,嗟叹使心伤:"自君别我后,人事不可量。果不如先愿,又非君所详。我有亲父母,逼迫兼弟兄。以我应他人,君还何所望。"

府吏谓新妇:"贺卿得高迁。磐石方且厚,可以卒千年。蒲苇一时纫,便作旦夕间。卿当日胜贵,吾独向黄泉。"

新妇谓府吏:"何意出此言。同是被逼迫,君尔妾亦然。黄泉下相见,勿违今日言。"执手分道去,各各还家门。生人作死别,恨恨那可论。念与世间辞,千万不复全。

府吏还家去,上堂拜阿母:"今日大风寒,寒风摧树木,严霜结庭兰。儿今日冥冥,令母在后单。故作不良计,勿复怨鬼神。命如南山石,四体康且直。"

阿母得闻之,零泪应声落。"汝是大家子,仕宦于台阁。慎勿为妇死,贵贱情何薄。东家有贤女,窈窕艳城郭。阿母为汝求,便复在旦夕。"

府吏再拜还,长叹空房中,作计乃尔立。转头向户里,渐见愁煎迫。

其日牛马嘶,新妇入青庐㉖。奄奄黄昏后,寂寂人定㉗初。

我命绝今日,魂去尸长留。揽裙脱丝履,举身赴清池。

府吏闻此事,心知长别离。徘徊庭树下,自挂东南枝。

两家求合葬,合葬华山㉓傍。东西植松柏,左右种梧桐。枝枝相覆盖,叶叶相交通。中有双飞鸟,自名为鸳鸯。仰头相向鸣,夜夜达五更。行人驻足听,寡妇起彷徨。多谢㉔后世人,戒之慎勿忘。(《玉台新咏》卷一。《乐府诗集》卷七三。《古乐府》卷一〇。《古诗纪》卷七。《汉诗》卷一〇。)

【题解】

《古诗为焦仲卿妻作》,《玉台新咏》题作《古诗无名人为焦仲卿妻作》;《乐府诗集》《古乐府》作《焦仲卿妻》。后世亦取开篇第一句话《孔雀东南飞》为题名。属于《杂曲歌辞》。

古诗刻画了刘兰芝勤劳、善良、坚贞不屈与焦母作为封建家长的形象。以焦、刘二人的爱情悲剧为主线,警醒世人,并控诉封建家长制度的专制主义。

【注释】

①庐江:郡名,在今安徽庐江西南。

②人:《玉台新咏》无此字。

③素:《艺文类聚》作"绮"。

④大人:此处指焦仲卿的母亲。《古诗纪》:"一作丈人。"

⑤启:禀告。

⑥共事:此处指夫妻在一起共同生活。

⑦不厚:不厚爱。

⑧区区:愚拙,笨拙。

⑨可怜:可爱。

⑩告:《玉台新咏》作"答"。

⑪报:《古诗纪》作"赴"。

⑫谢家:辞别自己的家。

⑬自生光：一作"金缕光"。

⑭遗施：赠送。遗：一作"遗"。

⑮通：遍。

⑯抚将：扶持，爱护。

⑰初七：指乞巧节。下九：指农历每月的十九日。下九日为汉代妇女欢聚的日子。

⑱隐隐、甸甸：形容车子前行时的响声。

⑲劳劳：指分别时彼此忧伤的样子。

⑳无：《古诗纪》作"何"。

㉑便(pián)言：有口才。

㉒丁宁：即"叮咛"，嘱托。

㉓六合：指吉日良辰时，需考虑月建和日辰的"冲"和"合"，"合"指子与丑合，寅与亥合，卯与戌合，辰与酉合，巳与申合，午与未合，总成六合。

㉔络绎：《玉台新咏》作"骆驿"。

㉕用：《玉台新咏》《乐府诗集》《古诗纪》作"广"，误。

㉖青庐：指用青布搭成的棚。古代举行婚礼，交拜迎妇的地方。

㉗人定：夜深人静的时候。《后汉书·耿弇传》："人定时，(张)步果引去，伏兵起纵击，追至钜昧水上。"

㉘华山：具体位置今不可考。

㉙谢：诫，告诫。

【汇评】

明·陆时雍："《焦仲卿妻作》绝不尔雅，抑更繁絮，谓世之传奇可。"（《古诗镜》卷一）

明·谢榛："《孔雀东南飞》一句兴起，余皆赋也。其古朴无文，使不用妆奁服饰等物，但直叙到底，殊非乐府本色。"（《诗家直说》卷二）

明·王夫之："乐府诸曲，多采之民间，以付管弦、悦流耳。即裁自文士，亦必笔墨气尽，吟咏情长。古体固然有如此者。虽因流俗之率尔，而裁制固自纯好。使不了汉为此，于'皆言夫婿殊'之下，必再作峻拒语，即永落恶道矣。（《古诗评选》卷一）

清·袁枚:"本朝诗家序事,学古乐府《孔雀东南飞》而绝妙者,如陈元孝之《王将军歌》,许衡紫之《伍节女歌》,马墨麟之《戴烈妇歌》,胡稚威之《孝女李三行》,皆古藻淋漓,惜篇页繁重,不能尽录。"(《随园诗话》卷三)

清·何焯:"《焦仲卿妻诗》质而近野,此过于文却似少,真味独取此者,与此书气味协也。"(《义门读书记》卷四六)

枯鱼过河泣

枯鱼过河泣,何时悔复及。作书与鲂鱮①,相教慎出入。

(《乐府诗集》卷七四。《文选补遗》卷三四。《广文选》卷一二。《古诗纪》卷一七。《汉诗》卷一〇。)

【题解】

《枯鱼过河泣》,属于《杂曲歌辞》。

歌辞以枯鱼自比,来告诫人们要谨慎自己的言行。

【注释】

①鲂(fáng):指鱼名,今名为武昌鱼。鱮(xù):指鱼名,即鲢鱼。《诗经·小雅·采绿》:"其钓维何? 维鲂与鱮。"

【汇评】

明·王夫之:"无限!"(《古诗评选》卷一)

清·沈德潜:"汉人每有此种奇想。"(《古诗源》卷三)

冉冉孤生竹

冉冉孤生竹,结根泰山阿①。与君为新婚,菟丝附女萝②。菟丝生有时,夫妇会有宜。千里远结婚,悠悠隔山陂③。思君令人老,轩车来何迟。伤彼蕙兰花,含英扬光辉。过时而不采,将随秋草萎。君亮执高节,贱妾亦何为。(《文选》卷二九。《玉台新咏》卷一。《乐府诗集》卷七四。《风雅翼》卷一。《古诗纪》卷二〇。《汉诗》卷一二。)

【题解】

《冉冉孤生竹》,汉乐府题名,《文心雕龙·明诗》:"《孤竹》一篇,傅毅之辞。"在《乐府诗集》中属于《杂曲歌辞》,题下有"古辞"。

歌辞言夫妻离别的凄凉。

【注释】

①阿(ē):指山的弯曲之处。

②菟(tù)丝:药草名,又名女萝。蔓生植物,缠结生长在其他植物上,结子,可入药。女萝:植物名,即松萝。多附生在松树上,常自树梢悬垂,丝状。

③陂(bēi):指山坡,斜坡。

【汇评】

南宋·叶廷珪:"'冉冉孤生竹,结根泰山阿。'冉冉,渐生进貌。阿,曲也。"(《海录碎事》卷二二下)

明·陆时雍:"情何婉娈,语何凄其。"(《古诗镜》卷二)

武溪深行

马 援

滔滔武溪①一何深,鸟飞不度②,兽不敢临。嗟哉武溪多毒淫③!(《乐府诗集》卷七四。《风雅翼》卷一〇。《古诗纪》卷一三。《汉诗》卷五。)

【题解】

《武溪深行》,汉乐府题名,一曰《武陵深行》,东汉马援所作。在《乐府诗集》中属于《杂曲歌辞》。

《乐府诗集》引西晋崔豹《古今注》曰:"《武溪深》,马援南征之所作也。援门生爰寄生善吹笛,援作歌,令寄生吹笛以和之,名《武溪深》。"

歌辞言南征将士的苦楚。

【注释】

①滔滔:形容大河奔流的样子。《诗经·齐风·载驱》:"汶水滔滔,行人儦儦。"武溪:指武水的旧称,在今湖南省泸溪县东北部。

②度:指飞过,度过。也作"渡"。

③毒淫:也即毒疠,此处指溪水中的瘴疠之气。

【汇评】

明·陆时雍:"语直而文,歌绝于汉。"(《古诗镜》卷三一)

同声歌

张 衡

邂逅承际会,得充君①后房。情好新交接,恐栗②若探汤。不才勉自竭,贱妾职所当。绸缪主中馈,奉礼助蒸尝。思为③苑蒻席,在下蔽匡床④。愿为⑤罗衾帱,在上卫风霜。洒扫清枕席,鞮芬以狄⑥香。重户结金扃⑦,高下华灯光。衣解巾粉御,列图陈枕张。素女为我师,仪态盈万方。众夫所希见,天老教轩皇。乐莫斯夜乐,没齿焉可忘。(《玉台新咏》卷一。《乐府诗集》卷七六。《广文选》卷一三。《古诗纪》卷一三。《汉诗》卷六。)

【题解】

《同声歌》,汉乐府题名,东汉张衡所作,在《乐府诗集》中属于《杂曲歌辞》。

《乐府诗集》引《乐府解题》:"《同声歌》,汉张衡所作也。言妇人自谓幸得充闺房,愿勉供妇职,不离君子。思为莞簟,在下以蔽匡床;衾裯,在上以护霜露。缱绻枕席,没齿不忘焉。以喻臣子之事君也。"

歌辞题目是根据《周易·乾》"同声相应,同气相求"而取的,指志趣相投的人互相呼应。诗中以女子的口吻来写她尽心尽力地侍奉自己的丈夫,看似以女德侍奉丈夫,实则以忠诚侍奉君主。

【注释】

①得充君:一作"遇得充"。

②栗:《玉台新咏》作"瞟",误,今据改。

③为:《广文选》作"惟"。

④蒻(ruò)席:指用香蒲做成的席子。匡床:指舒适的床。

⑤为:《广文选》作"得"。

⑥狄:《古诗纪》:"一作秋"。

⑦结:《广文选》作"纳"。金扃(jīn jiōng):指用黄金装饰而成的门。

【汇评】

北宋·姚宽:"陶渊明《闲情赋》必有所自,乃出张衡《同声歌》。"(《西溪丛语》卷上)

明·杨慎:"张衡《同声歌》:'洒扫清枕席,鞮芬以狄香。'鞮,履也。狄香,外国之香也,谓之'香薰鞋也'。近刻《玉台新咏》及《乐府诗集》改'狄香'作'秋香',太谬。吴中近日刻古书妄改例如此,不能一一尽弹正之。"(《丹铅余录·总录》卷七)

明·董斯张:"张衡《同声歌》'鞮芬以狄香',鞮,履也。狄香,外国之香也,谓之'香薰履也'。"(《广博物志》卷三八)

明·陆时雍:"附《同声歌》,格力稍衰,更敷布有余,情款不足,隐隐开建安之渐。"(《古诗镜》卷三)

定情诗

繁　钦

　　我出东门游，邂逅承清尘。思君即幽房，侍寝执衣巾。时无桑中契，迫此路侧人。我既媚君姿，君亦悦我颜。何以致拳拳①，绾臂双金环；何以致殷勤，约指一双银；何以致区区，耳中双明珠；何以致叩叩，香囊系肘后；何以致契阔，绕腕双跳脱②；何以结恩情，佩③玉缀罗缨；何以结中心，素缕连双针；何以结相于④，金簿画搔头；何以慰⑤别离，耳后玳瑁钗；何以答⑥欢悦，纨素三条⑦裙；何以结愁悲，白绢双中衣。与我期何所，乃期东山隅，日旰兮不至⑧，谷风吹我襦。无望无所见，涕泣起踟蹰。与我期何所，乃期东山南隅，日旰兮不来，飘⑨风吹我裳。逍遥莫谁睹，望君愁我肠。与我期何所，乃期西山侧，日夕兮不来，踯躅长叹息。远望凉风至，俯仰正衣服。与我期何所，乃期山北岑，日暮兮不来，凄风吹我襟。望君不能坐，悲苦愁我心。爱身以何为，惜我华色时，中情既款款，然后克密期。褰衣蹑茂⑩草，谓君不我欺⑪。厕此丑陋质，徙倚无所之。自伤失所欲，泪下如连丝。（《玉台新咏》卷一。《乐府诗集》卷七六。《古诗纪》卷一七。《魏诗》卷三。）

【题解】

　　《乐府诗集》引《乐府解题》："言妇人不能以礼从人，而自相悦媚。乃解衣服玩好致之，以结绸缪之志，若臂环致拳拳，指环致殷勤，耳珠致区区，香囊致扣扣，跳脱致契阔，佩玉结恩情，自以为志而期于山隅、山阳、山西、山北。终而不答，乃自伤悔焉。"

①拳拳:指真诚、恳切的样子。与下面"区区、叩叩、契阔、恩情、中心、相于"语意相同。

②跳脱:即"条脱",指手镯、腕钏一类的装饰用品。

③佩:《古诗纪》作"美"。

④相于:《玉台新咏》作"相投"。于:《古诗纪》云:"一作投。"

⑤慰:一作"表"。

⑥答:一作"合"。

⑦三:一作"二"。条:一作"衫"。

⑧至:《玉台新咏》作"来"。

⑨飘:《玉台新咏》作"凯"。

⑩衣:《玉台新咏》作"裳"。茂:《乐府诗集》作"花",当误,今据改。

⑪欺:《古诗纪》作"期"。

【汇评】

明·陆时雍:"掇艳情之最胜,然情思摇荡极矣。"(《古诗镜》卷六)

乐 府

行胡从何方①,列国持何来。氍毹毾㲪氆五木②香,迷迭艾纳及都梁③。(《乐府诗集》卷七七。《太平御览》卷九八二。《古诗纪》卷一七。《汉诗》卷一〇。)

【题解】

《乐府》,汉乐府题名,在《乐府诗集》中属于《杂曲歌辞》。

歌辞言胡人物产丰富。

【注释】

①方:《太平御览》作"来"。

②氍毹(qú yú):又音"qú shū",指用纯毛或毛麻混在一起织成的毛布、

毛毯。《三辅黄图·未央宫》："规地以罽宾氍毹。"氍毹(tà dēng)：指有彩纹的细毛毯。《后汉书·西域传》："又有细布,好氍毹、诸香、石蜜、胡椒、姜、黑盐。"五木：《太平御览》作"伍味"。

③迷迭：迷迭木,有香气。艾纳：艾纳木,亦有香气。都梁：指都梁香,一种植物所作的香料。迷迭、艾纳、都梁均指香料。

猛虎行 三首

饥不从猛虎食,暮①不从野雀栖。野雀安无巢,游子为谁骄。（《乐府诗集》卷三一。《文选》卷二八《猛虎行》注。《文选》卷三〇《杂诗》注。《风雅翼》卷四。《古诗纪》卷一七。《汉诗》卷一〇。）

少年惶且怖,伶俜到他乡②。（《文选》卷一六《寡妇赋》注。《汉诗》卷一〇。）

禀气有丰约③,受形有短长。（《文选》卷五〇《谢灵运传论》注。《汉诗》卷一〇。）

【题解】
《猛虎行》,汉乐府题名,在《乐府诗集》中属于《相和歌辞》。本篇为古辞,逯钦立《先秦汉魏晋南北朝诗》中列在《杂曲歌辞》之下,今依之。

歌辞以"猛虎"和"野雀"起兴,猛虎象征强大的社会势力,野雀象征依附于强大社会势力的弱势群体,游子则洁身自好,遵从着自己的志向和操守。

【注释】
①暮：《文选》注："暮上或衍'日'字"。

②伶俜(líng pīng)：指漂泊流离的样子。本首及下一首《乐府诗集》中未收,今据补。

③丰约：指盛衰、多少。《国语·楚语下》："夫事君者,不为外内行,不

187

为丰约举。"

【汇评】

明·何焯:"古《猛虎行》曰:'饥不从猛虎食',盖不愿其从诛,求割剥虎而冠者得食也。"(《义门读书记》卷五二)

明·王夫之:"深甚、怨甚,而示浅人以傲岸之色。陆士衡且为换却眼睛,何况余子!"(《古诗评选》卷一)

清·朱嘉征:"《猛虎行》歌猛虎,谨于立身也。"(《乐府广序》卷三)

上留田行

里中①有啼儿,似类亲父②子。回车问啼儿,慷慨不可止③。(《乐府诗集》卷三八《上留田行》注。《古诗纪》卷一七。《汉诗》卷一〇。)

【题解】

《上留田行》,汉乐府题名,在《乐府诗集》中属于《相和歌辞》。因本篇为古辞,又逯钦立《先秦汉魏晋南北朝诗》中列在《杂曲歌辞》之下,今依之。

歌辞言啼儿的哭声引起路人的关怀。

【注释】

①里中:古代以二十五家为一里,此处引申为乡野之中。

②父:逯钦立《先秦汉魏晋南北朝诗》:"当是'交'字残文,亲交,汉人习语。"

③慷慨不可止:此处引申为啼儿大哭不可止。

古八变歌①

北风初秋至,吹我章华台②。浮云多暮色,似从崦嵫③来。

枯桑鸣中林,纬络响空阶。翩翩飞蓬征,怆怆游子怀。故乡不可见,长望始此回。(《古诗类苑》卷四五。《古诗纪》卷一七。《汉诗》卷一〇。)

【题解】

《古八变歌》,汉乐府题名。《古诗选》《古诗源》将此篇列为汉诗,逯钦立《先秦汉魏晋南北朝诗》归入乐府古辞。诗作从悲秋写起,上写浮云,下写林中之桑树,游子内心无限的凄凉与彷徨之情溢于言表。

逯钦立《先秦汉魏晋南北朝诗》:"此诗可疑。"今附录之,以备核查。

歌辞言秋之悲与游子之彷徨。

【注释】

①本篇《乐府诗集》未收,今据补。

②章华台:即章华宫,楚灵王时期修建的离宫,遗址在今湖北潜江龙湾。

③崦嵫(yān zī):山名,在甘肃天水西,相传是日落之处,屈原《离骚》:"吾令羲和弭节兮,望崦嵫而勿迫。"

【汇评】

明·陆时雍:"此诗绝似曹刘,然曹刘无此径洁。"(《古诗镜》卷一)

明·王夫之:"乐府固有与古诗通者,此及《伤歌行》是也。当由或倚弦管,或但清歌,彼非骀宕,则为八音所杂;此不凄清,则益入下里。后人固不容以意妄制。"(《古诗评选》卷一)

古　歌①

上金殿,著②玉樽。延贵客,入金③门。入金门④,上⑤金堂。东厨具肴膳,椎牛烹猪羊。主人前进酒,弹⑥瑟为清商。投壶对弹棋,博奕并复行。朱火飏烟雾,博山吐微香。清樽发朱颜,四坐乐且康。今日乐相乐,延年寿千霜。(《古诗类苑》卷四五。《古诗纪》卷一七。《艺文类聚》卷七四引前六句。《汉诗》卷一〇。)

【题解】

《古歌》,汉乐府题名。

歌辞言自身所见到的不同的人、不同的物来实现空间的位移,使眼前的一切景象都映入读者的眼帘,从而引发读者的共鸣。

【注释】

①本篇《乐府诗集》未收,今据补。

②著:《艺文类聚》作"者",误。

③金:《艺文类聚》无"金"字。

④入金门:《艺文类聚》无此三字。

⑤上:《艺文类聚》作"黄"。

⑥弹:《艺文类聚》作"琴"。

古　歌①

秋风萧萧愁杀人,出亦愁,入亦愁。座中何人,谁不怀忧。令我白头。胡地多飙风②,树木何修修③。离家日趋远,衣带日趋缓。心思不能言,肠中车轮转。(《古诗类苑》卷四五。《古诗纪》卷一七。《太平御览》卷二五作《古乐府歌》,所引缺忧、头二韵。《文选》卷二三《七哀诗》注作《古诗》,引忧、头、二韵。《汉诗》卷一〇。)

【题解】

逯钦立《先秦汉魏晋南北朝诗》曰:"此歌与前悲歌当为同篇残文。"今录之,以备核查。

歌辞言庶卒将士怀乡之情。

【注释】

①本篇《乐府诗集》未收,今据补。

②胡:《古诗纪》作"故"。飙风:指狂风,旋风。

③修修:《太平御览》作"萧萧"。

【汇评】

明·陆时雍:"挺拔是西京语致。"(《古诗镜》卷一)

艳 歌①

今日乐上乐,相从步云衢②。天公出美酒,河伯出鲤鱼。青龙前铺席,白虎持榼壶③。南斗工鼓瑟④,北斗吹笙竽。姮娥垂明珰,织女奉瑛琚⑤。苍霞扬东讴⑥,清风流西歈⑦。垂露成帷幄⑧,奔星扶轮舆⑨。(《古诗类苑》卷三三。《古诗纪》卷一七。《太平御览》卷五三九作《古艳诗》,引前四句。《汉诗》卷一〇。)

【题解】

《艳歌》,汉乐府题名,又称《妍歌》或《古艳诗》。

歌辞言天上的游乐,饮食所用的佳肴以及宴会时所奏之乐都是极为稀有的。诗作气势恢宏地向世人展现了一副天上人间宴饮图。

【注释】

①本篇《乐府诗集》未收,今据补。

②步云衢:《太平御览》无此三字。

③榼(kē)壶:指盛酒的壶。

④瑟:《太平御览》作"琴"。

⑤瑛琚:此处指美玉。

⑥东讴:指东部齐地的歌曲。

⑦西歈(yū):指吴地的歌曲。

⑧帷幄:指室内悬挂的帐幕。《韩非子·喻老》:"天下无道,攻击不休,相守数年不已,甲胄生虮虱,燕雀处帷幄,而兵不归。"

⑨轮舆:指车轮,车舆。

古咄唶歌①

枣下何攒攒②,荣华各有时。枣欲初赤③时,人从四边来。枣适今日赐④,谁当仰视之。(《文选》卷一八《笙赋》注。《古诗纪》卷一七。《汉诗》卷一〇。)

【题解】

《古咄唶歌》,汉乐府题名,作者不详。

歌辞由枣树从繁华转向衰落时所处的境地而发的感叹,来衬托人生在世不称意的哀伤。

【注释】

①咄唶(duō jiè):叹息声。本篇《乐府诗集》未收,今据补。

②攒攒(cuán cuán):指人多聚集的样子。

③初赤:初红,即枣初熟之时。

④赐:扬雄《方言》:"赐,尽也。"当是。

古胡无人行①

望胡地②,何险侧。断胡头,脯胡臆③。(《太平御览》卷八〇〇。《汉诗》卷一〇。)

【题解】

《古胡无人行》,汉乐府题名。

《乐府诗集·瑟调曲》中有《胡无人行》，并引《古今乐录》曰："王僧虔《技录》有《胡无人行》，今不歌。"

歌辞言行军征战之事，可以看出作者对胡地战事的满腔愤恨。

【注释】

①本篇《乐府诗集》未收，今据补。

②胡地：古代对北方边地以及西域各民族居住地的称呼。

③脯：使成为干肉。臆：胸。

古步出夏门行 三首①

白骨不覆，疾疠②淫行。（《文选》卷二〇《关中诗》注。《汉诗》卷一〇。）

市朝易人③，千载④墓平。（《文选》卷二八《门有车马客诗》注、三〇《和伏武昌诗》注。《汉诗》卷一〇。）

行行复行行，白日薄西山。（《文选》卷二四《赠徐干诗》注、二七《从军诗》注。《汉诗》卷一〇。）

【题解】

《古步出夏门行》，汉乐府题名。

歌辞言行军之苦，年岁之不易。

【注释】

①此三首《乐府诗集》未收，今据补。

②疫疠(jí lì)：指瘟疫。

③易人：逯钦立《先秦汉魏晋南北朝诗》："一作人易"。

④载：同上，"一作岁"。

古新成安乐宫①

般鼓②钟声，尽为铿锵③。(《文选》卷一七《舞赋》注。《汉诗》卷一〇。)

【题解】

《古新成安乐宫》，汉乐府题名。

歌辞言般鼓舞之精彩。

【注释】

①本篇《乐府诗集》未收，今据补。

②般鼓：指汉代的般鼓舞，也称为"盘鼓舞"。

③铿锵(kēng qiāng)：象声词，此处指钟鼓之声。

视刀镮歌①

常恨言语浅，不如人意深。今朝两相视，脉脉②动人心。
(《文选补遗》卷三五。《广文选》卷一四。《汉诗》卷一〇。)

【题解】

《视刀镮歌》，《文选补遗》中题下注有"亦入乐府"字样。

逯钦立《先秦汉魏晋南北朝诗》曰："《文选补遗》此篇置汉《悲歌》后，而赵整《酒德歌》前，殆以为汉歌乎。"

歌辞言相见情谊之深。

【注释】

①本篇《乐府诗集》未收，今据补。

②脉脉(mò mò)：同"眽眽"，指凝视的样子，含情而望的样子。《古诗

十九首·迢迢牵牛星》:"盈盈一水间,脉脉不得语。"

古乐府罩辞①

　　罩②初何得,端来得鮒③。小者如手,大者如履。孝子持归遗我公姬④,安得此鱼。适与罩迕⑤,从今以后,但当求鮒。
(《太平御览》卷九三七。《汉诗》卷一〇。)

【题解】

《古乐府罩辞》,汉乐府古辞。

歌辞言罩之捕鱼。

【注释】

①本篇《乐府诗集》未收,今据补。

②罩:指捕鱼或鸟的竹笼。本篇指用来捕鱼的竹笼。

③鮒(fù):指鲫鱼。

④姬:《诗乘》作"姥"。

⑤迕(wú):相遇。

鸡鸣歌①

　　东方欲明星烂烂②,汝南晨鸡登坛唤。曲终漏尽严具③陈,月没星稀天下旦④。千门万户递鱼钥⑤,宫中城上飞乌鹊。
(《乐府诗集》卷八三。《古诗纪》卷一四〇。《古乐苑》卷五〇。《汉诗》卷一〇。)

【题解】

《鸡鸣歌》,汉乐府题名,在《乐府诗集》中属于《杂歌谣辞》。

《汉书·高帝纪》："羽夜闻汉军四面皆楚歌"，应劭注："楚歌者，鸡鸣歌也，汉已略得其地，故楚歌者多鸡鸣时歌也。"颜师古注："楚歌者为楚人之歌，犹言吴歈越吟耳。若以鸡鸣为歌曲之名，于理则可，不得云鸡鸣时也。高祖令戚夫人楚舞，自为作楚歌，岂亦鸡鸣时乎。"

《乐府诗集》引《乐府广题》："汉有鸡鸣卫士，主鸡唱。宫外旧仪，宫中与台并不得畜鸡。昼漏尽，夜漏起，中黄门持五夜，甲夜毕传乙，乙夜毕传丙，丙夜毕传丁，丁夜毕传戊，戊夜，是为五更。未明三刻鸡鸣，卫士起唱。"

逯钦立《先秦汉魏晋南北朝诗》："汉七言诗率句句用韵，今此第三句不韵，似经后人窜改。"

歌辞言漏尽鸡鸣之时，卫士唱天明。

【注释】

①逯钦立《先秦汉魏晋南北朝诗》中将本篇列为《杂曲歌辞》之下，今依之。

②烂烂：形容光芒闪耀的样子。

③严具：妆具，指供人装扮的用具。因避汉明帝刘庄讳，改"妆"为"严"。

④旦：指天亮。

⑤鱼钥：指鱼形的锁。

【汇评】

明·王夫之："无限早朝诗，此但拈其一曲，而已无不该。古人之约以意，不约以辞，如一心之使百骸；后人敛词攒意，如百人而牧一羊。治乱之音，于此判矣。"（《古诗评选》卷一）

清·何文焕："汉旧仪云'汝南出长鸣鸡'，余窃以为皆谬也，按：汉时于汝南取能《鸡鸣歌》之人耳。《乐府广题》云：'汉有鸡鸣卫士，主鸡唱，宫外。'《汉书》云：'高祖围项羽垓下，羽是夜闻汉军四面皆楚歌。'应劭注：'楚歌者，鸡鸣歌也。'"（《历代诗话》卷二七）

古艳歌 七首^①

孔雀东飞，苦寒无衣。为君作妻，中心恻悲。夜夜织作，不得下机。三日载匹，尚言吾迟。^②（《太平御览》卷八二六。《汉诗》卷一〇。）

行行^③随道，经历山^④陂。马啖柏页^⑤，人啖柏^⑥脂。不可常^⑦饱，聊可遏饥^⑧。（《艺文类聚》卷八八。《太平御览》卷四八六、卷九五三《木部松》引脂、饥二韵。《草堂诗笺》卷一六《空囊诗》注。《古诗纪》卷二〇。《汉诗》卷一〇。）

茕茕^⑨白兔，东走西顾。衣不如新，人不如故。（《太平御览》卷六八九、九七〇。《古诗纪》卷一四作《古怨歌》。《汉诗》卷一〇。）

兰草自生香，生于大道傍。十月钩帘起^⑩，并^⑪在束薪中。（《匡谬正俗》卷七。《升庵诗话·兰草》。《古诗纪》二〇作《古乐府》。《汉诗》卷一〇。）

秋霜白露下，桑叶郁为黄。（《太平御览》卷一四。《汉诗》卷一〇。）

白盐海东来，美豉^⑫出鲁门。（《北堂书钞》卷一四六。《太平御览》卷八五五。《汉诗》卷一〇。）

居贫衣单薄，肠中常苦饥。（《文选》卷二七《善哉行》注。《汉诗》卷一〇。）

【题解】

《古艳歌》，汉乐府古辞。

【注释】

①本篇《乐府诗集》未收，今据补。

②逯钦立在《先秦汉魏晋南北朝诗》中言："《古诗为焦仲卿作》即继承

此歌。"

　③行行：《太平御览》《草堂诗笺》作"行不"。

　④山：《草堂诗笺》作"止"，误。

　⑤页：即"叶"。

　⑥柏：《太平御览》或作"松"。

　⑦常：《古诗纪》作"长"。

　⑧本首在《古诗纪》中作《古诗》。

　⑨茕茕：白兔孤独无依的样子。

　⑩十月钩帘起：《升庵诗话》《古诗纪》作"腰镰八九月"。

　⑪并：《升庵诗话》《古诗纪》作"俱"。

　⑫美豉(chǐ)：指美味的豆豉。

古乐府诗 二首①

　　请说剑，骏犀标首②。玉琢中央，六一所善。王者所杖，带以上车，如燕飞扬。(《北堂书钞》卷一二二。《汉诗》卷一〇。)

　　凿石见火能几时。(《文选》卷二六《河阳诗》注。《汉诗》卷一〇。)

【题解】

《古乐府诗》，汉乐府古辞。

【注释】

①本篇《乐府诗集》未收，今据补。

②标首：指游戏时先出的赏钱。

古乐府①

　　东家公，字仲春。柱一鸠，杖(甖)唇。(《玉烛宝典·正月孟春第一》。《汉诗》卷一〇。)

布谷鸣，农人惊。(《玉烛宝典·二月仲春第二》。《汉诗》卷一〇。)

啄木高飞乍[2]低仰，抟树林薮著榆桑。低足头啄□如劂，飞鸣相骤声如篁。(《玉烛宝典·五月仲夏第五》。《汉诗》卷一〇。)

豹则虎之弟，鹰则鸱之兄。(《太平御览》卷九二六。《事类赋》卷一八注引。《汉诗》卷一〇。)

天寒知被薄，忧思知夜长。(《太平御览》卷七〇七。《汉诗》卷一〇。)

琉璃琥珀象牙盘。(《太平御览》卷七五八。《汉诗》卷一〇。)

【题解】

《古乐府》，汉乐府古辞。

【注释】

①本篇《乐府诗集》未收，今据补。

②乍：忽，忽然。

古妍歌[1]

妍歌[2]展妙声，发曲吐令辞[3]。(《文选》卷四六《曲水诗序》注。《汉诗》卷一〇。)

【题解】

《古妍歌》，汉乐府古辞。

歌辞言歌声之美妙。

【注释】

①本篇《乐府诗集》未收，今据补。

②妍歌：指风格靡丽的乐府歌曲。

③令辞:指美好的曲辞。

乐府歌 二首①

集会高堂上,长弹箜篌。(《北堂书钞》卷一一〇。《汉诗》卷
一〇。)

春酒甘如醴②,秋醴③清如华。(《北堂书钞》卷一四八。《汉诗》
卷一〇。)

【题解】

《乐府歌》,汉乐府古辞。

歌辞言集会旨趣与酒之美味。

【注释】

①本篇《乐府诗集》未收,今据补。

②醴(lǐ):此处指甘美的泉水。

③醴:此处指甜酒。

《汉书》歌①

上蓬莱②,咀琼英③。(《文选》卷五《吴都赋》刘渊林注。《汉诗》卷
一〇。)

【题解】

《汉书》歌,当是《汉书》所言,故为《文选》注所用。

歌辞言蓬莱之药石。

【注释】

①本篇《乐府诗集》未收,今据补。

②蓬莱:传说中海上仙山的名称。

③咀(jǔ):体味。琼英:似玉的美石。

古歌 四首①

田中菟丝②,何尝可络③。道边燕麦,何尝可获。(《太平御览》卷九九四。《汉诗》卷一〇。)

长笛续短笛,愿陛下保寿无极④。(《北堂书钞》卷一一一。《太平御览》卷五八〇。《事类赋·笛赋》注。《汉诗》卷一〇。)

大忧摧人肺肝心。(《文选》卷二一《三良诗》注。《汉诗》卷一〇。)

流尘生玉匣。(《太平御览》卷七一三。《汉诗》卷一〇。)

【题解】

《古歌》,汉乐府古辞。

【注释】

①本篇《乐府诗集》未收,今据补。

②菟丝:药草名称,又名女萝。蔓生植物,缠结生长在其他植物上,其所结之子,可以入药。《古诗十九首·冉冉孤生竹》:"菟丝生有时,夫妇会有宜。"

③络:缠绕。

④愿:《太平御览》"愿"字上有"长"字。本首在《事类赋》中作:"长笛短笛,保寿无极。"

歌①

濯龙望如海,河桥渡似雷。(《文选》卷三《东京赋》薛综注引《洛阳图经》。《汉诗》卷一〇。）

【题解】
本歌为汉乐府古辞。

【注释】
①本篇《乐府诗集》未收，今据补。

茂陵中书歌①

都孋桂英，美芳鼓行。（《汉书·礼乐志》臣瓒注引。《汉诗》卷一〇。）

【题解】
《茂陵中书歌》，汉乐府古辞。

《汉书·礼乐志》臣瓒注曰："《茂陵中书》歌《都孋》《桂英》《美芳》《鼓行》，如此复不得为殿名。"

【注释】
①本篇《乐府诗集》未收，今据补。

有所思①

有所思，思昔人。曾、闵二子，善养亲。和颜色，奉晨昏②。至诚烝烝③，通神明。（《宋书》卷二二。《乐府诗集》卷一六注引。《对床夜语》卷三。《古诗纪》卷五五。《汉诗》卷一〇。）

【题解】
《有所思》，汉乐府古辞。

歌辞言孝子勤勉以侍父母。

逯钦立《先秦汉魏晋南北朝诗》："此歌似非汉作。"今附录之,以备核查。

【注释】

①本篇《乐府诗集》未罗列,今据补列。

②晨昏:"晨昏定省"的省称。语本《礼记·曲礼上》:"凡为人子之礼,冬温而夏凉,昏定而晨省。"后以"晨昏"来指代侍奉父母的日常礼节。

③烝烝:指醇厚朴实的样子。

古博异辩游^①

众星累累^②如连贝,江河四海如衣带。(《文选》卷二四《赠顾交趾公真诗》注。《汉诗》卷一〇。)

【题解】

《古博异辩游》,汉乐府古辞。

歌辞言星海广博奇异。

【注释】

①本篇《乐府诗集》未收,今据补。

②累累:指星宿连绵不断貌。

古乐府^①

青天含翠彩,素日扬清晖。(《汉诗》卷一〇。)

【题解】

《古乐府》,汉乐府古辞。

歌辞言天地清华。

【注释】

①本篇《乐府诗集》未收，今据补。

古歌 二首①

金荆持作枕，紫荆持作床。②（《古诗纪》卷一五六。《诗话补遗》卷一。《汉诗》卷一〇。）

高田种小麦，终久不成穗。男儿在他乡，焉得不憔悴。（《齐民要术》卷二注引《氾胜之书》。《古诗纪》卷二〇。《尔雅翼》卷一引《氾胜之书》引前一句。《汉诗》卷一〇。）

【题解】

《古歌》，汉乐府古辞。

歌辞上言荆树之功用，下言离乡之思。

【注释】

①本篇《乐府诗集》未收，今据补。

②本首当是互文的创作手法，荆树既用来作枕，也用来作床。

卷八｜

杂歌谣辞

杂歌谣辞,乐府分类的一种,主要由歌辞、谣辞和谚语三部分组成,三者均采自民间。其中歌辞入乐,谣辞不入乐。《乐府诗集》引《韩诗章句》曰:"有章曲曰歌,无章曲曰谣。"引梁元帝《纂要》曰:"齐歌曰讴,吴歌曰歈,楚歌曰艳,浮歌曰哇,振旅而歌曰凯歌,堂上奏乐而歌曰登歌,亦曰升歌。故歌曲有《阳陵》《白露》《朝日》《鱼丽》《白水》《白雪》《江南》《阳春》《淮南》《驾辩》《渌水》《阳阿》《采菱》《下里巴人》,又有长歌、短歌、雅歌、缓歌、浩歌、放歌、怨歌、劳歌等行。汉世有相和歌,本出于街陌讴谣。而吴歌杂曲,始亦徒歌,复有但歌四曲,亦出自汉世,无弦节作伎,最先一人唱,三人和,魏武帝尤好之。时有宋容华者,清彻好声,善唱此曲,当时特妙。自晋已后不复传,遂绝。凡歌有因地而作者,《京兆》《邯郸歌》之类是也;有因人而作者,《孺子》《才人歌》之类是也;有伤时而作者,微子《麦秀歌》之类是也;有寓意而作者,张衡《同声歌》之类是也。宵戚以困而歌,项籍以穷而歌,屈原以愁而歌,卞和以怨而歌,虽所遇不同,至于发乎其情则一也。历世已来,歌讴杂出。令并采录,且以谣谶系其末云。"

　　今人关于歌谣的研究,朱自清在《中国歌谣》中言:"中国所谓歌谣的意义,向来极不确定:一是合乐与徒歌不分,而是民间歌谣与个人诗歌不分;而后一层,在我们看来,关系更大。"就歌唱目的而言,向回在《杂曲歌辞与杂歌谣辞研究》中认为:"歌谣一般都是自娱式的歌唱,而乐府则往往是用于娱人的。这里说的歌谣是自娱式的歌唱,并不是说它就完全没有娱人的因素存在。之所以说歌谣是用来自娱的,就是因为歌谣的创作与歌唱(即表演)往往是一个合二为一的过程,这种歌唱多数只是歌唱者情感抒发的需要,而不是他的一种职业和谋生手段。"

郑白渠歌

　　田于何所①?池②阳、谷口。郑国在前,白渠③起后。举臿为云④,决渠为雨。泾水一石,其泥数斗。且溉且粪,长我禾黍。衣食京师,亿万之口。(《汉书·沟洫志》。《乐府诗集》卷八三。

《续古文苑》卷四。《古诗纪》卷一八。《风俗通·山泽篇》。《太平御览》卷六二、四六五。《后汉书·班固传》注。《文选》卷二《西京赋》注。《古谣谚》卷五。《汉诗》卷三。）

【题解】

歌辞见于《汉书·沟洫志》："自郑国渠起，至元鼎六年，百三十六岁，而儿宽为左内史，奏请穿凿六辅渠，以益溉郑国傍高卬之田。上曰：'农，天下之本也。泉流灌浸，所以育五谷也。左、右内史地，名山川原甚众，细民未知其利，故为通沟渎，畜陂泽，所以备旱也。今内史稻田租挈重，不与郡同，其议减。令吏民勉农，尽地利，平繇行水，勿使失时。'后十六岁，太始二年，赵中大夫白公复奏穿渠。引泾水，首起谷口，尾入栎阳，注渭中，袤二百里，溉田四千五百余顷，因名曰白渠。民得其饶，歌之曰……。言此两渠饶也。"

歌辞言起渠之艰苦。

【注释】

①所：处。

②池：《初学记》作"栎"。

③白渠：赵中大夫白公所奏穿渠，故称为"白渠"。

④臿（chā）：同"锸"，颜师古注："臿，鍫也。"

平城歌

平城①之下亦诚苦，七日不②食，不能彀③弩。（《汉书·匈奴传》。《后汉书·南匈奴传》注引《汉书》。《乐府诗集》卷八三。《太平御览》卷三四八引《史记》。《古诗纪》卷一八。《古谣谚》卷五。《汉诗》卷三。）

【题解】

歌辞见于《汉书·匈奴传》："高后大怒，召丞相平及樊哙、季布等，议斩其使者，发兵而击之。樊哙曰：'臣愿得十万众，横行匈奴中。'问季布，布曰：'哙可斩也！前陈豨反于代，汉兵三十二万，哙为上将军，时匈奴围高帝于平城，哙不能解围。天下歌之曰……今歌唫之声未绝，伤痍者甫起，而哙欲摇动天下，妄言以十万众横行，是面谩也。且夷狄譬如禽兽，得其善言不足喜，恶言不足怒也。'高后曰：'善。'"

歌辞言冒顿围高祖于白登，七日不食之苦。

【注释】

①平城：汉初置平城县，在今山西大同。

②不：《后汉书》注"此下有'得'字"。

③彀(gòu)：《说文解字·弓部》："彀，张弩也。"《后汉书》注作"弯弓"。

楚　歌

刘　邦

鸿鹄高飞，一举千里。羽翮已就，横绝四海。横绝四海，当可奈何，虽有矰缴^①，尚安所施。（《史记·留侯世家》。《汉书·张良传》。《北堂书钞》卷一〇六。《乐府诗集》卷八三。《文选补遗》卷三五。《广文选》卷一四。《古诗纪》卷一一。《古谣谚》卷四。《汉诗》卷一。）

【题解】

歌辞又作《鸿鹄》或《鸿鹄歌》，见于《汉书·张良传》："四人为寿已毕，趋去。上目送之，召戚夫人指视曰：'我欲易之，彼四人为之辅，羽翼已成，难动矣。吕氏真乃主矣。'戚夫人泣涕，上曰：'为我楚舞，吾为若楚歌。'"

歌辞言太子刘盈羽翼已成，高祖亦无可奈何。

【注释】

①矰缴(zēng zhuó)：指射鸟时用的系着丝绳的短箭。

戚夫人歌

子为王，母为虏，终日春薄暮，常与死为伍。相离三千里，谁当使告女①。（《汉书·外戚传》。《太平御览》卷一三六。《乐府诗集》卷八四。《古诗纪》卷一二。《古谣谚》卷五。《汉诗》卷一。）

【题解】

歌辞一曰《春歌》，见于《汉书·外戚传》："高祖崩，惠帝立，吕后为皇太后，乃令永巷囚戚夫人，髡钳衣赭衣，令春。戚夫人春且歌曰……太后闻之大怒，曰：'乃欲倚女子邪？'乃召赵王诛之。使者三反，赵相周昌不遣。太后召赵相，相征至长安。使人复召赵王，王来。惠帝慈仁，知太后怒，自迎赵王霸上，入宫，挟与起居饮食。数月，帝晨出射，赵王不能蚤起，太后伺其独居，使人持鸩饮之。迟帝还，赵王死。太后遂断戚夫人手足，去眼熏耳，饮瘖药，使居鞠域中，名曰'人彘'。"

歌辞言戚夫人母子俱为吕后所难。

【注释】

①女（rǔ）：即"汝"，你。

画一歌

萧何为法，顜若画一①。曹参代之，守而勿失。载其清净②，民以宁一③。（《史记·曹相国世家》。《汉书·曹参传》。《后汉书·王充传》注。《艺文类聚》卷一九。《文选·西都赋》注。《太平御览》卷四六五。《乐府诗集》卷八四。《文选补遗》卷三五。《全唐文》卷八二一《程晏萧何求继论》。《古诗纪》卷一八。《古谣谚》卷四。《汉诗》卷三。）

【题解】

歌辞一曰《百姓歌》,见于《汉书·曹参传》:"参曰:'陛下观参孰与萧何贤?'上曰:'君似不及也。'参曰:'陛下言之是也。且高皇帝与萧何定天下,法令既明具,陛下垂拱,参等守职,遵而勿失,不亦可乎?'惠帝曰:'善。君休矣!'参为相国三年,薨,谥曰懿侯。百姓歌之曰……。"

歌辞言曹参守汉法制,百姓安宁。

【注释】

①顜(jiǎng):直,明。画一:《史记·萧相国世家》载司马贞《索隐》:"画一,言其法整齐也。"

②清净:清净简明,不繁琐。《后汉书·王充传》注、《乐府诗集》作"静"。

③宁一:亦作"宁壹",安定统一。

赵幽王歌

诸吕用事兮,刘氏微;迫胁王侯兮,强授我妃。我妃既妒兮,诬我以恶;谗女乱国兮,上曾不寤。我无忠臣兮,何故弃国?自快中野兮,苍天与直!于嗟不可悔兮,宁早自贼!为王饿死兮,谁者怜之?吕氏绝理兮,托天报仇!(《汉书·高五王传》。《乐府诗集》卷八四。《古诗纪》卷一一。《古谣谚》卷四。《汉诗》卷一。)

【题解】

歌辞一曰《幽歌》,见于《汉书·高五王传》:"赵幽王友,十一年立为淮阳王。赵隐王如意死,孝惠元年,徙友王赵,凡立十四年。友以诸吕女为后,不爱,爱它姬。诸吕女怒去,谗之于太后曰:'王曰吕氏安得王?太后百岁后,吾必击之。'太后怒,以故召赵王。赵王至,置邸不见,令卫围守之,不得食。其群臣或窃馈之,辄捕论之。赵王饿,乃歌曰……。"

歌辞言被吕后胁迫之苦。

【汇评】

明·陆时雍："'苍天与直'句简健。"(《古诗镜》卷三一)

民为淮南厉王歌

　　一尺布^①，尚可缝^②。一斗粟，尚可舂。兄弟二人不相容。
(《史记·淮南厉王传》。《淮南鸿烈解·叙》。《世说新语·方正》注。《秘府略》卷八六四。《艺文类聚》卷八五。《白帖》卷二六。《太平御览》卷八二〇、八四〇。《乐府诗集》卷八四。《旧唐书·萧至忠传》。《文选补遗》卷三五。《古诗纪》卷一八。《古谣谚》卷四。《汉诗》卷三。)

【题解】

　　歌辞一曰《淮南王歌》或《淮南民歌》，见于《汉书·淮南厉王传》："爰盎谏曰：'上素骄淮南王，不为置严相傅，以故至此。且淮南王为人刚，今暴摧折之，臣恐其逢雾露病死，陛下有杀弟之名，奈何！'上曰：'吾特苦之耳，令复之。'淮南王谓侍者曰：'谁谓乃公勇者？吾以骄不闻过，故至此。'乃不食而死。县传者不敢发车封。至雍，雍令发之，以死闻。上悲哭，谓爰盎曰：'吾不从公言，卒亡淮南王。'盎曰：'淮南王不可奈何，愿陛下自宽。'上曰：'为之奈何？'曰：'独斩丞相、御史以谢天下乃可。'上即令丞相、御史逮诸县传淮南王不发封馈侍者，皆弃市，乃以列侯葬淮南王于雍，置守冢三十家。孝文八年，怜淮南王，王有子四人，年皆七八岁，乃封子安为阜陵侯，子勃为安阳侯，子赐为阳周侯，子良为东城侯。十二年，民有作歌歌淮南王曰："……。"上闻之曰：'昔尧舜放逐骨肉，周公杀管蔡，天下称圣，不以私害公。天下岂以为我贪淮南地邪？'乃徙城阳王王淮南故地，而追尊谥淮南王为厉王，置园如诸侯仪。"

　　歌辞言兄弟之难容。

①布:《淮南鸿烈解·叙》作"缯"。《太平御览》或作"帛"。
②尚可缝:《淮南鸿烈解·叙》作"好童童"。

秋风辞

刘 彻

秋风起兮白云飞,草木黄落兮雁南归。兰有秀兮菊有芳,怀佳人兮不能忘。泛楼船兮济汾河,横中流兮扬素波。箫鼓鸣兮发棹歌,欢乐极兮哀情多,少壮几时兮奈老何!(《文选》卷四五。《乐府诗集》卷八四引《汉武帝故事》。《汉诗》卷一。)

【题解】
歌辞见于《文选》。
《乐府诗集》引《汉武帝故事》:"帝行幸河东,祠后土。顾视帝京,忻然中流,与群臣饮宴。帝欢甚,乃自作《秋风辞》。"
歌辞言时不我待之悲。

【汇评】
明·陆时雍:"素质修修,宜与美人并峙。"(《古诗镜》卷三一)
明·王夫之:"声情凉铄,无非秋者,宋玉以还,惟此刘郎足与悲秋。'玉露凋伤'之作,词有余而情不逮矣。王仲淹谓其为悔心之萌。试思悔萌之见于词者何在?岂不唯声情之用!"(《古诗评选》卷一)

天下为卫子夫歌

生男无喜,生女无怒①,独不见卫子夫霸天下。(《史记·外戚世家》褚先生跋。《艺文类聚》卷一九、卷五一。《太平御览》卷一九九、四六五。《乐府诗集》卷八四。《古诗纪》卷一八。《古谣谚》卷四。《汉诗》卷三。）

【题解】

歌辞一曰《卫皇后歌》，见于《史记·外戚世家》褚先生跋："卫子夫立为皇后，后弟卫青字仲卿，以大将军封为长平侯。四子，长子伉为侯世子，侯世子常侍中，贵幸。其三弟皆封为侯，各千三百户，一曰阴安侯，二曰发干侯，三曰宜春侯，贵震天下。天下歌之曰……。"

歌辞以卫子夫为例言生女亦可贵。

【注释】

①无：《艺文类聚》或作"勿"。怒：《太平御览》或作"怨"。

李延年歌

北方有佳人，绝世①而独立，一顾倾人城，再顾倾人国！宁②不知倾城与倾国，佳人难再得！（《汉书·外戚传》。《玉台新咏》卷一。《乐府诗集》卷八四。《艺文类聚》卷一八。《初学记》卷一〇。《文选》卷二一《秋胡诗》注。《古诗纪》卷一二。《古谣谚》卷五。《汉诗》卷一。）

【题解】

歌辞见于《汉书·外戚传》："孝武李夫人，本以倡进。初，夫人兄延年性知音，善歌舞，武帝爱之。每为新声变曲，闻者莫不感动。延年侍上起舞，歌曰……。上叹息曰：'善！世岂有此人乎？'平阳主因言延年有女弟，上乃召见之，实妙丽善舞。由是得幸，生一男，是为昌邑哀王。"

歌辞言佳人有倾城之美。

【注释】

①绝世：绝代。

②宁：岂。

李夫人歌

刘　彻

是邪，非邪？立而望之，偏何姗姗其来迟！（《汉书·外戚传》。《搜神记》卷二。《艺文类聚》卷四三。《文选》卷五八《哀永逝文》注。《乐府诗集》卷八四。《太平御览》卷一四四。《古诗纪》卷一一。《汉诗》卷一。）

【题解】

歌辞见于《汉书·外戚传》："上思念李夫人不已，方士齐人少翁言能致其神。乃夜张灯烛，设帷帐，陈酒肉，而令上居他帐，遥望见好女如李夫人之貌，还幄坐而步。又不得就视，上愈益相思悲感，为作诗曰……。令乐府诸音家弦歌之。"

歌辞言思念佳人之苦。

【汇评】

明·陆时雍："'翩何姗姗其来迟'一语三折，意致娇娇，鸿翻鹊落。"（《古诗镜》卷三一）

乌孙公主歌

刘细君

吾家嫁我兮天一方，远托异国兮乌孙王。穹庐为室兮旃①为墙，以肉为食兮酪为浆。居常土思②兮心内伤，愿为黄鹄兮归故乡。（《汉书·西域传》。《玉台新咏》卷九。《北堂书钞》卷一六〇。《艺文类聚》卷四三。《太平御览》卷五七〇。《乐府诗集》卷八四。《广文选》卷一四。《事类赋·歌赋》注。《草堂诗笺》卷一二《留花门诗》注。《古诗纪》卷一二。《古谣谚》卷五。《汉诗》卷二。)

【题解】

歌辞一曰《悲愁歌》,见于《汉书·西域传》:"汉元封中,遣江都王建女细君为公主,以妻焉。赐乘舆服御物,为备官属宦官侍御数百人,赠送甚盛。乌孙昆莫以为右夫人。匈奴亦遣女妻昆莫,昆莫以为左夫人。公主至其国,自治宫室居,岁时一再与昆莫会,置酒饮食,以币帛赐王左右贵人。昆莫年老,语言不通,公主悲愁,自为作歌曰……。天子闻而怜之,间岁遣使者持帷帐锦绣给遗焉。"

歌辞言远嫁之悲与思乡之苦。

逯钦立《先秦汉魏晋南北朝诗》言:"此歌《广文选》作《刘安乌孙公主歌》,殊谬。"

【注释】

①旃(zhān):通"毡",毛织品。

②土思:汉土之思。

匈奴歌

亡①我祁连山,使我六畜不蕃息②。失我焉支山③,使我妇女无颜色④。(《太平御览》卷五〇、七一九。《太平寰宇记》卷一五二。《乐府诗集》卷八四。《尔雅翼》卷三。《古诗纪》卷一八。《汉诗》卷三。)

【题解】

歌辞见于《太平寰宇记》所引《西河旧事》:"焉支山一名删丹山,东西百余里,南北二十里。《西河旧事》云:'焉支山东西百余里,南北二十里,亦有松柏五木,其水草茂美,宜畜牧,与祁连山同'。匈奴失祁连山、焉支山二山,歌曰……。"

《乐府诗集》注引出自《十道志》,今据改。

歌辞言匈奴失地之悲。

【注释】

①亡：失。

②蕃：繁殖。

③焉支山：在河西走廊中部，今甘肃张掖山丹县境内。

④颜色：指美丽、光彩。本诗《乐府诗集》《古诗纪》"息""色"二韵颠倒。今据改。

骊驹歌

骊驹①在门，仆夫具存；骊驹在路，仆夫整驾②。（《汉书·儒林传》注引。《乐府诗集》卷八四。《古诗纪》卷九。《先秦诗》卷六。）

【题解】

歌辞见于《汉书·儒林传》注引："博士江公世为鲁诗宗，至江公著孝经说，心嫉式，谓歌吹诸生曰：'歌《骊驹》。'式曰：'闻之于师：客歌《骊驹》，主人歌《客毋庸归》。今日诸君为主人，日尚早，未可也。'江翁曰：'经何以言之？'式曰：'在《曲礼》。'江翁曰：'何狗曲也！'式耻之，阳醉荡地。式客罢，让诸生曰：'我本不欲来，诸生强劝我，竟为竖子所辱！'遂谢病免归，终于家。"

歌辞言客人以歌告别主人。

【注释】

①骊驹：指毛色纯黑色的马。

②整驾：整备好车马，准备出发。

离　歌

晨行梓道^①中,梓叶相切磨^②。与君别交中,繣如新缣罗^③。裂之有余丝,吐之无还期。(《乐府诗集》卷八四。《古诗纪》卷一七。《汉诗》卷一〇。)

【题解】

《离歌》,汉乐府题名,一曰《杂歌》。在《乐府诗集》中属于《杂歌谣辞》,今据改。

歌辞言离家之不舍与归家之无期。

【注释】

①梓(zǐ)道:指两边长满梓树的路。此处代指家乡。

②切磨:指树叶互相摩擦。

③繣(huà):指用来系物的绳带。缣(jiān)罗:指丝织品。

瓠子歌 二首

刘　彻

瓠子决兮将奈何? 浩浩洋洋兮虑殚^①为河。殚为河兮地不得宁,功无已时兮吾山平。吾山平兮钜野^②溢,鱼弗忧兮柏冬日。正道驰兮离常流,蛟龙骋兮方远游。归旧川兮神哉沛,不封禅兮安知外。为我谓河伯兮何不仁,泛滥不止兮愁吾人。齿桑浮兮淮、泗满^③,久不返兮水维缓。

河汤汤兮激潺湲,北渡回兮汛流难。搴长茭兮湛^④美玉,河伯许兮薪不属。薪不属兮卫人罪,烧萧条兮噫乎何以御水。颓林竹兮楗石菑⑤，宣防⑥塞兮万福来。(《史记·河渠书》。《汉书·沟洫志》。《水经注》卷二四。《乐府诗集》卷八四。《文选补遗》卷三五。《广文选》卷一四。《古诗纪》卷一一。《古谣谚》卷四。《汉诗》卷一。)

【题解】

歌辞见于《汉书·沟洫志》："自河决瓠子后二十余岁，岁因以数不登，而梁楚之地尤甚。上既封禅，巡祭山川，其明年，乾封少雨。上乃使汲仁、郭昌发卒数万人塞瓠子决河。于是上以用事万里沙，则还自临决河，湛白马玉璧，令群臣从官自将军以下皆负薪置决河。是时东郡烧草，以故薪柴少，而下淇园之竹以为楗。上既临河决，悼功之不成，乃作歌……。"

歌辞言瓠子河决口之悲。

【注释】

①殚：尽。

②钜野：今山东境内。此句指瓠子河决口之后，处于下游的山东境内水患严重。

③淮、泗满：淮水、泗水满溢。

④茭：《史记·河渠书》裴骃《集解》引臣瓒曰："竹苇絙谓之茭，下所以引致土石者也。"湛：同"沉"。

⑤颓：下坠。楗(jiàn)石：用来堵河水决口所用的树木和山石。菑(zī)：指堵河水决口所用的树木枯死。

⑥宣防：即宣房宫，建筑在瓠子堤上，用来祈福。

李陵歌

径①万里兮度沙漠，为君将兮奋匈奴。路穷绝兮矢刃摧，士众灭兮名已隤②。老母已死，虽欲报恩将安归！(《汉书·苏武传》。《北堂书钞》卷一〇七。《文选》卷六〇《祭颜光禄文》注。《太平御览》卷四八八。《古诗纪》卷一二。《古谣谚》卷五。《汉诗》卷二。)

歌辞一曰《别歌》,见于《汉书·苏武传》:"数月,昭帝即位。数年,匈奴与汉和亲。汉求武等,匈奴诡言武死。后汉使复至匈奴,常惠请其守者与俱,得夜见汉使,具自陈道。教使者谓单于,言天子射上林中,得雁,足有系帛书,言武等在某泽中。使者大喜,如惠语以让单于。单于视左右而惊,谢汉使曰:'武等实在。'于是李陵置酒贺武曰:'今足下还归,扬名于匈奴,功显于汉室,虽古竹帛所载,丹青所画,何以过子卿!陵虽驽怯,令汉且贳陵罪,全其老母,使得奋大辱之积志,庶几乎曹柯之盟,此陵宿昔之所不忘也。收族陵家,为世大戮,陵尚复何顾乎?已矣!令子卿知吾心耳。异域之人,壹别长绝!'陵起舞,歌曰……。陵泣下数行,因与武决。单于召会武官属,前以降及物故,凡随武还者九人。"

歌辞言李陵兵败母亡之悲。

【注释】
①径:过。
②隤(tuí):败坏。

【汇评】
明·陆时雍:"忧惋。"(《古诗镜》卷三一)

广川王歌 二首

背尊章①,嫖②以忽。谋屈奇,起自绝。行周流,自生患。谅非望③,今谁怨!

愁莫愁,居无聊。心重结,意不舒。内弗郁,忧哀积。上不见天,生何益!日崔隤,时不再。愿弃躯,死无悔。(《汉书·景十三王传》。《乐府诗集》卷八四。《古诗纪》卷一一。《古谣谚》卷五。《汉诗》卷二。)

歌辞一曰《望卿歌》,见于《汉书·景十三王传》。

第一首,《汉书·景十三王传》载:"后(广川王)去立昭信为后;幸姬陶望卿为脩靡夫人,主缯帛;崔脩成为明贞夫人,主永巷。昭信复谮望卿曰:'与我无礼,衣服常鲜于我,尽取善缯匄诸宫人。'去曰:'若数恶望卿,不能减我爱;设闻其淫,我亨之矣。'后昭信谓去曰:'前画工画望卿舍,望卿袒裼傅粉其傍。又数出入南户窥郎吏,疑有奸。'去曰:'善司之。'以故益不爱望卿。后与昭信等饮,诸姬皆侍,去为望卿作歌。"

第二首,《汉书·景十三王传》载:"昭信欲擅爱,曰:'王使明贞夫人主诸姬,淫乱难禁。请闭诸姬舍门,无令出敖。'使其大婢为仆射,主永巷,尽封闭诸舍,上篇于后,非大置酒召,不得见。去怜之,为作歌曰……令昭信声鼓为节,以教诸姬歌之,歌罢辄归永巷,封门。独昭信兄子初为乘华夫人,得朝夕见。昭信与去从十余奴博饮游敖。"

歌辞言广川王淫乱,迫害幸姬陶望卿之事。

【注释】

①尊章:即"尊嫜",指舅姑。

②嫖(piáo):指邪淫。

③谅:信。非望:非所望。

牢石歌

牢邪石邪,五鹿客邪!印何累累①,绶若若邪②!(《汉书·佞幸传》。《太平御览》卷四六五。《乐府诗集》卷八四。《文选补遗》卷三五。《古诗纪》卷一八。《古谣谚》卷五。《汉诗》卷三。)

【题解】

歌辞一曰《印绶歌》,见于《汉书·佞幸传》:"(石)显与中书仆射牢梁、少府五鹿充宗结为党友,诸附倚者皆得宠位。民歌之曰……。言其兼官据势也。"

歌辞言权臣互相结党。

【注释】

①印何累累:形容官吏兼任诸多官职。

②绶若若邪:形容官吏地位显赫。

黄鹄歌

刘弗陵

黄鹄飞兮下建章①,羽肃肃兮行跄跄②。金为衣兮菊为裳,唼喋③荷荇,出入蒹葭。自顾菲薄,愧尔嘉祥。(《西京杂记》卷一。《太平御览》卷五九二。《乐府诗集》卷八四。《广文选》卷一四。《古诗纪》卷一一。《古谣谚》卷五七。《汉诗》卷二。)

【题解】

歌辞见于《西京杂记》:"始元元年,黄鹄下太液池,帝为此歌。"

逯钦立《先秦汉魏晋南北朝诗》:"鹄、鹤,古率通用,故此鹄或作鹤。"

歌辞言黄鹄祥瑞之事。

【注释】

①建章:即建章宫,汉武帝刘彻于太初元年(前104)所造。

②肃肃:《西京杂记》作"衣肃"。跄跄(qiāng qiāng):指鸟兽飞舞的样子。

③唼喋(shà zhá):象声词,形容鱼或水鸟吃食的声音。

黄门倡歌

佳人俱绝世,握手上春楼。点黛方初月,缝裙学石榴。

222

君王入朝罢,争竞理衣裳。(《乐府诗集》卷八四。《古诗纪》卷一四〇。)

【题解】

《黄门倡歌》,汉乐府题名,在《乐府诗集》中属于《杂歌谣辞》。

《汉书·礼乐志》载:"事下公卿,以为久远难分明,当议复寝。是时,郑声尤甚。黄门名倡丙强、景武之属富显于世,贵戚五侯定陵、富平外戚之家淫侈过度,至与人主争女乐。"

歌辞言黄门倡人的生活。《乐府诗集》注曰:"疑此非汉人诗,题下失作者名。"今附录之,以备核查。

【汇评】

明·梅鼎祚:"此似齐梁间语。"(《古乐苑》卷五〇)

长安百姓为王氏五侯歌

五侯①初起,曲阳最怒②,坏决高都③,连竟外杜④,土山渐台西白虎⑤。(《汉书·元皇后传》。《水经注·渭水》。《文选》卷一四《征赋》注。《太平御览》卷六二、四六五。《乐府诗集》卷八五。《古诗纪》卷一八。《古谣谚》卷五。《汉诗》卷三。)

【题解】

歌辞一曰《五侯歌》,见于《汉书·元皇后传》:"而五侯群弟,争为奢侈,赂遗珍宝,四面而至;后庭姬妾,各数十人,僮奴以千百数,罗钟磬、舞郑女、作倡优、狗马驰逐;大治第室,起土山渐台,洞门高廊阁道,连属弥望。百姓歌之曰……。其奢僭如此。然皆通敏人事,好士养贤,倾财施予,以相高尚。"

歌辞言王氏五侯穷奢极欲。

【注释】

①五侯:指外戚王氏五侯,平阿侯王谭、成都侯王商、红阳侯王立、曲阳

侯王根、高平侯王逢。

②曲阳:指曲阳侯王根。怒:指气势之盛。

③坏决高都:指坏决高都作殿。

④连竟:连境。外杜:长安城东的杜门之外。

⑤本句指曲阳侯王根所建的宫室类似白虎观。

上郡吏民为冯氏兄弟歌

大冯君,小冯君①,兄弟继踵相因循,聪明贤知②惠吏民,
政如鲁、卫德化钧,周公、康叔犹二君。(《汉书·冯野王传》。《北堂
书钞》卷七四。《艺文类聚》卷一九。《太平御览》二六〇、三九六、四六五。《乐
府诗集》卷八五。《古诗纪》卷一八。《古谣谚》卷五。《汉诗》卷三。)

【题解】

歌辞又作《上郡歌》或《冯君歌》,见于《汉书·冯野王传》:"野王字君
卿,受业博士,通《诗》。少以父任为太子中庶子。年十八,上书愿试守长安
令。宣帝奇其志,问丞相魏相,相以为不可许。后以功次补当阳长,迁为栎
阳令,徙夏阳令。元帝时,迁陇西太守,以治行高,入为左冯翊。"又载:"立
字圣卿,通春秋。以父任为郎,稍迁诸曹。竟宁中,以王舅出为五原属国都
尉。数年,迁五原太守,徙西河、上郡。立居职公廉,治行略与野王相似,而
多知有恩贷,好为条教。吏民嘉美野王、立相代为太守,歌之曰……。后迁
为东海太守,下湿病痹。天子闻之,徙立为太原太守。更历五郡,所居有
迹。年老卒官。"

歌辞言冯氏兄弟勤政爱民。

【注释】

①大冯君:指兄长冯野王。小冯君:指弟冯立。

②知:智慧。

燕王歌

归空城兮，狗不吠，鸡不鸣，横术①何广广兮，固知国中之无人！（《汉书·武五子传》。《乐府诗集》卷八五。《古诗纪》卷一一。《古谣谚》卷五。《汉诗》卷二。）

【题解】

歌辞一曰《王歌》，见于《汉书·武五子传》："（昭帝时）（燕刺王旦）王愈忧恐，谓广等曰：'谋事不成，妖祥数见，兵气且至，奈何？'会盖主舍人父燕仓知其谋，告之，由是发觉。丞相赐玺书，部中二千石逐捕孙纵之及左将军桀等，皆伏诛。旦闻之，召相平曰：'事败，遂发兵乎？'平曰：'左将军已死，百姓皆知之，不可发也。'王忧懑，置酒万载宫，会宾客群臣妃妾坐饮。王自歌曰……。华容夫人起舞曰：'发纷纷兮置渠，骨籍籍兮亡居。母求死子兮，妻求死夫。裴回两渠间兮，君子独安居！'坐者皆泣。"燕刺王刘旦所作，为武帝第三子。

歌辞言起事失败之悲。

【注释】

①术：道路。横术：横于路旁。

【汇评】

明·陆时雍："《王歌》惊怛彷徨。"（《古诗镜》卷三一）

华容夫人歌

发纷纷兮寘渠，骨藉藉①兮亡居。母求死子兮②，妻求死夫③。裴回两渠间兮，君子独安居！（《汉书·武五子传》。《乐府诗集》卷八五。《古诗纪》卷一一。《古谣谚》卷五。)

【题解】

歌辞见于《汉书·武五子传》。歌辞背景同上一首。

歌辞言国之将亡,绝不苟活。

【注释】

①藉藉:形容纵横交错的样子。

②求:请,愿。死子:与子同死。

③死夫:与夫同死。

【汇评】

明·陆时雍:"悲惋急绝。"(《古诗镜》卷三一)

广陵王歌

　　欲久生兮无终,长不乐兮安穷! 奉天期兮不得须臾①,千里马兮驻待路。黄泉下兮幽深,人生要死,何为苦心! 何用为乐心所喜,出入无悰为乐亟。蒿里召兮郭门阅,死不得取代庸,身自逝。(《汉书·武五子传》。《乐府诗集》卷八五。《古诗纪》卷一一。《古谣谚》卷五。)

【题解】

　　歌辞一曰《瑟歌》,见于《汉书·武五子传》:"(昭帝时)胥宫园中枣树生十余茎,茎正赤,叶白如素。池水变赤,鱼死。有鼠昼立舞王后廷中。胥谓姬南等曰:'枣水鱼鼠之怪甚可恶也。'居数月,祝诅事发觉,有司按验,胥惶恐,药杀巫及宫人二十余人以绝口。公卿请诛胥,天子遣廷尉、大鸿胪即讯。胥谢曰:'罪死有余,诚皆有之。事久远,请归思念具对。'胥既见使者还,置酒显阳殿,召太子霸及子女董訾、胡生等夜饮,使所幸八子郭昭君、家人子赵左君等鼓瑟歌舞。王自歌曰……。左右悉更涕泣奏酒，至鸡鸣时罢。胥谓太子霸曰：'上遇我厚，今负之甚。我死，骸骨当暴。幸而得葬，薄之，无厚也。'即以绶自绞死。及八子郭昭君等二人皆自杀。天子加恩，赦王诸子皆为庶人，赐谥曰厉王。立六十四年而诛，国除。"广陵厉王胥，武帝第四子。

歌辞言将亡之悲。

【注释】

①天期：指天子规定的期限。须臾：形容时间很短。

②悰（cóng）：欢乐、乐趣。

【汇评】

明·陆时雍："怔怔欲绝。"（《古诗镜》卷三一）

鲍司隶歌

鲍氏骢①，三人司隶再入公。马虽瘦，行步工②。（《乐府诗集》卷八五。《太平御览》卷二五〇。《古诗纪》卷一八。《古谣谚》卷六。《汉诗》卷八。）

【题解】

《鲍司隶歌》，一曰《京师为鲍宣鲍永鲍昱歌》。在《乐府诗集》中属于《杂歌谣辞》。

《乐府诗集》引《乐府广题》："《列异传》云：'鲍宣，宣子永，永子昱，三世皆为司隶，而乘一骢马，京师人歌之。'"

歌辞歌颂鲍氏世代为司隶。

【注释】

①骢（cōng）：指毛色青白的马。

②工：善于；擅长。

董少平歌

枹鼓不鸣董少平。(《后汉书·酷吏列传》。《白帖》卷四一。《乐府诗集》卷八五。《古诗纪》卷一八。《汉诗》卷八。)

【题解】

歌辞一曰《董宣歌》,见于《后汉书·酷吏列传》:"赐钱三十万,宣悉以班诸吏。由是搏击豪强,莫不震栗。京师号为'卧虎'。歌之曰……。在县五年。年七十四,卒于官。诏遣使者临视,唯见布被覆尸,妻子对哭,有大麦数斛、敝车一乘。帝伤之,曰:'董宣廉絜,死乃知之!'"董宣,字少平。

歌辞言董宣为官廉洁。

五噫歌

梁 鸿

陟彼北芒①兮,噫!顾览帝京兮,噫!宫室崔嵬②兮,噫!民之劬劳③兮,噫!辽辽④未央兮,噫!(《后汉书·梁鸿传》。《乐府诗集》卷八五。《北堂书钞》卷一六〇。《文选补遗》卷三五。《广文选》卷一四。《古诗纪》卷一三。《古谣谚》卷六。《汉诗》卷五。)

【题解】

歌辞一曰《五噫之歌》,见于《后汉书·梁鸿传》:"居有顷,妻曰:'常闻夫子欲隐居避患,今何为默默?无乃欲低头就之乎?'鸿曰:'诺。'乃共入霸陵山中,以耕织为业,咏《诗》《书》,弹琴以自娱。仰慕前世高士,而为四皓以来二十四人作颂。因东出关,过京师,作《五噫之歌》曰……。肃宗闻而非之,求鸿不得。乃易姓运期,名燿,字侯光,与妻子居齐鲁之闲。"

歌辞言帝王宫阙之宏伟,与百姓之困苦作出明显的对比。

【注释】

①北芒:即邙山,横卧于洛阳北侧。

②崔嵬:形容高大、高耸的样子。

③劬劳(qú láo):指劳苦,劳累。

④辽辽:形容遥远的样子。

张君歌

桑无附枝,麦穗两歧。张君为政,乐不可支①。(《后汉书·张堪传》。《白帖》卷三五。《北堂书钞》卷七七。《乐府诗集》卷八五。《文选补遗》卷三五。《古诗纪》卷一八。《古谣谚》卷六。《汉诗》卷八。)

【题解】

歌辞又作《渔阳民为张堪歌》或《渔阳民歌》,见于《后汉书·张堪传》:"(张堪)在郡二年,征拜骑都尉,后领票骑将军杜茂营,击破匈奴于高柳,拜渔阳太守。捕击奸猾,赏罚必信,吏民皆乐为用。匈奴尝以万骑入渔阳,堪率数千骑奔击,大破之,郡界以静。乃于狐奴开稻田八千余顷,劝民耕种,以致殷富。百姓歌曰……。视事八年,匈奴不敢犯塞。"

歌辞言百姓喜悦张堪为政有功。

【注释】

①乐不可支:形容欣喜到极点。

廉叔度歌

廉叔度,来何暮。不火禁,民安作。平生无襦今五袴①。

（《后汉书·廉范传》。《乐府诗集》卷八五。《文选补遗》卷三五。《古诗纪》卷一八。《古谣谚》卷六。《汉诗》卷八。）

【题解】

歌辞又作《蜀郡民为廉范歌》《蜀民歌》或《廉范歌》，见于《后汉书·廉范传》："后频历武威、武都二郡太守，随俗化导，各得治宜。建初中，迁蜀郡太守，其俗尚文辩，好相持短长，范每厉以淳厚，不受偷薄之说。成都民物丰衍，邑宇逼侧。旧制禁民夜作，以防火灾，而更相隐蔽，烧者日属。范乃毁削先令，但严使储水而已。百姓为便，乃歌之曰……。在蜀数年，坐法免归鄉里。范世在边，广田地，积财粟，悉以赈宗族朋友。"廉范，字叔度。

歌辞言廉范为官淳厚爱民。

【注释】

①袴（kù）：指无裆的套裤。

范史云歌

甑①中生尘范史云，釜中生鱼范莱芜。（《后汉书·范冉传》。《乐府诗集》卷八五。《古诗纪》卷一八。《古谣谚》卷六。《汉诗》卷八。）

【题解】

歌辞见于《后汉书·范冉传》："（范冉）遭党人禁锢，遂推鹿车，载妻子，捃拾自资。或寓息客庐，或依宿树荫。如此十馀年，乃结草室而居焉。所止单陋，有时粮粒尽，穷居自若，言貌无改，闾里歌之曰……。"

歌辞言范冉困苦自居，面无难色。

【注释】

①甑（zèng）：指蒸饭、煮食用的一种陶制炊具。

岑君歌

我有枳棘①,岑君伐之。我有蟊贼,岑君遏之。狗吠不
惊,足下生氂。含哺鼓腹,焉知凶灾。我喜我生,独丁斯时。
美矣岑君,於戏休兹。(《后汉书·岑彭传》附《岑熙传》。《乐府诗集》卷
八五。《古诗纪》卷一八。《古谣谚》卷六。《汉诗》卷八。)

【题解】

歌辞一曰《魏郡舆人歌》,见于《后汉书·岑彭传》附《岑熙传》:"(岑熙)
迁魏郡太守,招聘隐逸,与参政事,无为而化。视事二年,舆人歌之
曰……"岑君,指岑熙,岑彭玄孙。

逯钦立《先秦汉魏晋南北朝诗》:"此歌非庶民作。"

歌辞言岑熙以无为感化百姓。

【注释】

①枳棘(zhǐ jí):指枳木与棘木,因其多刺,亦称恶木。此处亦比喻艰难
险恶的环境。

皇甫嵩歌

天下大乱兮市为墟,母不保子兮妻失夫,赖得皇甫兮复
安居。(《后汉书·皇甫嵩传》。《乐府诗集》卷八五。《古诗纪》卷一八。《古
谣谚》卷六。《汉诗》卷八。)

【题解】

歌辞一曰《百姓歌》,见于《后汉书·皇甫嵩传》:"嵩复与钜鹿太守冯翊

郭典攻角弟宝于下曲阳,又斩之。首获十余万人,筑京观于城南。即拜嵩为左车骑将军,领冀州牧,封槐里侯,食槐里、美阳两县,合八千户。以黄巾既平,故改年为中平。嵩奏请冀州一年田租,以赡饥民,帝从之。百姓歌曰……。嵩温恤士卒,甚得众情,每军行顿止,须营幔修立,然后就舍帐。"

歌辞言皇甫嵩为民请命,百姓赖之以安居。

郭乔卿歌

厥德仁明郭乔卿,中正朝廷上下平。(《后汉书·蔡茂传》附《郭贺传》。《乐府诗集》卷八五。《古诗纪》卷一八。《古谣谚》卷六。《汉诗》卷八。)

【题解】

歌辞见于《后汉书·蔡茂传》附《郭贺传》:"(郭)贺,字乔卿,雒人。祖父坚伯,父游君,并修清节,不仕王莽。贺能明法,累官,建武中为尚书令,在职六年,晓习故事,多所匡益。拜荆州刺史,引见赏赐,恩宠隆异。及到官,有殊政。百姓便之,歌曰……。显宗巡狩到南阳,特见嗟赏,赐以三公之服,黼黻冕旒。敕行部去襜帷,使百姓见其容服,以章有德。每所经过,吏人指以相示,莫不荣之。永平四年,征拜河南尹,以清静称。在官三年卒,诏书慜惜,赐车一乘,钱四十万。"

歌辞言郭贺为官仁德。

贾父歌

贾父来晚,使我先反。今见清平,吏不敢饭。(《后汉书·贾琮传》。《乐府诗集》卷八五。《文选补遗》卷三五。《古诗纪》卷一八。《古谣谚》卷六。《汉诗》卷八。)

歌辞见于《后汉书·贾琮传》，又作《交阯兵民为贾琮歌》或《交阯民歌》。

中平元年(184 年)，交阯屯兵执刺史及合浦太守，自称柱天将军。灵帝敕三府精选能吏，有司举贾琮为交阯刺史。《后汉书·贾琮传》："琮即移书告示，各使安其资业，招抚荒散，蠲复傜役，诛斩渠帅为大害者，简选良吏试守诸县，岁闲荡定，百姓以安。巷路为之歌曰……。在事三年，为十三州最，征拜议郎。"

歌辞言贾琮选吏有谋，百姓安居。

朱晖歌

强直自遂，南阳朱季。吏畏其威，民怀其惠。(《后汉书·朱晖传》。《乐府诗集》卷八五。《文选补遗》卷三五。《古诗纪》卷一八。《古谣谚》卷六。《汉诗》卷八。)

【题解】

歌辞又作《临淮吏人为宋晖歌》或《临淮民歌》，见于《后汉书·朱晖传》："晖好节概，有所拔用，皆厉行士。其诸报怨，以义犯率，皆为求其理，多得生济。其不义之囚，即时僵仆。吏人畏爱，为之歌曰……。"

歌辞言朱晖选吏严厉，百姓多受恩惠。

刘君歌

邑然不乐，思我刘君。何时复来，安此下民。(《后汉书·刘陶传》。《乐府诗集》卷八五。《文选补遗》卷三五。《古谣谚》卷六。《汉诗》卷八。)

歌辞又作《顺阳吏民为刘陶歌》《童谣歌》《顺阳民歌》,见于《后汉书·刘陶传》:"后陶举孝廉,除顺阳长。县多奸猾,陶到官,宣募吏民有气力勇猛,能以死易生者,不拘亡命奸臧,于是剽轻剑客之徒过晏等十余人,皆来应募。陶责其先过,要以后效,使各结所厚少年,得数百人,皆严兵待命。于是复案奸轨,所发若神。以病免,吏民思而歌之曰……。"

歌辞言刘陶责吏有方。

洛阳令歌

天久不雨,蒸人①失所。天王自出,祝令特苦。精符感应,滂沱下雨。(《乐府诗集》卷八五。《古诗纪》卷一八。《汉诗》卷八。)

【题解】

《洛阳令歌》,一曰《洛阳人为祝良歌》。

《乐府诗集》引《长沙耆旧传》:"祝良,字石卿,为洛阳令。岁时亢旱,天子祈雨不得。良乃暴身阶庭,告诚引罪,自晨至中,紫云沓起,甘雨登降。人为之歌。"

歌辞言祝良以诚祈雨而得。

【注释】

①蒸人:指百姓。蒸,通"烝"。

颍川儿歌

颍水①清,灌氏宁。颍水浊,灌氏族。(《史记·灌夫传》。《汉书·灌夫传》。《白帖》卷七。《太平御览》卷六三。《太平寰宇记》卷七。《乐府诗集》卷八七。《古诗纪》卷一八。《古谣谚》卷四。《汉诗》卷三。）

【题解】

歌辞一曰《颍川歌》，见于《史记·灌夫传》："诸所与交通，无非豪桀大
猾。家累数千万，食客日数十百人。陂池田园，宗族宾客为权利，横于颍
川。颍川儿乃歌之曰……。"

歌辞言灌夫由极盛转向极衰。

【注释】

①颍水：发源于郑地，因纪念郑人颍考叔而得名。

长安为尹赏歌①

安所求之死②，桓东少年场。生时谅不谨，枯骨后③何葬。

（《汉书·尹赏传》。《匡谬正俗》卷五。《古诗纪》卷一八。《古谣谚》卷五。《汉
诗》卷三。）

【题解】

歌辞一曰《尹赏歌》，见于《汉书·尹赏传》："数日壹发视，皆相枕藉死，
便舆出，瘗寺门桓东，楬著其姓名，百日后，乃令死者家各自发取其尸。亲
属号哭，道路皆歔欷。长安中歌之曰……。"

歌辞言尹赏治长安奸猾之辈。

【注释】

①本篇《乐府诗集》未收，今据补。

②死：当与"尸"通。

③后：《匡谬正俗》作"复"，当是。

闾里为楼护歌①

五侯治丧楼君卿。(《汉书·楼护传》。《古诗纪》卷一八。《古谣谚》卷五。《汉诗》卷三。)

【题解】

歌辞一曰《楼护歌》,见于《汉书·楼护传》:"是时王氏方盛,宾客满门,五侯兄弟争名,其客各有所厚,不得左右,唯护尽入其门,咸得其欢心。结士大夫,无所不倾,其交长者,尤见亲而敬,众以是服。为人短小精辩,论议常依名节,听之者皆竦。与谷永俱为五侯上客,长安号曰'谷子云笔札,楼君卿唇舌',言其见信用也。母死,送葬者致车二三千两,闾里歌之曰……。"

歌辞言王氏五侯为楼护之母送葬之事,足见其身份尊贵。

【注释】

①本篇《乐府诗集》未收,今据补。

刘圣公宾客醉歌①

朝亨②两都尉,游徼③后来用调羹味。(《后汉书·刘玄传》注。《太平御览》卷八四六。《古谣谚》卷六。《汉诗》卷三。)

【题解】

歌辞见于《后汉书·刘玄传》注:"《续汉书》曰:'时圣公聚客,家有酒,请游徼饮,宾客醉歌言……。游徼大怒,缚捶数百。'"

歌辞言游徼为官儿戏。

【注释】

①本篇《乐府诗集》未收,今据补。

②亨:一作"烹"。

③游徼:指乡官。《汉书·百官公卿表》:"大率十里一亭,亭有长;十亭一乡,乡有三老,有秩、啬夫、游徼。三老掌教化。啬夫掌诉讼,收赋税。游徼徼循禁贼盗。县大率方百里,其民稠则减,稀则旷,乡、亭亦如之,皆秦制也。"

唐姬悲歌①

皇天崩兮后土颓,身为帝兮命夭摧。死生路异兮从此乖,奈我茕独兮心中哀。(《后汉书·何后纪》附《王美人传》。《古谣谚》卷六。《汉诗》卷七。)

【题解】

此歌一曰《唐姬起舞歌》,见于《后汉书·何后纪》附《王美人传》:"明年,山东义兵大起,讨董卓之乱。卓乃置弘农王于阁上,使郎中令李儒进酖,曰:'服此药,可以辟恶。'王曰:'我无疾,是欲杀我耳!'不肯饮。强饮之,不得已,乃与妻唐姬及宫人饮宴别。酒行,王悲歌曰:'天道易兮我何艰!弃万乘兮退守蕃。逆臣见迫兮命不延,逝将去汝兮适幽玄!'因令唐姬起舞,姬抗袖而歌曰……。因泣下呜咽,坐者皆歔欷。王谓姬曰:'卿王者妃,势不复为吏民妻。自爱,从此长辞!'遂饮药而死。时年十八。"

歌辞言唐姬与弘农王死别之悲。

【注释】

①本篇《乐府诗集》《汉诗》未收,今据补。

凉州民为樊晔歌

游子常苦贫，力子①天所富。宁见乳虎穴，不入冀府寺②。大笑期必死，忿怒或见置。嗟我樊府君，安可再遭值③。（《后汉书·樊晔传》。《文选补遗》卷三十五。《诗纪》八。《古谣谚》卷六。《汉诗》卷八。）

【题解】

歌辞一曰《凉州歌》《樊晔歌》，见于《后汉书·樊晔传》："隗嚣灭后，陇右不安，乃拜晔为天水太守。政严猛，好申、韩法。善恶立断。人有犯其禁者，率不生出狱，吏人及羌胡畏之。道不拾遗。行旅至夜，聚衣装道傍，曰'以付樊公'。凉州为之歌曰……。视事十四年，卒官。"

歌辞言樊晔为政严猛。

【注释】

①力子：指勤力之人。

②冀府寺：指天水县衙。

③值：遇。

蜀中为费贻歌①

节义至仁费奉君，不仕乱世，不避恶君。（《华阳国志·犍为士女赞》。《汉诗》卷八。）

【题解】

歌辞见于《华阳国志·犍为士女赞》："费贻，字奉君，南安人也。公孙述时，漆身为厉，佯狂避世。述破，为合浦守。蜀中歌之曰……。"

238

歌辞言费贻处世有道。

【注释】

①本篇《乐府诗集》未收，今据补。

通博南歌①

汉德广，开不宾②。度博南，越兰津③。度兰沧，为他人④。
（《后汉书·西南夷传》。《华阳国志·南中志》。《水经注·若水注》。《太平御览》卷五九、七八六。《古诗纪》卷一八。《汉诗》卷八。）

【题解】

歌辞一曰《行者歌》，见于《后汉书·西南夷传》："西南去洛阳七千里，显宗以其地置哀牢、博南二县，割益州郡西部都尉所领六县，合为永昌郡。始通博南山，度兰仓水。行者苦之，歌曰……。"

歌辞言博南地区开通山道之事。

【注释】

①本篇《乐府诗集》未收，今据补。

②开不宾：指开通山道。

③兰津：兰仓水渡口。

④为他人：指开山道之人被役使之事。

苍梧人为陈临歌 二首①

苍梧陈君恩广大，令死罪囚有后代，德参古贤天报施。
（《太平御览》卷四六五引谢承《后汉书》。《古诗纪》卷一八。《古谣谚》卷一六。《汉诗》卷八。）

苍梧府君惠反死，能令死人不绝嗣。（《舆地纪胜》卷一〇八。

《古诗纪》卷一八。《汉诗》卷八。）

【题解】

本篇一曰《陈临歌》。陈临，字子然，为苍梧太守，苍梧人为之歌。歌辞见于《太平御览》卷四六五引谢承《后汉书》。

歌辞言苍梧陈临恩德之厚。

【注释】

①本篇《乐府诗集》未收，今据补。

乡人为秦护歌①

冬无裤，有秦护。（《太平御览》卷六九五引谢承《后汉书》。《古谣谚》卷一六。《汉诗》卷八。）

【题解】

歌辞见于《太平御览》卷六九五引谢承《后汉书》。

歌辞言秦护为官清廉，不受贿赂。

【注释】

①本篇《乐府诗集》未收，今据补。

董逃歌①

承乐世，董逃；游四郭，董逃。蒙天恩，董逃；带金紫，董逃。行谢恩，董逃；整车骑，董逃。垂欲发，董逃；与中辞，董逃。出西门，董逃；瞻宫殿，董逃。望京城，董逃；日夜绝，董逃。心摧②伤，董逃。（《后汉书·五行志》。《古诗纪》卷一八。《古谣谚》

卷六。《汉诗》卷八。)

【题解】

歌辞一曰《灵帝中平中京都歌》，见于《后汉书·五行志》注引《风俗通》："卓以《董逃之歌》主为已发，大禁绝之，死者千数。灵帝之末，礼乐崩坏，赏刑失中，毁誉无验，竞饰伪服，以荡典制，远近翕然，咸名后生放声者为时人。有识者窃言：'旧曰世人，次曰俗人，今更曰时人，此天促其期也。'其间无几，天下大坏也。"

歌辞言董卓嚣张跋扈，终有灭族之灾。

【注释】

①本篇《乐府诗集》未收，今据补。

②摧：《后汉书》作"推"，疑误。

弘农王悲歌①

天道易兮我何艰，弃万乘兮退守藩。逆臣见迫兮命不延，逝将去汝兮适幽玄。(《后汉书·何后纪》附《王美人传》。《古谣谚》卷六。《汉诗》卷七。)

【题解】

歌辞见于《后汉书·何后纪》附《王美人传》。歌辞背景见《唐姬悲歌》。

歌辞言被逆臣董卓迫害的将亡之悲。

【注释】

①本篇《乐府诗集》《汉诗》未收，今据补。

巴人歌陈纪山①

筑室载直梁,国人以贞真。邪娱不扬目,狂行不动身。奸轨僻乎远,理义协乎民。(《华阳国志·巴志》。《汉诗》卷八。)

【题解】

歌辞见于《华阳国志·巴志》:"巴郡陈纪山为汉司隶校尉,严明正直,西房献眩,王庭试之,分公卿以为嬉,纪山独不视,京师称之。巴人歌曰……。"

歌辞言巴人赞颂陈纪山为官严明。

【注释】

①本篇《乐府诗集》未收,今据补。

汲县长老为崔瑗歌①

上天降神明,锡②我仁慈父。临民布德泽,恩惠施以序。穿沟广溉灌,决渠作甘雨。(《太平御览》卷二六八引《崔氏家传》。《广博物志》卷一七。《古诗纪》卷一八。《汉诗》卷八。)

【题解】

歌辞见于《太平御览》引《崔氏家传》,一曰《崔瑗歌》。

歌辞言崔瑗为汲县令,广开沟渠灌溉稻田,汲县长老颂赞其恩惠。

【注释】

①本篇《乐府诗集》未收,今据补。

②锡:通"赐",赐予。

崔君歌^①

諢治小序兮稼穑兮，天赐我兮此崔君^②。（《汉诗》卷八。）

【题解】

逯钦立《先秦汉魏晋南北朝诗》："《略出籝金》曰：'《汉书》崔君为令，有德化百姓百叶，公私不废，歌曰……。'"

歌辞言天赐崔君，德化百姓。

【注释】

①本篇《乐府诗集》未收，今据补。

②逯钦立《先秦汉魏晋南北朝诗》曰："此崔君失其名字，姑附于此。又'諢'当作'课'。"

彭子阳歌^①

时岁仓卒，盗贼纵横。大戟强弩不可当，赖遇贤令彭子阳。（《北堂书钞》卷三九。《太平御览》卷三五二、四六五。《汉诗》卷八。）

【题解】

彭修，字子阳，海贼丁义欲向郡，郡内惊惶不能捍御。太守闻修义勇，请守吴，令身与义相见，宣国威德，贼遂解去。百姓歌之。

歌辞言彭子阳为官贤德。

【注释】

①本篇《乐府诗集》未收，今据补。

王世容歌

王世容,政无双。省徭役,盗贼空。(《艺文类聚》卷一九。《太平御览》卷四六五。《乐府诗集》卷八五。《古诗纪》卷二〇。《汉诗》卷八。)

【题解】

歌辞见于《艺文类聚》卷一九。王镡,字世容,为武城令。

《古诗纪》将本篇归入吴诗,因其出自《吴录》。今附于此,以便核查。

歌辞言王世容治民有道。

巴郡人为吴资歌 二首①

习习晨风动,澍雨②润禾苗。我后恤时务,我人以优饶③。(《华阳国志·巴志》。《太平御览》卷二六二、四六五。《古诗纪》卷一八。《汉诗》卷八。)

望远忽不见,惆怅当徘徊。恩泽实难忘,悠悠心永怀。(《华阳国志·巴志》。《北堂书钞》卷七六。《太平御览》卷二六二、四六五。《古诗纪》卷一八。《汉诗》卷八。)

【题解】

歌辞一曰《吴资歌》,见于《华阳国志·巴志》:"永建中,泰山吴资元约为郡守,屡获丰年。民歌之曰……。"吴资,字元约。

歌辞言吴资恩泽巴郡百姓。

【注释】

①本篇《乐府诗集》未收,今据补。

②澍(shù)雨:及时雨。

③优饶：宽待。

六县吏人为爰珍歌①

我有田畴，爰父殖置。我有子弟，爰父教诲。（《太平御览》
卷四六五。《古诗纪》卷一八。《汉诗》卷八。）

【题解】

歌辞一曰《爰珍歌》，见于《太平御览》引《陈留耆旧传》曰："爰珍除六
令，吏人讼息，教诲其子弟。歌之曰……。"

歌辞言爰珍为官有道。

【注释】

①本篇《乐府诗集》未收，今据补。

楚人为诸御己歌①

薪乎莱②乎？无诸御己③，讫④无子乎？莱乎薪乎？无诸
御己，讫无人乎！（《说苑·正谏》。《古谣谚》卷三三。《先秦诗》卷二。）

【题解】

歌辞见于《说苑·正谏》："楚庄王筑层台，延石千重，延壤百里，士有三
月之粮者，大臣谏者七十二人皆死矣；有诸御己者，违楚百里而耕，谓其耦
曰：'吾将入见于王。'其耦曰：'以身乎？吾闻之，说人主者，皆闲暇之人也，
然且至而死矣；今子特草茅之人耳。'诸御己曰：'若与子同耕则比力也，至
于说人主不与子比智矣。'委其耕而入见庄王。庄王谓之曰：'诸御己来，汝
将谏邪？'诸御己曰：'君有义之用，有法之行。且己闻之，土负水者平，木负
绳者正，君受谏者圣；君筑层台，延石千重，延壤百里；民之嶵咎血成于通

245

涂,然且未敢谏也,已何敢谏乎?顾臣愚,窃闻昔者虞不用宫之奇而晋并之,陈不用子家羁而楚并之,曹不用僖负羁而宋并之,莱不用子猛而齐并之,吴不用子胥而越并之,秦人不用蹇叔之言而秦国危,桀杀关龙逢而汤得之,纣杀王子比干而武王得之,宣王杀杜伯而周室卑;此三天子,六诸侯,皆不能尊贤用辩士之言,故身死而国亡。'遂趋而出,楚王遽而追之曰:'己子反矣,吾将用子之谏;先日说寡人者,其说也不足以动寡人之心,又危加诸寡人,故皆至而死;今子之说,足以动寡人之心,又不危加诸寡人,故吾将用子之谏。'明日令曰:'有能入谏者,吾将与为兄弟。'遂解层台而罢民,楚人歌之曰……。"

歌辞言诸御己谏楚庄王勿筑层台之事。

【注释】

①本篇《乐府诗集》未收,今据补。

②莱:古莱国,在今山东省境内。

③诸御己:楚国人,谏楚庄王筑层台而民疲,楚庄王遂解层台而罢民。

④讫:几,将。

淋池歌①

秋素景兮泛洪波,挥纤手兮折芰荷。凉风凄凄扬棹歌,云光开曙②月低河。万岁为乐岂云多。(《拾遗记》卷六。《古谣谚》卷六六。)

【题解】

此歌见于《拾遗记》:"昭帝始元元年,穿淋池,广千步。中植分枝荷,一茎四叶,状如骈盖,日照则叶低荫根茎,若葵之卫足,名'低光荷'。实如玄珠,可以饰佩。花叶难萎,芬馥之气,彻十余里。食之令人口气常香,益脉理病。宫人贵之,每游宴出入,必皆含嚼。或剪以为衣,或折以蔽日,以为戏弄。《楚辞》所谓'折芰荷以为衣',意在斯也。亦有倒生菱,茎如乱丝,一花千叶,根浮水上,实沉泥中,名'紫菱',食之不老。帝时命水嬉,游宴永日。土人进一巨槽,帝曰:'桂楫松舟,其犹重朴;况乎此槽,可得而乘也?'乃命以文梓为船,木兰为柂。刻飞鸾翔鹢,饰于船首,随风轻漾,毕景忘归,乃至通夜。使宫人歌曰……。帝乃大悦。起商台于池上。及乎末岁,进谏者多,遂省薄游幸,埋毁池台,鸾舟荷芰,随时废灭。今台无遗址,沟池已平。"

歌辞言淋池美景。

【注释】

①本篇《乐府诗集》未收,今据补。

②开曙:指黎明。

【汇评】

明·陆时雍:"'云光开曙月低河'老素绰约。"(《古诗镜》卷三一)

清·沈德潜:"'云光开曙月低河'已开六朝风气。"(《古诗源》卷二)

越谣歌

　君乘车,我戴笠①,他日相逢下车揖。君檐簦②,我跨马,他日相逢为君下。(《乐府诗集》卷八七。《文选补遗》卷三四。《古诗纪》卷二。)

【题解】

越谣歌,汉乐府题名,一曰《越谣》。

谣辞言情谊不因富贵与官职而改变。

【注释】

①笠(lì):指用竹篾或棕皮编制的用来遮阳挡雨的帽子。

②簦(dēng):指有柄的笠。

莋都夷歌诗三章

远夷乐德歌诗

大汉是治，堤官陇搆。与天合意，魏冒踰糟。吏译平端，闳驿刘脾。不从我来，旁莫支留。闻风向化，征衣随旅。所见奇异，知唐桑艾。多赐缯布，邪毗继辅。甘美酒食，推潭仆远。昌乐肉飞①，拓拒苏便。屈申悉备②，局后仍离。蛮夷贫薄，偻让龙洞。无所报嗣，莫支度由。愿主长寿，阳雒僧鳞。子孙昌炽，莫穚角存。（《东汉观记》卷二〇。）

【题解】

歌诗一曰《白狼歌》《白狼王歌》，见于《东观汉记·莋都夷》："朱酺，明帝时为益州刺史，移书属郡，喻以圣德，白狼王等百余国重译来庭，歌诗三章，酺献之。"歌诗大字为汉人语，小字为夷人本语。

又据《后汉书·南蛮西南夷列传》载："永平中，益州刺史梁国朱辅，好立功名，慷慨有大略。在州数岁，宣示汉德，威怀远夷。自汶山以西，前世所不至，正朔所未加。白狼、槃木、唐菆等百余国，户百三十余万，口六百万以上，举种奉贡，称为臣仆。辅上疏曰：'臣闻诗云：'彼徂者岐，有夷之行。'传曰：'岐道虽僻，而人不远。'诗人诵咏，以为符验。今白狼王唐菆等慕化归义，作诗三章。路经邛来大山零高坂，峭危峻险，百倍岐道。繦负老幼，若归慈母。远夷之语，辞意难正。草木异种，鸟兽殊类。有犍为郡掾田恭与之习狎，颇晓其言，臣辄令讯其风俗，译其辞语。今遣从事史李陵与恭护送诣阙，并上其乐诗。昔在圣帝，舞四夷之乐；今之所上，庶备其一。'帝嘉之，事下史官，录其歌焉。"

歌诗言大汉恩怀远夷。

【注释】

①昌乐肉飞：形容朝见时的欢乐。

②屈申悉备：指大汉为夷人朝见之事思虑周全。

远夷慕德歌诗

蛮夷所处，偻让皮尼。日入之部[①]，且交陵悟。慕义向化，绳动随旅。归日出主，路旦拣雒。圣德深恩，圣德渡诺。与人富厚，魏菌度洗。冬多霜雪，综邪流藩。夏多和雨，莋邪寻螺。寒温时适，藐浔泸漓。部人多有，菌补邪推。涉危历险，辟危归险。不远万里，莫受万柳。去俗归德，术叠附德。心归慈母[②]，仍路挚摸。

【题解】

歌诗言远夷之况。

【注释】

①日入之部：指在西方。

②心归慈母：指归顺大汉之心。

远夷怀德歌诗

荒服之外，荒服之仪。土地墝埆[①]，犁籍怜怜。食肉衣皮，阻苏邪犁。不见盐谷，莫砀粗沐。吏译传风，罔译传微。大汉安乐，是汉夜拒。携负归仁，踪优路仁。触冒险陕，雷折险龙。高山岐峻，伦狼藏幢。缘崖磻石，扶路侧禄。木薄发家，息落服淫。百宿到洛，理历髭雒。父子同赐，捕茝菌毗。怀抱匹帛，怀稿匹漏。传告种人，传室呼敕。长愿臣仆，陵阳臣仆。

（《东观汉记》卷二十《莋都夷》。《后汉书·南蛮西南夷列传》。《古诗纪》卷一四。《古乐苑》卷三二。）

【题解】

歌诗言慕大汉之德。

249

①硗埆(qiāo què)：形容土地贫瘠。

长安谣

伊徙雁①，鹿徙菟②，去牢与陈实无贾③。（《汉书·佞幸传·石显传》。《太平御览》卷四六五。《乐府诗集》卷八七。《古诗纪》卷一八。《古谣谚》卷五。《汉诗》卷三。）

【题解】

谣辞见于《汉书·佞幸传·石显传》："（石）显与妻子徙归故郡，忧懑不食，道病死。诸所交结，以显为官，皆废罢。少府五鹿充宗左迁玄菟太守，御史中丞伊嘉为雁门都尉。长安谣曰……。"

谣辞言石显罢官后，其党羽亦受牵连。

【注释】

①伊：指伊嘉。徙：流放。伊徙雁：因石显罢官归郡，伊嘉也被降为雁门都尉。

②鹿徙菟：少府五鹿充宗，因石显罢官归郡，左迁为玄菟太守。

③牢：指牢梁。陈：指陈顺。牢梁、陈顺都是石显的党羽，石显罢官后两人均被免职。无贾：无所求取。

城中谣

城中好高髻，四方高一尺；城中好广眉，四方且半额；城中好大袖，四方全匹帛。（《后汉书·马援传》。《玉台新咏》卷一。《乐府诗集》卷八七。《文选补遗》卷三五。《古诗纪》卷一八。《古谣谚》卷六。《汉诗》卷三。）

谣辞又作《马廖引长安语》《汉时童谣歌》,见于《后汉书·马援传》:"夫改政移风,必有其本。传曰:'吴王好剑客,百姓多创瘢;楚王好细腰,宫中多饿死。'长安谣语……。斯言如戏,有切事实。前下制度未几,后稍不行。"

谣辞言长安城中之俗尚高髻、广眉、大袖。

会稽童谣 ^①二首

弃我戟,捐我矛。盗贼尽,吏皆休。(《后汉书·张霸传》。《乐府诗集》卷八七。《古诗纪》卷一八。《古谣谚》卷六。《汉诗》卷八。)

城上乌鸣哺父母,府中诸吏皆孝友^②。(《太平御览》卷二六二引《益都耆旧传》、四一二引《东观汉记》。《古诗纪》卷一八。《汉诗》卷八。)

【题解】

谣辞见于《后汉书·张霸传》:"霸始到越,贼未解,郡界不宁,乃移书开购,明用信赏,贼遂束手归附,不烦士卒之力。童谣曰……。"

谣辞言张霸治盗有方,吏民皆喜。

【注释】

①本篇《乐府诗集》未收,今据补。

②孝友:此处指互相友爱。

二郡谣

汝南太守范孟博,南阳宗资主画诺^①。南阳太守岑公孝,弘农成瑨但坐啸。(《后汉书·党锢列传》。《乐府诗集》卷八七。《古诗纪》卷一八。《古谣谚》卷六。《汉诗》卷八。)

【题解】

谣辞一曰《汝南南阳二郡民谣》,见于《后汉书·党锢列传》:"二家宾客,互相讥揣,遂各树朋徒,渐成尤隙,由是甘陵有南北部,党人之议,自此始矣。后汝南太守宗资任功曹范滂,南阳太守成瑨亦委功曹岑晊,二郡又为谣曰……。"

谣辞言二郡朋党各成一派。

【注释】

①主画诺:指多以唯诺之语相答。

京兆谣

我府君,道教举。恩如春,威如虎。刚不吐,柔不茹①。爱如母,训如父。(《乐府诗集》卷八七。《古诗纪》卷一八。《古谣谚》卷六。《汉诗》卷八。)

【题解】

《京兆谣》,又作《李燮》《京兆为李燮谣》。

《乐府诗集》引《续汉书》:"李燮拜京兆,诏发西园钱。燮上封事,遂止不发。吏民爱敬,乃为此谣。"

谣辞言李燮严政爱民。

【注释】

①茹(rú):吃。

后汉桓灵时谣 二首

举秀才，不知书。察孝廉，父别居。寒素清白浊如泥，高第良将怯如黾^①。（《抱朴子·审举》。《北堂书钞》卷七九。《太平御览》卷四九六。《乐府诗集》卷八七。《古诗纪》卷一八。《汉诗》卷八。）

古人欲达勤诵经，今世图官免治生。（《抱朴子·审举》。《后汉书》佚文。《古谣谚》卷六。）

【题解】

此二则谣辞，一曰《时人为贡举语》《桓灵时人为选举语》。

《抱朴子·审举》载："桓、灵之世，更相滥举，故人为之语曰……。"

谣辞言所举之官有名而无实。

【注释】

①黾：一作"蝇"。本句《乐府诗集》中无，今据补。

箜篌谣

结交在相得，骨肉何必亲。甘言无忠实，世薄多苏秦^①。从风暂靡草，宝贵上升天。不见山巅树，摧抈^②下为薪。岂甘井中泥，上出作埃尘。（《文苑英华》卷二一〇。《乐府诗集》卷八七。《太平御览》卷四〇六。《古诗纪》卷九八。《汉诗》卷一〇。）

【题解】

谣辞见于《文苑英华》。一曰《古歌辞》。

谣辞言结交贵在心相知。

①世薄多苏秦:指苏秦尚巧言。
②摧抙(wù):摧折。

元帝时童谣

井水溢,灭灶烟。灌玉堂,流金门。(《汉书·五行志》。《初学记》卷二五。《太平御览》卷一八九、卷八七一。《乐府诗集》卷八八。《古诗纪》卷一八。《古谣谚》卷五。《汉诗》卷三。)

【题解】

谣辞见于《汉书·五行志》:"至昭公时,有鸲鹆来巢。公攻季氏,败,出奔齐,居外野,次干侯。八年,死于外,归葬鲁。昭公名裯,公子宋立,是为定公。元帝时童谣曰……。至成帝建始二年三月戊子,北宫中井泉稍上,溢出南流,象春秋时先有雏鹆之谣,而后有来巢之验。"

谣辞言井水灾异。

长沙人石虎谣①

石虎头截②,仓廪不阙。(《太平寰宇记》卷一一四。《汉诗》卷三。)

【题解】

谣辞见于《太平寰宇记》:"长沙县石虎在县东四里。每食他廪。当吴芮为王之时,仓廪废耗,芮以生肉祭之,后截其头截其身。由是长沙人谣曰……。"

谣辞言石虎头截而不得为害。

【注释】

①本篇《乐府诗集》未收,今据补。

②石虎头截:指石虎被截头截身。

成帝时童谣

燕燕尾涎涎①,张公子②,时相见。木门仓琅根③。燕飞来,啄皇孙,皇孙死,燕啄矢④。(《汉书·五行志》。《汉书·外戚传》。《开元占经》卷一一三。《玉台新咏》卷九。《乐府诗集》卷八八。《文选补遗》卷三五。《锦绣万花谷》卷三九。《古诗纪》卷一八。《古谣谚》卷五。《汉诗》卷三。)

【题解】

谣辞又作《成帝时燕燕童谣》《西汉童谣》,见于《汉书·五行志》:"成帝时童谣曰……。其后帝为微行出游,常与富平侯张放俱称富平侯家人,过阳阿主作乐,见舞者赵飞燕而幸之,故曰'燕燕尾涎涎',美好貌也。张公子谓富平侯也。'木门仓琅根',谓宫门铜锾,言将尊贵也。后遂立为皇后。弟昭仪贼害后宫皇子,卒皆伏辜,所谓'燕飞来,啄皇孙,皇孙死,燕啄矢'者也。"

谣辞言皇子被赵氏姊妹二人残害。

【注释】

①涎涎(tǐng tǐng):有光泽的样子。

②张公子:指富平侯张放。

③仓琅根:《汉书·五行志》颜师古注:"门之铺首及铜环也。铜色青,故曰仓琅。铺首衔环,故谓之根。"

④此句指皇后赵氏姊妹二人被宠幸,及至残害皇子之事。

成帝时歌谣

邪径①败良田,谗口乱善人。桂树华不实,黄爵②巢其颠。故③为人所羡,今为人所怜。(《汉书·五行志》。《开元占经》卷一一三。《玉台新咏》卷九。《乐府诗集》卷八八。《文选补遗》卷三五。《事类赋·雀赋》作《古诗》。《古诗纪》卷一八。《古谣谚》卷五。《汉诗》卷三。)

【题解】

谣辞又作《成帝时黄雀谣》《西汉童谣》《成帝时童谣》,见于《汉书·五行志》:"成帝时歌谣又曰……桂,赤色,汉家象。华不实,无继嗣也。王莽自谓黄象,黄爵巢其颠也。"

谣辞言汉祚将亡。

【注释】

①邪径:此处指田中小路。

②黄爵:指黄雀。

③故:往昔。

汝南鸿隙陂童谣

坏陂①谁? 翟子威。饭我豆食羹芋魁②。反乎覆,陂当复。谁云者? 两黄鹄。(《汉书·翟方进传》。《白帖》卷二。《太平御览》卷七二。《乐府诗集》卷八八。《文选补遗》卷三五。《古诗纪》卷一八。《古谣谚》卷五。《汉诗》卷三。)

【题解】

谣辞又作《王莽时汝南童谣》《鸿隙陂童谣》,见于《汉书·翟方进传》:

"方进为相,与御史大夫孔光共遣掾行视,以为决去陂水,其地肥美,省堤防费而无水忧,遂奏罢之。及翟氏灭,乡里归恶,言方进请陂下良田不得而奏罢陂云。王莽时常枯旱,郡中追怨方进,童谣曰……。"翟方进,字子威,汝南上蔡人。

谣辞言翟方进毁坏鸿隙陂,引来百姓怨恨。

【注释】

①坏陂:毁坏鸿隙陂。

②芋魁:芋根。

王莽末天水童谣①

出吴门②,望缇群③。见一蹇人④,言欲上天;令天可上,地上安得民。(《后汉书·五行志》。《后汉书·隗嚣传》注。《文选补遗》卷三五。《古诗纪》卷一八。《古谣谚》卷六。《汉诗》卷三。)

【题解】

谣辞一曰《天水童谣》,见于《后汉书·五行志》:"是时,公孙述僭号于蜀,时人窃言王莽称黄,述欲继之,故称白;五铢,汉家货,明当复也。述遂诛灭。王莽末,天水童谣曰……。时隗嚣初起兵于天水,后意稍广,欲为天子,遂破灭。嚣少病蹇。"

谣辞以蹇人隗嚣欲升天比喻叛乱之终不能成事。

【注释】

①本篇《乐府诗集》未收,今据补。

②吴门:冀郭门名。

③缇群:山名。

④蹇(jiǎn)人:指跛足的人。

更始时南阳童谣

谐不谐,在赤眉。得不得,在河北。(《后汉书·五行志》。《后汉书·光武纪》注。《乐府诗集》卷八八。《文选补遗》卷三五。《古诗纪》卷一八。《古谣谚》卷六。《汉诗》卷三。)

【题解】

谣辞一曰《南阳童谣》,见于《后汉书·五行志》:"更始时,南阳有童谣曰……。是时,更始在长安,世祖为大司马平定河北。更始大臣并潜专权,故谣妖作也。后更始遂为赤眉所杀,是更始之不谐在赤眉也。世祖自河北兴。"

谣辞言天下大势在得赤眉之军于河北之地。

后汉时蜀中童谣

黄牛白腹,五铢[1] 当复。(《后汉书·五行志》。《乐府诗集》卷八八。《文选补遗》卷三五。《古诗纪》卷一八。《古谣谚》卷六。《汉诗》卷八。)

【题解】

谣辞见于《后汉书·五行志》:"世祖建武六年,蜀中童谣曰……。是时,公孙述僭号于蜀,时人窃言王莽称黄,述欲继之,故称白;五铢,汉家货,明当复也。述遂诛灭。"

谣辞言汉家复造五铢钱。

【注释】

①五铢:指五铢钱,每一枚钱币重量为五铢,汉武帝时所铸。

后汉顺帝末京都童谣

直如弦①,死道边。曲如钩②,反封侯。(《风俗通义·佚文》。
《后汉书·五行志》。《乐府诗集》卷八八。《文选补遗》卷三五。《古诗纪》卷一
八。《古谣谚》卷六。《汉诗》卷八。)

【题解】

谣辞一曰《顺帝末京都童谣》,见于《后汉书·五行志》:"顺帝之末,京
都童谣曰……。案顺帝即世,孝质短祚,大将军梁冀贪树疏幼,以为己功,
专国号令,以赡其私。"

谣辞言不同的处世方式有不同的结果。

【注释】

①直如弦:刚直如弦,引申为清廉刚直。
②曲如钩:弯曲如钓钩,引申为趋炎附势。

后汉桓帝初小麦童谣

小麦青青大麦枯,谁当获者妇与姑。丈人何在西击胡。
吏买马,君具车,请为诸君鼓咙①胡。(《后汉书·五行志》。《乐府诗
集》卷八八。《文选补遗》卷三五。《古诗纪》卷一八。《古谣谚》卷六。《汉诗》
卷八。)

【题解】

谣辞一曰《桓帝初小麦童谣》,见于《后汉书·五行志》:"桓帝之初,天
下童谣曰……。案元嘉中凉州诸羌一时俱反,南入蜀、汉,东抄三辅,延及
并、冀,大为民害。命将出众,每战常负,中国益发甲卒,麦多委弃,但有妇

女获刈之也。吏买马君具车者,言调发重及有秩者也。请为诸君鼓咙胡者,不敢公言,私咽语也。"

谣辞言击胡之事。

【注释】

①鼓咙(lóng):私语。

【汇评】

明·王夫之:"偏带诙谐,所谓嬉笑烈于怒骂。"(《古诗评选》卷一)

后汉桓帝初城上乌童谣

城上乌,尾毕逋。公为吏,子为徒。一徒死,百乘车。车班班①,入河间。河间姹女工数钱,以钱为室金为堂。石上慊慊②舂黄粱。梁下有悬鼓,我欲击之丞卿怒。(《风俗通义·佚文》。《后汉书·五行志》。《乐府诗集》卷八八。《文选补遗》卷三五。《古诗纪》卷一八。《古谣谚》卷六。《汉诗》卷八。)

【题解】

谣辞一曰《城上乌童谣》,见于《后汉书·五行志》:"桓帝之初,京都童谣曰……。案此皆谓为政贪也。'城上乌,尾毕逋'者,处高利独食,不与下共,谓人主多聚敛也。'公为吏,子为徒'者,言蛮夷将畔逆,父既为军吏,其子又为卒徒往击之也。'一徒死,百乘车'者,言前一人往讨胡既死矣,后又遣百乘车往。'车班班,入河间'者,言桓帝将崩,乘舆班班入河间迎灵帝也。'河间姹女工数钱,以钱为室金为堂'者,灵帝既立,其母永乐太后好聚金以为堂也。'石上慊慊舂黄粱'者,言永乐虽积金钱,慊慊常苦不足,使人舂黄粱而食之也。'梁下有悬鼓,我欲击之丞卿怒'者,言永乐教灵帝,使卖官受钱,所禄非其人,天下忠笃之士怨望,欲击悬鼓以求见,丞卿主鼓者,亦复谄顺,怒而止我也。"

谣辞言政贪而不知足。

①班班:指车子络绎不绝,盛多的样子。
②慊慊(qiè qiè):指不满足、不自满的样子。

后汉桓帝初京都童谣

　　游平卖印自有平,不避豪贤及大姓。(《风俗通义·佚文》。
《后汉书·五行志》。《乐府诗集》卷八八。《通典》卷三九。《文选补遗》卷三
五。《古诗纪》卷一八。《文献通考》卷五七。《古谣谚》卷六。《汉诗》卷八。)

【题解】

　　谣辞一曰《桓帝初京都童谣》,见于《后汉书·五行志》:"桓帝之初,京
都童谣曰……。至延熹末,邓皇后以谴自杀,乃以窦贵人代之。其父名武,
字游平,拜城门校尉。及太后摄政,为大将军,与太傅陈蕃合心戮力,惟德
是建,印绶所加,咸得其人,豪贤大姓,皆绝望矣。"

　　谣辞言窦游平任官以德,不避豪世贵族。

后汉桓帝末京都童谣

　　白盖小车何延延。河间来合谐,河间来合谐。(《后汉书·
五行志》。《乐府诗集》卷八八。《古诗纪》卷一八。《古谣谚》卷六。《汉诗》
卷八。)

【题解】

　　谣辞见于《后汉书·五行志》:"桓帝之末,京都童谣曰……。案解犊
亭,属饶阳河间县也。居无几何而桓帝崩,使者与解犊侯皆白盖车从河间
来。延延,众貌也。是时御史刘儵建议立灵帝,以儵为侍中。中常侍侯览

畏其亲近，必当间己，白拜儁泰山太守，因令司隶迫促杀之。朝廷少长，思其功效，乃拔用其弟郃，致位司徒，此为合谐也。"

谣辞言党锢之争，刘儁被杀，灵帝被立。

后汉灵帝末京都童谣

侯非侯，王非王，千乘万骑上北芒。(《后汉书·五行志》。《乐府诗集》卷八八。《古诗纪》卷一八。《汉诗》卷八。)

【题解】

谣辞一曰《灵帝末京都童谣》，见于《后汉书·五行志》："灵帝之末，京都童谣曰……。案到中平六年，史侯登蹹至尊，献帝未有爵号，为中常侍段珪等数十人所执，公卿百官皆随其后，到河上，乃得来还。此为非侯非王上北芒者也。"

谣辞言东汉末年献帝被侯王所胁迫。

后汉献帝初童谣

燕南垂①，赵北际，中央不合大如砺，唯有此中可避世。(《后汉书·五行志》。《乐府诗集》卷八八。《古诗纪》卷一八。《汉诗》卷八。)

【题解】

谣辞一曰《献帝初童谣》，见于《后汉书·五行志》："献帝初童谣曰……。瓒自以为易地当之，遂徙镇焉。乃盛修营垒，楼观数十，临易河，通辽海。刘虞从事渔阳鲜于辅等，合率州兵，欲共报瓒。辅以燕国阎柔素有恩信，推为乌桓司马。柔招诱胡汉数万人，与瓒所置渔阳太守邹丹战于潞北，斩丹等四千余级。乌桓峭王感虞恩德，率种人及鲜卑七千余骑，共辅南迎虞子和,与袁绍将麹义合兵十万,共攻瓒。代郡、广阳、上谷、右北平各杀瓒所置长吏,复与辅、和兵合。瓒虑有非常,乃居于高京,以铁为门。斥去左右,男人七岁以上不得入易门。专侍姬妾,其文簿书记皆汲而上之。令妇人习为大言声,使闻数百步,以传宣教令。"

谣辞言燕赵之地以形取胜,可以避世。

【注释】

①垂:指边远的地方。

后汉献帝初京都童谣

千里草,何青青。十日卜,不得生。(《风俗通义·佚文》。《后汉书·五行志》。《乐府诗集》卷八八。《古诗纪》卷一八。《古谣谚》卷六。《汉诗》卷八。)

【题解】

谣辞一曰《献帝初京都童谣》,见于《后汉书·五行志》:"献帝元初,京都童谣……。案:'千里草'为董,'十日卜'为卓。凡别字之体,皆从上起,左右离合,无有从下发端者也。今二字如此者,天意若曰:卓自下摩上,以臣陵君也。'青青'者,暴盛之貌。'不得生'者,亦旋破亡也。"

谣辞言董卓将亡。

河内谣①

王稚子②,世未有。平徭役,百姓喜。(《东观汉记》卷一九。《华阳国志·广汉士女传》。《太平御览》卷四六五。《古诗纪》卷一八。《汉诗》卷八。)

【题解】

谣辞见于《东观汉记》:"王涣除河内温令,商贾露宿,人开门卧。人为作谣曰……。为洛阳令,盗贼发,不得远走,或藏沟渠,或伏瓮下。涣以方略取之,皆称神明。"

逯钦立《先秦汉魏晋南北朝诗》:"此王涣即《雁门太守行》称颂之洛阳令王君。"

谣辞言百姓称赞王涣捕盗贼、平徭役之事。

【注释】

①本篇《乐府诗集》未收,今据补。

②王稚子:指王涣。

蜀郡童谣①

两日出,天兮②。(《北堂书钞》卷七六。《汉诗》卷八。)

【题解】

谣辞见于《北堂书钞》卷七六。

据谢承《后汉书》载:"黄昌为蜀郡太守,未至蜀郡,时有此童谣曰……。"

谣辞言天将两日。

【注释】

①本篇《乐府诗集》未收,今据补。

②兮:逯钦立《先秦汉魏晋南北朝诗》作"兵戡"。

益都民为王忳谣①

信哉少林②世为遇,飞被走马与鬼语③。(《还冤记》。《太平御览》卷四六五。《古诗纪》卷一五六。《汉诗》卷八。）

【题解】

谣辞见于《还冤记》。

逯钦立《先秦汉魏晋南北朝诗》:"《益都耆上传》曰:"王忳,字少林。诣京师,于客邸见诸生病甚困。生谓忳曰:'腰下有金十斤,愿以相与,乞收藏尸骸。'未问姓名,呼吸因绝,忳卖金一斤,以给棺絮,九斤置生腰下。后署大度亭长到亭日,有马一匹至亭中,大风,有一绣被随风来,后忳骑马。突入它舍。主人见曰:'得其盗矣。'忳说得状,又取被示之,彦父怅然曰:'被马俱止,卿有何阴德。'忳具说葬诸生事。彦父曰:'此吾子也,姓金名彦。'遣迎彦丧,余金俱存。民谣之曰……。""

谣辞言王忳诚信,金彦垂死托之。

【注释】

①本篇《乐府诗集》未收,今据补。

②少林:王忳,字少林。

③飞被走马与鬼语:指王忳受金彦垂死之托。

恒农童谣①

君不我忧,人何以休。不行界署,焉知人处。（《太平御览》卷四六五。《广博物志》卷一七。《古诗纪》卷一八。《古乐苑》卷四五。《古谣谚》卷六。《汉诗》卷八。）

【题解】

谣辞见于《太平御览》。

据《太平御览》引《陈留耆旧传》载,吴佑为恒农令,劝善惩奸,贪浊出境,甘露降,年谷丰。有此童谣。

谣辞言吴佑为官劝善惩奸。

【注释】

①恒农：逯钦立《先秦汉魏晋南北朝诗》："'恒农'或'弘农'之讹，明本《御览》'恒'作'宏'是也。"本篇《乐府诗集》未收，今据补。

桓帝末京都童谣①

茅田一顷中有井②，四方纤纤不可整③。嚼复嚼④，今年尚可后年饶⑤。（《风俗通义·佚文》。《后汉书·五行志》注。《后汉书·窦武传》注。《文选补遗》卷三五。《古诗纪》卷一八。《古谣谚》卷六。《汉诗》卷八。）

【题解】

谣辞见于《风俗通义·佚文》，一曰《茅田童谣》。

据《后汉书·五行志》注："桓帝之末，京都童谣曰……。案《易》曰：'拔茅连茹，以其汇征吉。'茅喻群贤也。井者，法也。于时中常侍管霸、苏康憎疾海内英哲，与长乐少府刘器、太常许咏等，代作唇齿。河内牢川诣阙上书，汝、颍、南阳，上采虚誉，专作威福。甘陵有南北二部，三辅尤甚，由是传考黄门北寺，始见废阁。"

谣辞言党锢之争，天下受其害。

【注释】

①本篇《乐府诗集》未收，今据补。

②茅田一顷：引申为群贤众多。中有井：指虽然厄穷，却不失其法度。

③四方纤纤不可整：指奸慝大炽，不可整理。

④嚼复嚼：指京都饮酒相强之辞，食肉者鄙，不恤王政，徒耽宴饮歌呼而已。

⑤今年尚可：指禁锢。后年饶：指陈蕃、窦武被诛，天下大坏。

乡人谣①

天下规矩,房伯武。因师获印②,周仲进。(《后汉书·党锢列传》。《古诗纪》卷一八。《古谣谚》卷六。《汉诗》卷八。)

【题解】

谣辞见于《后汉书·党锢列传》,一曰《甘陵民谣》。

周福,字仲进。桓帝尝从受学,及桓帝即位,擢仲进为尚书,时同郡房植,字伯武,有名。《后汉书·党锢传》载:"故乡人为之谣曰……。二家宾客,互相讥揣,遂各树朋徒,渐成尤隙。"

谣辞言房植、周福各树朋党。

【注释】

①本篇《乐府诗集》未收,今据补。

②获印:获封官职。

三　君①

天下忠诚窦游平②。天下义府陈仲举③。天下德弘刘仲承④。(《后汉书·党锢列传》。《古诗纪》卷一八。《汉诗》卷八。下同。)

【题解】

谣辞见于《后汉书·党锢列传》。

《古诗纪》注曰:"袁山松《后汉书》曰:'桓帝时,朝廷日乱,李膺风格秀整,高自标尚,后进之士,升其堂者以为登龙门。太学生三万余人,榜天下士,上称三君,次八俊,次八顾,次八及,次八厨,犹古之八元、八凯也。因为七言谣曰……。'"

谣辞言三君,以德行受世人敬仰。

【注释】

①本篇《乐府诗集》未收,今据补。

②大将军、槐里侯、扶风平陵窦武,字游平。

③太傅、高阳乡侯、汝南平舆陈蕃,字仲举。

④侍中、河间乐成刘淑,字仲承。

八　俊

天下模楷李元礼①。天下英秀王叔茂②。天下良辅杜周甫③。天下冰凌朱季陵④。天下忠贞魏少英⑤。天下好交荀伯条⑥。天下稽古刘伯祖⑦。天下才英赵仲经⑧。

【题解】

谣辞言八俊,以才望颇高而被称赞。

【注释】

①少传、颖川襄城李膺,字元礼。

②司空、山阳高平王畅,字叔茂。

③太仆、颖川阳城杜密,字周甫。

④司隶校尉、沛国朱浮,字季陵。

⑤尚书、会稽上虞魏朗,字少英。

⑥沛国、颖阴荀翌,字伯条。

⑦大司农、博陵安平刘佑,字伯祖。

⑧太常、蜀郡成都赵典,字仲经。

八　顾

　　天下和雍郭林宗①。天下慕恃夏子治②。天下英藩尹伯元③。天下清苦羊嗣祖④。天下珫金刘叔林⑤。天下雅志蔡孟喜⑥。天下卧虎巴恭祖⑦。天下通儒宗孝初⑧。

【题解】

　　谣辞言八顾，以德行来引导天下而被称赞。《后汉书》中无刘儒，有范滂。

【注释】

①有道、太原介休郭泰，字林宗。

②太常、陈留圉夏馥，字子治。

③尚书令、河南巩尹勋，字伯元。

④河南尹、太山平阳羊陟，字嗣祖。

⑤议郎、东郡阳发刘儒，字叔林。

⑥冀州刺史、陈国项蔡衍，字孟喜。

⑦颍川太守、渤海东城巴肃，字恭祖。

⑧议郎、南阳安众宗慈，字孝初。

八　及

　　海内贵珍陈子鳞①。海内忠烈张元节②。海内謇谔范孟博③。海内通士檀文友④。海内才珍孔世元⑤。海内彬彬范仲真⑥。海内珍好岑公孝⑦。海内所称刘景升⑧。

谣辞言八及,以贤德而被称赞。《后汉书》无范滂,有翟超。

【注释】

①御史中丞、汝南召陵陈翔,字子鳞。

②卫尉、山阳高平张俭,字元节。

③太尉掾、汝阳细阳范滂,字孟博。

④蒙令、山阳高平檀敷,字文友。

⑤洛阳令、鲁国孔昱,字世元。

⑥太山太守、渤海重合范康,字仲真。

⑦太尉掾、南阳棘阳岑晊至,字公孝。

⑧镇南将军、荆州牧、武城侯、山阳高平刘表,字景升。

八　厨

　　海内贤智王伯义①。海内修整蕃嘉景②。海内贞良秦平王③。海内珍奇胡母季皮④。海内光光刘子相⑤。海内依怙王文祖⑥。海内严恪张孟卓⑦。海内清明度博平⑧。

【题解】

谣辞言八厨,以钱财来救人而被称赞。《后汉书》无刘翊,有刘儒。

【注释】

①少府、东莱曲城王商,字伯义。

②郎中、鲁国蕃响,字嘉景。

③北海相、陈留已吾秦周,字平王。

④侍御史、太山奉高胡母班,字季皮。

⑤太尉掾、颍川阴刘翊,字子相。

⑥冀州刺史、东平寿张王考,字文祖。

⑦陈留相、东平寿张张邈,字孟卓。

⑧荆州刺史、山阳湖陆度尚,字博平。

初平中长安谣①

头白皓然,食不充粮。襄衣褰裳②,当还故乡。圣王愍念,悉用补郎③。舍是布衣,被彼玄黄④。(《后汉书·献帝纪》注。《古谣谚》卷六。《汉诗》卷八。)

【题解】

谣辞一曰《长安中为郎舍谣》,见于《后汉书·献帝纪》注:"初平四年九月甲午,试儒生四十余人,上第赐位郎中,次太子舍人,下第者罢之。诏曰:'孔子叹‘学之不讲’,不讲则所识日忘。今者儒年逾六十,去离本土,营求粮资,不得专业。结童入学,白首空归,长委农野,永绝荣望,朕甚愍焉。其依科罢者,听为太子舍人。'"注曰:"刘艾《献帝纪》曰:'时长安中为之谣曰……。'"

谣辞言献帝嘉悯儒生。

【注释】

①本篇《乐府诗集》未收,今据补。

②襄衣褰裳:指襄衣提裙,引申为功成名就。

③悉用补郎:被任命为郎官。

④被彼玄黄:服色玄黄,引申为官职之高。

兴平中吴中童谣①

黄金车,班兰耳。开阊门,出天子。(《三国志·吴书·孙权传》。《古诗纪》卷一八。《古谣谚》卷七。《汉诗》卷八。)

谣辞见于《三国志·吴书·孙权传》:"丙申,(孙权)南郊即皇帝位。是日大赦。改年,追尊父破虏将军坚为武烈皇帝,母吴氏为武烈武皇后,兄讨逆将军策为长沙桓王。吴王太子登为皇太子。将吏皆近爵加赏。初,兴平中,吴中童谣曰……。"

谣辞言孙权将为天子。

【注释】

①本篇《乐府诗集》未收,今据补。

建安初荆州童谣①

八九年间始欲衰②,至十三年无子遗③。(《后汉书·五行志》。《搜神记》卷六。《渚宫旧事》卷四。《古诗纪》卷一八。《古谣谚》卷六。《汉诗》卷八。)

【题解】

谣辞见于《后汉书·五行志》:"建安初,荆州童谣曰……。言自中兴以来,荆州无破乱,及刘表为牧,(民)又丰乐,至此逮八九年。当始衰者,谓刘表妻当死,诸将并零落也。十三年无子遗者,言十三年表又当死,民当移诣冀州也。"

谣辞言刘表为荆州牧,百姓安居乐业;刘表死,百姓迁居他乡。

【注释】

①本篇《乐府诗集》未收,今据补。

②八九年间:自中兴以来,荆州无破乱,及刘表为牧,民又丰乐,至此逮八九年。始欲衰:刘表妻当死,诸将并为零落。

③至十三年无子遗:十三年刘表又当死,民当移诣冀州。

汉末洛中童谣①

虽有千黄金，无如我斗粟。斗粟自可饱，千金何所直。
(《述异记》卷下。《太平御览》卷八四〇。《汉诗》卷八。)

【题解】

谣辞见于《述异记》。

据《述异记》载，汉末天下大饥，洛中遂有此童谣。

谣辞言天下饥馑，洛中黄金不如斗粟。

【注释】

①本篇《乐府诗集》未收，今据补。

汉末江淮间童谣①

大兵如市，人死如林。持金易粟，粟贵于金。(《述异记》卷
下。《太平御览》八百四〇。《汉诗》卷八。)

【题解】

谣辞见于《述异记》。

据《述异记》载，汉末天下大饥，江、淮间有此童谣。

谣辞言天下饥馑，江、淮之地粟贵于黄金。

【注释】

①本篇《乐府诗集》未收，今据补。

京师为光禄茂才谣①

　　欲得不能，光禄茂才。（《后汉书·黄琬传》。《古诗纪》卷一八。《古谣谚》卷六。《汉诗》卷八。）

【题解】
　　谣辞一曰《京都谣》，见于《后汉书·黄琬传》："时陈蕃为光禄勋，深相敬待，数与议事。旧制，光禄举三署郎，以高功久次才德尤异者为茂才四行。时权富子弟多以人事得举，而贫约守志者，以穷退见遗。京师为之谣曰……。于是琬、蕃同心，显用名士，平原刘醇、河东朱山、蜀郡殷参等并以才行蒙举。"
　　谣辞言时权富子弟多被举官，贫约守志者却被遗弃。

【注释】
　　①本篇《乐府诗集》未收，今据补。

阆君谣①

　　阆君赋政，既明且昶②。去苛去碎③，动以礼让。（《华阳国志》卷一〇。《太平御览》卷四六五。《古诗纪》卷一八。《汉诗》卷八。）

【题解】
　　谣辞见于《华阳国志》："阆宪，字孟度，成固人也。名知人。为绵竹令，以礼让为化，民莫敢犯。男子杜成夜行，得遗物一囊，中有锦二十五匹，求其主还之，曰：'县有明君，何敢负其化。'童谣歌曰……。迁蜀郡，吏民涕泣，送之以千数。"
　　谣辞言阆宪为政明昶。

【注释】

①本篇《乐府诗集》未收,今据补。

②昶(chǎng):通。

③去苛去碎:去除苛刻烦琐之政。

东门尤谣①

东门尤,取吴半。吴不足,济阴②续。（《太平御览》卷四九二。《天中记》卷二八。《广博物志》卷一七。《汉诗》卷八。）

【题解】

谣辞见于《太平御览》:"《鲁国先贤志》'东门尤',历吴郡济阴太守,所在贪浊。谣曰……。"

谣辞言吴郡济阴太守过分贪婪。

【注释】

①本篇《乐府诗集》未收,今据补。

②济阴:济阴郡,在吴地之北。

商子华谣①

石里之勇商子华,暴虎②见之藏爪牙。（《太平御览》卷四三六引《殷氏家传》、四六五引《商氏家传》。《古诗纪》卷一五六。《汉诗》卷八。）

【题解】

谣辞见于《太平御览》:"《商世传》曰:'商亮,字子华,举孝廉,到阳城,遇两虎争一羊,亮案剑直前斩羊,虎乃各以其羊去。时人为之谣曰……。"

谣辞言两虎争一羊,商亮勇斩羊。

①本篇《乐府诗集》未收,今据补。

②暴虎:极凶猛的虎。

时人谣①

五侯之斗血成江。(《白帖》卷一五。《汉诗》卷八。)

【题解】

谣辞见于《白帖》注:"《春秋考异邮》曰:'龙门下,血如江。时人谣曰
云云。'"

谣辞言五侯斗争之残酷。

【注释】

①本篇《乐府诗集》未收,今据补。

摘洛谣①

剡②者配姬以放贤,山崩水溃纳小人,家伯罔主异哉震。
(《古微书》卷五。《汉诗》卷八。)

【题解】

谣辞一曰《中候摘洛二》,见于《古微书》:"摘洛谣曰……。"

谣辞言灾异种类之多。

【注释】

①本篇《乐府诗集》未收,今据补。

②剡(yǎn):《古微书》注曰:"'剡'指艳妻也。"

京师为唐约谣①

治身无嫌,唐仲谦。（谢承《后汉书》。《古谣谚》卷一六。《后汉书补逸》卷一一。《汉诗》卷八。）

【题解】

谣辞见于谢承《后汉书》。

唐约,字仲谦。拜尚书,闲习旧典,质素密静,自典机枢。数有直言美策,每作表疏,皆手自书之,不宣于外。处官不言货利之事,当法不阿所私。京师遂为此谣。

谣辞言唐约直言上疏。

【注释】

①本篇《乐府诗集》未收,今据补。

蒋横遘祸时童谣①

君用谗慝,忠烈是殛。鬼怨神怒,妖气充塞。（《全唐文》卷三五四。《古谣谚》卷八一。《汉诗》卷八。）

【题解】

谣辞见于《全唐文》卷三五四。

蒋澄,字少明,东汉光武帝时官封亟亭乡侯。其父蒋横,大将军,逡遒侯,初遭祸,为司隶羌路所潜,时有此童谣。

谣辞言国君任用群小,致使忠臣蒋横被害。

【注释】

①本篇《乐府诗集》未收,今据补。

锡山古谣①

有锡兵，无锡宁②。（《常州图经》。《古谣谚》卷一三。《汉诗》卷八。）

【题解】

谣辞见于《常州图经》。

据《常州图经》记载，惠山之侧有锡山，其山出锡。故有此谣。

谣辞言山之出锡，关乎天下安宁。

【注释】

①本篇《乐府诗集》未收，今据补。

②本篇《太平御览》卷一七〇、《太平寰宇记》卷九二载为："无锡宁，天下平。有锡兵，天下争。"《无锡县志》卷二载为："有锡兵，天下争。无锡宁，天下清。有锡沴，天下㷉。无锡义，天下济。"

时人为三茅君谣①

茅山连金陵，江湖据下流。三神乘白鹤，各在一山头。佳雨灌畦稻，陆地亦复周。妻子保堂室②，使我无百忧。白鹤翔青天，何时复来游。（《初学记》卷三〇。《太平御览》卷九一六。《诗纪外集》卷一。《古诗纪》卷二〇。《古谣谚》卷七二。《汉诗》卷八。）

【题解】

谣辞见于《初学记》，一曰《茅山父老歌》。

《古诗纪》："外编作《大茅君》，误。李尊《茅君内传》曰：'茅盈，咸阳人也。得道隐句曲,邦人因改句曲为茅君之山,时盈二弟俱贵,衷为五官大夫,西河太守。固为执金吾,各弃官渡江,来兄于东山,后咸得仙道。太上命固治丹阳句曲山,衷治良常之山,盈为司命真君东狱上卿,于是盈与二弟决别俱去,固、衷留治山。汉平帝元寿二年也,内法既融,外教坦平,尔乃风雨以时,五禾成熟,疾疬不起,暴害不行。父老歌曰……。'"

逯钦立《先秦汉魏晋南北朝诗》:"道藏《茅君志》,茅固字季伟,而《后汉书·郭太传》附有《茅季伟传》,内传所言,当即此人。然则《三茅君谣》,至早不过后汉末年,今依杨氏古诗存目为题,附之本卷。"今录于此,以便核查。

谣辞言茅氏三兄弟均修得仙道。

【注释】

①本篇《乐府诗集》未收,今据补。

②保堂室:引申为持家有方。

去鲁歌①

彼妇之口,可以出走;彼妇之谒,可以死败。盖优哉游哉,维以卒岁。(《史记·孔子世家》。《古谣谚》卷四。《先秦诗》卷一。)

【题解】

此歌见于《史记·孔子世家》:"桓子卒受齐女乐,三日不听政;郊,又不致膰俎于大夫。孔子遂行,宿乎屯。而师己送,曰:'夫子则非罪。'孔子曰:'吾歌可夫?'歌曰……。师己反,桓子曰:'孔子亦何言?'师己以实告。桓子喟然叹曰:'夫子罪我以群婢故也夫!'"

谚语言孔子责桓子卒受齐女乐,三日不听政事。

【注释】

①本篇《乐府诗集》未收,今据补。

赵武灵王梦处女鼓琴歌①

美人荧荧②兮,颜若苕之荣③。命乎命乎,逢天时而生④,曾无我赢⑤。(《史记·赵世家》。《古谣谚》卷四。《先秦诗》卷二。)

【题解】

此歌一曰《鼓琴歌》,见于《史记·赵世家》:"(肃侯)十六年,秦惠王卒。王(赵武灵王)游大陵。他日,王梦见处女鼓琴而歌诗曰……异日,王饮酒乐,数言所梦,想见其状。吴广闻之,因夫人而内其女娃赢。孟姚也。孟姚甚有宠于王,是为惠后。"

歌言赵武灵王于梦中听美人哀唱。

【注释】

①本篇《乐府诗集》未收,今据补。

②荧荧:光彩照人的样子。

③苕(tiáo)之荣:苕花之荣,比喻容颜之美。

④《史记·赵世家》中无此句,今据补。

⑤赢:此处指赢姓之女。

优孟歌①

山居耕田苦,难以得食。起而为吏,身贪鄙者余财,不顾耻辱。身死家室富,又恐受赇枉法,为奸触大罪,身死而家灭。贪吏安可为也。念为廉吏,奉法守职,竟死不敢为非,廉吏安可为也。楚相孙叔敖持廉至死,方今妻子穷困,负薪而食。不足为也。(《史记·滑稽列传》。《古谣谚》卷四。《先秦诗》卷二。）

【题解】

此歌见于《史记·滑稽列传》："楚相孙叔敖知其贤人也,善待之。病且死,属其子曰:'我死,汝必贫困。若往见优孟,言我孙叔敖之子也。'居数年,其子穷困负薪,逢优孟,与言曰:'我,孙叔敖之子也。父且死时,属我贫困往见优孟。'优孟曰:'若无远有所之。'即为孙叔敖衣冠,抵掌谈语。岁余,像孙叔敖,楚王及左右不能别也。庄王置酒,优孟前为寿。庄王大惊,以为孙叔敖复生也,欲以为相。优孟曰:'请归与妇计之,三日而为相。'庄王许之。三日后,优孟复来。王曰:'妇言谓何?'孟曰:'妇言慎无为,楚相不足为也。如孙叔敖之为楚相,尽忠为廉以治楚,楚王得以霸。今死,其子无立锥之地,贫困负薪以自饮食。必如孙叔敖,不如自杀。'因歌曰……。于是庄王谢优孟,乃召孙叔敖子,封之寝丘四百户,以奉其祀。后十世不绝。此知可以言时矣。"

谚语言贪吏不可为,廉洁至死亦不可为。

【注释】

①本篇《乐府诗集》未收,今据补。

魏河内民为史起歌①

邺有贤令兮为史公,决漳水兮灌邺旁,终古舄卤②兮生稻梁。（《吕氏春秋·乐成》。《汉书·沟洫志》。《古谣谚》卷五。《先秦汉魏晋南北朝诗·先秦诗》卷二。以下简称《先秦诗》。）

【题解】

此歌见于《汉书·沟洫志》:"魏文侯时,西门豹为邺令,有令名。至文侯曾孙襄王时,与群臣饮酒,王为群臣祝曰:'令吾臣皆如西门豹之为人臣也!'史起进曰:'魏氏之行田也以百亩,邺独二百亩,是田恶也。漳水在其旁,西门豹不知用,是不智也。知而不兴,是不仁也。仁智豹未之尽,何足法也!'于是以史起为邺令,遂引漳水溉邺,以富魏之河内。民歌之曰……。"

谚语言史起引漳水灌溉邺城。

【注释】

①本篇《乐府诗集》未收,今据补。

②终古:长久以来。舄卤(xì lǔ):同"潟卤",指盐碱之地。

晋国儿谣①

恭太子更葬矣,后十四年,晋亦不昌②,昌乃在兄。(《史记·晋世家》。《古谣谚》卷四。《先秦诗》卷三。)

【题解】

此谣见于《史记·晋世家》:"晋君改葬恭太子申生。秋,狐突之下国,遇申生,申生与载而告之曰:'夷吾无礼,余得请于帝,将以晋与秦,秦将祀余。'狐突对曰:'臣闻神不食非其宗,君其祀毋乃绝乎?君其图之。'申生曰:'诺,吾将复请帝。后十日,新城西偏将有巫者见我焉。'许之,遂不见。及期而往,复见,申生告之曰:'帝许罚有罪矣,弊于韩。'儿乃谣曰……。"

谚语言晋国昌盛在于重耳。

【注释】

①本篇《乐府诗集》未收,今据补。

②昌:昌盛。

贾生引野谚①

前事之不忘,后事之师也。(《史记·秦始皇本纪》。《古谣谚》

卷四。）

【题解】

此谚见于《史记·秦始皇本纪》。

谚语言前后之事相戒。

【注释】

①本篇《乐府诗集》未收，今据补。

申叔时引鄙语^①

牵牛径人田，田主夺之牛。（《史记·陈杞世家》。《古谣谚》
卷四。）

【题解】

此语见于《史记·陈杞世家》："鄙语有之……。径则有罪矣，夺之牛，
不亦甚乎？"

鄙语言所行过分。

【注释】

①本篇《乐府诗集》未收，今据补。

肥义引谚^①

死者复生，生者不愧。（《史记·赵世家》。《古谣谚》卷四。《先秦
诗》卷七。）

【题解】

此谚一曰《〈史记〉引谚》，见于《史记·赵世家》："李兑谓肥义曰：'公子

章强壮而志骄，党众而欲大，殆有私乎？田不礼之为人也，忍杀而骄。二人相得，必有谋阴贼起，一出身徼幸。夫小人有欲，轻虑浅谋，徒见其利而不顾其害，同类相推，俱入祸门。以吾观之，必不久矣。子任重而势大，乱之所始，祸之所集也，子必先患。仁者爱万物而智者备祸于未形，不仁不智，何以为国？子奚不称疾毋出，传政于公子成？毋为怨府，毋为祸梯。'肥义曰：'不可，昔者主父以王属义也，曰：'毋变而度，毋异而虑，坚守一心，以殁而世。'义再拜受命而籍之。今畏不礼之难而忘吾籍，变孰大焉。进受严命，退而不全，负孰甚焉。变负之臣，不容于刑。谚曰……。吾言已在前矣，吾欲全吾言，安得全吾身！且夫贞臣也难至而节见，忠臣也累至而行明。子则有赐而忠我矣，虽然，吾有语在前者也，终不敢失。'李兑曰：'诺，子勉之矣！吾见子已今年耳。'涕泣而出。李兑数见公子成，以备田不礼之事。"

谚语言贞臣之德。

【注释】

①本篇《乐府诗集》未收，今据补。

秦人谚①

力则任鄙②，智则樗里③。（《史记·樗里子传》。《古谣谚》卷四。《先秦诗》卷七。）

【题解】

此谚一曰《〈史记〉引谚》，见于《史记·樗里子传》："昭王七年，樗里子卒，葬于渭南章台之东。曰：'后百岁，是当有天子之宫夹我墓。'樗里子疾室在于昭王庙西渭南阴乡樗里，故俗谓之樗里子。至汉兴，长乐宫在其东，未央宫在其西，武库正直其墓。秦人谚曰……。"

【注释】

①本篇《乐府诗集》未收，今据补。

②任鄙：有力之人。

③樗里：聪慧之人。

朱虚侯耕田歌①

深耕穊种②，立苗欲疏，非其种者，锄而去之。（《史记·齐悼惠王世家》。《古谣谚》卷四。《汉诗》卷一。）

【题解】

此歌一曰《耕田歌》，见于《史记·齐悼惠王世家》："朱虚侯年二十，有气力，忿刘氏不得职。尝入待高后燕饮，高后令朱虚侯刘章为酒吏。章自请曰：'臣，将种也，请得以军法行酒。'高后曰：'可。'酒酣，章进饮歌舞。已而曰：'请为太后言耕田歌。'高后儿子畜之，笑曰：'顾而父知田耳。若生而为王子，安知田乎？'章曰：'臣知之。'太后曰：'试为我言田。'章曰……。吕后默然。"

谚语言耕田之计。

【注释】

①本篇《乐府诗集》未收，今据补。

②穊（jì）种：种植稠密。

吕太后引鄙语①

儿妇人口不可用。（《史记·陈丞相世家》。《古谣谚》卷四。）

【题解】

此语见于《史记·陈丞相世家》："吕嬃常以前陈平为高帝谋执樊哙，数谗曰：'陈平为相非治事，日饮醇酒，戏妇女。'陈平闻，日益甚。吕太后闻之，私独喜。面质吕媭于陈平曰：'鄙语曰……，顾君与我何如耳。无畏吕媭之谗也。'"

谚语言妇人之言不可信。

【注释】
①本篇《乐府诗集》未收，今据补。

东方朔歌①

陆沉于俗，避世金马门。宫殿中，可以避世全身。何必深山之中，蒿庐之下。（《史记·滑稽列传》。《古谣谚》卷四。《汉诗》卷一。）

【题解】

此歌见于《史记·滑稽列传》："武帝时，齐人有东方生名朔，以好古传书，爱经术，多所博观外家之语。朔初入长安，至公车上书，凡用三千奏牍。公车令两人共持举其书，仅然能胜之。人主从上方读之，止，辄乙其处，读之二月乃尽。诏拜以为郎，常在侧侍中。数召至前谈语，人主未尝不说也。时诏赐之食于前。饭已，尽怀其余肉持去，衣尽汗。数赐缣帛，檐揭而去。徒用所赐钱帛，取少妇于长安中好女。率取妇一岁所者即弃去，更取妇。所赐钱财尽索之于女子。人主左右诸郎半呼之'狂人'。人主闻之，曰：'令朔在事无为是行者，若等安能及之哉！'朔任其子为郎，又为侍谒者，常持节出使。朔行殿中，郎谓之曰：'人皆以先生为狂。'朔曰：'如朔等，所谓避世于朝廷间者也。古之人，乃避世于深山中。'时坐席中，酒酣，据地歌曰……。金马门者，宦署门也，门傍有铜马，故谓之曰'金马门'。"

谚语言大隐隐于朝。

【注释】
①本篇《乐府诗集》未收，今据补。

商邱成醉歌^①

出居，安能郁郁。（《汉书·景武昭宣成元功臣表》。《古谣谚》卷五。《汉诗》卷一。）

【题解】

此歌见于《汉书·景武昭宣成元功臣表》："歌堂下曰……，大不敬，自杀。"商邱成因事被贬为詹事，侍祠孝文庙，醉歌堂下。

谚语言出入不能安。

【注释】

①本篇《乐府诗集》未收，今据补。

杨恽拊缶歌^①

田彼南山，芜秽不治，种一顷豆，落而为萁。人生行乐耳，须富贵何时。（《汉书·杨恽传》。《古谣谚》卷五。《汉诗》卷二。）

【题解】

此歌见于《汉书·杨恽传》："恽宰相子，少显朝廷，一朝以暗昧语言见废，内怀不服，报会宗书曰……臣之得罪，已三年矣。田家作苦，岁时伏腊，亨羊炰羔，斗酒自劳。家本秦也，能为秦声。妇，赵女也，雅善鼓瑟。奴婢歌者数人，酒后耳热，仰天拊缶而呼乌乌。其诗曰……。是日也，拂衣而喜，奋袖低卬，顿足起舞，诚淫荒无度，不知其不可也。"

谚语言当及时行乐。

【注释】

①本篇《乐府诗集》未收，今据补。

桓宽引语^①

厨有腐肉,国有饥民。厩有肥马,路有馁人。(《盐铁论·园池》。《文选补遗》卷一六。《汉诗》卷三。)

【题解】

此语见于《盐铁论·园池》:"文学曰:'古者,制地足以养民,民足以承其上。千乘之国,百里之地,公侯伯子男,各充其求赡其欲。秦兼万国之地,有四海之富,而意不赡,非宇小而用菲,嗜欲多而下不堪其求也。语曰……。今狗马之养,虫兽之食,岂特腐肉肥马之费哉!无用之官,不急之作,服淫侈之变,无功而衣食县官者众,是以上不足而下困乏也。今不减除其本而欲赡其末,设机利,造田畜,与百姓争荐草,与商贾争市利,非所以明主德而相国家也。"

谚语言国与民争利。

【注释】

①本篇《乐府诗集》未收,今据补。

桓宽引鄙语^①

贤者容不辱。(《盐铁论·备胡》。《古谣谚》卷三三。《汉诗》卷三。)

【题解】

此语一曰《桑弘羊引鄙语》,见于《盐铁论·备胡》:"大夫曰:'鄙语曰……。'以世俗言之,乡曲有桀,人尚辟之。今明天子在上,匈奴公为寇,侵扰边境,是仁义犯而藜藿采。昔狄人侵太王,匡人畏孔子,故不仁者,仁之贼也。是以县官厉武以讨不义,设机械以备不仁。"

谚语言贤者当受敬畏。

【注释】

①本篇《乐府诗集》未收,今据补。

《淮南子》引谚①

鸟穷则啄,兽穷则牾②,人穷则诈。(《淮南子·齐俗训》。《太平
御览》卷四八六。《古谣谚》卷四三。《汉诗》卷三。)

【题解】

此谚一曰《刘安引谚论刑法》,见于《淮南子·齐俗训》:"乱世之法,高
为量而罪不及,重为任而罚不胜,危为禁而诛不敢。民困于三责,则饰智而
诈上,犯邪而干免。故虽峭法严刑,不能禁其奸。何者?力不足也。故谚
曰……。此之谓也。"

谚语言法不可过于严苛。

【注释】

①本篇《乐府诗集》未收,今据补。

②牾(cū):同"粗",指粗暴,粗鲁。

褚先生引鄙语论梁孝王①

骄子不孝。(《史记·梁孝王世家》。《古谣谚》卷四。)

【题解】

此语出自《史记·梁孝王世家》:"褚先生曰……今汉之仪法,朝见贺正
月者,常一王与四侯俱朝见,十余岁一至。今梁王常比年入朝见,久留。鄙
语曰……,非恶言也。故诸侯王当为置良师傅,相忠言之士,如汲黯、韩长

孺等,敢直言极谏,安得有患害!"

谚语言梁王为骄子,当置良师以教之。

【注释】

①本篇《乐府诗集》未收,今据补。

太史公又引鄙语论平原君①

利令智昏。(《史记·平原君传》。《古谣谚》卷四。)

【题解】

此语见于《史记·平原君传》:"太史公曰:'平原君,翩翩浊世之佳公子也,然未睹大体。鄙语曰……,平原君贪冯亭邪说,使赵陷长平兵四十余万众,邯郸几亡。'"

谚语言因贪欲而失去理智。

【注释】

①本篇《乐府诗集》未收,今据补。

汉人引鄙语①

不知为吏,视已成事。(《韩诗外传》卷五。《大戴礼记·保傅》。《汉书·贾谊传》。《新书·保傅》。《太平御览》卷四九六。《汉诗》卷三。)

【题解】

此语见于《韩诗外传》:"夫明镜者,所以照形也。往古者,所以知今也。鄙语曰……。"

谚语言视古知今。

【注释】

①本篇《乐府诗集》未收,今据补。

韩安国引语①

虽有亲父,安知其不为虎。虽有亲兄,安知其不为狼。

(《史记·韩安国传》。《汉书·韩安国传》。《古诗纪》卷一〇。《汉诗》卷三。)

【题解】

此语见于《史记·韩安国传》:"公孙诡、羊胜说孝王求为帝太子及益地事,恐汉大臣不听,乃阴使人刺汉用事谋臣。及杀故吴相袁盎,景帝遂闻诡、胜等计画,乃遣使捕诡、胜,必得。汉使十辈至梁,相以下举国大索,月余不得。内史安国闻诡、胜匿孝王所,安国入见王而泣曰:'主辱臣死。大王无良臣,故事纷纷至此。今诡、胜不得,请辞赐死。'王曰:'何至此?'安国泣数行下,曰:'大王自度于皇帝,孰与太上皇之与高皇帝及皇帝之与临江王亲?'孝王曰:'弗如也。'安国曰:'夫太上、临江亲父子之间,然而高帝曰"提三尺剑取天下者朕也",故太上皇终不得制事,居于栎阳。临江王,适长太子也,以一言过,废王临江;用宫垣事,卒自杀中尉府。何者?治天下终不以私乱公。语曰……。今大王列在诸侯,悦一邪臣浮说,犯上禁,桡明法。天子以太后故,不忍致法于王。太后日夜涕泣,幸大王自改,而大王终不觉寤。有如太后宫车即晏驾,大王尚谁攀乎?'语未卒,孝王泣数行下,谢安国曰:'吾今出诡、胜。'诡、胜自杀。汉使还报,梁事皆得释,安国之力也。于是景帝、太后益重安国。"

谚语言治天下当秉公无私。

【注释】

①本篇《乐府诗集》未收,今据补。

邹阳引谚①

白头如新，倾盖如故②。（《史记·邹阳传》。《汉书·邹阳传》。《新序》卷三。《风俗通义·过誉》。《文选》卷三九。《古诗纪》卷一〇。《古谣谚》卷四。《汉诗》卷三。）

【题解】

此谚见于《史记·邹阳传》载邹阳《狱中上梁王书》："臣闻比干剖心，子胥鸱夷，臣始不信，乃今知之。愿大王孰察，少加怜焉。语曰……。何则？知与不知也。"

谚语言知与不知有别。

【注释】

①本篇《乐府诗集》未收，今据补。

②倾盖如故《风俗通义·过誉》作"交盖如旧"。

司马相如引谚①

家累千金者，坐不垂堂②。（《史记·司马相如传》。《汉书·司马相如传》。《文选》卷三九。《太平御览》卷四九五。《古诗纪》卷一〇。《古谣谚》卷四。《汉诗》卷三。）

【题解】

此谚见于《史记·司马相如传》："夫轻万乘之重不以为安，而乐出于万有一危之涂以为娱，臣窃为陛下不取也。盖明者远见于未萌，而知者避危于无形，祸固多藏于隐微而发于人之所忽者也。故鄙谚曰……，此言虽小，可以喻大。臣愿陛下留意幸察。"

逯钦立《先秦汉魏晋南北朝诗》:"似此谚原为四言四句,相如所引既不全,且似已加删改也,而今本《汉书》作七言,恐亦经后人删落。"

谚语言富贵之人惜身自处。

【注释】

①本篇《乐府诗集》未收,今据补。

②金:《史记》《太平御览》"金"字下有"者"字。

③垂堂:靠近屋檐。《文选》注引张楫曰:"畏檐瓦堕中之也。"

贡禹引俗语①

何以孝弟为,财多而光荣。何以礼义为,史书而仕宦。何以谨慎为,勇猛而临官。(《汉书·贡禹传》。《文选补遗》卷五。《古谣谚》卷五。《汉诗》卷三。)

【题解】

此语见于《汉书·贡禹传》:"郡国恐伏其诛,则择便巧史书习于计簿能欺上府者,以为右职;奸轨不胜,则取勇猛能操切百姓,以苛暴威服下者,使居大位。故亡义而有财者显于世,欺谩而善书者尊于朝,悖逆而勇猛者贵于官。故俗皆曰……故黠劂而髡钳者犹复攘臂为政于世,行虽犬彘,家富势足,目指气使,是为贤耳。故谓居官而置富者为雄桀,处奸而得利者为壮士,兄劝其弟,父勉其子,俗之坏败,乃至于是。察其所以然者,皆以犯法得赎罪,求士不得真贤,相守崇财利,诛不行之所致也。"

谚语言士贵在贤。

【注释】

①本篇《乐府诗集》未收,今据补。

司马迁引谚^①

桃李不言,下自成蹊。(《史记·李将军列传》。《汉书·李广传》。《太平御览》卷四九五、九六八。《文选补遗》卷三八。《古诗纪》卷一〇。《古谣谚》卷四。《汉诗》卷三。)

【题解】

此谚见于《史记·李将军列传》:"太史公曰:'李将悛悛如鄙人,口不能道辞。及死之日,天下知与不知,皆为尽哀。彼其忠实心诚信于士大夫也?谚曰……。此言虽小,可以谕大也。'"

谚语言士贵在忠诚。

【注释】

①本篇《乐府诗集》未收,今据补。

司马迁引谚^①

千金之子,不死于市。(《史记·货殖列传》。《太平御览》卷四九五。《文选补遗》卷二六。《古诗纪》卷一〇。《古谣谚》卷四。《汉诗》卷三。)

【题解】

此谚见于《史记·货殖列传》:"故君子富,好行其德;小人富,以适其力。渊深而鱼生之,山深而兽往之,人富而仁义附焉。富者得势益彰,失势则客无所之,以而不乐。夷狄益甚。谚曰……。此非空言也。"

谚语言富者以财救身。

【注释】

①本篇《乐府诗集》未收,今据补。

司马迁引谚①

力田不如逢年,善仕不如遇合。(《史记·佞幸列传》。《汉诗》
卷三。)

【题解】

此谚见于《史记·佞幸列传》:"谚曰……。固无虚言。非独女以色媚,
而士宦亦有之。昔以色幸者多矣。"

谚语言佞幸之臣多。

【注释】

①本篇《乐府诗集》未收,今据补。

司马迁引鄙语①

尺有所短,寸有所长。(《史记·白起王翦传》。《古诗纪》卷一〇。
《古谣谚》卷四。《汉诗》卷三。)

【题解】

此语见于《史记·白起王翦传》:"太史公曰:'鄙语云……。白起料敌
合变,出奇无穷,声震天下,然不能救患于应侯。王翦为秦将,夷六国,当是
时,翦为宿将,始皇师之,然不能辅秦建德,固其根本,偷合取容,以至圬身。
及孙王离为项羽所虏,不亦宜乎! 彼各有所短也。'"

谚语言物各有所用。

【注释】

①本篇《乐府诗集》未收,今据补。

褚先生引谚①

美女入室,恶女之仇②。(《史记·外戚世家》。《太平御览》卷一百
四四、三八〇。《古诗纪》卷一〇。《古谣谚》卷四。《汉诗》卷三。)

【题解】

此谚见于《史记·外戚世家》:"尹夫人与邢夫人同时并幸,有诏不得相
见。尹夫人自请武帝,愿望见邢夫人,帝许之。即令他夫人饰,从御者数十
人,为邢夫人来前。尹夫人前见之,曰:'此非邢夫人身也。'帝曰:'何以言
之?'对曰:'视其身貌形状,不足以当人主矣。'于是帝乃诏使邢夫人衣故
衣,独身来前。尹夫人望见之,曰:'此真是也。'于是乃低头俯而泣,自痛其
不如也。谚曰……。褚先生曰:'浴不必江海,要之去垢;马不必骐骥,要之
善走;士不必贤世,要之知道;女不必贵种,要之贞好。《传》曰:'女无美恶,
入室见妒;士无贤不肖,入朝见嫉。'美女者,恶女之仇。岂不然哉!'"

谚语言女贵在贞好。

【注释】

①本篇《乐府诗集》未收,今据补。

②本篇《古诗纪》注曰:"《外戚世家》汉武帝幸夫人,尹婕妤见邢夫人,
低头俯而泣,自痛其不如也。"

褚先生引谚①

相马失之瘦,相士失之穷。(《史记·滑稽列传》。《古谣谚》卷四。
《汉诗》卷三。)

此谚一曰《褚先生引谚论东郭先生》,见于《史记·滑稽列传》:"故所以同官待诏者,等比祖道于都门外。荣华道路,立名当世。此所谓衣褐怀宝者也。当其贫困时,人莫省视;至其贵也,乃争附之。谚曰……。其此之谓邪?"

谚语言不当以貌取之。

【注释】

①本篇《乐府诗集》未收,今据补。

路温舒引俗语^①

画地为狱^②,议不入。刻木为吏,期^③不对。(《汉书·路温舒传》。《北堂书钞》卷七七。《古诗纪》卷一九。《古谣谚》卷五。《汉诗》卷三。)

【题解】

此语一曰《谚》,见于《汉书·路温舒传》:"夫人情安则乐生,痛则思死,棰楚之下,何求而不得? 故囚人不胜痛,则饰词以视之,吏治者利其然,则指道以明之,上奏畏却,则锻练而周内之;盖奏当之成,虽咎繇听之,犹以为死有余辜。何则? 成练者众,文致之罪明也。是以狱吏专为深刻,残贼而亡极,偷为一切,不顾国患,此世之大贼也。故俗语曰……。此皆疾吏之风,悲痛之辞也。故天下之患,莫深于狱;败法乱正,离亲塞道,莫甚乎治狱之吏,此所谓一尚存者也。"

谚语言酷刑之害。

【注释】

①本篇《乐府诗集》未收,今据补。

②狱:牢狱。

③期:必。

刘向引谚①

诚无垢，思无辱。（《说苑·敬慎》。《古谣谚》卷三四。《汉诗》卷三。）

【题解】

此谚见于《说苑·敬慎》："存亡祸福，其要在身。圣人重诚，敬慎所忽。《中庸》曰：'莫见乎隐，莫显乎微，故君子能慎其独也。'谚曰……。夫不诚不思，而以存身全国者，亦难矣。"

谚语言当重于诚思。

【注释】

①本篇《乐府诗集》未收，今据补。

薛宣引鄙语①

苛政不亲，烦苦伤恩。（《汉书·薛宣传》。《文选补遗》卷六。《古谣谚》卷五。《汉诗》卷三。）

【题解】

此语见于《汉书·薛宣传》："夫人道不通，则阴阳否鬲，和气不兴，未必不由此也。《诗》云：'民之失德，干糇以愆。'鄙语曰……。方刺史奏事时，宜明申敕，使昭然知本朝之要务。臣愚不知治道，唯明主察焉。"

谚语言苛政之害。

【注释】

①本篇《乐府诗集》未收，今据补。

刘辅引里语①

腐木②不可以为柱,卑人不可以为主③。(《汉书·刘辅传》。《太平御览》卷一八七、二二三、四九五。《文选补遗》卷一三。《古诗纪》卷一〇。《古谣谚》卷五。《汉诗》卷三。)

【题解】

此语见于《汉书·刘辅传》:"有德之世,考卜窈窕之女,以承宗庙,顺神祇心,塞天下望,子孙之祥犹恐晚暮,今乃触情纵欲,倾于卑贱之女,欲以母天下,不畏于天,不愧于人,惑莫大焉。里语曰……。天人之所不予,必有祸而无福,市道皆共知之,朝廷莫肯壹言,臣窃伤心。自念得以同姓拔擢,尸禄不忠,污辱谏争之官,不敢不尽死,唯陛下深察。"

谚语言卑贱之人不当高升。

【注释】

①本篇《乐府诗集》未收,今据补。

②腐木:朽木。

③卑人不可以为主:《古诗纪》注曰:"刘辅引里语,成帝欲立赵婕好为皇后,辅上书陈。"

王嘉引里谚①

千人所指,无病而死②。(《汉书·王嘉传》。《全唐文》卷二七七《柳泽上睿宗书》。《文选补遗》卷一二。《古诗纪》卷一〇。《古谣谚》卷五。《汉诗》卷三。)

此谚见于《汉书·王嘉传》:"今贤散公赋以施私惠,一家至受千金,往古以来贵臣未尝有此,流闻四方,皆同怨之。里谚曰……。臣常为之寒心。今太皇太后以永信太后遗诏,诏丞相御史益贤户,赐三侯国,臣嘉窃惑。山崩地动,日食于三朝,皆阴侵阳之戒也。前贤已再封,晏、商再易邑,业缘私横求,恩已过厚,求索自恣,不知厌足,甚伤尊尊之义,不可以示天下,为害痛矣!臣骄侵罔,阴阳失节,气感相动,害及身体。陛下寝疾久不平,继嗣未立,宜思正万事,顺天人之心,以求福,乃何轻身肆意,不念高祖之勤苦,垂立制度,欲传之于无穷哉!"

谚语言流言可畏。

【注释】

①本篇《乐府诗集》未收,今据补。

②《古诗纪》注曰:"哀帝益封董贤二千户,赐三侯国。王嘉上《封事谏》,上引里谚。"

氾胜之引谚①

子欲富,黄金覆②。(《齐民要术》卷二。《古诗纪》卷一〇。《汉诗》卷三。)

【题解】

此谚见于《齐民要术》。据《氾胜之书》记载,麦生黄色,伤于太稠,稠者锄而稀之,秋锄以棘柴楼之以壅麦根。故有此谚。

谚语言粮食之重要。

【注释】

①本篇《乐府诗集》未收,今据补。

②《古诗纪》注曰:"谓秋锄麦,曳柴壅麦根也。"

氾胜之引古语①

土长冒橛,陈根可拔,耕者急发。(《礼记·月令》注。《古诗纪》卷一〇。《汉诗》卷三。)

【题解】

此谚见于《礼记·月令》注。

谚语言耕种之法。

【注释】

①本篇《乐府诗集》未收,今据补。

汉人为黄公语①

虎莫凶,有黄公。猛兽回,黄公来②。(《古谣谚》卷七〇。《汉诗》卷三。)

【题解】

此语见于《古谣谚》。据《奚囊橘柚》记载,汉高帝时,有黄公。不事生产,日牵一黄斑虎乞食于道。饮食稍不腆,辄解其缚虎,便咆哮作噬人状,人人震慑,多畀钱米,始谢去,人有"虎莫凶,有黄公"之语。入山遇猛虎,辄畏之曰黄公来,猛兽无不垂头掉尾而去,人有"猛兽回,黄公来"之语。

谚语言猛虎之可畏。

【注释】

①本篇《乐府诗集》未收,今据补。

②本首逯钦立《先秦汉魏晋南北朝诗》曰:"此殆后人假托,姑附于此。"

时人为应曜语①

商山四皓,不如淮阳一老。(《广韵·十六蒸》。《古乐苑》卷四六。《汉诗》卷三。)

【题解】

此语一曰《淮阳语》,见于《广韵·十六蒸》。据《广韵》记载,汉有应曜,隐于淮阳山中,与四皓俱徵,曜独不至,时人为之语。

谚语言应曜隐居之心坚定。

【注释】

①本篇《乐府诗集》未收,今据补。

关东为宁成号①

宁见乳虎,无值②宁成之怒。(《史记·酷吏列传·义纵传》。《汉书·义纵传》。《北堂书钞》卷四一。《古谣谚》卷四。《汉诗》卷三。)

【题解】

此条见于《史记·酷吏列传·义纵传》:"宁成家居,上欲以为郡守。御史大夫弘曰:'臣居山东为小吏时,宁成为济南都尉,其治如狼牧羊。成不可使治民。'上乃拜成为关都尉。岁余,关东吏隶郡国出入关者,号曰……。义纵自河内迁为南阳太守,闻宁成家居南阳,及纵至关,宁成侧行送迎,然纵气盛,弗为礼。至郡,遂案宁氏,尽破碎其家。成坐有罪,及孔、暴之属皆奔亡,南阳吏民重足一迹。而平氏朱强、杜衍杜周为纵牙爪之吏,任用,迁为廷史。"

谚语言宁成之治残暴甚于虎。

【注释】

①本篇《乐府诗集》未收,今据补。

②值:遇,逢。

长安为韩嫣语①

苦饥寒,逐弹丸。(《西京杂记》卷四。《白帖》卷一四。《太平御览》卷四九六、七五五、八一一。《古诗纪》卷一九。《古谣谚》卷五七。《汉诗》卷三。)

【题解】

此语一曰《逐弹丸》,见于《西京杂记》。据《西京杂记》记载,韩嫣好弹,以金为丸,一日所失者十余。长安为之语。

谚语对比民之饥寒与富贵者的优游生活。

【注释】

①本篇《乐府诗集》未收,今据补。

诸儒为朱云语①

五鹿岳岳②,朱云折其角。(《汉书·朱云传》。《艺文类聚》卷五五。《白帖》卷二六。《太平御览》卷四六三、四九五、六一五。《古诗纪》卷一九。《古谣谚》卷五。《汉诗》卷三。)

【题解】

此语一曰《五鹿》,见于《汉书·朱云传》:"是时,少府五鹿充宗贵幸,为《梁丘易》。自宣帝时善梁丘氏说,元帝好之,欲考其异同,令充宗与诸《易》家论。充宗乘贵辩口,诸儒莫能与抗,皆称疾不敢会。有荐云者,召入,摄衣登堂,抗音而请,音动左右。既论难,连拄五鹿君,故诸儒为之语曰……。由是为博士。"

谚语言善辩之士,亦有可争辩之人。

【注释】

①本篇《乐府诗集》未收,今据补。

②五鹿:少府五鹿充宗。岳岳:一作"狱狱"。形容角长的样子。

长安为王吉语①

东家有树,王阳妇去②。东家枣完③,去妇复还。(《汉书·王吉传》。《艺文类聚》卷八七。《太平御览》卷四九五、五二一、九六五。《古诗纪》卷一九。《古谣谚》卷五。《汉诗》卷三。)

【题解】

此语见于《汉书·王吉传》,一曰《东家枣》。《汉书·王吉传》载:"东家有大枣树垂吉庭中,吉后取枣以啖吉。吉后知之,乃去妇。东家闻而欲伐其树,邻里共止之,因固请吉令还妇。里中为之语曰……。其厉志如此。"

谚语言取枣之争。

【注释】

①本篇《乐府诗集》未收,今据补。

②王阳:王吉,字子阳。王阳妇去:指王阳休弃自己的妻子。

③东家枣完:指东家听说王阳休妻,欲伐其树。

世称王贡语①

王阳在位,贡公弹冠②。(《汉书·王吉传》。《后汉书·王丹传》注。《白帖》卷一二。《风雅翼》卷二。《古谣谚》卷五。《汉诗》卷三。)

此语见于《汉书·王吉传》:"吉与贡禹为友,世称……。言其取舍同也。"

谚语言志同道合之人取舍相同。

【注释】

①本篇《乐府诗集》未收,今据补。

②贡公:指贡禹。弹冠:指将为官。

长安为萧朱王贡语①

萧朱结绶②,王贡弹冠。(《汉书·萧育传》。《风俗通·穷通》。《艺文类聚》卷二一。《初学记》卷一八。《白帖》卷一○。《太平御览》卷四一○、四九五。《古谣谚》卷五。《汉诗》卷三。)

【题解】

此语见于《汉书·萧育传》:"育至南郡,盗贼静。病去官,起家复为光禄大夫、执金吾,以寿终于官。育为人严猛尚威,居官数免,稀迁。少与陈咸、朱博为友,著闻当世。往者有王阳、贡公,故长安语曰……,言其相荐达也。"

谚语言志同道合之人为官之志相同。

【注释】

①本篇《乐府诗集》未收,今据补。

②结绶:佩戴印绶,引申为做官。

吏民为赵张三王语①

前有赵张②,后有三王③。(《汉书·王吉传》。《北堂书钞》卷三九。《艺文类聚》卷六。《白帖》卷二一。《文选》卷一〇潘安仁《西征赋》注。《太平御览》卷四九五。《古诗纪》卷一五。《汉诗》卷三。）

【题解】

此语一曰《三王》，见于《汉书·王吉传》："光禄勋匡衡亦举骏有专对材。迁谏大夫，使责淮阳宪王。迁赵内史。吉坐昌邑王被刑后，戒子孙毋为王国吏，故骏道病，免官归。起家复为幽州刺史，迁司隶校尉，奏免丞相匡衡，迁少府，八岁，成帝欲大用之，出骏为京兆尹，试以政事。先是，京兆有赵广汉、张敞、王尊、王章，至骏皆有能名，故京师称曰……。"

谚语言此五人宽仁恤民，皆有贤名。

【注释】

①本篇《乐府诗集》未收，今据补。

②赵张：指赵广汉、张敞。

③三王：指王尊、王章、王骏。

邹鲁谚①

遗子黄金满籝②，不如一经③。（《汉书·韦贤传》。《艺文类聚》卷八三。《白帖》卷二六。《太平御览》卷四九五、五一八、六一三、七六四、八〇九。《古诗纪》卷一九。《汉诗》卷三。）

【题解】

此谚见于《汉书·韦贤传》："（韦）贤四子：长子方山为高寝令，早终；次子弘，至东海太守；次子舜，留鲁守坟墓；少子玄成，复以明经历位至丞相。故邹鲁谚曰……。"

谚语言遗子经书学问之可贵。

【注释】

①本篇《乐府诗集》未收，今据补。

②籯(yíng)：指盛物用的竹器。

③一经：一部经书。

诸儒为匡衡语①

无说《诗》，匡鼎来。匡说《诗》，解人颐。（《汉书·匡鼎传》。《西京杂记》卷二。《古诗纪》卷一八。《古谣谚》卷五。《汉诗》卷三。）

【题解】

此语一曰《匡衡歌》，见于《汉书·匡鼎传》："匡衡字稚圭，东海承人也。父世农夫，至衡好学，家贫，庸作以供资用，尤精力过绝人。诸儒为之语曰……衡射策甲科，以不应令除为太常掌故，调补平原文学。学者多上书荐衡经明，当世少双，令为文学就官京师；后进皆欲从衡平原，衡不宜在远方。事下太子太傅萧望之、少府梁丘贺问，衡对《诗》诸大义，其对深美。望之奏衡经学精习，说有师道，可观览。"

谚语言匡鼎说诗受人喜爱。

【注释】

①本篇《乐府诗集》未收，今据补。

京师为诸葛丰语①

间②何阔，逢诸葛。（《汉书·诸葛丰传》。《北堂书钞》卷三六、三七。《白帖》卷一三。《太平御览》卷二五〇、四二七、四九五。《古诗纪》卷一九。《古谣谚》卷五。《汉诗》卷三。）

【题解】

此语一曰《诸葛丰》，见于《汉书·诸葛丰传》："诸葛丰，字少季，琅琊人也,以明经为郡文学,名特立刚直。贡禹为御史大夫,除丰为属,举侍御史。元帝擢为司隶校尉,刺举无所避,京师为之语曰……。上嘉其节,加丰秩光禄大夫。"

谚语言诸葛丰执法严明。

【注释】

①本篇《乐府诗集》未收,今据补。

②间:空隙。

诸儒为张禹语①

欲为论②,念张文。(《汉书·张禹传》。《西京杂记》卷二。《太平御览》卷四九五。《古诗纪》卷一九。《古谣谚》卷五。《汉诗》卷三。)

【题解】

此语一曰《张文》,见于《汉书·张禹传》:"初,禹为师,以上难数对己问经,为《论语章句》献之。始鲁扶卿及夏侯胜、王阳、萧望之、韦玄成皆说《论语》,篇第或异。禹先事王阳,后从庸生,采获所安,最后出而尊贵。诸儒为之语曰……。由是学者多从张氏,余家寖微。"张禹,字子文。

谚语言张禹研究《论语》之精。

【注释】

①本篇《乐府诗集》未收,今据补。

②欲为论:欲问《论语》之学。

长安为谷永楼护号①

谷子云②笔札,楼君卿③喉舌。(《汉书·楼护传》。《北堂书钞》一三〇、一四〇。《艺文类聚》卷三三、五八。《太平御览》卷四六三、四九五、五

九五、六〇六。《古诗纪》卷一九。《古谣谚》卷五。《汉诗》卷三。)

【题解】

此语一曰《谷楼》，见于《汉书·楼护传》："五侯兄弟争名，其客各有所厚，不得左右，唯护尽入其门，咸得其欢心。结士大夫，无所不倾，其交长者，尤见亲而敬，众以是服。为人短小精辩，论议常依名节，听之者皆竦。与谷永俱为五侯上客，长安号曰……。言其见信用也。"

谚语言谷、楼二人，一善笔札，一善口舌。

【注释】

①本篇《乐府诗集》未收，今据补。

②谷子云：谷永，字子云。西汉成帝时为官。

③楼君卿：楼护，字君卿。

时人为甄丰语①

夜半客，甄长伯②。（《后汉书·彭宠传》。《古谣谚》卷六。《汉诗》卷三。）

【题解】

此语见于《后汉书·彭宠传》："浮因曰：'王莽为宰衡时，甄丰旦夕入谋议，时人语曰……。及莽篡位后，丰意不平，卒以诛死。'光武大笑，以为不至于此。"

谚语言甄丰夜半与王莽议事。

【注释】

①本篇《乐府诗集》未收，今据补。

②甄长伯：甄丰，字长伯。王莽时为官。

长安为张竦语①

欲求封，过张伯松②。力战斗，不如巧为奏。（《汉书·王莽传》。《古谣谚》卷五。《汉诗》卷三。）

【题解】

此语见于《汉书·王莽传》："（王）莽白太后下诏曰：'惟嘉父子兄弟，虽与崇有属，不敢阿私，或见萌芽，相率告之，及其祸成，同共雠之，应合古制，忠孝著焉。其以杜衍户千封嘉为师礼侯，嘉子七人，皆赐爵关内侯。后又封竦为淑德侯。长安为之语曰……。莽又封南阳吏民有功者百余人，污池刘崇室宅。"

谚语言以德为官。

【注释】

①本篇《乐府诗集》未收，今据补。

②张伯松：张竦，字伯松。

时人为王莽语①

莽头秃，帻施屋②。（《独断》下。《续汉书·舆服志》。《太平御览》四九六、六八七、七四〇。《古诗纪》卷一九。《古谣谚》卷四五。《汉诗》卷三。）

【题解】

此语一曰《作帻如屋》《蔡邕引里语》，见于《独断》："古帻无巾，王莽头秃，乃始施巾。故语曰……。"

谚语言王莽头巾如屋。

①本篇《乐府诗集》未收,今据补。

②帻施:头巾。帻施屋:头巾如屋。

东方为王匡廉丹语①

宁逢赤眉②,不逢太师③。太师尚可,更始④杀我。(《汉书·王莽传》。《古谣谚》卷五。《汉诗》卷三。)

【题解】

此语见于《汉书·王莽传》:"太师公因与廉丹大使五威司命位右大司马更始将军平均侯之兖州,填抚所掌,及青、徐故不轨盗贼未尽解散,后复屯聚者,皆清洁之,期于安兆黎矣。太师、更始合将锐士十余万人,所过放纵。东方为之语曰……。卒如田况之言。"

谚语言军队过于放纵。

【注释】

①本篇《乐府诗集》未收,今据补。

②赤眉:赤眉军,赤眉军起义攻打王莽。

③太师:指王莽所派的太师王匡。

④更始:指王莽所派更始将军廉丹。

太史公引鄙语论游侠①

何知仁义,已飨其利者为有德。(《史记·游侠列传》。《古谣谚》卷四。)

此语见于《史记·游侠列传》:"鄙人有言曰……。故伯夷丑周,饿死首阳山,而文武不以其故贬王;跖、蹻暴戾,其徒诵义无穷。由此观之,'窃钩者诛,窃国者侯,侯之门仁义存',非虚言也。"

谚语言有德者存仁义。

【注释】

①本篇《乐府诗集》未收,今据补。

太史公又引谚论游侠①

人貌荣名,岂有既乎。(《史记·游侠列传》。《古谣谚》卷四。)

【题解】

此谚见于《史记·游侠列传》:"太史公曰:吾视郭解,状貌不及中人,言语不足采者。然天下无贤与不肖,知与不知,皆慕其声,言侠者皆引以为名。谚曰……。於戏,惜哉!"

谚语言容貌与才能没有必然联系。

【注释】

①本篇《乐府诗集》未收,今据补。

太史公又引谚论人物①

百里不贩樵,千里不贩籴②。(《史记·货殖列传》。《古谣谚》卷四。)

【题解】

此谚见于《史记·货殖列传》:"谚曰……。居之一岁,种之以谷;十岁,树之以木;百岁,来之以德。德者,人物之谓也。今有无秩禄之奉,爵邑之入,而乐与之比者。命曰'素封'。封者食租税,岁率户二百。千户之君则二十万,朝觐聘享出其中。"

谚语言买卖之法。

【注释】

①本篇《乐府诗集》未收,今据补。

②籴(dí):指粮食。

时人为宁成语①

谨上操下,如束湿薪② 。(《史记·宁成传》异文。《古谣谚》卷四。)

【题解】

此语见于《史记·宁成传》异文:"宁成为汉中尉,严酷。时人语曰……。"

谚语言酷吏苛政。

【注释】

①本篇《乐府诗集》未收,今据补。

②本句指侍奉上级官员极为谨慎,对待下级官员如捆湿柴一样狠辣。

嘉平歌①

神仙得者茅初成②,驾龙上升入太清。时下玄洲戏赤城,继世而往在我盈,帝若学之腊嘉平③ 。(《史记·秦始皇本纪》集解。《古谣谚》卷四。)

此歌一曰《巴谣歌》，见于《史记·秦始皇本纪》集解："太原真人茅盈《内纪》曰：'始皇三十一年九月庚子，盈曾祖父濛，乃于华山之中，乘云驾龙，白日升天。'先是其邑谣歌曰……。始皇闻谣歌而问其故，父老具对此仙人之谣歌，劝帝求长生之术。于是始皇欣然，乃有寻仙之志，因改腊日'嘉平'。"

谣歌劝秦始皇求长生之术。

【注释】

①本篇《乐府诗集》未收，今据补。

②茅初成：茅氏三君的高祖茅濛，字初成。神仙得者茅初成：指茅濛得道升仙。

③嘉平：指腊月。

徐广引谚①

研、桑心算②。（《史记·货殖列传》集解。《古谣谚》卷四。）

【题解】

此谚见于《史记·货殖列传》集解："徐广曰：'计然者，范蠡之师也，名研，故谚曰……。"

谚语言研、桑二人精于计算。

【注释】

①本篇《乐府诗集》未收，今据补。

②研：指计然，姓辛氏，名文子，号计研。春秋谋士、经济学家，为范蠡之师，犹善于计算。桑：指西汉桑弘羊，善于管商之学，精于心算。

贾谊引里谚论廉耻①

欲投鼠而忌器。(《汉书·贾谊传》。《古谣谚》卷五。)

【题解】

此谚见于《汉书·贾谊传》:"里谚曰……。此善谕也。鼠近于器,尚惮不投,恐伤其器,况于贵臣之近主乎!廉耻节礼以治君子,故有赐死而亡戮辱。"

谚语言君子节之以礼。

【注释】

①本篇《乐府诗集》未收,今据补。

司马迁引谚①

谁为为之②,孰令听之③。(《汉书·司马迁传》。《古谣谚》卷五。)

【题解】

此谚见于《汉书·司马迁传》:"谚曰……。盖钟子期死,伯牙终身不复鼓琴。何则?士为知己用,女为说己容。若仆大质已亏缺,虽材怀随、行,行若由、夷,终不可以为荣,适足以发笑而自点耳。"

谚语言士为知己。

【注释】

①本篇《乐府诗集》未收,今据补。

②谁为为之:为谁为之。

③孰令听之:令孰听之。

华人为高昌人歌^①

驴非驴，马非马。（《汉书·西域传下》。《古谣谚》卷五。）

【题解】

此歌见于《汉书·西域传下》："后公主上书，愿令女比宗室入朝，而龟兹王绛宾亦爱其夫人，上书言得尚汉外孙为昆弟，愿与公主女俱入朝。元康元年，遂来朝贺。王及夫人皆赐印绶。夫人号称公主，赐以车骑旗鼓，歌吹数十人，绮绣杂缯琦珍凡数千万。留且一年，厚赠送之。后数来朝贺，乐汉衣服制度，归其国，治宫室，作徼道周卫，出入传呼，撞钟鼓，如汉家仪。外国胡人皆曰：'……'，若龟兹王，所谓骡也。绛宾死，其子丞德自谓汉外孙，成、哀帝时往来尤数，汉遇之亦甚亲密。"

歌言高昌人似骡。高昌人，在西域之地。

【注释】

①本篇《乐府诗集》未收，今据补。

时人为蒋诩谚^①

楚国二龚^②，不如杜陵蒋翁。（《太平御览》卷五一〇。《古诗纪》卷一九。《汉诗》卷三。）

【题解】

此谚见于《太平御览》，一曰《杜陵蒋翁》。

据嵇康《高士传》记载，蒋诩，字元卿，杜陵人，为兖州刺史，王莽时为宰衡。诩奏事到灞上，称病不进，归杜陵，荆棘塞门，舍中三径，终身不出。时人为之谚。

谚语言蒋诩隐居名节之高。

【注释】

①本篇《乐府诗集》未收,今据补。

②二龚:龚舍和龚胜,以隐居保全名节。

京师为扬雄语①

惟寂寞,自投阁②。爱清静,作符命③。(《汉书·扬雄传》。《太平御览》卷四九五。《古诗纪》卷一九。《古谣谚》卷五。《汉诗》卷三。)

【题解】

此语一曰《投阁》,见于《汉书·扬雄传》:"王莽时,刘歆、甄丰皆为上公,莽既以符命自立,即位之后,欲绝其原以神前事,而丰子寻、歆子棻复献之。莽诛丰父子,投四裔,辞所连及,便收不请。时雄校书天禄阁上,治狱使者来,欲收雄,雄恐不能自免,乃从阁上自投下,几死。莽闻之曰:'雄素不与事,何故在此?'间请问其故,乃刘棻尝从雄学作奇字,雄不知情。有诏勿问。然京师为之语曰……。"

谚语言扬雄知祸难免。

【注释】

①本篇《乐府诗集》未收,今据补。

②投阁:从阁楼上坠下。

③符命:指王莽既以符命自立之事。

时人为扬雄桓谭语①

玩扬子云之篇,乐于居千乘之官。挟桓君②之书,富于积猗顿之财。(《论衡》卷二〇。《汉诗》卷三。)

317

此语见于《论衡·佚文》:"孝武善《子虚》之赋,征司马长卿。孝成玩弄众书之多,善杨(扬)子云,出入游猎,子云乘从。使长卿、桓君山、子云作吏,书所不能盈牍,文所不能成句,则武帝何贪,成帝何欲? 故曰……。"

谚语言扬、桓二人之文高奇。

【注释】

①本篇《乐府诗集》未收,今据补。

②桓君:桓谭,字君山。

更始时长安中语①

灶下养,中郎将。烂羊②胃,骑都尉。烂羊头,关内侯。(《后汉书·刘玄传》。《东观汉记》卷二三。《艺文类聚》卷四五。《白帖》卷一二。《太平御览》卷九〇、二〇三、四九五、九〇二。《文选补遗》卷三五。《古诗纪》卷一九。《古谣谚》卷六。《汉诗》卷三。)

【题解】

此语又作《长安谣》《灶下养》,见于《后汉书·刘玄传》:"其(刘玄)所授官爵者,皆群小贾竖,或有膳夫庖人,多着绣面衣、锦袴、襜褕、诸于,骂詈道中。长安为之语曰……。"

谚语言群小受高官之位。

【注释】

①本篇《乐府诗集》未收,今据补。

②烂羊:指卑贱之人做高官。

时人为戴遵语①

关东大豪戴子高。(《后汉书·戴良传》。《古谣谚》卷六。《汉诗》卷三。)

【题解】

此语见于《后汉书·戴良传》："戴良字叔鸾,汝南慎阳人也。曾祖父遵,字子高,平帝时,为侍御史。王莽篡位,称病归乡里。家富,好给施,尚侠气,食客常三四百人。时人为之语曰……。"

谚语言戴遵为关东大豪。

【注释】

①本篇《乐府诗集》未收,今据补。

三辅为张氏何氏语①

何氏算②,张氏钩。何氏肥,张氏瘦。(《太平御览》卷三七八。《太平广记》卷三九一。《广博物志》卷二五。《汉诗》卷三。)

【题解】

此语见于《太平御览》。

据《三辅决录》注,因张氏得钩,何氏得算,故三辅有此旧语。

谚语言张氏之钩,何氏之算。

【注释】

①本篇《乐府诗集》未收,今据补。

②算:《太平广记》作"策"。

时人为张氏谚①

相里张②，多贤良。积善应，子孙昌。(《太平御览》卷四九六。《古诗纪》卷一九。《汉诗》卷三。)

【题解】

此谚见于《太平御览》，一曰《相里谚》。

据《太平御览》引《文士传》记载，留侯七世孙张赞，字子卿。时人为之谚。

谚语言张赞之贤良。

【注释】

①本篇《乐府诗集》未收，今据补。

②相里张：张赞，初居吴县相人里。

桓谭引谚论巧习①

伏习象神，巧者不过习者之门。(《新论·道赋》。《意林》卷三。《广博物志》卷二九。《古谣谚》卷三四。《汉诗》卷三。)

【题解】

此谚见于桓谭《新论·道赋》："余少时学，好离骚，博观他书，辄欲反学。扬子云工于赋，王君大习兵器，余欲从二子学。子云曰：'能读千赋，则善赋。'君大曰：'能观千剑，则晓剑。'谚曰……。谚曰：'侏儒见一节，而长短可知。'孔子言：'举一隅足以三隅反。'观吾小时二赋，亦足以揆其能否。余少时为奉车郎，孝成帝出祠甘泉河东，见部先置毕阴集灵宫，武帝所造，门曰望仙，殿曰存仙，欲书壁为之赋，以颂美二仙之行。"

谚语言勤习可生巧。

【注释】

①本篇《乐府诗集》未收,今据补。

桓谭引关东鄙语①

　　人间长安乐,出门西向笑。知肉味美,对屠门②而大嚼。(《新论·祛蔽》。《北堂书钞》卷一四五。《艺文类聚》卷七二。《初学记》卷二六。《文选》卷四二《与吴季重书》注。《白帖》卷五。《太平御览》卷四九六、八二八、八六三。《古谣谚》卷三四。《汉诗》卷三。)

【题解】

　　此语一曰《桓子〈新论〉引谚》,见于桓谭《新论·祛蔽》:"颜渊所以命短,慕孔子,所以殇其年也。关东鄙语曰……。此犹时人虽不别圣,亦复欣慕。如庸马与良马相追衔尾,至暮共列宿所,良马鸣食如故,庸马垂头不复食;何异颜渊与孔子优劣。"

　　谚语告诫人们应当去除不好的习性。

【注释】

①本篇《乐府诗集》未收,今据补。

②屠门:指肉市。

公孙述闻梦中人语①

　　八私子系②,十二为期。(《后汉书·公孙述传》。《古谣谚》卷六。)

【题解】

　　此语见于《后汉书·公孙述传》:"述梦有人语之曰……。觉,谓其妻曰:'虽贵而祚短,若何?'妻对曰:'朝闻道,夕死尚可,况十二乎!'会有龙出其府殿中,夜有光耀,述以为符瑞,因刻其掌,文曰'公孙帝'。建武元年四月,遂自立为天子,号'成家'。色尚白。建元曰龙兴元年。"

谚语言公孙述为帝祚短。

【注释】

①本篇《乐府诗集》未收,今据补。

②八私子系:一作"八厶子系",为公孙二字之字谜。

曹邱生引楚人谚①

得黄金百斤,不如得季布一诺。(《史记·季布传》。《汉书·季布传》。《白帖》卷二。《太平御览》卷四三〇、四六三、四九五、八〇九。《古诗纪》卷一九。《古谣谚》卷四。《汉诗》卷八。)

【题解】

此谚一曰《楚人谚》,见于《史记·季布传》:"及曹丘生归,欲得书请季布。窦长君曰:'季将军不说足下,足下无往。'固请书,遂行。使人先发书,季布果大怒,待曹丘。曹丘至,即揖季布曰:'楚人谚曰……足下何以得此声于梁楚闲哉?且仆楚人,足下亦楚人也。仆游扬足下之名于天下,顾不重邪?何足下距仆之深也?'季布乃大说,引入,留数月,为上客,厚送之。季布名所以益闻者,曹丘扬之也。"

谚语言季布重诺。

【注释】

①本篇《乐府诗集》未收,今据补。

光武述时人语^①

关东觥觥^②,《郭子》横^③。(《后汉书·郭宪传》。《汉诗》卷八。)

【题解】

此语见于《后汉书·郭宪传》:"时,匈奴数犯塞,帝患之,乃召百僚廷议。宪以为天下疲敝,不宜动众。谏争不合,乃伏地称眩瞀,不复言。帝令两郎扶下殿,宪亦不拜。帝曰:'常闻……。竟不虚也。'"

谚语言郭宪刚直进谏。

【注释】

①本篇《乐府诗集》未收,今据补。

②觥觥(gōng gōng):为人刚直的样子。

③《郭子》横:指郭宪谏争于帝。

时人为郭况语^①

洛阳多钱郭氏室,月夜昼富无匹^②。(《实宾录》卷一〇。《广博物志》卷三七。《拾遗记》卷六。《古诗纪》卷一五六。《古谣谚》卷六六。《汉诗》卷八。)

【题解】

此语见于《实宾录》。

据《拾遗记》载:"郭况,光武皇后之弟也。累金数亿,家僮四百余人,以黄金为器,工冶之声,震于都鄙。时人谓:'郭氏之室,不雨而雷。'言其铸锻之声盛也。庭中起高阁长庑,置衡石于其上,以称量珠玉也。阁下有藏金窟,列武士以卫之。错杂宝以饰台榭,悬明珠于四垂,昼视之如星,夜望之如月。里语曰……。其宠者皆以玉器盛食，故东京谓郭家为'琼厨金穴'。况小心畏慎，虽居富势，闭门优游，未曾干世事，为一时之智也。"

谚语言郭况之富，世无可比。

【注释】
①本篇《乐府诗集》未收，今据补。
②匹：比。

时人为郭况语①

洛阳多钱，郭氏万千。（《太平广记》二三六。《汉诗》卷八。）

【题解】
此语见于《太平广记》。

谚语言郭况之富。

【注释】
①本篇《乐府诗集》未收，今据补。

光武引谚①

贵易交②，富易妻。（《后汉书·宋弘传》。《初学记》卷一〇。《太平御览》卷一五二、八五四、四九五。又五一七引谢承《后汉书》、七〇一引《东观汉记》。《古诗纪》卷一〇。《古谣谚》卷六。《汉诗》卷八。）

【题解】
此谚见于《后汉书·宋弘传》："时帝姊湖阳公主新寡，帝与共论朝臣，微观其意。主曰：'宋公威容德器，群臣莫及。'帝曰：'方且图之。'后弘被引见，帝令主坐屏风后，因谓弘曰：'谚言……。人情乎？弘曰：'臣闻贫贱之交不可忘,糟糠之妻不下堂。'帝顾谓主曰:'事不谐矣'。"

谚语言富贵之后,不重朋友与妻子之情。

【注释】

①本篇《乐府诗集》未收,今据补。

②易:换。交:相结交的好友。

宋弘引语^①

贫贱之知^②不可忘,糟糠之妻不下堂。(《后汉书·宋弘传》。《太平御览》卷一五二、八五四、四九五。又五一七引谢承后《汉书》、七〇一引《东观汉记》。《汉诗》卷八。)

【题解】

此语见于《后汉书·宋弘传》:"时帝姊湖阳公主新寡,帝与共论朝臣,微观其意。主曰:'宋公威容德器,群臣莫及。'帝曰:'方且图之。'后弘被引见,帝令主坐屏风后,因谓弘曰:'谚言贵易交,富易妻,人情乎?'弘曰……。帝顾谓主曰:'事不谐矣。'"

谚语言虽贫贱,不移志向。

【注释】

①本篇《乐府诗集》未收,今据补。

②知:《太平御览》或作"交"。

南阳为杜师语^①

前有召父,后有杜母。^②(《后汉书·杜诗传》。《太平御览》卷二六〇。《古诗纪》一九。《古谣谚》卷六。《汉诗》卷八。)

此语一曰《南阳谚》，见于《后汉书·杜诗传》："(杜)诗到大阳，闻贼规欲北度，乃与长史急焚其船，部勒郡兵，将突骑趁击，斩异等，贼遂剪灭。拜成皋令，视事三岁，举政尤异。再迁为沛郡都尉，转汝南都尉，所在称治。七年，迁南阳太守。性节俭而政治清平，以诛暴立威，善于计略，省爱民役。造作水排，铸为农器，用力少，见功多，百姓便之。又修治陂池，广拓土田，郡内比室殷足。时人方于召信臣，故南阳为之语曰……。"

谚语言召、杜二人为官犹如父母。

【注释】

①本篇《乐府诗集》未收，今据补。案："师"误，当作"诗"。

②召：西汉召信臣。杜：东汉杜诗。父、母：称其官为如父如母。

时人为廉范语①

前有管鲍，后有庆廉。(《后汉书·廉范传》。《太平御览》卷四〇七、四〇九。《古谣谚》卷六。《汉诗》卷八。)

【题解】

此语见于《后汉书·廉范传》："(庐江郡掾严麟)麟事毕，不知马所归，乃缘踪访之。或谓麟曰：'故蜀郡太守廉叔度，好周人穷急，今奔国丧，独单是耳。'麟亦素闻范名，以为然，即牵马造门，谢而归之。世伏其好义，然依倚大将军窦宪，以此为讥。卒于家。初，范与洛阳庆鸿为刎颈交，时人称曰……。"

谚语言结交贵在心相知。

【注释】

①本篇《乐府诗集》未收，今据补。

章帝引谚①

作舍道傍,三年不成。(《后汉书·曹褒传》。《太平御览》卷五二三。《古诗纪》卷一〇。《汉诗》卷八。)

【题解】

此谚见于《后汉书·曹褒传》:"拜褒侍中,从驾南巡,既还,以事下三公,未及奏,诏召玄武司马班固,问改定礼制之宜。固曰:'京师诸儒,多能说礼,宜广招集,共议得失。'帝曰:'谚言……'会礼之家,名为聚讼,互生疑异,笔不得下。"

谚语言众说纷纭,所谋不成。

【注释】

①本篇《乐府诗集》未收,今据补。

班固引谚论经方①

有病不治,常得中②医。(《汉书·艺文志》。《古诗纪》卷一〇。《古谣谚》卷五。《汉诗》卷八。)

【题解】

此谚见于《汉书·艺文志》:"经方者,本草石之寒温,量疾病之浅深,假药味之滋,因气感之宜,辨五苦六辛,致水火之齐,以通闭解结,反之于平。及失其宜者,以热益热,以寒增寒,精气内伤,不见于外,是所独失也。故谚曰……。"

谚语言经方治病之功。

【注释】

①本篇《乐府诗集》未收，今据补。

②中(zhòng)：适，对。

班昭女诫引鄙谚①

生男如狼，犹恐其尪②。生女如鼠，犹恐其虎。(《后汉书·曹世叔妻传》。《古谣谚》卷六。《汉诗》卷八。)

【题解】

此谚见于《后汉书·曹世叔妻传》："敬慎第三。阴阳殊性，男女异行。阳以刚为德，阴以柔为用，男以强为贵，女以弱为美。故鄙谚有云……。然则修身莫若敬，避强莫若顺。故曰：'敬顺之道，妇人之大礼也。'夫敬非他，持久之谓也；夫顺非他，宽裕之谓也。持久者知止足也，宽裕者尚恭下也。"

谚语言男女修身为大防。

【注释】

①本篇《乐府诗集》未收，今据补。

②尪(wāng)：指骨骼弯曲不正，此处引申为身体残疾的意思。

王逸引谚①

政如冰霜，奸轨消亡。威如雷霆，寇贼不生。(《意林》卷四。《汉诗》卷八。)

【题解】

此谚见于《意林》："明刑审法，怜民惠下，生者不怨，死者不恨。谚曰……。"

谚语言为政须严明有法。

虞诩引谚①

关西出将,关东出相。(《后汉书·虞诩传》。《古诗纪》卷一〇。
《古谣谚》卷六。《汉诗》卷八。)

【题解】

此谚见于《后汉书·虞诩传》:"诩闻之,乃说李脩曰:'窃闻公卿定策当
弃凉州,求之愚心,未见其便。先帝开拓土宇,勤劳后定,而今惮小费,举而
弃之。凉州既弃,即以三辅为塞;三辅为塞,则园陵单外。此不可之甚者
也。谚曰……观其习兵壮勇,实过余州。今羌胡所以不敢入据三辅,为
心腹之害者,以凉州在后故也。其土人所以推锋执锐,无反顾之心者,为臣
属于汉故也。'"

王符引谚论得贤①

一犬吠形,百犬吠声。(《潜夫论·贤难》。《太平御览》卷九〇五。
《汉诗》卷八。)

【题解】

此谚见于《潜夫论·贤难》:"且闾阎凡品,何独识哉?苟望尘声而已
矣。观其论也,非能本闺阁之行迹,察臧否之虚实也。直以面誉我者为智,

诐谀己者为仁,处奸利者为行,窃禄位者为贤尔。岂复知孝悌之原,忠正之直,纲纪之化,本途之归哉!此鲍焦所以立枯于道左,徐衍所以自沉于沧海者也。谚曰……。世之疾此固久矣哉!吾伤世之不察真伪之情也。"

谚语言附和者多而不能清楚辨析事物的真面目。

【注释】

①本篇《乐府诗集》未收,今据补。

京师为黄香号①

天下无双,江夏黄童②。(《后汉书·黄香传》。《初学记》卷一一、一七。《白帖》卷六。《太平御览》卷二一五、三八四、四九五、六一六并引《东观汉记》。《古诗纪》卷一九。《古谣谚》卷六。《汉诗》卷八。)

【题解】

此条一曰《江夏黄童》,见于《后汉书·黄香传》:"黄香,字文强,江夏安陆人也。年九岁,失母,思慕憔悴,殆不免丧,乡人称其至孝。年十二,太守刘护闻而召之,署门下孝子,甚见爱敬。香家贫,内无仆妾,躬执苦勤,尽心奉养。遂博学经典,究精道术,能文章,京师号曰……。"

谚语言黄香至孝,天下无双。

【注释】

①本篇《乐府诗集》未收,今据补。

②童:或当作"香"。

人为高慎语①

嶷然不语,名高孝甫。(《太平御览》卷二六五。《古诗纪》卷一八。《汉诗》卷八。)

【题解】

此语一曰《高孝甫歌》,见于《太平御览》。

据《陈留耆旧传》记载,高慎,字孝甫,敦质少华,口不能剧谈,嘿而好沉深之谋。人为之语。

谚语言高慎不善语而善谋。

【注释】

①本篇《乐府诗集》未收,今据补。

颍川为荀爽语^①

荀氏八龙,慈明^②无双。(《后汉书·荀淑传》。《太平御览》卷三八五引《荀氏家传》、四九五引《续汉书》。《古诗纪》卷一九。《古谣谚》卷六。《汉诗》卷八。)

【题解】

此语一曰《荀氏八龙》,见于《后汉书·荀淑传》:"爽字慈明,一名谞。幼而好学,年十二,能通《春秋》《论语》。太尉杜乔见而称之,曰:'可为人师。'爽遂耽思经书,庆吊不行,征命不应。颍川为之语曰……。"

谚语言荀淑八子,第六子荀爽好学,天下无双。

【注释】

①本篇《乐府诗集》未收,今据补。

②慈明:荀淑八子,第六子荀爽,字慈明。

京师为李氏语^①

父不肯立帝^②,子不肯立王^③。(《后汉书·李固传》。《古谣谚》卷六。)

此语见于《后汉书·李固传》:"(李固之子)燮上奏曰:'(安平王刘续)在国无政,为妖贼所虏,守籓不称,损辱圣朝,不宜复国。'时议者不同,而续竟归籓。燮以谤毁宗室,输作左校。未满岁,王果坐不道被诛,乃拜燮为议郎。京师语曰……。"

谚语言李固、李燮父子二人各自的遭遇。

【注释】

①本篇《乐府诗集》未收,今据补。

②父不肯立帝:李固不肯立刘志(汉桓帝)为帝,最后遭梁冀诬告,而被杀害。

③子不肯立王:李燮不肯立安平王刘续为安平王,而受到毁谤被贬官。

京兆民语①

前有赵张三王②,后有边延二君③。(《后汉书·延笃传》。《古谣谚》卷六。)

【题解】

此语见于《后汉书·延笃传》:"桓帝以博士征,拜议郎,与朱穆、边韶共著作东观。稍迁侍中。帝数问政事,笃诡辞密对,动依典义。迁左冯翊,又徙京兆尹,其政用宽仁,忧恤民黎,擢用长者,与参政事,郡中欢爱,三辅咨嗟焉。先是陈留边凤为京兆尹,亦有能名,郡人为之语曰……。"

谚语言诸人皆有能名。

【注释】

①本篇《乐府诗集》未收,今据补。

②赵张三王:赵广汉、张敞、王遵、王章、王骏,此五人均为京兆尹。

③边延二君:边凤、延笃。

陈蕃引鄙谚①

盗不过五女门。(《后汉书·陈蕃传》。《古谣谚》卷六。)

【题解】

此谚见于《后汉书·陈蕃传》:"又比年收敛,十伤五六,万人饥寒,不聊生活,而采女数千,食肉衣绮,脂油粉黛不可赀计。鄙谚言……,以女贫家也。今后宫之女,岂不贫国乎!是以倾宫嫁而天下化,楚女悲而西官灾。且聚而不御,必生忧悲之感,以致并隔水旱之困。"

谚语言女多而家贫,采女多而国贫,国贫而乱生,当采女合宜。

【注释】

①本篇《乐府诗集》未收,今据补。

崔寔引农家谚①

上火②不落,下火滴沰③。(《古今谚》引《四民月令》。《康熙字典·水部》"沰"字下引。《汉诗》卷八。)

【题解】

此谚见于《古今谚》所引《四民月令》。

逯钦立《先秦汉魏晋南北朝诗》曰:"杨慎引崔寔《四民月令》谚共十六条,其中如'羸牛劣马寒食下',乃《齐民要术》引谚,不出《四民月令》。据此,杨氏著录者,未宜轻信。今依《康熙字典》载此条。"今附录之,以备核查。

谚语言占雨之有无。

①本篇《乐府诗集》未收,今据补。

②上火:火占中的丙日。

③下火:火占中的丁日。沰(duó):滴沰,本为雨声,此处引申为下雨。

李固引语①

善人在患,饥不及餐。(《后汉书·王龚传》。《汉诗》卷八。)

【题解】

此语见于《后汉书·王龚传》:"永和元年,拜太尉。在位恭慎,自非公事,不通州郡书记。其所辟命,皆海内长者。龚深疾宦官专权,志在匡正,乃上书极言其状,请加放斥。诸黄门恐惧。各使宾客诬奏龚罪,顺帝命亟自实。前掾李固时为大将军梁商从事中郎,乃奏记于商曰:'……卒有他变,则朝廷获害贤之名,群臣无救护之节矣。昔绛侯得罪,袁盎解其过,魏尚获戾,冯唐诉其冤,时君善之,列在书传。今将军内倚至尊,外典国柄,言重信著,指捴无违,宜加表救,济王公之艰难。语曰……。斯其时也。'"商即言之于帝,事乃得释。龚在位五年,以老病乞骸骨,卒于家。

谚语言善人遇到艰难,当急迫救之。

【注释】

①本篇《乐府诗集》未收,今据补。

益州长为尹就谚①

虏来尚可,尹②来杀我。(《后汉书·南蛮传》。《华阳国志·巴志》。《古谣谚》卷六。《汉诗》卷八。)

此谚见于《后汉书·南蛮传》:"前中郎将尹就讨益州叛羌,益州谚曰……。后就征还,以兵付刺史张乔;乔因其将吏,旬月之间破殄寇虏。此发将无益之效,州郡可任之验也。宜更选有勇略仁惠任将帅者,以为刺史、太守,悉使共住交阯。"

谚语言尹就有勇谋。

【注释】

①本篇《乐府诗集》未收,今据补。

②尹:尹就。

天下为贾彪语①

贾氏三虎②,伟节③最怒。(《后汉书·贾彪传》。《太平御览》卷四九六。《古诗纪》卷一九。《古谣谚》卷六。《汉诗》卷八。)

【题解】

此语一曰《贾伟节》,见于《后汉书·贾彪传》:"初,彪兄弟三人,并有高名,而彪最优,故天下称曰……。"

谚语言贾彪之名最高。

【注释】

①本篇《乐府诗集》未收,今据补。

②贾氏三虎:贾氏三子。

③伟节:贾彪,字伟节,颍川定陵人。

道士负布歌①

布乎。(《后汉书·董卓传》。《古谣谚》卷六。)

【题解】

此歌见于《后汉书·董卓传》："时，王允与吕布及仆射士孙瑞谋诛卓。有人书'吕'字于布上，负而行于市，歌曰……。有告卓者，卓不悟。"

谚语言吕布将谋诛董卓。

【注释】

①本篇《乐府诗集》未收，今据补。

楚国百姓为王负刍语①

楚虽三户，亡秦必楚。（《风俗通义·皇霸》。《古谣谚》卷四七。《汉诗》卷八。）

【题解】

此语见于《风俗通义·皇霸》："怀王信任佞臣上官、子兰，斥远忠臣，屈原作《离骚》之赋，自投汨罗水。王因为张仪所欺，客死于秦。到王负刍，遂为秦所灭。百姓哀之，为之语曰……。自颛顼至负刍六十四世，凡千六百一十六载。"

谚语言楚人亡秦之志。

【注释】

①本篇《乐府诗集》未收，今据补。

赵王迁时童谣①

赵为号②，秦为笑，以为不信，视地上生毛③。（《风俗通义·皇霸》。《古谣谚》卷四七。《汉诗》卷八。）

【题解】

此语见于《风俗通义·皇霸》："于是赵北有代,南并知山,遂祀三神于百邑,使原过主霍太山。至武灵王,竟胡服骑射,辟地千里。到王迁,信秦反间之言,杀其良将李牧,而任赵括,遂为所灭。此童谣曰……。"

谚语言赵王迁听信秦反间之计,终遭祸患。

【注释】

①本篇《乐府诗集》未收,今据补。

②号:哭号。

③地上生毛:京房《易妖占》曰:"地生毛,百姓劳苦。"

国人为齐王建歌①

松耶柏耶,亡建共②者客耶!（《史记·田敬仲完世家》。《风俗通义·皇霸》。《先秦诗》卷一。）

【题解】

此语见于《风俗通义·皇霸》："六世田成杀简公。其三世曰和,迁康公于海上,食一城以祠太公以下。后魏文侯乃使使言周天子及诸侯,列言于周室。其孙曰威王。到王建用后胜之计,又宾客多受秦金,劝王朝秦,不脩战备,秦兵平步入临菑,民无敢格者,迁王建于共。国人歌之曰……。疾建用客之不详也。"

歌言建任客失察之事。

【注释】

①本篇《乐府诗集》未收,今据补。

②建:王建。

③共:据《汉书·地理志》,指河内共县。

应劭引俚语论正失[1]

狐欲渡河,无奈尾河。(《风俗通义·正失》。《水经注·沔水》。《太平御览》卷八九一。《古诗纪》卷一〇。《古谣谚》卷四七。《汉诗》卷八。)

【题解】

此语见于《风俗通义·正失》:"今均思求其政,举清黜浊,神明报应,宜不为灾。江渡七里,上下随流,近有二十余虎,山栖穴处,毛鬣婆娑岂能犯阳侯,凌涛濑而横厉哉?俚语……。

谚语言治国当以德。

【注释】

[1]本篇《乐府诗集》未收,今据补。

应劭引俚语论愆礼[1]

妇死腹悲,唯身知之。妻非礼所与。(《风俗通义·愆礼》。《古诗纪》卷一〇。《汉诗》卷八。)

【题解】

此语见于《风俗通义·愆礼》:"且鸟兽之微,尚有回翔之思,啁噍之痛;何有死丧之感,终始永绝,而曾无恻容?当内崩伤,外自矜饬,此为矫情,伪之至也。俚语……又言'妻非礼所与',此何礼也?岂不悖哉!"

谚语言行礼当真。

【注释】

[1]本篇《乐府诗集》未收,今据补。

应劭引里语论日蚀^①

不救蚀者,出行遇雨。(《风俗通义·佚文》。《太平御览》卷八四九。《汉诗》卷八。)

【题解】

此语见于《太平御览》:"又曰:'俗说临日月薄食而饮,令人蚀口。谨案:日,太阳之精,君之象也。日有蚀之,天子不举乐。里语……。恐有安坐饮食,重惧也。'"

谚语言日蚀之兆。

【注释】

①本篇《乐府诗集》未收,今据补。

应劭引里语论主客^①

越陌度阡,更为客主。(《风俗通义·佚文》。《文选》卷二七《短歌行》注。《古谣谚》卷四七。《汉诗》卷八。)

【题解】

此语见于《文选》注:"应劭《风俗通》曰:'里语云……。'《长门赋》曰:'孔雀集而相存。'"

谚语言尊客之道。

【注释】

①本篇《乐府诗集》未收,今据补。

应劭引里语论谳狱^①

县官漫漫^②,冤死者半。（《风俗通义·佚文》。《太平御览》卷二二六、四九六。《古谣谚》卷四七。《汉诗》卷八。）

【题解】

此语见于《太平御览》:"《风俗通》曰:'顷者,廷尉多墙面而苟充兹位,持书侍御史不复平议谳,当纠纷,岂一事哉! 里语曰……。'"

谚语言县官无治道。

【注释】

①本篇《乐府诗集》未收,今据补。

②漫漫:此处指任意妄为。

应劭引里语^①

仕宦不止车生耳^②。（《太平御览》卷四九六。《古诗纪》卷一〇。《汉诗》卷八。）

【题解】

此语一曰《应劭〈汉官仪〉引里语》,见于《太平御览》:"应劭《汉官仪》曰:'里语云……。'"

谚语言官位之喻。

【注释】

①本篇《乐府诗集》未收,今据补。

②车生耳:车两旁多出的如耳的部分,作为遮挡之用。《古诗纪》注曰:"崔豹《古今注》曰:'文武车耳,古重较也。文官青耳,武官赤耳。'毛苌《诗

340

疏》曰：'重较卿士之车。'"

应劭引语论正失①

金不可作，世不可度②。(《风俗通义·正失》。《古诗纪》卷一〇。《汉诗》卷八。)

【题解】

此语见于《风俗通义·正失》："秦汉以天子之贵，四海之富，淮南竭一国之贡税，向假尚方之饶，然不能有成者，夫物之变化，固自有极，王阳何人，独能乎哉！语曰……。王阳居官食禄，虽为鲜明，车马衣服，亦能几所，何足怪之，乃传俗说，班固之论，陋于是矣。"

谚语言金不可巧作，世不可巧度。

【注释】

①本篇《乐府诗集》未收，今据补。

②《古诗纪》注曰："一曰'金可作世可度'。"

民为二崤语①

东殽西殽，渑池所高。(《风俗通义·山泽》。《汉诗》卷八。)

【题解】

此语见于《风俗通义·山泽》："谨按：《诗》云：'如山如陵。'《易》曰：'伏戎于莽，升其高陵。'又：'天险不可升，地险山川丘陵。'《春秋左氏传》曰：'殽有二陵：其南陵，夏后皋之墓也；其北陵，文王之所避风雨也。'殽在弘农渑池县，其语曰……。《国语》：'周单子会晋厉公于加陵。'《尔雅》曰：'陵莫大于加陵。'言其独高厉也。陵有天性自然者。今王公坟垄，各称陵也。"

谚语言二殽之高厉。

【注释】

①本篇《乐府诗集》未收,今据补。

南阳为卫修陈茂语①

卫修有事,陈茂治之。卫修无事,陈茂杀之。(《风俗通义·过誉》。《汉诗》卷八。)

【题解】

此语一曰《陈茂语》,见于《风俗通义·过誉》载:"汝南陈茂君因,为荆州刺史,时南阳太守灌恂,本名清能,茂不入宛城,引车到城东,为友人卫修母拜,到州。修先是茂客,仕苍梧还,到修家,见修母妇,说修坐事系狱当死,因诣府门,移辞乞恩,随辈露首,入坊中,容止严恪,须眉甚伟。太守大惊,不觉自起,立赐巾延请,甚嘉敬之,即焉出修。南阳士大夫谓茂能救解修。茂弹绳不挠,修竟极罪,恂亦以它事去。南阳疾恶杀修,为之语曰……。"

谚语言陈茂以怨报德而杀卫修。

【注释】

①本篇《乐府诗集》未收,今据补。

应劭引里语①

大暑在七,大寒在一。(《风俗通义·佚文》。《玉烛宝典》卷一。《汉诗》卷八。)

此语见于《风俗通义·佚文》:"俗说:'正月长子解浣衣被,令人死亡。'谨案:《论语》:'死生有命,富贵在天。'补更小事,何乃成灾?源其所以,正月之时,天甫凄栗,里语……。一谓正月也。人家不能赢袍异裳,脱着身之衣,便为风寒所中,以生疹疾,疹疾不瘳,死亡必矣。或说:正月,臣存其君,子朝其父,九族州间,礼贤当周,长子务于告庆,故未以解浣也。谚曰:'正月檦,二月初,自憘妃女煞丈夫。'不着洁衣,尔后大有俗节戏笑。'"

谚语言寒暑之节不同。

【注释】

①本篇《乐府诗集》未收,今据补。

应劭引谚①

正月檦②,二月初,自憘妃女煞③丈夫。(《风俗通义·佚文》。《玉烛宝典》卷一。《汉诗》卷八。)

【题解】

此谚见于《风俗通义·佚文》。谚语背景同上一首。

谚语言不洁之女使丈夫贻羞。

【注释】

①本篇《乐府诗集》未收,今据补。

②檦(biǎo):疑为伪字。

③憘(xǐ):同"喜",嬉笑。煞:疑为贻羞之意。

应劭引里语论友①

厚哉鲍、管,探肠案腹。(《风俗通义·佚文》。《太平御览》卷三九五。《古谣谚》卷四七。《汉诗》卷八。)

【题解】

此语见于《风俗通义·佚文》:"案:里语……。不清然尚不盥,何共财而生喜怒也。"

谚语言结交贵在心相知。

【注释】

①本篇《乐府诗集》未收,今据补。

汉献帝时京师谣歌①

乌腊,乌腊②。(《风俗通义·佚文》。《续汉书·五行志一》注。《古谣谚》卷四七。《汉诗》卷八。)

【题解】

此谣歌见于《风俗通义·佚文》:"京师谣歌曰……。"

谚语言董卓之乱,兵如乌腊虫。

【注释】

①本篇《乐府诗集》未收,今据补。

②乌腊、乌腊:指董卓之乱。据《风俗通义·佚文》载:"逆臣董卓,滔天虐民,穷凶极恶,关东举兵,欲共诛之,转顾望,莫肯先进,处处停兵数十万,若乌腊虫相随,横取之矣。"

时人为庞氏语①

庐里诸庞,凿井得铜,买奴得翁②。(《风俗通义·佚文》。《艺文类聚》卷三五。《初学记》卷一九。《白帖》卷六。《太平御览》卷四七二、五〇

○、八三六。《汉诗》卷八。)

【题解】

此语见于《风俗通义·佚文》："河南平阴庞俭,本魏郡邺人,遭仓卒之世,亡失其父,时俭三岁,弟才褓抱耳,流转客居庐里中,凿井,得钱千余万,遂温富。俭作府史,躬亲家事,行求老苍头谨信属任者,年六十余,直二万钱,使主牛马耕种。有宾婚大会,母在堂上,酒酣,陈乐歌笑。奴在灶下助厨,窃言:'堂上老母,我妇也。'客罢,婢语次,说:'老奴无状,为妄语,所说不可道也。'穷诘其由,母谓婢试问其形状,奴曰:'家居邺时,在富乐里宛西,妇艾氏女,字阿横,大儿字阿痴,小儿曰越子,时为县吏,为人所略卖。阿横右足下有黑子,右腋下赤志如半栉。'母曰:'是汝公也。'因下堂相对啼泣:'儿妇前,为汝公拜。'即洗浴身,见衣被,遂为夫妇如初。俭子历二千石刺史七八人。时人为之语曰……子孙羞之,言:'我先人初居庐里者兄弟二人,家买奴得公尔。'"

谚语言庞氏兄弟买奴得父之事。

【注释】

①本篇《乐府诗集》未收,今据补。

②翁:指老年男子,亦可称为其父亲。

应劭又引俗语论蝦蟇夏马①

蝦蟇②一跳八尺,再跳丈六。从春至冬,祖裸相逐。无它所作,掉尾肃肃③。(《风俗通义·佚文》。《古谣谚》卷四七。)

【题解】

此语见于《风俗通义·佚文》:"肃肃,蝦蟇掉尾。俗说……。"

谚语言虾蟆一年的活动。

①本篇《乐府诗集》未收,今据补。

②蝦蟇(xiā má):一说为"夏马"。据《风俗通义·佚文》载:"蝦蟇既处水中,其尾又短,正使能掉之,岂能肃肃乎?原其所以,当言夏马。夏马患蝇蚋,掉尾振击,常肃肃也。蝦蟇、夏马音相似。"所言当是。

③掉尾:摇尾。肃肃:象声词,摇尾之声。

应劭引里语论赤春①

相斥觸②。(《风俗通义·佚文》。《古谣谚》卷四七。)

【题解】

此语见于《风俗通义·佚文》:"今里语曰……,原其所以,言不当觸春从人求索也。"

谚语言不当相抵。

【注释】

①本篇《乐府诗集》未收,今据补。赤春:二、三月间青黄不接之时。

②觸:抵。《太平御览》作"角牛",疑误。

应劭引俗语论饮食①

大饿不在车饭②。宁相六,不守熟③。(《风俗通义·佚文》。《太平御览》卷八五〇。《古谣谚》卷四七。)

【题解】

此语见于《风俗通义·佚文》:"俗说:'大饿不在车饭。谓正得一车饭,不复活也。'或曰:'辅车上饭,小小不足济也。'案:'吴郡名酒杯为盏,言大饿人得一饐饭,无所益也。'宁相六,不守熟。案:'蒸饭更泥谓之馏,音与六相似也。'"。

谚语言虽有饭,仍不足以济。

【注释】

①本篇《乐府诗集》未收,今据补。

②大饿不在车饭:只得一车饭,不复活之意。

③宁相六,不守熟:"六"与"馏"相较而言,"馏"更为贴近句意,两者为音近而讹。

应劭引古谚论马①

杀君马者,路旁儿也。（《风俗通义·佚文》。《古谣谚》卷四七。）

【题解】

此谚见于《风俗通义·佚文》:"……。俗说:'长吏食厚禄,刍稿肥美,马肥希出,路旁小儿观之,却惊致死。'案:长吏马肥,观者快马之走骤也,乘者喜其言,驱驰不已,至于瘠死。'"。

谚语言路旁儿杀长吏之肥马。

【注释】

①本篇《乐府诗集》未收,今据补。

王吉射乌辞①

乌乌哑哑,引弓射,洞左腋。陛下寿万岁,臣为二千石。
（《风俗通义·佚文》。《古谣谚》卷四七。）

此条见于《风俗通义·佚文》："《明帝起居注》：'上东巡泰山，到荥阳，有乌飞鸣乘舆上，虎贲王吉射中之。作辞曰……。帝赐钱二百万，令亭壁悉画为乌也。'"

谚语言王吉射乌鸟之事。

【注释】

①本篇《乐府诗集》未收，今据补。

应劭引俗言论除草①

乱如蕴②。（《风俗通义·佚文》。《古谣谚》卷四七。）

【题解】

此言见于《风俗通义·佚文》："俗云：'乱如蕴'者，粪除不洁，草介集众，火就烧之，谓之蕴。言其烟气缊缊，取其希有淆乱。"

谚语言草之极乱。

【注释】

①本篇《乐府诗集》未收，今据补。

②乱如蕴：指粪除不洁，草介集众，火就烧之，言其烟气缊缊。

公沙六龙①

公沙六龙，天下无双。（《太平御览》卷四九五。《古诗纪》卷一九。《汉诗》卷八。）

【题解】

此条见于《太平御览》："又曰：'公沙穆有六子，时人号曰……。'"

谚语言公沙穆六子,皆天下无双。

【注释】

①本篇《乐府诗集》未收,今据补。

民为五门语①

苑中三公,馆下二卿②。五门嗷嗷,但闻豚声③。(《太平御览》卷四九六、八二八、九〇三。《古诗纪》卷一九。《汉诗》卷八。)

【题解】

此语见于《太平御览》,一曰《五门》。

谚语言马氏兄弟五人卖豚为业。

【注释】

①本篇《乐府诗集》未收,今据补。

②苑中三公,馆下二卿:指马氏兄弟五人。

③五门嗷嗷,但闻豚声:据《三辅决录》记载,五门,在今河南西四十里涧、谷、洛三水之交。传闻马氏兄弟五人共居此地,作五门客舍,因以为名,主养猪卖豚。

时人为作奏语①

作奏②虽工,宜去葛龚。(《后汉书·葛龚传》注。《太平御览》卷四九五。《古诗纪》卷一九。《古谣谚》卷六。《汉诗》卷八。)

【题解】

此语一曰《作奏》,见于《后汉书·葛龚传》注:"葛龚善为文奏,或有请龚奏以干人者,龚为作之,其写之,忘自载其名,因并写龚名以进之。故时人为之语曰……。事见《笑林》。"

谚语言葛龚善作奏。

【注释】

①本篇《乐府诗集》未收,今据补。

②作奏:写请奏类的文章。

高诱引谚论毁誉^①

欲人不知,莫如不为。(《淮南子·说林训》注。《汉诗》卷八。)

【题解】

此谚见于《淮南子·说林训》注:"附,近也。近耳之言,谓窃语。闻于千里,千里知之。语曰……。"

谚语言人当谨慎言行。

【注释】

①本篇《乐府诗集》未收,今据补。

刘安引谚论物类^①

鸢堕腐鼠而虞氏以亡^②。(《淮南子·人间训》。《古谣谚》卷四三。)

【题解】

此谚见于《淮南子·人间训》:"谚曰……,何谓也? 曰:虞氏,梁之大富人也,家充盈殷富,金钱无量,财货无赀。升高楼,临大路,设乐陈酒,积博其上。游侠相随而行楼下,博上者射朋张,中反两而笑,飞鸢适堕其腐鼠而中游侠。游侠相与言曰:'虞氏富乐之日久矣,而常有轻易人之志。吾不敢

350

侵犯,而乃辱我以腐鼠。如此不报,无以立务于天下。请与公僇力一志,悉率徒属,而必以灭其家。'此所谓类之而非者也。"

谚语预言虞氏之亡。

【注释】
①本篇《乐府诗集》未收,今据补。
②鸢:飞鸢。虞氏:梁国富人。

刘安引世俗言①

飨大高者,而豚为上牲。葬死人者,裘不可以藏。相戏以刃者,太祖軵②其肘。枕户橉而卧者,鬼神跖其首③。(《淮南子·氾论训》。《古谣谚》卷四三。)

【题解】

此言见于《淮南子·氾论训》:"夫飨大高而豚为上牲者,非豚能贤于野兽麋鹿也,而神明独飨之,何也? 以为豚者,家人所常畜,而易得之物也。故因其便以尊之。裘不可以藏者,非能具绨绵曼帛,温暖于身也。世以为裘者,难得贵贾之物也,而不可传于后世,无益于死者,而足以养生,故因其资以奢之。相戏以刃,太祖軵其肘者,夫以刃相戏,必为过失,过失相伤,其患必大,无涉血之仇争忿斗,而以小事自内于刑戮,愚者所不知忌也,故因太祖以累其心。枕户橉而卧,鬼神履其首者,使鬼神能玄化,则不待户牖之行,若循虚而出入,则亦无能履。夫户牖者,风气之所从往来,而风气者,阴阳相捔者也。离者必病,故托鬼神以伸诫之也。凡此之属,皆不可胜著于书策竹帛,而藏于官府者也。故以禨祥明之。为愚者之不知其害,乃借鬼神之威以声其教,所由来者远矣。而愚者以为禨祥,而狠者以为非,唯有道者能通其志。"

谚语言托鬼神以诫世人。

【注释】

①本篇《乐府诗集》未收，今据补。

②軵(rǒng)：推。

③本首注释见题解。

刘安引古谚论本末①

一渊不两蛟。（《淮南子·说山训》。《古谣谚》卷四三。）

【题解】

此谚见于《淮南子·说山训》："末不可以强于本，指不可以大于臂，下轻上重，其覆必易。……。水定则清正，动则失平。"

谚语言两则相争。

【注释】

①本篇《乐府诗集》未收，今据补。

刘安引里人谚论馈遗①

烹牛而不盐，败所为也。（《淮南子·说山训》。《古谣谚》卷四三。）

【题解】

此谚见于《淮南子·说山训》："遗人马而解其羁，遗人车而税其轙，所爱者少，而所亡者多。故里人谚曰……。桀有得事，尧有遗道，嫫母有所美，西施有所丑。故亡国之法，有可随者；治国之俗，有可非者。琬琰之玉，在洿泥之中，虽廉者弗释；弊箪甀瓞，在衽茵之上，虽贪者不搏。美之所在，虽污辱，世不能贱；恶之所在，虽高隆，世不能贵。春贷秋赋，民皆欣；春赋秋贷,众皆怨。得失同,喜怒为别,其时异也。"

谚语言有所作而不成。

【注释】

①本篇《乐府诗集》未收,今据补。

武陵人为黄氏兄弟谚①

天有冬夏,人有二黄②。(《太平御览》卷二二、四九二。《实宾录》卷三。《广博物志》卷一七。《汉诗》卷八。)

【题解】

此谚见于《太平御览》,一曰《武陵人歌》。

谚语言黄氏兄弟一廉一贪。

【注释】

①本篇《乐府诗集》未收,今据补。

②二黄:据《襄阳耆旧传》记载,黄穆,字伯开,博学,为山阳守,有德政。弟黄奂,字仲开,为武陵太守,贪秽无行。

时人为杨氏四子语①

三苗②不止,四珍③复起。(《华阳国志·汉中士女志》。《古谣谚》卷三三。《汉诗》卷八。)

【题解】

此语见于《华阳国志·汉中士女志》:"泰瑛,南郑杨矩妻,大鸿胪刘巨公女也。有四男二女。矩亡,教训六子,动有法矩。长子元珍出行,醉,每十日不见之,曰:'我在,汝尚如此;我亡,何以帅群弟子?'元珍叩头谢过。

次子仲珍白母请客,既至,无贤者,母怒责之。仲珍乃革行,交友贤人,兄弟为名士。泰瑛之教,流于三世;四子才官,隆于先人。故时人为语曰……。"

逯钦立《先秦汉魏晋南北朝诗》曰:"《华阳国志》十二刘巨公为后汉人。"

谚语言家教严明,子孙受惠。

【注释】

①本篇《乐府诗集》未收,今据补。

②三苗:杨氏三世之教。

③四珍:杨氏四子皆有才名。

羊元引谚①

孤犊触乳,骄子骂母。(《后汉书·仇香传》注。《太平御览》卷六一〇。《汉诗》卷八。)

【题解】

此谚见于《后汉书·仇香传》注:"谢承书曰:'览为县阳遂亭长,好行教化人。羊(《后汉书》注作"陈")元凶恶不孝。其母诣览言元。览呼元,谯责元以子道。与一卷《孝经》,使诵读之。元深改悔,至母床下谢罪曰:'元少孤,为母所骄。谚曰……。乞今自改。'"

谚语言孤子不知养育之恩。

【注释】

①本篇《乐府诗集》未收,今据补。

古 谚①

虽有神药,不如少年。虽有珠玉,不如金钱。(《述异记》卷下。《太平御览》卷九八四。《喻林》卷五八。《汉诗》卷八。）

【题解】

此谚见于《述异记》："古说淮南诸山石生谷，袁安云：'石谷，药名，穗之尤小者。'汉世古谚曰……。太原神釜冈中，有神农尝药之鼎存焉。成阳山中，有神农鞭药处。"

谚语言康健之重要。

【注释】

①本篇《乐府诗集》未收，今据补。

时人为郭典语①

郭君围堑，董将不许。几令狐狸，化为豺虎。赖我郭君，不畏强御。转机之间，敌为穷虏。猗猗惠君，实完疆土。（《太平御览》卷四九六。《古诗纪》卷一九。《汉诗》卷八。）

【题解】

此语一曰《郭君》，见于《太平御览》："又曰：'郭典，字君业，为钜鹿太守。与中郎将董卓攻黄巾贼张宝于曲阳。典作围堑，卓不肯，典独于西当贼之冲，昼夜进攻，宝由是城守不敢出。时人为语曰……。'"

谚语言郭典抵抗黄巾军有功。

【注释】

①本篇《乐府诗集》未收，今据补。

时人为周泽语①

生世不谐，为太常妻，一岁三百六十日，三百五十九日齐,一日不齐醉如泥。既作事,复低迷。(《后汉书·周泽传》。《初学记》卷一二。《太平御览》卷二二八。《古诗纪》卷一九。《古谣谚》卷六。《汉诗》卷八。)

【题解】

此语一曰《太常妻》,见于《后汉书·周泽传》:"常卧疾斋宫,其妻哀泽老病,窥问所苦。泽大怒,以妻干犯斋禁,遂收送诏狱谢罪。当世疑其脆激。时人为之语曰……。十八年,拜侍中骑都尉。后数为三老五更。建初中致仕,卒于家。"

谚语言周泽怒妻。

【注释】

①本篇《乐府诗集》未收,今据补。

崔寔引语①

小民发如韭,剪复生。头如鸡,割复鸣。吏不必可畏,从来必可轻,奈何欲望平。(《政论》。《太平御览》卷九七六。《汉诗》卷八。)

【题解】

此语见于崔寔《政论》:"师旷曰:'人骨发犹木有曲直,曲者为榆,直者为檀。檀宜作辐,榆宜作毂。'……。"

谚语言吏不可畏,民不可轻。

【注释】

①本篇《乐府诗集》未收,今据补。

时人为桓典语①

行行且止，避骢马御史。（《后汉书·桓典传》。《初学记》卷一二。《太平御览》卷二二七、四二七。《古诗纪》卷一九。《古谣谚》卷六。《汉诗》卷八。）

【题解】

此语一曰《避骢》，见于《后汉书·桓典传》："典独弃官收敛归葬，服丧三年，负土成坟，为立祠堂，尽礼而去。侍御辟司徒袁隗府，举高第，拜侍御史。是时宦官秉权，典执政无所回避。常乘骢马，京师畏惮，为之语曰……及黄巾贼起荥阳，典奉使督军。贼破，还，以牾宦官赏不行。在御史七年不调，后出为郎。"

谚语言桓典正直而不避宦官秉权。

【注释】

①本篇《乐府诗集》未收，今据补。

益都乡里为柳宗语①

得黄金一笥②，不如为柳伯骞所议③。（《华阳国志·蜀郡士女赞》。《太平御览》卷二六三、四九六。《古诗纪》卷一九。《汉诗》卷八。）

【题解】

此语一曰《柳伯骞》，见于《华阳国志·蜀郡士女赞》："柳宗，字伯骞，成都人也。初结九友共学，号'九子'。及为州郡右职，务在进贤。拔致求次方、张叔辽、王仲曾、殷智孙等，终至牧守。州里为谚曰……。举茂才，为阳夏太守。"

谚语言柳宗进贤有方。

【注释】

①本篇《乐府诗集》未收,今据补。

②笥(sì):用来盛物的方形竹器。

③所议:所识。

宣城为封使君语①

无作封使君,生不治民死食民。(《述异记》卷上。《汉诗》卷八。)

【题解】

此语见于《述异记》:"汉宣城郡守封邵,一日忽化为虎,食郡民。民呼曰封使君,因去,不复来。故时人语曰……。"

谚语言封邵苛政于民。

【注释】

①本篇《乐府诗集》未收,今据补。

益都为任文公语①

任文公,智无双。(《后汉书·任文公传》。《太平御览》四三二引《华阳国志》。《古谣谚》卷六。《汉诗》卷八。)

【题解】

此语见于《后汉书·任文公传》:"后兵寇并起,其逃亡者少能自脱,惟文公大小负粮捷步,悉得完免。遂奔子公山,十余年不被兵革。公孙述时,蜀武担石折。文公曰:'噫!西州智士死,我乃当之。'自是常会聚子孙,设酒食。后三月果卒。故益部为之语曰……。"

谚语言任文公智慧无双。

马皇后引俗语①

时无赭②,浇黄土。(《东观汉记》卷六。《太平御览》卷四九五。《古诗纪》卷一〇。《汉诗》卷八。)

【题解】

此语见于《东观汉记》:"时上欲封诸舅,外间白太后,曰:'吾自念亲属皆无柱石之功。俗语曰……。'"

【注释】
①本篇《乐府诗集》未收,今据补。
②赭(zhě):红褐色。此处借指柱石之功。

崔寔引里语①

州郡记,如霹雳。得诏书,但挂壁。(《政论》。《初学记》卷二四。《太平御览》卷一三、四九六、五九三。《古诗纪》卷一九。《汉诗》卷八。)

【题解】

此语见于《政论》:"今典州郡者,自违诏书,纵意出入。每诏书所欲禁绝,虽重恳恻,骂詈极笔,由复废舍,终无悛意。故里语曰……。"

谚语言州郡势力过大,皇帝诏书被挂于壁上,搁置不用。

【注释】
①本篇《乐府诗集》未收,今据补。

崔寔引农语①

二月昏，参星②夕。杏花盛，桑椹赤③。（《齐民要术》卷二。《古谣谚》卷三七引《齐民要术》。《汉诗》卷八。）

河射角，堪夜作。犁星没，水生骨④。（《古谣谚》卷三七引《齐民要术》。《汉诗》卷八。）

【题解】

此二语在《古诗纪》中作《〈四民月令〉引农语二章》。

谚语言季节交替，物各不同。

【注释】

①本篇《乐府诗集》未收，今据补。

②参星：星宿名。

③此四句指春夏之际。逯钦立《先秦汉魏晋南北朝诗》曰："《齐民要术》引崔寔，非农语。"

④水生骨：比喻水结冰。此四句指秋冬之际。逯钦立《先秦汉魏晋南北朝诗》曰："《齐民要术》无此条。"

京师为袁成谚①

事不谐，诣文开②。（《三国志·袁绍传》注。《后汉书·袁绍传》注。《太平御览》卷三八六、四九六。《古诗纪》卷一九。《古谣谚》卷六。《汉诗》卷八。）

【题解】

此谚一曰《袁文开》，见于《三国志·袁绍传》注："《英雄记》曰：'（袁）成字文开,壮健有部分,贵戚权豪自大将军梁冀以下皆与结好,言无不从。故京师为作谚曰……。"

谚语言袁成壮健有谋。

【注释】

①本篇《乐府诗集》未收,今据补。

②诣:到,问。文开:袁成,字文开,袁绍之父。

天下为四侯语①

左回天②,具独坐③。徐卧虎④,唐两堕⑤。(《风俗通义·佚文》。《三国志·荀彧传》注。《后汉书·单超传》。《太平御览》卷四九三。《古谣谚》卷六。《汉诗》卷八。)

【题解】

此语见于《后汉书·单超传》:"超病,帝遣使者就拜车骑将军。明年薨,赐东园秘器,棺中玉具,赠侯将军印绶,使者理丧。及葬,发五营骑士,侍御史护丧,将作大匠起冢茔。其后四侯转横,天下为之语曰……。皆竞起第宅,楼观壮丽,穷极伎巧。金银罽毦,施于犬马。多取良人美女以为姬妾,皆珍饰华侈,拟则宫人,其仆从皆乘牛车而从列骑。又养其疏属,或乞嗣异姓,或买苍头为子,并以传国袭封。兄弟姻戚皆宰州临郡,辜较百姓,与盗贼无异。"

另《风俗通义·佚文》载为:"左回天,徐转日,具独坐,唐应声。"今录此,以备核查。

谚语言四侯势力之大。

【注释】

①本篇《乐府诗集》未收,今据补。

②左:指左馆。回天:权势有回天之力,比喻权势大。

③具:指具瑗。独坐:独坐在上,比喻官位高。

④徐:指徐璜。卧虎:如猛虎吃人,比喻作威作福。

⑤唐:指唐衡。两堕:为所欲为,比喻以强凌弱。

京师为张盘语①

闻清白,张子石。(《北堂书钞》卷三八注引。《汉诗》卷八。)

【题解】

此语见于《北堂书钞》注引谢承《后汉书·张盘传》:"丹阳张盘,以操行清廉见称,为庐江太守。京师谚曰……。"

谚语言张盘为官清廉。

【注释】

①本篇《乐府诗集》未收,今据补。

人为徐闻县谚①

欲拔贫,诣徐闻。(《舆地纪胜》卷一一八。《方舆胜览》卷四二注。《太平寰宇记》卷一六九。《广博物志》卷七。《汉诗》卷八。)

【题解】

此谚见于《方舆胜览》注:"《元和志》:'汉置左右候官,在徐闻县南七里,积货物于此,备其所求,与交易。'故谚曰……。"

谚语言徐闻治贫有方。

【注释】

①本篇《乐府诗集》未收,今据补。

京师为鲍永鲍恢语①

贵戚且宜敛手,以避二鲍②。(《后汉书·鲍永传》。《东观汉记》卷一四。《太平御览》卷三〇七引《汉书》。《古谣谚》卷六。《汉诗》卷八。)

【题解】

此语见于《后汉书·鲍永传》:"帝叔父赵王良尊戚贵重,永以事劾良大不敬,由是朝廷肃然,莫不戒慎。乃辟扶风鲍恢为都官从事,恢亦抗直不避强御。帝常曰……。其见惮如此。"

谚语言二鲍为官抗直,不惧贵戚。

【注释】

①本篇《乐府诗集》未收,今据补。

②本句在《东观汉记》作"贵戚且当敛手,以避二鲍"。

时人为折氏谚①

折氏②客谁,朱云卿,段节英。中有佃子赵仲平,但说天文论五经。(《华阳国志·广汉士女赞》。《蜀中广记》卷四一。《汉诗》卷八。)

【题解】

此谚见于《华阳国志·广汉士女赞》:"折像,字伯式,雒人也。其先张江,为武威太守,封南阳折侯,因氏焉。父国,为郁林太守。家赀二亿,故奴婢八百人,尽散以施宗族,恤赡亲旧,葬死吊丧。事东平虞叔雅,以道教授门人。朋友自远而至。时人为谚曰……。"

谚语言折氏之客众多且博学。

①本篇《乐府诗集》未收,今据补。

②折氏:指折像,字伯式,雒人。其先张江,为武威太守,封南阳折侯,因以为氏。

王符引谚论守边①

痛不著身,言忍之;钱不出家,言与之。(《潜夫论·救边》。《太平御览》卷八三六。《喻林》卷六。《古谣谚》卷三三。《汉诗》卷八。)

【题解】

此谚一曰《王符引谚论寇》,见于《潜夫论·救边》:"乃者,边害震如雷霆,赫如日月,而谈者皆讳之,曰焱并窃盗。浅浅善靖,俾君子息,欲令朝廷以寇为小,而不早忧,害乃至此。尚不欲救,谚曰……。"

谚语言救边之心切。

【注释】

①本篇《乐府诗集》未收,今据补。

三府为朱震语①

车如鸡栖马如狗,疾恶如风朱伯厚。(《后汉书·陈蕃传》。《北堂书钞》卷三九、七三。《艺文类聚》卷九三。《太平御览》卷二六五、八九四。《古诗纪》卷一九。《古谣谚》卷六。《汉诗》卷八。)

【题解】

此语一曰《朱伯厚》,见于《后汉书·陈蕃传》:"(朱)震字伯厚,初为州从事,奏济阴太守单匡臧罪,并连匡兄中常侍车骑将军超。桓帝收匡下廷尉,以谴超,超诣狱谢。三府谚曰……。"

谚语言朱震为官正直,疾恶如仇。

【注释】

①本篇《乐府诗集》未收,今据补。

赵岐引南阳旧语①

前队大夫范仲公,盐豉蒜果共一箪。(《三辅决录》。《颜氏家训·书证》引《三辅决录》。《太平御览》四百三十一、八百五十五、九百七十七。《汉诗》卷八。)

【题解】

此语见于《颜氏家训·书证》:"……。'果'当作魏颗之'颗'。北土通呼物一块,改为一颗,蒜颗是俗间常语耳。故陈思王《鹞雀赋》曰:'头如果蒜,目似擘椒。'又《道经》云:'合口诵经声璨璨,眼中泪出珠子碟。'其字虽异,其音与义颇同。江南但呼为蒜符,不知谓为颗。学士相承,读为裹结之裹,言盐与蒜共一苞裹,内箪中耳。《正史削繁》音义又音蒜颗为苦戈反,皆失也。"

谚语言范仲公为官清廉。

【注释】

①本篇《乐府诗集》未收,今据补。

考城为仇览谚①

父母何在,在我庭。化我鸣枭,哺所生。(《后汉书·仇览传》。《喻林》卷七八。《古诗纪》卷一九。《古谣谚》卷六。《汉诗》卷八。)

此谚一曰《考城谚》《浦亭乡为仇览谚》,见于《后汉书·仇览传》:"仇览字季智,一名香,除留考城人也。少为书生淳默,乡里无知者。年四十,县召补吏,选为蒲亭长。劝人生业,为制科令,至于果菜为限,鸡豕有数,农事既毕,乃令子弟群居,还就黉学。其剽轻游恣者,皆役以田桑,严设科罚。躬助丧事,赈恤穷寡。期年称大化。览初到亭,人有陈元者,独与母居,而母诣览告元不孝。览惊曰:"吾近日过舍,庐落整顿,耕耘以时。此非恶人,当是教化未及至耳。母守寡养孤,苦身投老,奈何肆忿于一朝,欲致子以不义乎?"母闻感悔,涕泣而去。览乃亲到元家,与其母子饮,因为陈人伦孝行,譬以祸福之言。元卒成孝子。乡邑为之谚曰……。"

谚语言孝行之化。

【注释】

①本篇《乐府诗集》未收,今据补。

时人为孔氏兄弟语①

鲁国孔氏好读经,兄弟讲诵皆可听。学士来者有声名,不过孔氏那得成?(《孔丛子·连丛子》。《太平御览》卷三八五。《广博物志》卷二〇。《古诗纪》卷一九。《汉诗》卷八。)

【题解】

此语一曰《鲁国孔氏》,见于《孔丛子·连丛子》:"长彦、季彦常受教焉。既除丧,则苦身劳力以自衣食。家有先人遗书,兄弟相勉,讽诵不倦。于时蒲阪令汝南许君然造其宅,劝使归鲁,奉以车二乘。辞曰:'载柩而返,则违父遗命;舍墓而去,则心所不忍。'君然曰:'以孙就祖,于礼为得。愿子无疑。'答曰:'若以死有知也,祖犹邻宗族焉。父独留此,不亦极乎?吾其定矣。'遂还其车。于是甘贫味道,研精坟典,十余年间,会徒数百。故时人为之语曰……。长彦颇随时,为今学。季彦壹其家业,兼修《史》《汉》,不好诸家之书。"

谚语言孔氏好经。

【注释】

①本篇《乐府诗集》未收，今据补。

华容女子狱中歌吟①

不意李立为贵人。(《后汉书·五行志》注。《三国志·刘表传》注。
《搜神记》卷六。《古谣谚》卷六六。《汉诗》卷八。)

【题解】

此条见于《后汉书·五行志》注。

据《搜神记》载："是时华容有女子，忽啼呼：'将有大丧。'言语过差，县
以为妖言，系狱月余，忽于狱中哭曰：'刘荆州今日死。'华容去州数百里，即
遣马里验视，而刘表果死，县乃出之。续又歌吟曰……。后无几，太祖平荆
州，以涿郡李立字建贤为荆州刺史。"

谚语预言李立将要升官。

【注释】

①本篇《乐府诗集》未收，今据补。

阚骃引语①

仕宦不偶值冀部。(《太平寰宇记》卷六三。《太平御览》卷一六一。
《汉诗》卷八。)

幽冀之人钝如椎。(《太平寰宇记》卷六三。《汉诗》卷八。)

此语见于《太平寰宇记》:"虞植《冀州风土记》云:'黄帝以前,未可备闻,唐虞以来,冀州乃圣贤之泉薮,帝王之旧地。'又张彦贞记云:'前有唐虞之化,后有孔圣之风。'又《十三州志》:'冀州之地,盖古京也,人患剽悍,故语曰:'仕宦不偶值冀部。'其人刚狠,浅于恩义,无宾序之礼,怀居悭啬。古语云:'幽冀之人钝如椎',亦履山之险,为逋逃之薮。"又许慎《说文》云:'冀州北郡以月朝作饮食为腰,腊祭也。'又山东之人性缓尚儒,仗气任侠是也。"

谚语言冀州之人性情刚钝。

【注释】

①本篇《乐府诗集》未收,今据补。

王符引谚论考绩①

曲木恶直绳,重罚恶明证。(《潜夫论·考绩》。《意林》卷三。《古谣谚》卷三四。《汉诗》卷八。)

【题解】

此谚见于《潜夫论·考绩》:"圣汉践祚,载祀四八,而犹未者,教不假而功不考,赏罚稽而赦赎数也。谚曰……。此群臣所以乐总猥而恶考功也。"

谚语言严明考绩。

【注释】

①本篇《乐府诗集》未收,今据补。

时人为王符语①

徒见二千石,不如一缝掖②。(《后汉书·王符传》。《白帖》卷二十六。《太平御览》卷四七四、四九五、五〇二。《古诗纪》卷一八。《古谣谚》卷六。《汉诗》卷八。)

【题解】

此语一曰《缝掖》，见于《后汉书·王符传》："后度辽将军皇甫规，解官归安定。乡人有以货得雁门太守者，亦去职还家，书刺谒规。规卧不迎，既入而问：'卿前在郡食雁美乎？'有顷，又白王符在门。规素闻符名，乃惊遽而起，衣不及带，屣履出迎，援符手而还，与同坐，极欢。时人为之语曰……。"

谚语言王符之贵。

【注释】

①本篇《乐府诗集》未收，今据补。

②缝掖：儒者所穿戴一种广袖单衣，亦作"缝腋"。此处指王符。

王符引谚论赦①

一岁载②赦，奴儿噫嗟③。(《潜夫论·述赦》。《政论·阙题八》。《太平御览》卷四九六、六五二。《古谣谚》卷三三。《汉诗》卷八。)

【题解】

此谚一曰《崔寔引里语》，见于《潜夫论·述赦》："夫良赎可，孺子可令姐，中庸之人，可引而下，故其谚曰……。言王诛不行，则痛瘝之子皆轻犯，况狡乎？若诚思畏盗贼多而奸不胜故赦，则是为国为奸究报也。夫天道赏善而刑淫，天工人其代之，故凡立王者，将以诛邪恶而养正善，而以逞邪恶逆，妄莫甚焉。"今将二首合为一首。

谚语言赦免过滥。

【注释】

①本篇《乐府诗集》未收，今据补。

369

②《政论》"载"作"再",意为多。

③《政论》"噫嗟"作"喑哑"。喑哑:怒乎。

乡里为雷义陈重语①

胶漆自谓坚,不如雷与陈。(《后汉书·雷义传》。《艺文类聚》卷二一。《白帖》卷一〇、一四。《太平御览》卷四〇七、四二四、七六六。《喻林》卷四。《古谣谚》卷六。《汉诗》卷八。)

【题解】

此语见于《后汉书·雷义传》:"雷义字仲公,豫章鄱阳人也。初为郡功曹,尝擢举善人,不伐其功。义尝济人死罪,罪者后以金二斤谢之,义不受,金主伺义不在,默投金于承尘上。后葺理屋宇,乃得之,金主已死,无所复还,义乃以付县曹。后举孝廉,拜尚书侍郎,有同时郎坐事当居刑作,义默自表取其罪,以此论司寇。同台郎觉之,委位自上,乞赎义罪。顺帝诏皆除刑。义归,举茂才,让于陈重,刺史不听,义遂阳狂被发走,不应命。乡里为之语曰……。三府同时俱辟二人。义遂为守灌谒者。"

谚语言雷与陈二人胶漆之交。

【注释】

①本篇《乐府诗集》未收,今据补。

郑玄引俗语①

隐疾难为医。(《礼记·曲礼》注。《汉诗》卷八。)

【题解】

此语见于《礼记·曲礼》郑玄注:"'隐疾,衣中之疾也。'谓若黑臀、黑肱

370

矣。疾在外者,虽不得言,尚可指摘。此则无时可辟,俗语云……。"

谚语言衣中之疾难为医。

【注释】

①本篇《乐府诗集》未收,今据补。

时人为吕布语①

人中有吕布,马中有赤兔。(《三国志·魏书·吕布传》注。《艺文类聚》卷九三。《白帖》卷二九。《太平御览》卷四九六、八九七。《古诗纪》卷一九。《古谣谚》卷六。《汉诗》卷八。)

【题解】

此语一曰《时人语》,见于《三国志·魏书·吕布传》注。

谚语言才能出众。

【注释】

①本篇《乐府诗集》未收,今据补。

关中为游殷谚①

生有知人之明,死有贵神之灵。(《三国志·魏志·张既传》注引《三辅决录》。《太平御览》卷四百四十四、四百九十六。《古诗纪》卷一五六。《汉诗》卷八。)

【题解】

此谚见于《三国志·魏志·张既传》注:"《三辅决录》注曰:'既为儿童,为郡功曹游殷察异之,引既过家,既敬诺。殷先归,敕家具设宾馔。及既至,殷妻笑曰:'君其悖乎!张德容童昏小儿,何异客哉!'殷曰:'卿勿怪,乃方伯之器也。'殷遂与既论霸王之略。飨讫,以子楚托之;既谦不受,殷固托之,既以殷邦之宿望,难违其旨,乃许之。殷先与司隶校尉胡轸有隙,轸诬构杀殷。殷死月余,轸得疾患,自说但言'伏罪,伏罪,游功曹将鬼来'。于是遂死。于时关中称曰……。'"。张既,字德容,冯翊高陵人。

谚语言游殷知人。

【注释】

①本篇《乐府诗集》未收,今据补。

京师为戴凭语①

解经不穷,戴侍中。(《后汉书·戴凭传》。《北堂书钞》卷五八、一〇〇。《艺文类聚》卷五五、六九。《太平御览》卷二一九、四九五、六一五。《古诗纪》卷一九。《古谣谚》卷六。《汉诗》卷八。)

【题解】

此语一曰《戴侍中》,见于《后汉书·戴凭传》:"戴凭字次仲,汝南平舆人也。习《京氏易》。年十六,郡举明经,征试博士,拜郎中。时诏公卿大会,群臣皆就席,凭独立。光武问其意。凭对曰:'博士说经皆不如臣,而坐居臣上,是以不得就席。'帝即召上殿,令与诸儒难说,凭多所解释。帝善之,拜为侍中,数进见问得失。帝谓凭曰:'侍中当匡补国政,勿有隐情。'凭对曰:'陛下严。'帝曰:'朕何用严?'凭曰:'伏见前太尉西曹掾蒋遵,清亮忠孝,学通古今,陛下纳肤受之诉,遂致禁锢,世以是为严。'帝怒曰:'汝南子欲复党乎?'凭出,自系廷尉,有诏敕出。后复引见,凭谢曰:'臣无謇谔之节,而有狂瞽之言,不能以尸伏谏,偷生苟活,诚惭圣朝。'帝即敕尚书解遵禁锢,拜凭虎贲中郎将,以侍中兼领。正旦朝贺,百僚毕会,帝令群臣能说经者更相难诘,义有不通,辄夺其席以益通者,凭遂重坐五十余席。故京师为之语曰……。在职十八年,卒于官,诏赐东园梓器,钱二十万。"

谚语言戴凭善解经。

京师为井丹语①

五经纷纶②,井大春。(《后汉书·井丹传》。《世说新语·品藻篇》注。《北堂书钞》卷九六、一〇〇并引《三辅决录》。《白帖》卷二六。《太平御览》卷四一〇引《高士传》、四七四、四九五、五〇一并引《逸民传》、六一五引《东观汉记》。《古诗纪》卷一九。《古谣谚》卷六。《汉诗》卷八。)

【题解】

此语一曰《井大春》,见于《后汉书·井丹传》:"井丹字大春,扶风郿人也。少受业太学,通五经,善谈论,故京师为之语曰……性清高,未尝修刺修人。建武末,沛王辅等五王居北宫,皆好宾客,更遣请丹,不能致。信阳侯阴就,光烈皇后弟也,以外戚贵盛,乃诡说五王,求钱千万,约能致丹,而别使人要劫之。丹不得已,既至,就故为设麦饭葱叶之食。丹推去之,曰:'以君侯能供甘旨,故来相过,何其薄乎?'更置盛馔,乃食。及就起,左右进辇。丹笑曰:'吾闻桀驾人车,岂此邪?'坐中皆失色。就不得已而令去辇。自是隐闭,不关人事,以寿终。"

谚语言井丹善论五经。

【注释】

①本篇《乐府诗集》未收,今据补。

②纷纶:《后汉书》注曰:"纷纶,犹浩博也。"

时人为王君公语①

避世墙东②,王君公。(《后汉书·逢萌传》。《太平御览》卷一八七。

《古诗纪》卷一九。《古谣谚》卷六。《汉诗》卷八。）

【题解】

此语一曰《王君公》，见于《后汉书·逢萌传》："北海太守素闻其高，遣吏奉谒致礼，萌不答。太守怀恨而使捕之。吏叩头曰：'子康大贤，天下共闻，所在之处，人敬如父，往必不获，只自毁辱。'太守怒，收之系狱，更发它吏。行至劳山，人果相率以兵弩捍御。吏被伤流血，奔而还。后诏书征萌，托以老耄，迷路东西，语使者云：'朝廷所以征我者，以其有益于政，尚不知方面所在，安能济时乎？'即便驾归。连征不起，以寿终。初，萌与同郡徐房、平原李子云、王君公相友善，并晓阴阳，怀德秽行。房与子云养徒各千人，君公遭乱独不去，侩牛自隐。时人谓之论曰……。"

谚语言王君公的隐居生活。

【注释】

①本篇《乐府诗集》未收，今据补。

②墙东：靠在墙东，以撮合买卖牛业为生。泛指隐居之地。

京师为杨政语①

说经铿铿②，杨子行。（《后汉书·杨政传》。《北堂书钞》卷一〇〇。《太平御览》卷四九五、六一五。《古诗纪》卷一九。《古谣谚》卷六。《汉诗》卷八。）

【题解】

此语一曰《杨子行》，见于《后汉书·杨政传》："杨政，字子行，京兆人也。少好学，从代郡范升受《梁丘易》，善说经书。京师为之语曰……。教授数百人。"

谚语言杨政善说经书。

①本篇《乐府诗集》未收,今据补。

②铿铿(kēng kēng):声音洪亮。

京师为祁圣元号①

论难僠僠②,祁圣元。(《东观汉记》卷一七。《太平御览》卷六一五。《广博物志》卷二六。《古谣谚》卷一六。《汉诗》卷八。)

【题解】

此条见于《东观汉记》:"杨政,字子行,京兆人。治梁邱易,与京兆祁圣元同好,俱名善说经书。京师号曰:'说经铿铿,杨子行。论难僠僠,祁圣元。'"

谚语言祁圣元善说经书。

【注释】

①本篇《乐府诗集》未收,今据补。

②僠僠(bō bō):即"番番",指勇敢的样子。

寿春乡里为召驯语①

德行恂恂②,召伯春。(《后汉书·召驯传》。《北堂书钞》卷五六。《白帖》卷七四。《古谣谚》卷六。《汉诗》卷八。)

【题解】

此语见于《后汉书·召驯传》:"召驯字伯春,九江寿春人也。曾祖信臣,元帝时为少府。父建武中为卷令,俶傥不拘小节。驯小习《韩诗》,博通书传,以志义闻,乡里号之曰……。累仕州郡,辟司徒府。"

谚语言召驯为人恭谨。

【注释】

①本篇《乐府诗集》未收,今据补。

②恂恂(xún xún):形容为人恭谨、温顺的样子。

时人为丁鸿语①

殿中无双,丁孝公。(《后汉书·丁鸿传》。《太平御览》卷六一五。《广博物志》卷二六。《古谣谚》卷六。《汉诗》卷八。)

【题解】

此语见于《后汉书·丁鸿传》:"永平十年诏征,鸿至即召见,说《文侯之命篇》,赐御衣及绶,禀食公车,与博士同礼。顷之,拜侍中。十三年,兼射声校尉。建初四年,徙封鲁阳乡侯。肃宗诏鸿与广平王羡及诸儒楼望、成封、桓郁、贾逵等,论定《五经》同异于北宫白虎观,使五官中郎将魏应主承制问难,侍中淳于恭奏上,帝亲称制临决。鸿以才高,论难最明,诸儒称之,帝数嗟美焉。时人叹曰……。数受赏赐,擢徙校书,遂代成封为少府。门下由是益盛,远方至者数千人。"丁鸿,字孝公,颍川定陵人。

谚语言丁鸿博学,朝中无双。

【注释】

①本篇《乐府诗集》未收,今据补。

京兆乡里为冯豹语①

道德彬彬,冯仲文。(《后汉书·冯衍传》附《冯豹传》。《太平御览》卷四〇三、四九六。《古诗纪》卷一九。《古谣谚》卷六。《汉诗》卷八。)

此语一曰《冯仲文》，见于《后汉书·冯衍传》附《冯豹传》："豹字仲文，年十二，母为父所出。后母恶之，尝因豹夜寐，欲行毒害，豹逃走得免。敬事愈谨，而母疾之益深，时人称其孝。长好儒学，以《诗》《春秋》教丽山下。乡里之语曰……。举孝廉，拜尚书郎，忠勤不懈。每奏事未报，常俯伏省，或从昏至明。肃宗闻而嘉之，使黄门持被覆豹，敕令勿惊，由是数加赏赐。是时，方平西域，以豹有才谋，拜为河西副校尉。和帝初，数言边事，奏置戊己校尉，城郭诸国复率旧职。迁武威太守，视事二年，河西称之，复征入为尚书。永元十四年，卒于官。"

谚语言冯衍有德。

【注释】

①本篇《乐府诗集》未收，今据补。

诸儒为贾逵语①

问事不休，贾长头。（《风俗通义·佚文》。《后汉书·贾逵传》。《意林》卷四。《北堂书钞》卷九七、一〇〇。《白帖》卷二六。《太平御览》卷三七七、六一二、六一五。《古谣谚》卷六。《汉诗》卷八。）

【题解】

此语见于《后汉书·贾逵传》："逵悉传父业，弱冠能诵《左氏传》及《五经》本文，以《大夏侯尚书》教授，虽为古学，兼通五家《谷梁》之说。自为儿童，常在太学，不通人间事。身长八尺二寸，诸儒为之语曰……。性恺悌，多智思，俶傥有大节。尤明《左氏传》《国语》，为之《解诂》五十一篇，永平中，上疏献之。显宗重其书，写藏秘馆。"贾逵，字景伯，扶风平陵人。

谚语言贾逵爱问。

【注释】

①本篇《乐府诗集》未收，今据补。

关中为鲁丕语①

五经复兴，鲁叔陵。（《后汉书·鲁恭传》附《鲁丕传》。《北堂书钞》卷一〇〇。《白帖》卷二六。《太平御览》卷六一五。《广博物志》卷二六。《古谣谚》卷六。《汉诗》卷八。）

【题解】

此语见于《后汉书·鲁恭传》附《鲁丕传》："丕字叔陵，性沉深好学，孳孳不倦，遂杜绝交游，不答候问之礼。士友常以此短之，而丕欣然自得。遂兼通《五经》，以《鲁诗》《尚书》教授，为当世名儒。后归郡，为督邮功曹，所事之将，无不师友待之。建初元年，肃宗诏举贤良方正，大司农刘宽举丕。时对策者百有余人，唯丕在高第，除为议郎，迁新野令。视事期年，州课第一，擢拜青州刺史。务在表贤明，慎刑罚。七年，坐事下狱司寇论。元和元年征，再迁，拜赵相。门生就学者常百科人，关东号之曰……。赵王商尝欲避疾，便时移住学官，丕止不听。王乃上疏自信，诏书下丕。丕奏曰：'臣闻《礼》，诸侯薨于路寝，大夫卒于嫡室，死生有命，未有逃避之典也。学官传五帝之道。修先王礼乐教化之处，王欲废塞以广游宴，事不可听。'诏丛丕言，王以此惮之。其后帝巡狩之赵，特被引见，难问经传，厚加赏赐。在职六年，嘉瑞屡降，吏人重之。"鲁丕，字叔陵。

逯钦立《先秦汉魏晋南北朝诗》曰："鲁丕，《初学记》《御览》皆作鲁平。"

谚语言鲁丕善五经。

【注释】

①本篇《乐府诗集》未收，今据补。

诸儒为杨震语①

关西孔子,杨伯起。(《后汉书·杨震传》。《太平御览》卷四九五、六一二。《古诗纪》卷一九。《古谣谚》卷六。《汉诗》卷八。)

【题解】

此语一曰《杨伯起》,见于《后汉书·杨震传》:"杨震,字伯起,弘农华阴人也。八世祖喜,高祖时有功,封赤泉侯。高祖敞,昭帝时为丞相,封安平侯。父宝,习《欧阳尚书》。哀、平之世,隐居教授。居摄二年,与两龚、蒋诩俱征,遂遁逃,不知所处。光武高其节。建武中,公车特征,老病不到,卒于家。震少好学,受《欧阳尚书》于太常桓郁,明经博览,无不穷究。诸儒为之语曰……。常客居于湖,不答州郡礼命数十年,众人谓之晚暮,而震志愈笃。后有冠雀衔三鳣鱼,飞集讲堂前,都讲取鱼进曰:'蛇鳣者,卿大夫服之象也。数三者,法三台也。先生自此升矣。'年五十,乃始仕州郡。"

谚语言杨震才如孔子。

【注释】

①本篇《乐府诗集》未收,今据补。

时人为许慎语①

五经无双,许叔重。(《后汉书·许慎传》。《太平御览》卷四九五引谢承《后汉书》、又六〇八。《古诗纪》卷一九。《古谣谚》卷六。《汉诗》卷八。)

【题解】

此语一曰《许叔重》,见于《后汉书·许慎传》:"许慎字叔重,汝南召陵人也。性淳笃,少博学经籍,马融常推敬之,时人为之语曰……。为郡功曹,举孝廉,再迁除浚长。卒于家。初,慎以《五经》传说臧否不同,于是撰为《五经异义》,又作《说文解字》十四篇,皆传于世。"

谚语言许慎博学五经,天下无双。

【注释】

①本篇《乐府诗集》未收,今据补。

京师为周举语①

五经从横,周宣光。(《后汉书·周举传》。《白帖》卷二六。《太平御览》卷六一五引《东观汉记》。《古谣谚》卷六。《汉诗》卷八。)

【题解】

此语见于《后汉书·周举传》:"周举字宣光,汝南汝阳人,陈留太守防之子。防在《儒林传》。举姿貌短陋,而博学洽闻,为儒者所宗,故京师为之语曰……。"

谚语言周举善五经。

【注释】

①本篇《乐府诗集》未收,今据补。

京师为胡广语①

万事不理②,问伯始。天下中庸,有胡公。(《后汉书·胡广传》。《初学记》卷一一引《东观汉记》。《太平御览》卷四九五。《古诗纪》卷一九。《古谣谚》卷六。《汉诗》卷八。)

【题解】

此语一曰《胡伯始》,见于《后汉书·胡广传》:"灵帝立,与太傅陈蕃参录尚书事,复封故国。以病自乞。会蕃被诛,代为太傅,总录如故。时年已八十,而心力克壮,继母在堂,朝夕瞻省,傍无几杖,言不称老。及母卒,居丧尽哀,率礼无愆。性温柔谨素,常逊言恭色。达练事体,明解朝章。虽无謇直之风,屡有补阙之益。故京师谚曰……。及共李固定策,大议不全,又与中常侍丁肃婚姻,以此讥毁于时。"胡广,字伯始,南郡华容人。

谚语言胡广为人臣之功。

【注释】

①本篇《乐府诗集》未收,今据补。

②不理:指没有头绪。

时人为任安语①

欲知仲桓,问任安。

居今行古,任定祖。(《后汉书·任安传》。《广博物志》卷二六。《古诗纪》卷一八。《古谣谚》卷六。《汉诗》卷八。)

【题解】

此语一曰《任安二谣》,见于《后汉书·任安传》:"任安,字定祖,广汉绵竹人也。少游太学,受《孟氏易》,兼通数经。又从同郡杨厚学图谶,究极其术。时人称曰:'欲知仲桓问任安。'又曰:'居今行古任定祖。'学终,还家教授,诸生自远而至。初仕州郡。后太尉再辟,除博士,公车征,皆称疾不就。州牧刘焉表荐之,时王涂隔塞,诏命竟不至。年七十九,建安七年,卒于家。"

谚语言任安博学今古。

【注释】

①本篇《乐府诗集》未收,今据补。

时人为陈嚣语①

关东说诗，陈君期。（《东观汉记》卷二一。《北堂书钞》卷一○○。《太平御览》卷六一五。《广博物志》卷二六。《汉诗》卷八。）

【题解】

此语见于《东观汉记》："陈嚣，字君期，明韩《诗》，时语曰……。"

谚语言陈嚣善说《诗》。

【注释】

①本篇《乐府诗集》未收，今据补。

诸儒为刘恺语①

难经伉伉②，刘太常。（《后汉书补逸》卷一五。《艺文类聚》卷四九。《白帖》卷七四。《太平御览》卷二二八。《古诗纪》卷一九。《古谣谚》卷一六。《汉诗》卷八。）

【题解】

此语见于《后汉书补逸》，一曰《刘太常》。

据《艺文类聚》引西晋华峤《后汉书》："刘恺为太常，论议常引正大义，诸儒为之语曰……。"

谚语言刘恺说经刚直。

【注释】

①本篇《乐府诗集》未收，今据补。

②伉伉（kàng kàng）：刚直的样子。

人为许晏谚①

殿上成群,许伟君。(《太平御览》卷四九六。《广博物志》卷二六。
《古诗纪》卷一九。《汉诗》卷八。)

【题解】

此谚见于《太平御览》,一曰《许伟君》。

据《陈留风俗传》记载,许晏,字伟君。授鲁诗于琅邪王政学,曰"许氏
章句",列在《儒林》。故有此谚。

谚语言许晏有博学之才。

【注释】

①本篇《乐府诗集》未收,今据补。

乡里为茨充号①

一马两车,茨子河。(《东观汉记》卷一八。《后汉书·卫飒传》注。
《北堂书钞》卷三九。《广博物志》卷二六。《古谣谚》卷一六。《汉诗》卷八。)

【题解】

此条见于《后汉书·卫飒传》注:"《东观记》曰:'(茨)充,字子河,宛人
也。初举孝廉,之京师。同侣马死,充到前亭,辄舍车持马还相迎。乡里号
之曰……。'"

谚语言茨充舍车为友。

【注释】

①本篇《乐府诗集》未收,今据补。

时人为缪文雅语①

素车白马,缪文雅。(《太平御览》卷四九六。《古诗类苑》卷六九。《古诗纪》卷一九。《汉诗》卷八。)

【题解】

此语一曰《缪文雅》,见于《太平御览》:"皇甫谧《达士传》曰:'缪斐,字文雅。代修儒学,继踵六博士,以经行修明,学士称之。故时人为之语曰……。'"

谚语言缪文雅个性高洁,不假修饰。

【注释】

①本篇《乐府诗集》未收,今据补。

敦煌乡人为曹全谚①

重亲致欢,曹景完。(《金石文字记》卷一。《曝书亭集》卷四七。《汉诗》卷八。)

【题解】

此谚见于《金石文字记》:"(曹全)君童龀好学,甄极毖纬,无文不综,贤孝之性,根生于心,收养季祖母,供事继母,先意承志,存亡之敬,礼无遗阙。是以乡人为之谚曰……。

谚语言曹全敬侍继母。

【注释】

①本篇《乐府诗集》未收,今据补。

贾谊引周谚^①

君子重袭^②,小人无由入。正人^③十倍,邪辟无由来。(《新书·容经》。《古谣谚》卷三三。《先秦诗》卷七。)

【题解】

此谚见于《新书·容经》。

谚语言修身之重要。

【注释】

①本篇《乐府诗集》未收,今据补。

②重袭:严谨修身。《吕氏春秋·贵信》:"信而又信,重袭于身,乃通于天。"

③正人:指君子。

邹穆公引周谚^①

囊漏贮^②中。(《新书·春秋》。《古谣谚》卷三三。《先秦诗》卷七。)

【题解】

此谚见于《新书·春秋》:"汝知小计而不知大计。周谚曰……。而独弗闻欤?"

谚语言不会失掉大计。

【注释】

①本篇《乐府诗集》未收,今据补。

②囊:口袋。贮:此处指比口袋大很多的储存的容器。

魏人诵文侯①

　　吾君好正②，段干木③之敬。吾君好忠，段干木之隆④。
（《新序·杂事五》。《古谣谚》卷三三。《先秦诗》卷二。）

【题解】

　　此条一曰《段干木歌》，见于《新序·杂事》："魏文侯过段干木之闾而轼。其仆曰：'君何为轼？'曰：'此非段干木之闾与？段干木盖贤者也，吾安敢不轼。且吾闻段干木未尝肯以己易寡人也，吾安敢高之。段干木光乎德，寡人光乎地；段干木富乎义，寡人富乎财。地不如德，财不如义，寡人当事之者也。'遂致禄百万，而时往问之，国人皆喜，相与诵之曰……。居无几何，秦兴兵欲攻魏，司马唐且谏秦君曰：'段干木，贤者也，而魏礼之，无乃不可加兵乎？'秦君以为然，乃案兵而辍，不攻魏。文侯可谓善用兵矣。夫君子用兵也，不见其形而攻已成，其此之谓也。野人之用兵，鼓声则似雷，号呼则动天，尘气充天，流矢如雨。扶伤举死，履肠涉血，无罪之民，其死者已量于泽矣，而国之存亡，主之死生，犹未可知也，其离仁义亦远矣。"

　　谚语言段干木有贤德。

【注释】

　　①本篇《乐府诗集》未收，今据补。

　　②正：廉正。

　　③段干木：魏国安邑人。姓李，名克，封于段地，为干木大夫，故称段干木。

　　④隆：尊崇。

桓谭引谚论长短①

侏儒见一节而长短可知。（《新论·道赋》。《古谣谚》卷三三。）

【题解】

此谚见于《新论·道赋》：“余少时为奉车郎，孝成帝出祠甘泉、河东，部先置华阴集灵宫，武帝所造，门曰望仙，殿曰存仙，欲书壁为之赋，以颂美二仙之行。余户此焉，窃有乐高眇之志，即书壁为小赋。谚曰……。孔子言：‘举一隅足以三隅反。’观吾小时二赋，亦足以揆其能否。”

谚语言睹一节知大略。

【注释】

①本篇《乐府诗集》未收，今据补。

桓谭引谚论择师①

三岁学，不如一岁择师。（《新论·谴非》。《古谣谚》卷三三。）

【题解】

此谚见于《新论·谴非》：“圣人天然之姿，所以绝人远者也。谚言……。孔子以四科教士，随其所喜。譬如市肆，多列杂物，欲置之者并至。”

谚语言择师之重要。

【注释】

①本篇《乐府诗集》未收，今据补。

管仲引齐鄙人谚^①

　　居者无载,行者无埋。(《吕氏春秋·先识览》。《古谣谚》卷四三。《先秦诗》卷七。)

【题解】

　　此谚一曰《〈吕氏春秋〉引鄙谚》,见于《吕氏春秋·先识览》:"管仲有疾。桓公往问之曰:'仲父之疾病矣,将何以教寡人?'管仲曰:'齐鄙人有谚曰……。今臣将有远行,胡可以问?'"

　　谚语言将无可用。

【注释】

　　①本篇《乐府诗集》未收,今据补。

高诱引里谚^①

　　牛头而卖马脯。(《吕氏春秋·审分览》高诱注。《古谣谚》卷四三。)

【题解】

　　此谚见于《吕氏春秋·审分览》高诱注:"以污秽之德随洁白之踪,里谚所谓……。此理之谓也。"

　　谚语言名实不副。

【注释】

　　①本篇《乐府诗集》未收,今据补。

汉元鼎初公卿语①

不用作方伯②，惟须马肝石③。(《别国洞冥记》。《古谣谚》卷六六。)

【题解】

此语见于《别国洞冥记》："元鼎五年，郅支国贡马肝石百斤。常以水银养之，内玉柜中，金泥封其上。国人长四尺，惟饵此石而已。半青半白，如今之马肝。春碎以和九转之丹，服之，弥年不饥渴也。以之拂发，白者皆黑。(汉武帝)帝坐群臣于甘泉殿，有发白者，以石拂之，应手皆黑。是时公卿语曰……。此石酷烈，不和丹砂，不可近发。"

谚语言马肝石之用。

【注释】

①本篇《乐府诗集》未收，今据补。

②方伯：地方长官。

③马肝石：药石名称。见题解。

人为黄蛇珠语①

宁失千里驹，不失黄蛇珠。(《别国洞冥记》。《古谣谚》卷六六。)

【题解】

此语见于《别国洞冥记》："有凤葵草，色丹，叶长四寸，味甘，久食令人身轻肌滑。赤松子饵之三岁，乘黄蛇入水，得黄珠一枚，色如真金，或言是黄蛇之卵，故名蛇珠，亦曰销疾珠。语曰……。"

谚语言黄蛇珠之贵。

【注释】

①本篇《乐府诗集》未收,今据补。

人为龙爪薤语①

薤如膏②,身生毛。(《别国洞冥记》。《古谣谚》卷六六。)

【题解】

此语见于《别国洞冥记》:"鸟哀国,有龙爪薤,长九尺,色如玉。煎之有膏,以和紫桂为丸,服一粒,千岁不饥,故语曰……。"

谚语言龙爪薤之功用。

【注释】

①本篇《乐府诗集》未收,今据补。

②薤:龙爪薤。薤如膏:龙爪薤煎之有膏。

人为影娥池中龟语①

夜未央,待龟黄。(《别国洞冥记》。《古谣谚》卷六六。)

【题解】

此语见于《别国洞冥记》:"影娥池中有鼍龟,望其群出岸上,如连璧弄于沙岸也。故语曰……。"

谚语言龟之珍。

【注释】

①本篇《乐府诗集》未收,今据补。

汉武帝时谣言^①

三七末世,鸡不鸣,犬不吠。宫中荆棘乱相系,当有九虎^②争为帝。(《拾遗记》卷五。《古谣谚》卷六六。)

【题解】

此谣见于《拾遗记》:"太初二年,大月氏国贡双头鸡,四足一尾,鸣则俱鸣。武帝置于甘泉故馆,更以余鸡混之,得其种类而不能鸣。谏者曰:'《诗》云:牝鸡无晨。一云:牝鸡之晨,惟家之索。今雄类不鸣,非吉祥也。'帝乃送还西域。行至西关,鸡反顾望汉宫而哀鸣。故谣言曰……。至王莽篡位,将军有九虎之号。其后丧乱弥多,宫掖中生蒿棘,家无鸡鸣犬吠。此鸡未至月支国,乃飞于天汉,声似鹍鸡,翱翔云里。一名暄鸡,昆、暄之音相类。"

谚语言将有九虎夺汉家天下。

【注释】

①本篇《乐府诗集》未收,今据补。

②九虎:王莽篡位之时,其部下九位将军以虎为号,有"九虎"之号。

绥山谣^①

得绥山^②一桃,虽不得仙,亦足亦豪。(《列仙传·葛由》。《搜神记》卷一。《艺文类聚》卷九四。《太平御览》卷九二〇、九六七。《汉诗》卷一一。)

【题解】

《绥山谣》,汉代歌谣名,属于《仙道》一类。此谣见于《列仙传·葛由》:

"葛由,羌人也。周成王时好刻木作羊卖之。一旦,乘木羊入西蜀。蜀中王侯贵人追之上绥山。绥山在峨眉山西南,高无极也。随之者不复还,皆得仙道。故里谚曰……。山下祠数十处云。"

谚语言欲得仙道。

【注释】

①本篇《乐府诗集》未收,今据补。

②绥山:在今四川省峨眉山市,为道教仙山。

长安中谣①

见乞儿与②美酒,以免破屋之咎③。(《列仙传》下。《搜神记》卷一。《太平御览》卷八二七。《汉诗》卷一一。)

【题解】

《长安中谣》,汉代歌谣名,属于《仙道》一类。此谣见于《列仙传·阴生》:"阴生者,长安中渭桥下乞儿也。常止于市中乞,市人厌苦,以粪洒之。旋复在里中,衣不见污如故。长吏知之,械收。系著桎梏而续在市中乞,又械欲杀之。乃去洒者之家,室自坏,杀十余人。故长安中谣曰……。"

谚语言莫欺乞儿。

【注释】

①本篇《乐府诗集》未收,今据补。

②与:给。

③咎(jiù):灾祸。

里　语

年未半,枝不汗。(《别国洞冥记》卷二。《太平御览》卷九五三。《汉诗》卷一一。）

【题解】

里语，犹如里谚，属于《仙道》一类。《古乐苑》题作《声风木语》。此谣见于《别国洞冥记》："太初二年，东方朔从西那汗国归，得声风木十枝献帝。长九尺，大如指。此木临因桓之水，则《禹贡》所谓因桓是也。其源出甜波。树上有紫燕黄鹄集其间，实如油，麻风吹枝如玉声，因以为名。帝以枝遍赐尊臣，臣有凶者，枝则汗，臣有死者，枝则折。昔老聃在于周世，年七百岁，枝竟未汗。偓佺生于尧时，年三千岁，枝竟未一折。帝乃以枝问朔，朔曰：'臣已见此枝三过枯死而复生，岂汗折而已哉！'里语曰……。此木五千年一汗，万岁不枯。"

谚语言风声木枝之奇异。

【汇评】

唐·段成式："风声木，东方朔西郇汗国，得风声木枝，帝以赐大臣。人有疾，则枝汗；将死，则折。应人生年未半，枝不汗。"（《酉阳杂俎》卷一〇）

宋·吴淑注曰："朔曰：'臣见枝三过，枯死而复生，里语曰：'年未此木，乃五千年一湿，万岁一枯。缙云之世，生于阿阁间也。"（《事类赋》卷二四）

赤雀辞①

安公安公②，冶③与天通。七月七日，迎汝以赤龙。（《列仙传·陶安公》。《搜神记》卷一。《艺文类聚》卷七八。《汉诗》卷一一。）

【题解】

《赤雀辞》，汉代歌谣名，属于《仙道》一类。此谣见于《列仙传·陶安公》："陶安公者，六安铸冶师也。数行火，火一旦散，上行紫色冲天，公伏冶下求哀。须臾，赤雀止冶上，曰……。至期赤龙至，大雨，而安公骑之东南上，一城邑数万人众共送视之，皆与辞诀云。"

谚语言陶安公升入仙道之事。

【注释】

①此篇《乐府诗集》未收，今据补。

②安公：指陶安公，民间传说的神仙，居住地在六安县，善冶炼金属。

③冶（yě）：指熔炼（金属）。《荀子·王制》："农夫不斫削，不陶冶而足械用。"

陈琳引谣①

掩目捕雀。（《后汉书·何进传》。《古谣谚》卷六。《魏诗》卷一一。）

【题解】

此谣见于《后汉书·何进传》："主簿陈琳入谏曰：'《易》称'即鹿无虞'，谚有……。夫微物尚不可欺以得志，况国之大事，其可以诈立乎？今将军总皇威，握兵要，龙骧虎步，高下在心，此犹鼓洪炉燎毛发耳。'"

谚语言自欺欺人。

【注释】

①本篇《乐府诗集》未收，今据补。

贾谊《新书》引语①

熛熛②弗灭，炎炎奈③何；萌芽不伐，且折斧柯。（《新书·审微》。《格物通》卷二。《喻林》卷八。《经济类编》卷九〇。）

【题解】

此语见于《新书·审微》："彼人也，登高则望，临深则窥。人之性非窥且望也，势使然也。夫事有逐奸，势有召祸。老聃曰：'为之于未有，治之于未乱。'管仲曰：'备患于未形。'上也。语曰……。智禁于微，次也。事之适乱，如地形之惑人也。机渐而往，俄而东西易面，人不自知也。故墨子见衢路而哭之，悲一跬而缪千里也。"

谚语言贵在防微杜渐，备患于无形。

【注释】

①本篇《乐府诗集》《汉诗》未收，今据补。

②爗爗(yàn yàn)：火之微小的样子。清卢文弨《抱经堂丛书》："焰焰旧本皆讹作'爗爗'。爗，字书无考，今从《金人铭》作'焰焰'。"疑"爗"系"焰"之异体。后世书中"焰焰"或为讹字。

③炎炎：火之愈盛的样子。奈：《喻林》作"柰"同。按："柰""奈"二字异体互用。

贾谊《新书》引语①

祸出者祸反②，恶人者人亦恶之。（《新书·春秋》。）

【题解】

此语见于《新书·春秋》："卫懿公喜鹤，鹤有饰以文绣而乘轩者，赋敛繁多而不顾其民，贵优而轻大臣。群臣或谏，则面叱之。及翟伐卫，寇挟城堞矣，卫君垂泣而拜其臣民曰：'寇迫矣，士民其勉之！'士民曰：'君亦使君之贵优，将君之爱鹤，以为君战矣。我侪弃人也，安能守战？'乃溃门而出走。翟寇遂入，卫君奔死，遂丧其国。故贤主者，不以草木禽兽妨害人民，进忠正而远邪伪，故民顺附而臣下为用。今释人民而爱鸟兽，远忠道而贵优笑，反甚矣。人主之为人主也，举错而不偾者，杖贤也。今背其所主而弃其所杖，其偾仆也，不亦宜乎？语曰……。管子曰：'不行其野，不违其马。'此违其马者也。"

谚语言祸恶相循。

395

【注释】

①本篇《乐府诗集》《汉诗》未收，今据补。

②反：《说文解字·又部》："反，覆也。"

《韩诗外传》引鄙语①

疠怜王②。（《战国策·楚策》。《韩诗外传》卷四。《皇霸文纪》卷八。）

【题解】

此语见于《战国策·楚策》："客又说春申君曰：'昔伊尹去夏之殷，殷王而夏亡，管仲去鲁入齐，鲁弱而齐强。由是观之，夫贤者之所在，其君未尝不善，其国未尝不安也。今孙子天下之贤人，何谓辞而去？'春申君又云：'善。'于是使使请孙子。孙子为书谢之曰：'鄙语曰……。此不恭之语也。虽然，不可不审也，此为劫杀死亡之主言者也。'"

谚语言臣痛君之劫，甚于恶疾。

【注释】

①本篇《乐府诗集》《汉诗》未收，今据补。

②疠：《说文解字·疒部》："疠，恶疾也。"《韩非子·奸劫弑臣》作"厉"。按：厉，古与"瘌""癞"同，《韩诗外传》作"瘌"，为"癞"之异体字。本首在逯钦立《先秦汉魏晋南北朝诗》中作"《战国策》引语：'厉疾怜王。'"

中山王引语①

社鼷②不灌，屋鼠不薰③。（《韩诗外传》卷八。《汉书》卷五三《景十三王传》。《太平御览》卷一五〇。《喻林》卷二六。《经济类编》卷二五。《古诗纪》卷一〇。）

此语见于《汉书·景十三王传》:"臣闻……。何则?所托者然也。臣虽薄也,得蒙肺附;位虽卑也,得为东藩,属又称兄。今群臣非有葭莩之亲,鸿毛之重,群居党议,朋友相为,使夫宗室摈却,骨肉冰释。斯伯奇所以流离,比干所以横分也。诗云'我心忧伤,惄焉如捣;假寐永叹,唯忧用老;心之忧矣,疢如疾首',臣之谓也。"

谚语言托身附位之重。

【注释】

①本篇《乐府诗集》《汉诗》未收,今据补。

②社鼷(xī):庙中小鼠。

③屋鼠:室中小鼠。薰:《太平御览》作"燻"。按:"燻"为"薰"异体字。不灌鼠不薰鼠的原因,从《晏子春秋·内篇问上》:"夫社,束木而涂之,鼠因往托焉,薰之则恐烧其木,灌之则恐败其涂,此鼠所以不可得杀者,以社故也。"

《淮南子》引《文子》语①

有鸟将来,张罗而待之②。(《淮南子》卷一六《说山训》。《申鉴·时事》。《文选》卷一三、卷三六注引《文子》。《太平御览》卷八三二。《喻林》卷三〇、卷九三。)

【题解】

此语见于《淮南子·说山训》:"……。得鸟者,罗之一目也。今为一目之罗,则无时得鸟矣。今被甲者,以备矢之至,若使人必知所集,则悬一札而已矣。事或不可前规,物或不可虑,卒然不戒而至,故圣人畜道以待时。"

谚语言至德要道当待以时。

【注释】

①本篇《乐府诗集》《汉诗》未收,今据补。

②张罗而待之:《申鉴·时事》《喻林·博古》均无"而",当属脱误。一说以"鸟"喻"道",以"罗"喻"典籍"。

《史记》引蔡泽语①

　　鉴②于水者见面之容,鉴于人者知吉与凶。(《史记》卷七九《范睢蔡泽列传》。《册府元龟》卷八九〇。《喻林》卷四〇。《经济类编》卷二四。《古诗纪》卷一〇。)

【题解】
　　此语见于《史记·范睢蔡泽列传》:"吾闻之……。《书》曰'成功之下,不可久处'。四子之祸,君何居焉? 君何不以此时归相印,让贤者而授之,退而岩居川观,必有伯夷之廉,长为应侯。世世称孤,而有许由、延陵季子之让,乔松之寿,孰与以祸终哉? 即君何居焉? 忍不能自离,疑不能自决,必有四子之祸矣。"
　　谚语以镜铭为鉴,言祸福可知。
【注释】
　　①本篇《乐府诗集》《汉诗》未收,今据补。
　　②鉴:镜子。《古诗纪》注曰:"本武王镜铭。"

袁盎引语①

　　百金之子,不骑衡②。(《史记》卷一〇一《袁盎晁错列传》。《汉书》卷四九《袁盎晁错传》。《魏书》卷六七《崔光列传》。《旧唐书》卷七五《孙伏伽列传》。《旧五代史》卷四一《明宗纪》。《太平御览》卷五三。《册府元龟》卷二一八、卷三二六、卷三二八、卷五四二、卷五四六、卷五四八。《喻林》卷六五。《经济类编》卷二七。《古诗纪》卷一〇。《古乐苑》卷四六。)

此语见于《史记·袁盎晁错列传》:"文帝从霸陵上,欲西驰下峻阪。袁盎骑,并车擥辔。上曰:'将军怯邪?'盎曰:'臣闻千金之子坐不垂堂,……,圣主不乘危而徼幸。今陛下骋六騑,驰下峻山,如有马惊车败,陛下纵自轻,奈高庙、太后何?'上乃止。"

谚语言富贵之人惜身自处。

【注释】

①本篇《乐府诗集》《汉诗》未收,今据补。此语本为"千金之子,坐不垂堂"的下句,今据补。据上句,可以推测下句"不"字前有"立"字,似前后对应更为工整。

②不骑:《旧五代史·明宗纪》"不"字前有"立"字,《太平御览》《册府元龟》卷二一八、卷三二八、卷五四二、卷五四六同。《魏书·崔光列传》"骑"作"倚",《旧唐书·孙伏伽列传》《太平御览》《册府元龟》卷二一八、卷三二六、卷三二八、卷五四二、卷五四六同。《史记》裴骃集解引如淳曰:"骑,倚也。"按:"骑"与"倚"字义互通。衡:《史记》裴骃集解:"徐广曰:'一作行。'服虔曰:'自惜身不倚衡。'如淳曰:'衡,楼殿边栏楯也。'引韦昭曰:'衡,车衡。'"司马贞索隐:"衡,木行马也。"

韩安国谏梁孝王引语论伐匈奴①

强弩之极②,矢不能穿鲁缟③;冲风之末④,力不能漂⑤鸿毛。(《史记》卷一○八《韩长孺列传》。《汉书》卷五二《韩安国传》。《新序》卷一○。《三国志·蜀志·诸葛亮传》。《册府元龟》卷三○八、卷九八八。《喻林》卷三六。《经济类编》卷六八。《古诗纪》卷一○。)

【题解】

此语见于《史记·韩长孺列传》:"匈奴来请和亲,天子下议。大行王恢,燕人也,数为边吏,习知胡事。议曰:'汉与匈奴和亲,率不过数岁即复倍约。不如勿许,兴兵击之。'安国曰:'千里而战,兵不获利。今匈奴负戎马之足,怀禽兽之心,迁徙鸟举,难得而制也。得其地不足以为广,有其众不足以为强,自上古不属为人。汉数千里争利,则人马罢,虏以全制其敝。且……。非初不劲,末力衰也。击之不便,不如和亲。'群臣议者多附安国,于是上许和亲。"

谚语言盛衰之有时,当择善而用之。

【注释】

①本篇《乐府诗集》《汉诗》未收,今据补。

②极:《汉书》作"末"。按:"极"与"末"两者为同义互用。极,末端。矢:《三国志》作"势",《册府元龟》卷三〇八同。《新序》作"力",《白孔六帖》《册府元龟》卷九八八同。按:"势""力"为讹字。

③穿:《汉书》作"入",《新序》《喻林》卷一、卷二二、《经济类编》同。《元史》卷一五七《刘秉忠列传》作"射"。按:"入""射"为讹字。鲁缟:《汉书》颜师古注:"缟,素也,曲阜之地,俗善作之,尤为轻细,故以取喻也。"鲁地之缟,以薄细著称。

④冲风:迅疾之风。末:《汉书》作"衰",《新序》《喻林》卷一、卷二二、《经济类编》同。按:"衰"为讹字。

⑤漂:《汉书·韩安国传》:"冲风之衰,不能起毛羽;强弩之末,不能入鲁缟。"《新序》《喻林》卷一、卷二二、《经济类编》同。按:同上,"起"为讹字。所载虽有不同,但意义相同。

武帝贤良策问引古语①

良玉不琢②。(《汉书》卷五六《董仲舒传》。《说郛》卷二二。《册府元龟》卷六四六。《喻林》卷八七。《经济类编》卷九七。《古诗纪》卷一〇。《古乐苑》卷四三。)

【题解】

此语见于《汉书·董仲舒传》:"盖俭者不造玄黄旌旗之饰。及至周室,设两观,乘大路,朱干玉戚,八佾陈于庭,而颂声兴。夫帝王之道岂异指哉?或曰……,又曰非文无以辅德,二端异焉。"

谚语言无为之贵。

【注释】

①本篇《乐府诗集》《汉诗》未收,今据补。

②玉:《古乐苑》作"工",误。璇:《册府元龟》作"琢",《喻林》卷九三、《经济类编》《古诗纪》同。按:"琢"为同义讹误字,"璇"为正字。《说文解字·玉部》:"璇,圭璧上起兆璇也。"《韩诗外传》:"虽有良玉,不刻镂则不成器,虽有美质,不学则不成君子。"《喻林》卷九三同。《法言》:"良玉不雕,美言不文。"《太平御览》卷三九○、卷五八五、《喻林》卷八七同。

公孙弘对策书引语①

揉②曲木者不累日,销③金石者不累月。(《汉书》卷五八《公孙弘传》。《册府元龟》卷六四六。《喻林》卷九八。《经济类编》卷八。《古诗纪》卷一○。)

【题解】

此语见于《汉书·公孙弘传》:"书奏,天子以册书答曰:'问:弘称周公之治,弘之材能自视孰与周公贤?'弘对曰:'愚臣浅薄,安敢比材于周公!虽然,愚心晓然见治道之可以然也。夫虎豹马牛,禽兽之不可制者也,及其教驯服习之,至可牵持驾服,唯人之从。臣闻……,夫人之于利害好恶,岂比禽兽木石之类哉? 期年而变,臣弘尚窃迟之。'上异其言。"

谚语言当按时而变化。

【注释】

①本篇《乐府诗集》《汉诗》未收,今据补。

②揉:《汉书》颜师古注:"揉,谓矫而正之也。"按:使曲木伸直。

③销:《说文解字·金部》:"销,铄金也。"

《潜夫论》引谚①

何以服恨②，莫若听之。(《潜夫论·边议》。)

【题解】

此语见于《潜夫论·边议》："且夫议者，明之所见也；辞者，心之所表也。维其有之，是以似之。谚曰……。今诸言边可不救而安者，宜诚以其身若子弟补边太守令长丞尉，然后是非之情乃定，救边乃无患。边无患，中国乃得安宁。"

谚语言服恨之法。

【注释】

①本篇《乐府诗集》《汉诗》未收，今据补。

②服恨：制服怨恨。

冯衍引古语①

人所歌舞，天必从之。(《后汉书》卷二八《冯衍传》。《册府元龟》卷七二〇。《经济类编》卷六七。《古诗纪》卷一〇。《古乐苑》卷四三。)

【题解】

此语见于《后汉书·冯衍传》："今海内溃乱，人怀汉德，甚于诗人思召公也，爱其甘棠，而况子孙乎？……。方今为将军(廉丹)计，莫若屯据大郡，镇抚吏士，砥厉其节，百里之内，牛酒日赐，纳雄桀之士，询忠智之谋，要将来之心，待从横之变，兴社稷之利，除万人之害，则福禄流于无穷，功烈著于不灭。何与军覆于中原，身膏于草野，功败名丧，耻及先祖哉？圣人转祸而为福，智士因败而为功，愿明公深计而无与俗同。"

谚语言天遂人愿。

【注释】

①本篇《乐府诗集》《汉诗》未收，今据补。据《古乐苑》注，冯衍所引为半，全句当是："人所歌舞，天必从之。人所咀嚼，神必凶之"。

苟谏引语诫鲍永①

几事不密②，祸倚人门③。（《后汉书》卷二九《鲍永传》。《册府元龟》卷七六〇。《喻林》卷六四。《经济类编》卷一八、卷八九。《古诗纪》卷一〇。《古诗镜》卷三六。）

【题解】

此语见于《后汉书·鲍永传》："（鲍永）初为郡功曹。莽以宣不附己，欲灭其子孙。都尉路平承望风旨，规欲害永。太守苟谏拥护，召以为吏，常置府中。永因数上谏陈兴复汉室，翦灭篡逆之策。谏每戒永曰……。永感其言。及谏卒，自送丧归扶风。路平遂收永弟升。太守赵兴到，闻乃叹曰：'我受汉茅土，不能立节，而鲍宣死之，岂可害其子也！'敕县出升，复署永功曹。时有矫称侍中止传舍者，兴欲谒之。永疑其诈，谏不听而出，兴遂驾往，永乃拔佩刀截马当匈，乃止。后数日，莽诏书果下捕矫称者，永由是知名。举秀才，不应。"

谚语言当谨密行事。

【注释】

①本篇《乐府诗集》《汉诗》未收，今据补。

②几事：按：原作当为"机事"，后改为"几事"，二者同义互通。几事，机密之事。密：《喻林》作"宻"，《经济类编》卷一八、《古诗纪》同。按："宻"与"密"为异体字。疑原作当为"宻"。

③祸倚人门：《喻林》《经济类编》作"则害成"。按：此语出自《周易·系辞上》，后经改动。《古诗纪》"门"作"壁"，《古诗镜》同。疑"壁"为讹字。

刘咸引语教李业①

瞉弩射市②,薄命者先死③。(《后汉书》卷八一《独行列传》。《太平御览》卷六四三。《喻林》卷三七。《经济类编》卷八六。《古诗纪》卷一〇。《古诗镜》卷三六。)

【题解】

此语见于《后汉书·独行列传》:"会王莽居摄,(李)业以病去官,杜门不应州郡之命。太守刘咸强召之,业乃载病诣门。咸怒,出教曰:'贤者不避害,譬犹……闻业名称,故欲与之为治,而反托疾乎?'令诣狱养病,欲杀之。客有说咸曰:'赵杀鸣犊,孔子临河而逝。未闻求贤而胁以牢狱者也。'咸乃出之,因举方正。王莽以业为酒士,病不之官,遂隐藏出谷,绝匿名迹,终莽之世。"

谚语言命之薄。

【注释】

①本篇《乐府诗集》《汉诗》未收,今据补。

②瞉弩射市:瞉弩,张弩。《太平御览》"市"后有"中"字。按:"中"为衍字。

③薄命者先死:《太平御览》作"命薄"。按:当为讹误。《古诗纪》《古诗镜》无"者"字,疑有"者"字当是。

陈留老父引语①

龙不隐鳞,凤不藏羽②;网罗高悬③,去将安所。(《后汉书》卷八三《逸民列传》。《太平御览》卷四〇七、卷四八八、卷五〇一。《册府元龟》卷八〇九、卷九〇九。《喻林》卷六、卷三四。《经济类编》卷八七。《古诗纪》卷一〇。)

【题解】

此语见于《后汉书·逸民列传》:"陈留老父者,不知何许人也。桓帝世,党锢事起,守外黄令陈留张升去官归乡里,道逢友人,共班草而言。升曰:'吾闻赵杀鸣犊,仲尼临河而反;覆巢竭渊,龙凤逝而不至。今宦竖日乱,陷害忠良,贤人君子其去朝乎? 夫德之不建,人之无援,将性命之不免,奈何?'因相抱而泣。老父趋而过之,植其杖,太息言曰:'吁! 二大夫何泣之悲也? 夫……。虽泣何及乎!'二人欲与之语,不顾而去,莫知所终。"

谚语言不惧灾祸。

【注释】

①本篇《乐府诗集》《汉诗》未收,今据补。

②羽:《太平御览》卷四〇七作"翼"。按:"翼"为讹字。

③网罗高悬:《太平御览》卷四〇七作"一世网罗"。《太平御览》卷四八八作"罗网高悬"。按:"一世"或为衍误。"罗网"为讹误。

附录

有目无辞之乐府歌辞

散乐府类·汉鞞舞歌

《关东有贤女》

《章和二年中》

《乐久长》

《四方皇》

《殿前生桂树》

歌诗类

《出行巡狩及游歌诗》十篇。

《临江王及愁思节士歌诗》四篇。

《李夫人及幸贵人歌诗》三篇。

《诏赐中山靖王子哙及孺子妾冰未央材人歌诗》四篇。

《燕代讴雁门云中陇西歌诗》九篇。

《邯郸河间歌诗》四篇。

《齐郑歌诗》四篇。

《淮南歌诗》四篇。

《左冯翊秦歌诗》三篇。

《京兆尹秦歌诗》五篇。

《河东蒲反(板)歌诗》一篇。

《黄门倡车忠等歌诗》十五篇。

《杂各有主名歌诗》十篇。

《杂歌诗》九篇。

《洛阳歌诗》四篇。

《河南周歌诗》七篇。

《河南周歌声曲折》七篇。

《周谣歌诗》七十五篇。

《周谣歌诗声曲折》七十五篇。

《诸神歌诗》三篇。

《送迎灵颂歌诗》三篇。

《周歌诗》二篇。

《南郡歌诗》五篇。

参考文献

一、古籍书目

《北堂书钞》，[隋]虞世南撰，天津：天津古籍出版社，1988年。

《白孔六帖》，[唐]白居易撰，[宋]孔传续，台北：商务印书馆，1986年，影印文渊阁《四库全书》本，第891—892册。

《白虎通疏证》，[清]陈立撰，吴则虞点校，北京：中华书局，1994年。

《抱朴子外篇校笺》，杨明照撰，北京：中华书局，1997年。

《初学记》，[唐]徐坚等著，北京：中华书局，1962年。

《册府元龟》，[宋]王钦若等编，北京：中华书局，1960年。

《采菽堂古诗选》，[清]陈祚明评选，李金松点校，上海：上海古籍出版社，2008年。

《东观汉记校注》，[东汉]刘珍等撰，吴树平校注，北京：中华书局，2008年。

《杜工部草堂诗笺》，[唐]杜甫撰，[宋]蔡梦弼会笺，上海：上海古籍出版社，《续修四库全书》本，第1307册。

《昌黎先生集》，[唐]韩愈撰，朱文公校注，北京：中华书局，1989年，《四部备要》本，第234册。

《对床夜语》，[宋]范晞文撰，台北：商务印书馆，影印文渊阁《四库全书》本，第1481册。

《丹铅杂录》，[明]杨慎撰，《丛书集成初编》，北京：中华书局，1985年，第336册。

《读通鉴论》，[清]王夫之著，舒士彦点校，北京：中华书局，2013年。

《大戴礼记补注》，[清]孔广森撰，王丰先点校，北京：中华书局，2013年。

《二十五史谣谚通检》，尚恒元、彭善俊编，太原：山西人民出版社，1986

408

年版。

《尔雅翼》,[宋]罗愿撰,石云孙点校,合肥:黄山书社,1991 年。

《法言义疏》,汪荣宝撰,陈仲夫点校,北京:中华书局,1987 年。

《风俗通义校注》,[汉]应劭撰,王利器校注,北京:中华书局,2010 年。

《风雅翼》,[元]刘履编,台北:商务印书馆,影印文渊阁《四库全书》本,第 1370 册。

《方舆胜览》,[宋]祝穆撰,北京:中华书局,2003 年。

《格物通》,[明]湛若水撰,台北:商务印书馆,影印文渊阁《四库全书》本,第 716 册。

《广博物志》,[明]董斯张撰,上海:上海古籍出版社,1992 年。

《古乐府》,[元]左克明撰,台北:商务印书馆,影印文渊阁《四库全书》本,第 1368 册。

《古今谚》,[明]代杨慎纂,《丛书集成初编》,北京:中华书局,1985 年,第 595 册。

《古今风谣》,[明]杨慎纂,《丛书集成初编》,北京:中华书局,1985 年,第 595 册。

《古诗纪》,[明]冯惟讷撰,台北:商务印书馆,影印文渊阁《四库全书》本,第 1379 册。

《古微书》,[明]孙瑴编,台北:商务印书馆,影印文渊阁《四库全书》本,第 1379 册。

《古今诗删》,[明]李攀龙编,台北:商务印书馆,影印文渊阁《四库全书》本,第 1382 册。

《古乐苑》,[明]梅鼎祚撰,台北:商务印书馆,影印文渊阁《四库全书》本,第 1395 册。

《古诗镜》,[明]陆时雍撰,台北:商务印书馆,影印文渊阁《四库全书》本,第 1411 册。

《古诗类苑》,[明]张之象编,(日)中岛敏夫整理,上海:上海古籍出版社,2006 年。

《古诗评选》,[明]王夫之,上海:上海古籍出版社 2011 年。

《古谣谚》，[清]杜文澜辑，周绍良校点，北京：中华书局，1958 年。

《古谚笺》，[清]林伯桐撰，《丛书集成三编》，台北：台北新文丰出版公司，第 8 册。

《古诗赏析》，[清]张玉谷，许逸民点校，上海：上海古籍出版社，2000 年。

《古诗源》，[清]沈德潜选，北京：中华书局，2006 年。

《韩诗外传》，[汉]韩婴撰，许维遹校释，北京：中华书局，1980 年。

《淮南子集释》，何宁撰，北京：中华书局，1998 年。

《汉书》，[汉]班固著，[唐]颜师古注，北京：中华书局，1962 年。

《华阳国志校注》，[晋]常璩撰，刘琳校注，成都：巴蜀书社，1984 年。

《后汉书》，[南朝宋]范晔撰，[唐]李贤等注，北京：中华书局 1965 年。

《汉武帝别国洞冥记》，[汉]郭宪撰，王根林校点，上海：上海古籍出版社，2012 年版。

《海录碎事》，[宋]叶廷珪撰，上海：上海古籍出版社，1991 年。

《皇霸文纪》，[明]梅鼎祚编，台北：商务印书馆，影印文渊阁《四库全书》本，第 1396 册。

《汉铙歌十八曲集解》，[清]谭仪集解，仁和江氏刊，1875 年版。

《汉铙歌句解》，[清]庄述祖，《珍艺宦遗书》本。

《汉诗统笺》，[清]陈本礼，陈氏裛露轩刊，1796 年。

《汉铙歌释文笺正》，[清]王先谦撰，台北：艺文印书馆，1974 年。

《晋书》，[唐]房玄龄等撰，北京：中华书局，1974 年。

《九家集注杜诗》，[唐]杜甫撰，[宋]郭知达集注，台北：商务印书馆，影印文渊阁《四库全书》本，第 1068 册。

《旧唐书》，[后晋]刘昫等撰，[宋]欧阳修、宋祁撰，北京：中华书局，1997 年。

《绛帖平》，[宋]姜夔撰，台北：商务印书馆，影印文渊阁《四库全书》本，第 682 册。

《旧五代史》，[宋]薛居正等撰，北京：中华书局，1976 年。

《记纂渊海》，[宋]潘自牧编纂，北京：中华书局，1988 年。

《锦绣万花谷》,[宋]佚名撰,北京:中国书店,2013 年。

《经济类编》,[明]冯琦撰,台北:商务印书馆,影印文渊阁《四库全书》本,第 960—963 册。

《广文选》,[明]刘节编,济南:齐鲁书社,1997 年,《四库全书存目丛书》本,第 297—298 册。

《居易录》,[清]王士禛撰,台北:商务印书馆,影印文渊阁《四库全书》本,第 869 册。

《金石文字记》,[清]顾炎武,北京:中华书局,1991 年。

《孔丛子校释》,傅亚庶撰,北京:中华书局,2011 年。

《匡谬正俗平议》,[唐]颜师古著;刘晓东平议,济南:山东大学出版社,1999 年。

《礼记译注》,杨天宇撰,上海:上海古籍出版社,2004 年。

《吕氏春秋集释》,许维遹撰,梁运华整理,北京:中华书局,2009 年版。

《列仙传校笺》,王叔岷著,北京:中华书局,2007 年。

《论衡校读笺识》,马宗霍著,北京:中华书局,2010 年。

《梁书》,[唐]姚思廉撰,北京:中华书局,1973 年。

《类说》,[宋]曾慥辑,北京:北京文学古籍刊行社,1955 年。

《历代诗话》,[清]何文焕辑,北京:中华书局,1981 年。

《南齐书》,[南朝梁]萧子显撰,北京:中华书局,1972 年。

《南史》,[唐]李延寿撰,北京:中华书局,1974 年。

《曝书亭集》,[清]朱彝尊撰,上海:商务印书馆,1935 年。

《潜夫论笺校正》,[汉]王符著;[清]汪继培笺,彭铎校正,北京:中华书局,1985 年。

《琴操》,[汉]蔡邕撰,[清]孙星衍校辑,上海:上海古籍出版社,2002 年,《续修四库全书》本,第 1092 册。

《齐民要术》,[北魏]贾思勰撰,南京:江苏古籍出版社,2001 年。

《青箱杂记》,[宋]吴处厚撰,李裕民点校,北京:中华书局,1985 年。

《齐乘校释》,[元]于钦撰,刘敦愿、宋百川、刘伯勤校释,北京:中华书局,2012 年。

《青溪暇笔》，[明]姚福，上海：上海古籍出版社，《续修四库全书》本，第1167册。

《琴旨》，[清]王坦撰，台北：商务印书馆，影印文渊阁《四库全书》本，第220册。

《樵香小记》，[清]何琇撰，台北：商务印书馆，影印文渊阁《四库全书》本，第859册。

《全上古三代秦汉三国六朝文》，[清]严可均校辑，北京：中华书局，1958年。

《清诗别裁集》，[清]沈德潜编，北京：中华书局，1975年。

《全汉三国晋南北朝诗》，丁福保编，北京：中华书局，1959年。

《全唐文》，[清]董诰编，北京：中华书局，1983年。

《容斋随笔》，[宋]洪迈撰，穆公校点，上海：上海古籍出版社，2015年。

《人境庐诗草》，[清]黄遵宪著，钱仲联笺注，上海：上海古籍出版社，1981年。

《日知录集释》，[清]顾炎武著，黄汝成集释，上海：上海古籍出版社，1985年。

《史记》，[汉]司马迁撰，北京，中华书局2013年第2版。

《说文解字注》，[汉]许慎撰，[清]段玉裁注，上海：上海古籍出版社，1981年。

《说苑校证》，[汉]刘向撰，向宗鲁校证，北京：中华书局，1987年。

《申鉴校补》，[汉]荀悦撰，[明]黄省曾注，孙启治校补，北京：中华书局，2012年。

《搜神记》，[晋]干宝撰，汪绍楹校注，北京：中华书局，1979年。

《拾遗记校注》[晋]王嘉撰，[南朝梁]萧绮録，齐治平校注，北京：中华书局，1981年。

《三国志》，[晋]陈寿撰，[南朝宋]裴松之注，北京：中华书局，1982年。

《世说新语笺疏》，[南朝宋]刘义庆著，[南朝梁]刘孝标注，余嘉锡笺疏，北京：中华书局，2011年。

《述异记》，[南朝梁]任昉撰，台北：商务印书馆，影印文渊阁《四库全书》本,第 1047 册。

《宋书》,〔南朝梁〕沈约撰,北京:中华书局,1974 年。

《水经注校证》,〔北魏〕郦道元著,陈桥驿校证,北京:中华书局,2007 年。

《书录》,〔宋〕董更撰,台北:商务印书馆,影印文渊阁《四库全书》本,第814 册。

《事类赋注》,〔宋〕吴淑撰注,胡宜柔责编,北京:中华书局,1989 年。

《宋本广韵》,〔宋〕陈彭年等编,南京:江苏教育出版社,2008 年。

《少室山房集》,〔明〕胡应麟撰,台北:商务印书馆,影印文渊阁《四库全书》本,第1290 册。

《诗薮》,〔明〕胡应麟撰,北京:中华书局,1958 年。

《升庵集》,〔明〕杨慎撰,台北:商务印书馆,影印文渊阁《四库全书》本,第1270 册。

《诗话补遗》,〔明〕杨慎撰,台北:商务印书馆,影印文渊阁《四库全书》本,第1482 册。

《诗家直说》,〔明〕谢榛著,李庆立笺注,山东:齐鲁书社,1987 年。

《诗识名解》,〔清〕姚炳撰,台北:商务印书馆,影印文渊阁《四库全书》本,第86 册。

《诗疑辨证》,〔清〕黄中松撰,台北:商务印书馆,影印文渊阁《四库全书》本,第88 册。

《山堂肆考》,〔清〕彭大翼撰,台北:商务印书馆,影印文渊阁《四库全书》本,第976 册。

《思辨录辑要》,〔清〕陆世仪撰,北京:广文书局,1977 年。

《随园诗话》,〔清〕袁枚著,顾学颉校点,北京:人民文学出版社,1982 年。

《通典》,〔唐〕杜佑撰,王文锦等点校,北京:中华书局,1988 年。

《通志》,〔宋〕郑樵撰,北京:中华书局,1987 年。

《太平御览》,〔宋〕李昉等撰,北京:中华书局,1960 年。

《太平寰宇记》,〔宋〕乐史撰,王文楚等点校,北京:中华书局,2007 年。

《太平广记》，[宋]李昉等编，北京：中华书局，2013年。

《通雅》，[明]方以智，上海：上海古籍出版社，1983年。

《天中记》，[明]陈耀文，扬州：广陵书社，2007年。

《文心雕龙注》，[南朝梁]刘勰著，范文澜注，北京，人民文学出版社，1958年。

《文选》，[南朝梁]萧统编，[唐]李善注，北京：中华书局，1977年。

《魏书》，(北齐)魏收撰，北京：中华书局，1974年。

《文苑英华》，[宋]李昉等编，北京：中华书局，1966年。

《文选补遗》，[宋]陈仁子编，上海：上海古籍出版社，1993年。

《文献通考》，[元]马端临著，上海师范大学古籍所、华东师范大学古籍所点校，北京：中华书局，2011年。

《文章辨体序说》，[明]吴纳著，北京：人民文学出版社，1962年。

《吴梅村全集》，[清]吴伟业著，李学颖集评标校，上海：上海古籍出版社，1990年。

《先秦汉魏晋南北朝诗》，逯钦立辑校，北京：中华书局，1982年。

《新书校注》，[汉]贾谊撰，阎振益、钟夏校注，北京：中华书局，2000年。

《新序》，[汉]刘向编著，石光瑛校释，陈新整理，北京：中华书局，2009年第2版。

《西京杂记》，[汉]刘歆撰，[晋]葛洪集，王根林校点，上海：上海古籍出版社，2012年。

《新辑本桓谭新论》，[汉]桓谭撰，朱谦之校辑，北京：中华书局，2009年。

《续吕氏家塾读诗记》，[宋]戴溪撰，台北：商务印书馆，影印文渊阁《四库全书》本，第73册。

《西汉会要》，[宋]徐天麟撰，北京：中华书局，1955年。

《新唐书》，[宋]欧阳修、宋祁撰，北京：中华书局1975年。

《西溪丛话·家世旧闻》，[宋]姚宽、陆游撰，孔凡礼点校，北京：中华书局，1993年。

《晏子春秋集释》，吴则虞撰，北京：中华书局，1962年。

《盐铁论校注》，王利器校注，北京：中华书局，1992年。

《玉台新咏》，[南朝陈]徐陵编、[清]吴兆宜注、程琰删补，穆克宏点校，北京：中华书局，1985年。

《颜氏家训集解》，王利器撰，北京：中华书局，2013年第2版。

《庾开府集笺注》，[北周]庾信撰，[清]吴兆宜注，台北：商务印书馆，影印文渊阁《四库全书》本，第1064册。

《玉烛宝典》，[隋]杜台卿撰，[清]杨守敬校订，上海：上海古籍出版社，《续修四库全书》本，第885册。

《意林校释》，王天海，王韧撰，北京：中华书局，2014年。

《乐府诗集》，[宋]郭茂倩编，北京：中华书局，1979年。

《舆地纪胜校点》，[宋]王象之著，李勇先等校点，成都：四川大学出版社，2005年。

《玉海》，[宋]王应麟辑，扬州：广陵书社，2016年。

《乐府杂录》，[唐]段安节撰，上海：中华书局上海编辑所，1958年。

《艺文类聚》，[唐]欧阳询撰，汪绍楹校，上海：上海古籍出版社，1982年新1版。

《庾子山集注》，[北周]庾信撰，[清]倪璠注，北京：中华书局，1980年。

《乐书》，[宋]陈旸撰，台北：商务印书馆，影印文渊阁《四库全书》本，第211册。

《野客丛书》，[宋]王楙撰，王文锦点校，北京：中华书局，1987年。

《玉笥集》，[元]张宪撰，《丛书集成初编》，北京：中华书局，1985年，第2265册。

《弇州四部稿》，[明]王士贞撰，台北：商务印书馆，影印文渊阁《四库全书》本，第1279册。

《疑耀》，[明]张萱撰，上海：商务印书馆，1939年。

《喻林》，[明]徐元太撰，上海：上海辞书出版社，1991年。

《乐府正义》，[清]朱乾撰，乾隆五十四年(1789)柜香堂刻本。

《乐府广序》[清]朱嘉征撰，上海：上海古籍出版社，《续修四库全书》

本,第 1590 册。

《御选唐宋诗醇》,[清]乾隆选评,冉苒校点,北京:中国三峡出版社,1997 年。

《音学五书》,[清]顾炎武著,北京:中华书局,1982 年。

《义门读书记》,[清]何焯著,崔高维点校,北京:中华书局,1987 年。

《绎史》,[清]马骕撰,刘晓东等点校,济南:齐鲁书社,2001 年。

《战国策》,[汉]刘向集录,上海:上海古籍出版社,1985 年。

《张衡诗文集校注》,[汉]张衡著,张震泽校注,上海:上海古籍出版社,2009 年。

《政论校注·昌言校注》,[汉]崔寔,仲长统撰,孙启治校注,北京:中华书局,2012 年。

《渚宫旧事校释》,[唐]余知古撰,杨炳校校释,武汉:武汉出版社,1992 年。

《资治通鉴》,[宋]司马光编著,胡三省音注,"标点资治通鉴小组点校",上海:中华书局,1956 年。

二、今人著作

《古乐府选析》,王国安选析,上海:上海教育出版社,1990 年。

《古诗十九首与乐府诗选评》,曹旭撰,上海:上海古籍出版社,2002 年。

《鼓吹横吹曲辞研究》,韩宁著,北京:北京大学出版社,2009 年。

《汉短箫铙歌注》,夏敬观编著,上海:商务印书馆,1931 年。

《汉魏六朝诗论丛》(新一版),余冠英著,上海:上海古典文学出版社,1956 年。

《汉魏乐府风笺》,黄节笺释,北京:人民文学出版社,1958 年。

《汉魏六朝诗选》(第 2 版),余冠英著,北京:人民文学出版社,1978 年。

《汉魏南北朝诗选注》,辛志贤著,北京:北京出版社,1981 年。

《汉诗研究》,郑文著,兰州:西北师范学院中文系,1981 年。

《汉魏六朝乐府文学史》(增补本),萧涤非著,萧海川辑补,北京:人民文学出版社,1984 年。

《汉乐府小论》,姚大业编,天津:百花文艺出版社,1984 年。

《汉魏六朝诗歌赏析》,李文初编著,广州:广东人民出版社,1986 年。

《汉魏六朝乐府诗》,王运熙,王国安著,上海:上海古籍出版社,1986 年。

《汉代乐府民歌赏析》,曾德珪著,南宁:广西教育出版社,1987 年。

《汉乐府民歌赏析》,王兰英,呼和浩特:内蒙古人民出版社,1987 年。

《汉乐府探源》,姜学伟著,台南:南台图书,1992 年。

《汉魏六朝诗三百首》,姜书阁,姜逸波选注,长沙:岳麓书社,1992 年。

《汉乐府研究》,张永鑫著,南京:江苏古籍出版社,1992 年。

《汉代诗歌史论》,赵敏俐著,长春:吉林教育出版社,1995 年。

《汉代的乐府诗》,倪其新著,郑州:大象出版社,1997 年。

《汉魏六朝乐府观止》,赵光勇主编,陕西人民教育出版社,1998 年。

《汉乐府》,麻守中著,沈阳:春风文艺出版社,1999 年。

《汉魏六朝乐府赏析》,陈友冰著,合肥:安徽文艺出版社,1999 年。

《汉魏六朝乐府诗评注》,王运熙,王国安评注,济南:齐鲁书社,2000 年。

《汉魏六朝唐代文学论丛》(增补本),王运熙著,上海:复旦大学出版社,2002 年。

《汉魏六朝诗文赋》,程怡选注,广州:广东人民出版社,2004 年。

《汉魏六朝诗选》,刘文忠,刘元煌选注,西安:太白文艺出版社,2004 年。

《汉代歌诗研究》,刘旭青著,武汉:武汉出版社,2008 年。

《汉乐府研究史论》,赵明正著,北京:同心出版社,2009 年。

《汉代乐府制度与歌诗研究》,赵敏俐著,北京:商务印书馆,2009 年。

《汉魏文人乐府研究》,沈志方著,台北:花木兰文化出版社,2010 年。

《汉魏乐府新考—汉乐府相和大曲及魏晋清商三调研究》,王同,丁同俊,温和著,北京:人民音乐出版社,2010 年。

《汉魏乐府艺术研究》,钱志熙著,北京:学苑出版社,2011 年。

《汉魏六朝乐府诗》，王运熙，王国安著，上海：上海古籍出版社，2011年。

《汉魏六朝乐府文学史》（增补本），萧涤非著，萧海川辑补，北京：人民文学出版社，2011年第2版。

《汉魏六朝乐府诗新论》，刘德玲著，台北：里仁书局，2011年。

《汉代的谣谚》，吕宗力著，杭州：浙江大学出版社，2011年。

《汉乐府接受史论》（汉代－隋代），唐会霞著，北京：中国社会科学出版社，2012年。

《汉代乐府笺注》，曲滢生编注，台北：学海出版社，2016年。

《郊庙燕射歌辞研究》，王福利著，北京：北京大学出版社，2009年。

《两汉乐府诗之研究》，张清钟撰，台北：商务印书馆，1979年。

《两汉乐府研究》，亓婷婷著，台北：学海出版社，1980年。

《两汉乐府诗欣赏》，何权衡编著，郑州：中州书画社，1983年。

《两汉南北朝乐府鉴赏》，陈友冰著，台北：五南图书出版，1996年。

《两汉诗歌研究》，赵敏俐著，北京：商务印书馆，2011年。

《历史上的谣与谶》，栾保群著，北京：中国档案出版社，2006年。

《两汉乐府诗研究》，陈利辉著，北京：社会科学文献出版社，2013年。

《两汉乐府学术档案》，廖群主编，武汉：武汉大学出版社，2015年。

《琴曲歌辞研究》，周仕慧著，北京：北京大学出版社，2009年。

《全乐府》，彭黎明主编，上海：上海交通大学出版社，2011年。

《舞曲歌辞研究》，梁海燕著，北京：北京大学出版社，2009年。

《先秦两汉六朝诗歌名作注解析译》，王烈夫著，武汉：武汉大学出版社，1992年。

《先秦两汉文学史料学》，曹道衡，刘跃进著，北京：中华书局，2005年。

《相和歌辞研究》，王传飞著，北京：北京大学出版社，2009年。

《先秦汉魏六朝诗歌体式研究》，葛晓音著，北京：北京大学出版社，2012年。

《谚语的研究》，郭绍虞著，《小说月报丛刊第十五种》，上海：商务印书馆，1925年。

《乐府文学史》，罗根泽著，北京：北平文化学社，1931年。

《乐府通论》，王易著，北京：中国联合出版社，1944年。

《乐府诗选》，余冠英选著，北京：人民文学出版社，1950年。

《乐府古诗》二卷，徐澄宇选注，上海：春明出版社，1955年。

《乐府诗粹笺》，潘重规著，台北：学海出版社，1989年。

《乐府散论》，王汝弼著，西安：陕西人民出版社，1984年。

《乐府诗史》，杨生枝著，西宁：青海人民出版社，1985年。

《乐府诗词论薮》，萧涤非著，济南：齐鲁书社，1985年。

《乐府诗选注》，汪中著，台北：学海出版社，1994年。

《乐府诗述论》，王运熙著，上海：上海古籍出版社，1996年。

《乐府诗选》，曹道衡选注，北京：人民文学出版社，2000年。

《乐府歌诗古乐谱百首》，刘崇德译谱，保定：河北大学出版社，2001年。

《乐府诗选析》，戴丽珠编著，台北：文津出版社，2007年。

《乐府文学文献研究》，孙尚勇著，北京：人民文学出版社，2007年。

《乐府民歌》，刘永刚编著，长春：吉林出版集团，2009年。

《乐府推故》，许云和著，北京：北京大学出版社，2012年。

《乐府诗与民歌》，刘玉耀著，沈阳：辽海出版社，2012年。

《乐府诗题名研究》，张煜著，北京：北京大学出版社，2013年。

《乐府诗本事研究》，向回著，北京：北京大学出版社，2013年。

《乐府歌诗论集》，吴相洲著，北京：商务印书馆，2013年。

《乐府学》（第1-8辑），吴相洲主编，北京：学苑出版社，2006－2013年。

《乐府诗史话》，郭丽著，北京：社会科学文献出版社，2014年。

《乐府古辞考·左思练都考》，陆侃如注，太原：山西人民出版社，2014年。

《乐府学概论》，吴相洲著，北京：人民文学出版社，2015年。

《乐府诗》，曹旭，唐玲著，北京：中华书局，2015年。

《乐府学》（第9-15辑），吴相洲主编，北京：社会科学文献出版，2014－2017年。

《中国歌谣》,朱自清著,北京:作家出版社,1957年。

《中国古代音乐史稿》,杨荫浏著,北京:人民音乐出版社,1981年。

《中国谣谚文化——谣谚与古代社会》,谢贵安著,武昌:华中理工大学出版社,1994年。

《中国思想史》,葛兆光著,上海:复旦大学出版社,2001年。

《周汉诗歌综论》,赵敏俐著,北京:学苑出版社,2002年。

《中国古代民谣研究》,吕肖奂著,成都:巴蜀书社,2006年。

《杂曲歌辞与杂歌谣辞研究》,向回著,北京:北京大学出版社,2009年。

《中国古代乐府音谱考源》,宋光生著,北京:文化艺术出版社,2009年。

《中国诗歌艺术研究》,袁行霈著,北京:北京大学出版社,2009年。

《中国诗史》,陆侃如,冯沅君著,天津:百花文艺出版社,2011年。

三、期刊论文

杨公骥:《西汉歌舞剧巾舞〈公莫舞〉的句读和研究》,《中华文史论丛》1986年第1辑。

白平:《汉〈公莫舞〉歌词试断》,《山西大学学报》1987年第1期。

赵逵夫:《我国最早的歌舞剧〈公莫舞〉演出脚本研究》,《中华文史论丛》1987年第1期。

白平:《汉铎舞〈圣人制礼乐〉篇试断》《山西大学学报》(哲学社会科学版)1992年第1期。

赵逵夫:《三场歌舞剧〈公莫舞〉与汉武帝时代的社会现实》,《西北师大学报》(社会科学版)1992年第5期。

叶桂桐:《〈汉巾舞歌诗〉试解》,《文史》1994年第39期。

叶桂桐:《汉〈铎舞歌·圣人制礼乐篇〉解读》《古籍整理研究学刊》,1996年第4期。

叶桂桐:《论〈公莫舞〉非歌舞剧演出脚本——兼与赵逵夫先生商榷》,《文艺研究》1999年第6期。

姚小鸥:《〈巾舞歌诗〉校释》,《文献》1998年第4期。

姚小鸥：《〈公莫巾舞歌行〉考》，《历史研究》1998 年第 6 期。

姚小鸥：《汉魏六朝曲唱文本的破译及其在乐府文学研究中的意义》，《文艺研究》2002 年第 4 期。

许云和：《〈宋书·乐志〉铎舞歌诗二篇考辨》《学术研究》，2011 年第 4 期，一并作为参考。

徐振贵：《乐府古辞〈公莫巾舞歌行〉的解读》，《艺术百家》2014 年第 5 期。

图书在版编目（CIP）数据

汉乐府全集：汇校汇注汇评 / 曹胜高，岳洋峰辑注
. -- 武汉：崇文书局，2018.9（2024.10 重印）
（中国古典诗词校注评丛书）
ISBN 978-7-5403-5179-3

Ⅰ．①汉… Ⅱ．①曹… ②岳… Ⅲ．①乐府诗－诗集
－中国－汉代 Ⅳ．① I222.6

中国版本图书馆 CIP 数据核字（2018）第 208166 号

选题策划　王重阳
项目统筹　程可嘉
责任编辑　李利霞
封面设计　甘淑媛
责任校对　董　颖
责任印刷　邵雨奇

汉乐府全集　汇校汇注汇评
HANYUEFU QUANJI HUIJIAOHUIZHUHUIPING

出版发行　长江出版传媒 崇文书局
地　　址　武汉市雄楚大街 268 号 C 座 11 层
电　　话　(027)87677133　邮政编码　430070
印　　刷　湖北恒泰印务有限公司
开　　本　880mm×1230mm　1/32
印　　张　14
字　　数　320 千
版　　次　2018 年 9 月第 1 版
印　　次　2024 年 10 月第 5 次印刷
定　　价　69.00 元

（如发现印装质量问题，影响阅读，由本社负责调换）

中国古典诗词校注评丛书

（已出书目）